冰天诗社丛镌

初国卿　释盖忠／主编

初国卿题

第一辑

东北大学出版社

ⓒ　初国卿　释盖忠　2025

图书在版编目（CIP）数据

冰天诗社丛镌 . 第一辑 / 初国卿 , 释盖忠主编 .

沈阳：东北大学出版社 , 2025. 4. -- ISBN 978-7-5517-

3762-3

Ⅰ . I22

中国国家版本馆 CIP 数据核字第 2025L5H520 号

出　版　者：东北大学出版社
　　　　　　地址：沈阳市和平区文化路三号巷 11 号
　　　　　　邮编：110819
　　　　　　电话：024-83683655（总编室）
　　　　　　　　　024-83687331（营销部）
　　　　　　网址：http://press.neu.edu.cn
印　刷　者：辽宁一诺广告印务有限公司
发　行　者：东北大学出版社
幅面尺寸：170 mm×240 mm
印　　张：21
插　　页：8
字　　数：347 千字
出版时间：2025 年 4 月第 1 版
印刷时间：2025 年 4 月第 1 次印刷
策划编辑：潘佳宁
责任编辑：孙　锋　郎　坤
责任校对：杨　坤
封面设计：潘正一
责任出版：初　茗

ISBN 978-7-5517-3762-3　　　　　　　　　　定　价：88.00 元

慈恩寺冰天诗社社址

冰天诗社中堂画《剩人和尚点诗图》与对联（陆允铭、初国卿创作）

慈恩寺冰天诗社函可塑像

函可手迹 1

函可手迹 2

经国务院批准，沈阳市慈恩寺藏清雍正十一年至乾隆三年刻本《乾隆版大藏经七千一百六十七卷》，现存七千六十六册，入选第六批《国家珍贵古籍名录》（编号12717）。

特颁此证。

二〇一〇年六月十日

经国务院批准，沈阳市慈恩寺藏清乾隆三十八年刻本《御制满汉蒙古西番合璧大藏全咒》（满汉蒙藏），入选第六批《国家珍贵古籍名录》（编号13014）。

特颁此证。

二〇一〇年六月十日

经国务院批准，沈阳市慈恩寺藏明永乐十九年至正统五年刻万历十二年续刻本《永乐北藏六千三百六十一卷续藏四百卷》，现存六千七百十六册，入选第六批《国家珍贵古籍名录》（编号12716）。

特颁此证。

二〇一〇年六月十日

慈恩寺所藏三种佛经典籍入选《国家珍贵古籍名录》证书

沈阳慈恩寺获"全国重点古籍保护单位"称号

2025 年 4 月 15 日，国家级古籍修复技艺传习中心辽宁传习所慈恩寺传习点揭牌仪式

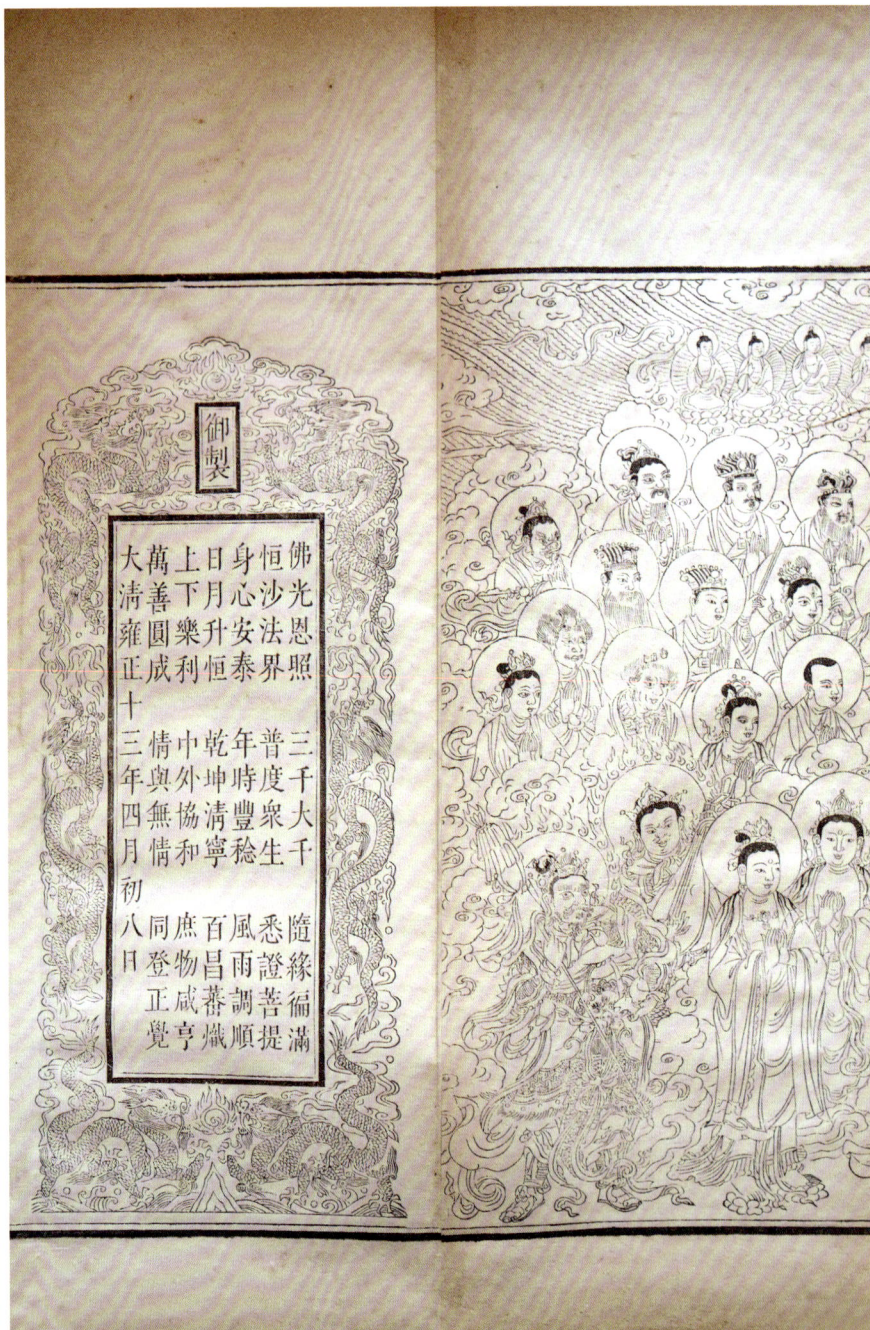

御製

佛光恩照，三千大千，隨緣徧滿。
恒沙法界，普度眾生，悉證菩提。
身心安泰，年時豐稔，風雨調順。
日月升恒，乾坤協和，百昌蕃熾。
上下樂利，中外協和，庶物蕃熾。
萬善圓成，情與無情，同登正覺。

大清雍正十三年四月初八日

慈恩寺藏经楼所藏《永乐北藏》内页版画

| 序一 |

初国卿

冰天诗社是沈阳乃至东北文化史上的一个标志性符号。因为冰天诗社，所以东北开始了文人结社史，文人的冰天里终于有了根脉与希望的火苗。然而冰天诗社在问世后的三个多世纪里，多数时间是寂阒无闻的，直至2018年，函可入沈370周年之际，冰天诗社于沈阳慈恩寺复社，并相继出版多种与冰天诗社相关之著作，这东北第一诗社的根脉才得以延续。而《冰天诗社丛镌》的出版，正是此一优秀文化传统得到赓续和发扬的具体行动。

冰天诗社的创立是在剩人和尚函可被"奉旨焚修"盛京慈恩寺，遭到流放的第三年，那是顺治七年（1650）十一月二十七日的事。这一天，是函可朋友，同为流人的左懋泰55岁生日。左懋泰，字韦诸，号大来、旦明，山东莱阳人。辽沈流人称其为"北里先生"，自己则称"北里樵人"。崇祯七年（1634）进士，累官至吏部郎中。李自成农民军攻下北京后，归顺大顺政权，被授为兵部左侍郎，被派往山海关镇守。清入关后，被迫降清。顺治六年（1649），被仇家告发有抗清之举，因此获罪。与其堂兄弟左懋绩、左懋晋三家百余口被流放到铁岭尚阳堡。年逾五十的左懋泰到戍地后，砥砺志节，读书著述，在流人中享有很高的威信，被誉为诗文大家。顺治十三年（1656）病逝于戍所。著有《祖东集》，今已散佚。

左懋泰是在函可到沈后的第二年来到沈阳的，函可成为左懋泰到达尚阳堡后接触最早、与之往来最多的流人之一。翻开函可《千山语录》卷首，即左懋泰为其所写序言，从中可见他们之间真挚的友情，亦可知他们当时的生活相当清苦，只有咸地瓜粥充饥，但他们很是自得其乐。有一段时间，左懋泰住在沈阳城北，函可住在沈阳城南，这大概也是函可在诗中称其为"北里"，后来人称其为"北里先生"的缘由。如《千山诗集》中函可就有多首写到"北里"：《北里过访》《招高一戴三同过北里喜剌翁春侯至兼订后会》《北里新书屋二首》《听北里弹琴》《九日偕诸子过北里》《重阳集北里大雪》《同傅陈二子送北里之堡中》《过北里读祖东集》《八日雪中怀北里》《北里暮归》。他们二人往来不断，有时函可与几位诗人结伴同访左懋泰，见面之后首先拿出各自的诗作相互欣赏："入门先索袖中诗，未出还疑句过奇。"有时他们一坐就是一天，听琴赏雪，只有白水一杯，常常忘了饥饿。

左懋泰55岁生日这一天，函可在沈阳召集相熟的流人文士，为左懋泰祝寿。应邀前来参加的人中，有僧人4人、道2人、士16人、举子及后来赶到者8人，加上左懋泰和他的两个儿子左昈生、左昕生，共计33人到场。此时，新知旧友，异乡相见，不免产生同是天涯沦落人的悲伤之感，在他们心中已经没有政见的差别，没有效忠的王朝的差别，彼此"始以节义文章相慕重，后皆引为法友"。

当寿宴进入高潮时，函可看着窗外的冰天雪地，触景生情，提出成立"冰天诗社"。函可的倡议，即刻得到左懋泰和众人的响应，大家即兴作诗33首。左懋泰在这次聚会中作了一首名为《答诸公见赠》的答谢诗，诗云："神农虞夏忽芜荒，五十五年事杳茫。绛县春秋羞甲子，楚歌宋玉谱宫商。腐儒不死蠹空在，窜落添龄罪愈彰。松柏好存冬日色，任随沤沫注沧桑。"诗中虽仍有苍凉之感，却已含凛然之气。

冰天诗社第一次聚会所得33首诗最终都收在函可的《千山诗集》卷二十，题为"冰天社诗"，前有函可所作序。在序后列有"同社名次"，亦即冰天诗社的名录，从名录中的33人看，在函可和左懋泰之外，有同为流人的左氏长子左昈生、次子左昕生，侄子小阮，戴遵先等。除流人外，还有道人和僧人。道人有三官庙的李希与和苗君稷，僧人有千山的涌狂、金塔寺的正羞、医巫闾山的大铃，他们与函可都有着密切的关系。

就在"冰天诗社"成立后的第五天，又恰逢高僧函可的生日，流人文士们又汇聚盛京慈恩寺，由左懋泰主持了函可的生日宴和这次"冰天诗社"的第二次集会。第二次集会又得诗33首。两次集会共得诗66首，皆为七律。两次集会诗后还收有函可的《招诸公入社诗（诸公答诗附）》，共10首，包括答诗共20首，皆七言绝句。连同两次社集的66首，冰天社集总共收诗作86首。这些诗都收在函可的《千山诗集》卷二十中。

"冰天诗社"虽只集会两次，其意义却是非凡的。正如函可在冰天诗社作序中所言："悲深猿鹤，痛溢人天，尽东西南北之冰魂，洒古往今来之热血。"诗社唱予和汝，不只是抛洒热血，踔厉志行，不少人还跟社主学诗，如著名道士苗君稷就曾大受剩人和尚之友助，而"规摹近体"，成为著名诗人。函可实际上已是当时辽东诗坛的领袖，其所倡导的冰天诗社在当时统治者的高压下，在几至文化荒漠的辽沈大地，无异于"兰移幽谷""松植千山"，给冰封的辽沈大地吹来一股强劲的春风，开辽沈文人结社集会之先河，传承了中国文人的传统，活跃了东北地区的文化气氛，在东北诗歌及文化史上都是应当大书特书的。

函可及冰天诗社的所作所为不能不惹人注意，就如他在《住金塔寺十四首》其九中所说："静默信可久，舌存安能全。"之后他只好退居荒凉偏僻之海城析木金塔寺，以避口舌文字之祸。顺治十六年（1659）十一月二十七日，函可于金塔寺移居辽阳驻跸山（今辽阳首山），端坐示偈云："发来一个剩人，死去一具臭骨。不费常住柴薪，又少行人掘窟。移向浑河波里赤骨律，只待水流石出。"言讫而逝。他既不愿按佛礼荼毗火葬升天，也不愿按俗礼土葬挖窟入地，而偏偏要人们将他的尸身投向浑河波里实行水葬。这大概是因为浑河入于渤海，接通东海，再连南海，可以和他的眼泪一起，随海潮回到他的故土广东博罗。

然而沈阳之人不忍将函可投尸于河，遂龛其肉身入千山龙泉寺，再移大安寺，康熙元年（1662）入塔，塔在千山璎珞峰西麓之下。乾隆年间编纂《四库全书》，收缴各省应毁书籍，乾隆皇帝发现剩人和尚诗集"语多狂悖"，遂谕盛京工部侍郎兼奉天府尹富察善等加以追查。富察善旋将和尚碑塔尽行拆毁，《盛京通志》内所载事迹亦一并删除。函可坐化百年之后所发生的这一事态恰巧证明，函可遗命投尸浑河，乃大觉悟也。而时人未遵遗命，将其塔葬千山，真是好心办了一件错事。

此后，函可与冰天诗社益加寂寂。直到进入 21 世纪，随着沈阳历史文化研究的深入，函可与冰天诗社研究亦进入一个活跃时期，2018 年 6 月 10 日，在函可入沈 370 周年之际，沈阳市民族与宗教局、沈阳市文史研究馆于慈恩寺联合主办"纪念函可入沈 370 周年暨冰天诗社复社座谈会"，同时沈阳出版社出版了由姜念思先生撰写的第一部《函可传》。同年 9 月 25 日中秋节，"露湑婵娟——冰天诗社首届赏月诗会"在慈恩寺举办，并出版了《露湑婵娟——冰天诗社首届中秋赏月诗会作品集》。2020 年，冰天诗社举办"函可与盛京慈恩寺"散文笔会，并出版《余芳剩人飘——函可与盛京慈恩寺》一书。同年 11 月，文化和旅游部正式公布《第六批国家珍贵古籍名录》和《第六批全国古籍重点保护单位名单》，慈恩寺所藏的《永乐北藏》等三部典籍入选《第六批国家珍贵古籍名录》，同时慈恩寺也成为"全国古籍重点保护单位"。慈恩寺作为"全国古籍重点保护单位"，是辽宁省的第九家，全国宗教场所的第四家，在慈恩寺之前，宗教场所只有拉萨布达拉宫、嵩山少林寺、拉卜楞寺。2021 年，冰天诗社与沈阳市图书馆合作，于沈阳市图书馆举办了"寒木春华——函可与冰天诗社主题文献展"，这是历史上第一次有关函可与冰天诗社的展览，得到学界的高度评价。

今天，《冰天诗社丛镌》（第一辑）即将出版。此书设计为冰天诗社年度丛镌，分为上、下编，上编为旧体诗，下编为文史论文与散文。此书意在以冰天诗社为平台，发扬中华优秀传统文化中的诗文艺术与时代精神，从而将冰天诗社这一文化品牌赋予深刻而丰富的文化内涵，为地区和全民族的文化繁荣，增添一抹亮色。

甲辰立冬初候写于盛京浅绛轩

序二

释盖忠

民族复兴，文化昌盛，冰天诗社复社，诗人学者汇聚一堂，整理国故，诉诸文字，襄以成书。继《慈恩寺志》《函可传》《露泡婵娟》《余芳剩人瓢》之后，《冰天诗社丛镌》即将面世，此乃文以兴邦，优秀传统文化赓续发展之幸事也。

曩者清初迁都北京，盛京城从龙入关者众。著名诗僧函可"奉旨焚修"慈恩寺，遂为清初文字狱流放者第一人。初来沈阳，入眼即见"牛车仍杂沓，人屋半荒芜"，幸有慈恩寺"礼佛欢如旧，逢僧笑尽呼"。晨钟暮鼓声中，青灯古佛影里，"膏粱恣啖嚼，土榻任跏趺"。入沈第三年即与谪戍盛京诸臣如左懋泰、左昉生、左昕生、戴遵先、苗君稷等三十三人共组"冰天诗社"，开中国东北文人结社之先河，诗坛领袖，为盛京文化发展，首立拓荒之功。

函可于辽海生活十二年，从风软花艳之南方至冰天雪地之东北，常为衣食生存而乞讨奔波，继与乡愁、严寒与疾病相搏。然在此艰难困苦之中，函可依然保持高贵气节，遍开道场，广布法教，辽海众僧，奉为鼻祖。同时吟咏著述，写出诸多反映现实之诗篇。其《千山诗集》收诗一千五百余首，遂成中国佛教史与文学史之著名诗僧。

为弘扬中华民族优秀文化传统，二〇一八年冰天诗社于慈恩寺复社。六年时光，冰天诗社诸多活动接续，时代吟诵，弦歌不绝。并相继出版

《慈恩寺志》《函可传》《露浥婵娟——冰天诗社首届中秋赏月诗会作品集》《余芳剩人瓢——函可与盛京慈恩寺》等著作，寺内藏经楼所藏两千余种典籍分类整理，其中明永乐十九年至正统五年刻万历十二年续刻本《永乐北藏六千三百六十一卷续藏四百十卷》、清雍正十一年至乾隆三年刻本《乾隆版大藏经七千一百六十七卷》、清乾隆三十八年刻本《御制满汉蒙古西番合璧大藏全咒》等三种入选《第六批国家珍贵古籍名录》，同时慈恩寺入选《第六批全国古籍重点保护单位名单》。继拉萨布达拉宫、嵩山少林寺、拉卜楞寺之后，成为全国宗教场所第四家"全国古籍重点保护单位"。慈恩寺由此声名日盛，佛音广传。

今《冰天诗社丛镌》即将出版，此为冰天诗社复社以来社员诗词创作与学术研究之阶段性总结，同时亦是冰天诗社对外影响力之象征。丛镌编辑意旨，一曰聚合诗词同道。突出创作与学术，用志无纷，张皇幽眇，努力不懈，验以慈编。二曰传承优秀文化。自古以来，家有珍宝而外人数之，示主人之不智也。函可与冰天诗社，乃吾土优秀文化符号，当职志斯明，发邃古之幽情，示方来以正则，当仁不让，遗产发微，以益后人。三曰广布文化影响。积水为增冰之征，椎轮乃大辂之始，前贤为吾域留下丰富遗产，拥彗先驱，吾辈当鼓钟于世，声闻于外，力求广泛影响。此三旨，祈诗家与学人嗣以应声，当为《冰天诗社丛镌》之所望也。

序此以求方家。

目录

下　编

上　编

古樵诗选注

许植椿 著　邸玉超 注

出古北口①

南北之分在一墙②，往来行客费周章③。
可能尽削旧基址，免得千秋骂始皇。

【注释】

①出古北口：古北口为长城的重要关口，位于北京市密云区境内，与河北省滦平县相邻。古北口长城是中国长城段落中最完整的段落体系。由北齐长城和明长城共同组成，包括卧虎山、蟠龙山、金山岭和司马台四个城段。古北口是山海关、居庸关两关之间的长城要塞，自古为东北和内蒙古通往中原地区的咽喉，历来是兵家必争之地，素有"燕京门户""京师锁钥"之称。出古北口，是北京向北出长城，咸称出口外。此诗当为诗人从北京返回出古北口时所作。

②一墙：指长城。

③周章：周折，不顺利。

咏白菊①

吟诗酌酒赏重阳②，白菊东篱③也傲霜。
花到秋深清又洁，人心何必爱浓妆④。

【注释】

①白菊：属菊科，多年生宿根花卉。又名甘菊、杭菊、杭白菊、茶菊、药菊等。民间泛指白颜色的菊花。

②重阳：农历九月九日是重阳节。

③东篱：语出晋陶渊明《饮酒》诗："采菊东篱下，悠然见南山。"因此"东篱"指种菊花的地方，亦指文人的小院。

④浓妆：艳丽的妆饰。

游凤凰山补咏十二首（选二）

诸峰指点翠微①中，石上棋枰②塔影东。
残局虽留人已杳③，古今胜负总成空。

【注释】

①翠微：青翠的山色，形容山光水色青翠缥缈。

②棋枰：棋盘，棋局。唐司空图《丁巳元日》诗："移居荒药圃，耗志在棋枰。"

③杳：无影无踪，消失。

反辔①从容古渡②头，一篙烟雨一溪秋。
而今乘得长风去，万里催开破浪舟。

【注释】

①反辔：辔（pèi），驾驭牲口用的嚼子和缰绳，借指马。反辔，犹回马。

②古渡：指凤凰山下大凌河古渡口。

登　高

满头插菊动清风，寻径归时逢牧童。
童子无知来问我，登高到了何山中。

家居偶成

妻孥①团聚乐何深，闲课儿诗仔细吟。

堪笑②娇痴三岁女，也依阿母学穿针。

【注释】

①孥（nú）：子女，亦指妻子和儿女。《许门谱书》载，许植椿妻子田氏，夫妻育有三子（炳耀、炳煜、炳炘）一女。

②堪笑：值得一笑。

游凤凰山四首①

游人闲步到禅房②，满座花香茶亦香。

寺里老僧方识我，细询檀越③住何乡。

【注释】

①游凤凰山：《朝阳文学史》录此诗，末句为："细问檀越住何乡"。《朝阳历代诗词歌赋》《朝阳历代诗词选》《古诗新墨凤凰山——书法作品集》均录此诗，末句为"细问檀越住何方"。以上诸本皆有误。

②禅房：指佛徒静修居住、讲经诵佛之所，泛指寺院。唐常建《题破山寺后禅院》诗："曲径通幽处，禅房花木深。"

③檀越：佛教用语，指施主。

千年石洞①号朝阳，因起山名是凤凰②。

下寺③山门山上望，悬崖峭壁压④僧房。

【注释】

①石洞：指凤凰山卧佛古洞，又名朝阳洞，位于凤凰山主峰的华严寺下方。原卧佛殿毁于 20 世纪 60 年代，现存铁铸古钟一座。古钟铭文曰："辽东锦州府城西北古柳城大凌河南凤凰山朝阳洞，古宝刹虽不能似古昔之庄严，亦可续源流之因果。善信会首张弘江发心叩化十方，善男信女同发虔诚，铸金钟一口，重四百斤余。康熙十一年五月吉日造。"1992 年重雕卧佛，长达

3.2 米，为辽西最大卧佛。洞上壁题有"卧佛古洞""蓬莱仙境"古石刻。又有民国年间朝阳县县长周铁铮的一首石刻诗："佛之洞天，我之守土。惟佛与我，长此终古。"洞两侧壁上刻有当代楹联家、书法家马萧萧书丹的许植桐诗句："塔矗危岩红日近，佛眠古洞白云埋。"这一诗句出自许植桐《游凤凰山》，全诗为："游人乘马出香街，渡过凌河上石崖。塔矗危岩红日近，佛眠古洞白云埋。逢僧说法情难舍，与客联吟韵恰谐。钟响数声归路晚，再将月色赏茅斋。"1930 年版《朝阳县志·艺文二》收录此诗。

②凤凰：指朝阳凤凰山。

③下寺：原名报恩寺，现称延寿寺，位于凤凰山半山腰平地上。始建于康熙五十一年（1712），正殿六重，配殿三重，建筑面积 1000 平方米。殿宇恢宏，四面山合，云埋峰掩，景色清幽。

④压：逼近，压迫状。

上寺①僧楼磬一声，日高天净万山晴。

开窗放眼东南望，海水茫茫绕锦城②。

【注释】

①上寺：即华严寺，位于凤凰山顶。始建于辽代，清顺治年间重修。现已不存。

②锦城：锦州城。康熙四年（1665）设锦州府。锦州临渤海，据说晴日于凤凰山顶可望渤海。

千秋佛卧洞天凉①，云作衣裳石作床。

佛若有灵应笑我，年年到底为谁忙。

【注释】

①千秋佛卧洞天凉：此诗收录于 1930 年版《朝阳县志·艺文二》中，作者系林奎翰，题为《游凤凰山七绝四首》(之一)，末句为"年年来此为谁忙"。《朝阳历代诗词歌赋》、《朝阳历代诗词选》及《古诗新墨凤凰山——书

法作品集》录此诗，均依据《朝阳县志·艺文二》。

秋日塞上雪中赏菊

曾为重阳冒雨开，东篱①忽尔雪飞来。

孤芳也凛冰霜节，谁让梅花独占魁。

【注释】

①东篱：指种菊花的地方。详见《咏白菊》"东篱"注释。

朝邑吊古四时竹枝词①

舞榭歌台望月楼②，平沙③烟接古城头。

春来几点桃花片，冷粉残香逐水流。

【注释】

①朝邑吊古四时竹枝词：邑：城市，都城。朝邑指朝阳城。吊古，怀古，感怀古人古事。四时，即四季。竹枝词：一种诗体，是由古代巴蜀间的民歌演变过来的。唐代刘禹锡把民歌变成文人的诗体，对后代影响很大。《朝邑吊古四时竹枝词》四季各两首。《朝阳历代诗词歌赋》收录此组诗，作者为许植椿。

②望月楼：望月之楼，朝阳城古建筑。

③平沙：这里指大凌河岸边平缓的沙滩。

水流花谢晚烟迷，野树无人有鸟啼。

今古不知花怨处，春风漫渡大凌①堤。

【注释】

①大凌：指大凌河。大凌河系辽宁省西部最大的河流。古时称榆水，又称白狼水，唐朝时改称白狼河，辽时称灵河，金元时改"灵"为"凌"，称

凌河，明朝始称大凌河。主源头在辽宁省建昌县要路沟乡吴坤杖子村水泉沟，于凌海市东南注入渤海，全长 461 千米。

鸣笳①远动战场空，古往今来事不同。
长啸一声山水静，熏风②拂面藕花红。

【注释】

①鸣笳：笳，笳笛，古管乐器名。鸣笳即吹奏笳笛。

②熏风：和暖的南风或东南风，亦作薰风。唐白居易《首夏南池独酌》："熏风自南至，吹我池上林。"

野火横郊月在山，渔人夜宿大凌湾①。
悲秋试问东流水，为逐英雄去不还。

【注释】

①大凌湾：大凌河畔。

踏遍溪山未见梅，彤云密布朔风催。
寒郊多少英雄冢，卧雪为谁梦不回。

晚　山

秋山霜树未全枯，绘出天然好画图。
偶对斜阳闲指点，两肩红叶一樵夫。

新　月

正是天晴冷霜时，树梢秋月半弯窥。
神仙毕竟多情绪，夜夜嫦娥巧画眉。

春日闲吟

芳草堤边绿水湄①，杏花艳艳柳垂垂。

榆钱②买得青山笑，我问青山欲笑谁。

【注释】

①绿水湄：湄，岸边，水与草交接的地方。

②榆钱：也称榆荚，是榆树的种子，因为它酷似古代串起来的铜钱，故名榆钱儿。

秋夜留饮于崔五①宅中，同诸友醉后作

葡萄美酒对红妆②，拇战③花前夜气香。

座上无人非司马④，琵琶一曲即浔阳⑤。

【注释】

①崔五：崔五生平不详。

②红妆：指女子的盛妆。因妇女妆饰多用红色，故称。古乐府《木兰诗》："阿姊闻妹来，当户理红妆。"唐元稹《瘴塞》诗："瘴塞巴山哭鸟悲，红妆少妇敛啼眉。"

③拇战：划拳，亦称猜拳，酒令的一种。中国民间饮酒时一种助兴取乐的游戏。

④司马：指白居易，其曾任江州（今江西九江）司马。

⑤琵琶一曲即浔阳：琵琶，指乐府名篇《琵琶行》。《琵琶行》是唐白居易的长篇乐府诗之一，作于元和十一年（816）。浔阳，地名，江名。浔阳即浔城、浔阳城，今江西省九江市的古称，长江流经江西省九江市北的一段称浔阳江。白居易《琵琶行》："浔阳江头夜送客，枫叶荻花秋瑟瑟。"

松 棚

谁从槛外①起松棚②，枝影萧疏月影清。

半架清阴风过处，涛声③依旧响三更。

【注释】

①槛（jiàn）：栏杆。唐王勃《滕王阁诗》："阁中帝子今何在？槛外长江空自流。"

②松棚，用松树枝叶搭的棚舍。诗中疑为校舍。

③涛声：松涛之声。诗中疑为读书声。

赠杨处士①山村

问君何日避喧哗，自处一村自一家。

水底浓青峰影倒，窗间空翠树阴遮②。

门前雨歇锄新草，山外人游摘晚花。

待到半轮夕照后，闲寻曲径看桑麻③。

【注释】

①杨处士：处士，古时候称有德才而隐居不愿做官的人，后亦泛指未做过官的读书人。杨处士生平不详。

②窗间空翠树阴遮：《朝阳文学史》收录此诗，为"窗前空翠树阴遮"。

③桑麻：泛指农作物或农事。

麦 浪

春来曾记麦芽抽，今看田间碧浪流。

雨过频翻千顷翠，风来似带一分秋。

轻花落地停秧马①，晨气浮天浴野鸠。

陇上若逢江上客，几回误放钓鱼舟。

【注释】

①秧马：旧时农民拔秧时所坐的器具，形如船，底平滑，首尾上翘，利于秧田中滑移。宋陆游《春日小园杂赋》："自此年光应更好，日驱秧马听缲车。"

立秋后过张某村斋①

步出山斋②外，崎岖路正赊③。
一村围柳色，十亩逗荞花。
雅量三升酒，清风七碗茶。
无端乘兴往，偃蹇④夕阳斜。

【注释】

①村斋：乡村屋舍。唐白居易《冬夜》诗："眼前无一人，独掩村斋卧。"

②山斋：山中居室。南北朝诗人庾信《山斋诗》："石影横临水，山云半绕峰。遥想山中店，悬知春酒浓。"

③赊：遥远。唐王勃《滕王阁序》："北海虽赊，扶摇可接；东隅已逝，桑榆非晚。"

④偃蹇（yǎn jiǎn）：偃卧。指夕阳西下。

雨后登山

历升石磴入层霄，径自崎岖步自遥。
杖拨新花浓露滴，屐①穿细草淡香飘。
泉飞古嶂②千寻练，虹跨高峰百尺桥。
偶向远山闲指点，一弯黛色样难描。

【注释】

①屐：用木头做鞋底的鞋，泛指鞋。唐以前是旅游用的鞋，在宋代以后

基本上就是专门的雨鞋了。

②嶂：形容高险像屏障的山。

秋夜读书

口不绝音忽到秋，书声宛带竹声流。

灯明一案心何静，虫助三更语未休。

味在胸中凭我贮，光临壁下又谁偷①。

千行读罢思犹永，檐外从②他月色浮。

【注释】

①光临壁下又谁偷：典出"凿壁偷光"成语，是西汉经学家匡衡幼时凿穿墙壁引邻舍之烛光读书的故事。现用来形容家贫而读书刻苦。

②从：古同"纵"，任由。

秋　暮

端端①凉风大野遒，雁声催老一天秋。

千林黄叶萧萧下，万里白云片片浮。

酒熟山家②初赏菊，鲈肥水国③正归舟。

十年征戍辽阳客④，惟盼寒衣不胜愁。

【注释】

①端端：刚刚；恰恰。

②山家：山野人家。唐杜甫《从驿次草堂复至东屯茅屋二首》其二："山家蒸栗暖，野饭射麋新。"

③水国：犹水乡。唐孟浩然《洛中送奚三还扬州》诗："水国无边际，舟行共使风。"宋欧阳修《南乡子》词之一："翠密红繁，水国凉生未是寒。"

④十年征戍辽阳客：取唐沈佺期《独不见》诗意。《独不见》："卢家少妇郁金堂，海燕双栖玳瑁梁。九月寒砧催木叶，十年征戍忆辽阳。白狼河北

音书断，丹凤城南秋夜长。谁谓含愁独不见，更教明月照流黄。"

冬 山

画山难画到冬时，睡态凄凉瘦骨支。

岭上松梅堪入梦，峰头冰雪懒舒眉。

精神阒若^①形弥古，面目依然老不知。

木落草枯明月夜，白云一片好扶持。

【注释】

①阒（qù）若：寂静貌。

秋夜闲吟

骚客^①今宵坐短檐^②，诗情满腹此时添。

秋声野外蝉千树，夜色庭中月一帘。

【注释】

①骚客：通常和文人并用，亦称骚人，是诗人的别称。

②短檐：屋檐。明徐渭诗："短檐侧目处，天际看鸿飞。"

宫营子^①

车马劳劳欲远征^②，亲朋祖饯^③不胜情。

回头已觉山千叠，才是离家第一程。

【注释】

①宫营子：即今辽宁省朝阳市喀左县公营子镇。公营子之名始于清代，来自蒙古语。清朝初期，该地建有公爵王爷的行宫宅府，蒙古语称"宫根浩若"，意为公爵王爷的官府。汉语意译称公营子。

②车马劳劳欲远征：劳劳，辛劳；忙碌。唐元稹《送东川马逢侍御使回十韵》："流年等闲过，人世各劳劳。"宋梅尧臣《晓》："人世纷纷事，劳劳只自为。"远征，意为征伐远方国家与地区，远道出征，又常常代指行走远路。诗中指诗人去京赶考。

③祖饯：以酒饯行。古代饯行的一种隆重仪式，祭路神后，在路上设宴为人送行。诗中指诗人进京赶考前的饯行活动。唐李白《闻李太尉大举秦兵百万出征东南懦夫请缨冀申一割之用半道病还留别金陵崔侍御十九韵》："群公咸祖饯，四座罗朝英。"

郡中暮春同汪琢岩游狮子沟①

转向烟花②胜处行，路旁楼阁接云平。
谁家少妇珠帘③里，墙外空闻笑语声。

【注释】

①郡中暮春同汪琢岩游狮子沟：郡，古代行政区域，始见于战国时期。中国秦代以前比县小，从秦代起比县大。秦置三十六郡，汉又增四十六郡，二十一国，凡郡国一百有三。隋朝废郡制，以县直隶于州。唐朝道、州、县，武则天时曾改州为郡，旋复之。明清称府。诗中"郡"指承德，承德乾隆年间曾设承德府。汪琢岩，许植椿的朋友，生平待考。狮子沟，位于承德。

②烟花：泛指绮丽的春景。唐杜甫《清明二首》之二："秦城楼阁烟花里，汉主山河锦绣中。"

③珠帘：用线穿成一条条垂直串珠构成的帘幕。唐李白《怨情》："美人卷珠帘，深坐颦蛾眉。但见泪痕湿，不知心恨谁。"

石桥东畔画楼①西，媚紫娇红夹小溪。
十里鸟声啼不断，一帘斜挂绿杨堤。

【注释】

①画楼：避暑山庄一景。

春　雪

烟树苍茫入画图，开门满地雪平铺。

春泥埋草才添润，老树著花①不厌枯。

竹径踏残芒屩②响，梅梢压折软风③扶。

诗成尚觉无多趣，更嘱家童把酒沽④。

【注释】

①老树著花：老树开花，繁花似锦。宋梅尧臣《东溪》："野凫眠岸有闲意，老树着花无丑枝。"

②芒屩（juē）：草鞋。

③软风：微风，和风。

④沽：买。多指买酒。唐李白《将进酒》："主人何为言少钱，径须沽取对君酌。"

明妃①出塞

不用三军②用美人，君王底事③爱和亲。

眉痕蹙断胡天月④，泪雨流残汉苑春。

莫悔画图欺女子，能安边塞亦功臣。

琵琶一曲悲千古，青冢⑤魂归暮草新。

【注释】

①明妃：汉元帝宫人王嫱，字昭君，晋代避司马昭讳，改称明君，后人又称为明妃。唐杜甫《咏怀古迹五首》其三："群山万壑赴荆门，生长明妃尚有村。"宋王安石《明妃曲》："明妃初出汉宫时，泪湿春风鬓脚垂。"

②三军：春秋时，大国的军队分为中军、上军、下军（也有称中军、左

军、右军的），后泛指军队。

③底事：何事。宋张元干《贺新郎·送胡邦衡待制赴新州》："底事昆仑倾砥柱，九地黄流乱注。"

④胡天月：胡，中国古代称北边的或西域的民族，亦泛指胡人居住的地方。胡天月指胡人地域夜空中的月亮。唐温庭筠《苏武庙》："云边雁断胡天月，陇上羊归塞草烟。"

⑤青冢："青冢"一词，出自对杜甫诗的一条注解：北地草皆白，惟独昭君墓上草青，故名青冢。冢指高大陵墓，这青冢便是个别致的专用词。昭君墓，一说在呼和浩特市南大黑河南岸的冲积平原上，一说在晋西北与内蒙古接壤的朔州市朔城区南榆林乡青钟村。《朝阳文学史》收录此诗，写作"春冢"，乃误。

书斋偶成

骚人①独坐似山僧②，寂寂茅庵树几层。
帘影半悬闲引燕，窗纱密护怕来蝇。
吟如得意频弹指，睡亦无时惯曲肱③。
终日优游④无个事，看花常把小栏凭⑤。

【注释】

①骚人：指多愁善感的诗人，泛指忧愁失意的文人。

②山僧：住在山寺的僧人。

③曲肱：指弯着胳膊作枕头。多用以比喻清贫而闲适的生活。

④优游：悠闲，生活得十分恬适。

⑤看花常把小栏凭：抄本作"看花长把小栏凭"。"长"有误，应为"常"。

—— **作者简介** ——

　　许植椿（1819—1869），字培之，号古樵。祖籍山东登州府文登县许家庄八棱井。清乾隆年间，许氏兄弟三人自山东登州府文登县许家庄八棱井迁至承德府朝阳县，分别落户于今朝阳县西五家子乡三道沟村、朝阳县北沟门哈吧海沟村和北票市榆树底村。居住在今西五家子乡三道沟村的许氏家族，祖父许果育有两子，长子许清淑，次子许清治。许清治育有四子，长子许植桐、次子许植椿、三子许植槐、四子许植棠。许植椿聪颖笃学，颇喜读书，道光二十四年（1844）甲辰恩科顺天乡试中第二百三十二名举人。其中举后享七品之遇，候缺未仕。与其胞兄热衷于诗词、医学、书画，专注于当地文化教育，兴办私塾。闲时登高远游，交友赋诗。一生赋诗逾千首，大多散佚，存有《许植椿诗选》（民国抄本）150余首传世。今有邸玉超《许植椿诗词校注》，辽宁人民出版社2022年6月出版。

安园诗抄

彭定安

巴黎抒怀五首

烟花三月，出访法国。彼处风光旖旎、人文荟萃，引人入胜；且目睹欧西传统文化，亲炙其现代学术艺文，感奋良多。然异邦虽好，却常生故国之念，亦于欣喜中萌发世事浮沉之感。于是情为之动，而不可抑，乃草打油数章，若计工拙，不免贻笑大方。

其一

飞天一夜到巴黎，故国人事梦难寄；
眼前繁华使缭乱，心底胜景欲比翼。
荒漠风沙催人老，欧西文明启心旗；
何须惆怅十年迟，抖擞精神重努力。

其二

坎坷平生梦凄厉，何期今日到巴黎；
不羡红灯绿酒好，惟觉学术艺文丽。
圣母院里乐音美，卢浮宫中绘塑奇；
雨果故居忆哀史，罗丹旧馆惊高艺。
香榭丽舍车潮涌，枫丹白露泉雨急；
此生不虚走天涯，美哉人间法兰西。

其三

旧梦依稀来眼底，心系故园到欧西；

大漠荒寒弃置身，枫丹白露心神怡。
浮沉人生非己运，淘沙大浪是真谛；
黄昏岁月夕阳心，犹自奋励写新意。

其四

巴黎至美意难平，魂兮盈盈故园情；
海阔天涯爱子身，山重阻隔稚妇庭。
历史滔滔大江水，人类济济觉新群；
物质福身心神损，文化再造育魂灵。
欧西文明多所取，东方精髓亦须寻；
情系家国天涯客，华夏范型创新境。

其五

去国离乡六时差，正当巴黎四月花；
黄柳碧草塞纳美，黄袍黑靴丽人佳。
风物千差赞异国，海天万里思故家；
艰困频仍心酸楚，拓展在望意风发。
世事纷扰百年忧，心神沉吟一世差；
夜半服药渡险关，吾身吾心系吾华。

1988 年 3—4 月，巴黎

告别塞纳河

1988 年 4 月 11 日下午离法归国前夕，于塞纳河畔长椅上吟得。

塞纳河水千年流，阅尽人间恩与仇；
一城美景难尽述，两岸秀色不胜收。
故国常踏岸边草，异邦暂亲草间流；
忧患忽忽百年短，红爪雪泥几处留？

巴黎情迹

——海外吟草两首

谒巴黎公社墙

巴黎细雨景色幽，公墓寂静少客游[①]。

曲径尽处呈遗址，残垣对面诉自由[②]。

坟碑累累尽艺品，矮墙寂寂别不留[③]。

烈士当年洒碧血，光照人间誉满球。

访雨果故居

高宇崇楼贵族家，尘光如水洗铅华[④]。

堂室幽暗叙往昔，罗漫艺光熠云霞[⑤]。

"九三"风云撼人心，"艾娘"情波留佳话[⑥]。

忽见高桌临窗立，诗人长仁吟无涯[⑦]。

【注释】

①巴黎公社墙位于巴黎著名的拉雪兹神父公墓之中，平时游客甚少。

②公墓尽头，方呈巴黎公社牺牲者墓。

③公墓之中，坟碑累累，每座之前均有雕像，精美动人；然巴黎公社土墙则唯剩断壁残垣，别无装饰。公社墙的对面，是"二战"期间纳粹集中营中暴动者的无名英雄墓，墓前竖立一巨大雕塑，唯两只巨大的戴着镣铐的手臂，正奋力挣脱束缚，雄伟悲壮，极富感染力。

④巴黎贵族之家，崇楼高宇，历史辉煌，如今衰微零落。

⑤雨果故居在一栋庞大的贵族宅第中，时光流逝，洗尽昔日繁华，然而，在文学史上，19世纪浪漫主义殿后大师之属的雨果，却以其小说创作，如熠熠云霞，光照史册。

⑥"九三"指雨果描写法国革命之作品《九三年》，"艾娘"，即雨果名作《巴黎圣母院》中之美艳善良姑娘艾丝米拉达。

⑦雨果居室窗前有一桌，腿甚高，桌面内斜，只能站着写字。据说有的作家为了文字精审练达而站立写作，莫非雨果也是此意？

原载 1995 年 8 月 28 日《沈阳日报》

读王充闾《我见文学多妩媚》得句三首

撰《庄子传》

童稚得识庄，渊源久矣哉；
日后撰庄传，幼教灵犀在。

绿窗人去远：小妤姐

两小无猜情缘在，缘路阻塞两分开。
鸿雁纷飞各西东，雪泥鸿爪怨命乖。

集充闾咏史句得成一律

叩问沧桑天不语，茫茫终古几赢家？
血影啼痕留笑柄，邙山高处读南华。
民意分明未少差，八王堪鄙冷唇牙。
一时快欲千秋骂，徒供诗人说梦华。

近年偶作五首

荒丘马架是吾家（自度曲）

敖汉旗丁家沟
荒村孤小丘
马架子四平米一家四口

把家安就

遥望南天思悠悠

荒漠埋骨何须忧

世道变岁月流

风云变命运扭

回城转业十年后

走出孤村访学欧美洲

燕归云散

心之痛，

人之殇，

天何忍哉，

弃我安在？

既痛燕丧，

又哭云散！

平生四人共患难，

惟存其半天各一方。

燕其归兮云亦散，

唯余次子共患难；

二其一兮在异邦，

剩余孤影独彷徨。

延儿灵前致语

日暮天无云，岁末飞流星。

熠熠生光辉，栩栩吾儿灵。

平生几许事，父子一世情。

出世忧患中，浮生风雨频。

未得展长才，俯仰寄飘萍。

素常论时势，清流弃要津。

位卑心意高，犹怀济世心。

遽尔辞红尘，父悲永难平。

还家睹物事，处处儿身形。

父愧乏眷眷，儿多拳拳心。

吾已耄耋身，尔母意不明。

无限忧患逼，独吾饮苦辛。

多少家国事，磐石压荒顶。

幸得尔友朋，相聚忆生平。

殷殷叙风谊，郁郁诉衷情。

慰汝在天灵，抚我破碎心。

愿汝永安息，深心祭汝灵。

呜呼吾儿兮，梦中乞来临！

2008 年 12 月 29 日泣拟

犹挺暮年身　襟抱初心系（2021 年）

承知友情谊，多所关怀，并全力倡议、支持为我出版多卷本文集。缘赋打油一首，韵律不协，写意而已，不足取。

暮年身心疲，心意无从寄；

悠悠数十载，风雨多苦凄。

回首平生事，颠踬不堪忆；

为民治所业，涓涓尽微粒。

文集数十卷，略存拳拳意；

痛失至亲人，伤怀意迷离。

犹挺鲐背身，襟抱初心系；

孤凄西山岁，眷眷感君意。

每每勤关注，义洒旧雨谊；

感君仁者心，定不负所期。

暮年偶咏

（2024 年 4 月于中医二院）

恪守初心而不逾兮

恐年岁之迫促

犹思问学以服元元兮

惜身心之局束

焉随时风以顺流兮

不欲变心而从俗

平生碌碌无为兮

乞暮年拳拳以修不足

—— **作者简介** ——

彭定安，1929 年生，江西鄱阳人。曾任辽宁社会科学院副院长、东北大学文法学院院长，现为辽宁省文史研究馆馆员。主要著作有《鲁迅评传》《鲁迅学导论》《创作心理学》等，出版《彭定安文集》22 卷、长篇小说《离离原上草》3 卷。

论书三十律

李仲元

甲骨文

中华文脉数千年，惊世殷墟甲骨篇。

时本贞人祈灼卜，今由学者释蹄筌。

商王有序辞为证，史记无征语破玄。

莫忘高才王祭酒，病中检药入娜嬛。

注：王懿荣，清末金石家，甲骨文发现者。

钟鼎文

国脉皆求万世昌，吉金礼器供瑶堂。

隋钟律吕调和调，周簋干支纪翦商。

毛鼎散盘奇字舞，吴戈越剑鸟书翔。

铸文炫美生新艺，丕显先民智慧光。

注：曾侯乙编钟具十二平均律。周利簋记录灭商日期。

石鼓文

猎碣崚嶒现野窠，盘纡奇籀识难多。

原知神物通今古，讵料灵岩已蚀磨。

搜取遗珍藏馆阁，拓来好纸供吟哦。

周王错代秦公事，一笑昌黎石鼓歌。

注：中国最早之石刻文字，唐初发现于陕西三畤原，今藏北京故宫博物院。

李　斯

客聘秦卿任重臣，参知改制立时新。
废除六国千奇字，规范八纮一统文。
颉籀双篇传宝典，琅琊七篆视珍珉。
纵哀黄犬东门叹，终是留名留迹人。

注：李斯，楚人，入秦为重卿。有功于统一文字，编定《仓颉》等书，秦皇巡游海内之刻石传为李斯所书。

简帛文

纷纭录事篆书难，案牍应时即可篇。
述作学人心自坦，劳形徒隶笔能闲。
马王堆厚文经聚，银雀山深武典全。
竹帛烟消书未烬，百家名著续争喧。

注：马王堆汉墓出土竹帛文书《周易》《相马经》等。银雀山汉墓出土汉简，有《孙子兵法》《孙膑兵法》《六韬》等。

隶　书

庶吏杂书多草率，庙堂正体倍端庄。
熹平经耀中郎笔，西狭歌扬太守章。
尹宙曹全皆隽丽，张迁礼器各方刚。
相承秦汉徜徉路，程蔡勋功未可忘。

注：程邈，秦吏，简化篆书写法为隶书。

蔡邕，汉中郎将，书儒家经典刻熹平石经。

平复帖

士衡秃笔世难亲，拜读通篇几字驯。

解识奇文真有韵，破空妙构竟无邻。

认知雅士当时体，追仰前贤异代神。

莫把残笺轻看取，煌煌书苑傲孤珍。

注：陆机《平复帖》为中国传世名人手札之最早墨迹。

王羲之

流觞浅醉笔端清，逸少新裁举世惊。

翰苑焚香开圣代，云帆渡海奉罗经。

任存一纸原虚论，不废千秋有令名。

敢问前贤承晋韵，谁人曾未写兰亭！

注：郭沫若著文论《兰亭集序》为伪作，世人多不认同。

伯远帖

可赞元琳久擅名，三希堂里聚家声。

山阴气韵天花落，江左风华海鹤鸣。

纵捧千金求妙迹，难逢一本是真经。

晨星寥寂东西晋，幸此孤光照眼明。

注：王珣，字元琳，王献之堂弟。清三希堂藏《伯远帖》为王珣手书真迹。王羲之《快雪时晴帖》与王献之《中秋帖》皆后世摹本。

北朝刻辞

碑铭墨迹两殊风，万变嵚崎不意中。
稚拙刚强杨大眼，沉雄隽逸郑文公。
猛龙精绝存规矩，黑女遒疏显异容。
各本天然生妙趣，挥毫莫与斧刀同。

注：石窟刻铭，摩崖墓志，异彩纷呈，为一代书法之大成。

智　永

论书莫忘永师禅，克绍家风古佛前。
退笔毛头堆巨冢，斋门铁槛证群缘。
卅年身影楼中隐，万变云烟笔下旋。
真草千文书八百，明星如雨落人间。

注：智永，陈隋间僧人，王羲之七世孙。誓传书艺，功臻妙境，中国书法艺术承前启后之大家。

欧阳询

妙艺初唐数率更，辉光千载醴泉铭。
端严持律元戎阵，瘦硬通神巨阙横。
赫赫边夷传姓字，森森武府备刀兵。
那堪后世因循笔，台阁流风次第生。

注：欧体端整严谨，后人多喜临摹，日久因循流弊，遂成台阁之体。

褚遂良

褚公八法誉空前，古韵新功入眼鲜。

本款皇文镌雁塔，讬名妙品贮人间。

簪花照水婵娟影，舞剑临风虎豹关。

闲写庾公枯树赋，灵光闪烁自超然。

注：褚书朗健，妍丽多姿，朝野临习，风行于世。

怀　仁

弘经贯艺一沙门，集字镌碑廿四春。

搜尽山阴麟凤迹，装成圣序玉珠文。

香莲出水清如许，芳颖传情妙似真。

旷世无双成范本，群伦争写王右军。

注：僧怀仁奉敕集王羲之书成李世民圣教序，镌碑。为习书研艺之最佳拓本。其功不可没。

孙过庭

一序惊天锦绣章，微言奥义字煌煌。

评今鉴古思难尽，磨墨含毫乐未央。

笔效谢王真潇洒，文衡魏晋太昂扬。

砚边我颂君传本，大夜晴霄发极光。

注：孙虔礼，字过庭，以字行。自撰书谱序，论证精密，神采飞扬。小草捷健，风神凛凛，乃为后世经典。

东瀛三笔

迢迢远客莫嫌迟，吾道其东正适时。

碧海千帆圆尔梦，丹心一片拜吾师。

曾从密室求仙谱，偶悟玄禅改旧思。

空海嵯峨橘逸势，扶桑三笔树丰姿。

注：唐时，日本多次遣使来华取经，文字书艺乃得流行。僧空海等皆其时妙手。

张　旭

谁能独绝入三中，颠逸狂飙猛士风。

剑啸虹飞娘子舞，猿移虎跳担夫功。

酒豪一代开新纪，草圣千秋立大宗。

何处野僧凭醉态，偶然与子角双雄！

注：唐文宗诏封李白诗歌、裴旻剑舞、张旭草书为三绝。张旭尝观西河剑舞、担夫争道而悟得草法。

怀　素

洒洒洋洋自叙歌，长沙寺里一头陀。

树蕉采叶幽情盛，醉酒挥毫逸兴多。

苦笋食鱼情烂漫，千文圣母笔婆娑。

笑他俗士空盘曲，优孟衣冠奈尔何！

注：僧怀素精狂草，与张旭并开烁古耀今之新体势，誉为颠张醉素。

颜真卿

雄浑宏阔斐然殊，瘦硬纤姿势不如。

骨肉悲情祭侄稿，臣僚乱序争座书。

摩崖大笔中兴颂，磊落高碑盛世符。

艺史流传多巨擘，群伦膜拜鲁公图。

注：唐兴丰碑大碣，公所书名碑数十种皆为无上妙品。

李　邕

碑铭屏障百千笺，赫赫书名四海传。

岳麓山僧禅静谧，云麾老将色流连。

常输北水融冰砚，时引南风入紫翰。

似象如龙浑不计，殊音雅调少人传。

注：云麾将军李思训，唐著名金碧山水画家。

柳公权

颜骨崔嵬柳骨骁，诚悬艺苑屹新标。

骄人笔翰心须正，醒世因缘品必高。

莫讶褉诗如剑戟，应知玄秘蕴琼瑶。

吾公仗此玲珑管，抒写中州百代豪。

注：唐穆宗问笔法，公有"心正则笔正"之论。

杨凝式

五朝历乱称风子，老笔生狂落寞心。

到处挥毫寻素壁，偶然觅纸宝奇琛。

韭花逗味秋肥狞，酥蜜开怀夏热襟。

山谷有言君记否，金丹换骨是知音！

注：公喜于白壁题写，年久颓圮，字亦无存。故纸素之作传世甚少，一憾！

苏　轼

东坡诗墨入精微，浪迹天涯信手挥。

赤壁胜游惊众彦，黄州寒食起春雷。

一蓑烟雨风波定，万品函笺鹄雁飞。

天纵奇才通百艺，任凭毫管焕明辉！

米　芾

论人最数米颠痴，奇石称兄一拜之。

海岳幽斋称宝晋，山阴遗墨作贤师。

开心激荡苕溪胜，得意嵯峨蜀素奇。

君侧敢夸刷字好，出锋八面展仙姿！

黄庭坚

平生慷慨路多忧，万里难驯海上鸥。

墨洒乾坤殊快慰，笔招雷雨总惊秋。

长枪巨戟松风阁，走虺飞龙忆旧游。

山谷升仙谁作草，狐禅随处竟何求？

赵孟頫

冉起明星如朗月，殊方故土照天涯。

观书似醉瑶池酒，赏画犹临阆苑花。

一世高名欧共柳，百年胜迹国同家。

王孙归去湖州老，满腹幽幽满目霞！

董其昌

入晋出唐誉坫坛，摹贤集古意悠然。

霜毫稳健圆庵记，淡墨空灵答客难。

松雪道人情郁郁，戏鸿堂主势翩翩。

此公别有风仪在，并赵齐名四百年。

王　铎

驰毫纵肆任宏张，未见前人若此狂。

时把半生心底怨，书成满纸墨痕香。

每凭怒马盘鹰笔，屡改鸿儒雅士装。

荣辱翻澜谁得似，雄飞最数孟津王！

清书法

斑斓故苑艺林深，前路多歧各自寻。

刻意尊碑求北魏，痴情尚帖入山阴。

金奇郑怪频惊目，王淡刘浓两会心。

纵使神追奇秘谱，依然抚弄旧时音！

注：金农漆书，郑燮六分半书，皆以奇炫人。刘墉、王文治有"浓墨宰相""淡墨探花"之名。

结　语

东方殊术占先期，光照芳邻艳羡时。

国艺生辉曾自傲，斯文延绪赖天滋。

鼠标硬笔应时用，玄液柔毫尽意麾。

花落花开原有律，中华含笑报非遗。

—— 作者简介 ——

李仲元，字重缘，号漫叟，室号缘斋。祖居辽南复县，1933 年生于沈阳。幼承家学，文史词章无所不习。16 岁携笔从戎，参加中国人民解放军，并赴朝参战。转业后任职于沈阳故宫博物院。现为沈阳故宫博物院名誉院长，中国书法家协会会员，辽宁书法家协会顾问，沈阳市书法家协会名誉主席，沈阳诗词学会名誉会长，辽宁省文物保护专家组成员，国家一级美术师。主编出版《沈阳故宫明清绘画选辑》《明清楹联选》等多种，发表《古候城考》等论文数十篇。书法作品多次参加全国书展等国内外大展并举办个展，出版《李仲元书法作品集》《李仲元自书诗图集》等多部。出版旧体诗赋集《缘斋吟稿》《沈阳赋》等多种。先后获沈阳市政府文艺大奖、辽宁省文艺成就终身奖、中国书协三十年贡献奖。

遽庐诗词近作选

王充闾

七律八首

故宫博物院《太和邀月》活动赋诗二首

惯道龙廷似战场，静中冷眼阅苍黄。
悲闻霸主烹功狗，愤说佛爷觅罪羊。
露重风高玄鬓冷，钟鸣漏尽黍离伤。
精忠枉自迷青简，回首当抛泪数行。

电转蓬飞六百春，太和觞咏忆前尘。
惯将醉眼观醒眼，谁解抽身是爱身！
为蝶为周同属梦，成龙成鼠总由人。
亦曾桑下经三宿，不为浮名损性真。

山庄留别

风来月上任由之，瀛苑游仙醉不辞。
好梦每堪三日忆，空山禁得百年思。
禅中机息闲方悟，尘外桃源到始知。
惜取清光舒倦眼，重来期约叶红时。

访端木蕻良先生故居

太息西风扫碧芜，文星殒落水天孤。
书传芹圃留精品，笔绘科旗展壮图。

立雪情真成梦幻，识荆缘尽对空庐。

九泉应有吟魂在，知我床前一恸无？

注：端木先生有《曹雪芹》传、《科尔沁旗草原》传世。

哀悼袁阔成先生

评书表演艺术家袁阔成先生仙逝，心中怅憾久之。青年时期与先生相识，往事般般，至今犹存记忆。

惊闻噩耗倍伤情，忆昔倾谈鬓尚青。

缘结营川碑在口，名标华夏璨如星。

新书魅力迷庄院，妙艺高风赛敬亭。

目注辽原怀旧雨，悲歌薤露奠英灵。

联床岁月久萦怀，听遍新书亦快哉。

俄顷干戈成玉帛，蓦然平地起楼台。

人惊绝艺千般巧，我羡高华八斗才。

舌灿莲花长已矣，书场折柱剧生哀。

荏苒光阴五十年，故交强半化尘烟。

盈虚若彼苏谈月，逝者如斯孔阅川。

实至名归仁者寿，功成身退智哉禅！

挽歌我效桓伊唱，昔梦追怀一黯然。

追忆文物鉴赏专家杨仁恺先生

灵光鲁殿渺难留，国宝沉埋岁几周。

学术已然名一代，德行犹自耿千秋。

班荆昔慕扶风帐，遗爱今怀沐雨楼。

此去公应不寂寞，宗师多被夜台收。

七绝二十二首

咏间山国画节

健美鲜灵入目新，画坛接力有来人。
山城四月愁寒雨，笔底千花占早春。

朱墨琳琅秀可餐，模黄范李各增妍。
画图省识神州骨，百幅春绡半写山。

中秋杂咏三首

终古劳劳照大千，沧桑迭变感人天。
秋容皎皎无纤介，万影横陈总湛然。

嫦娥玉兔本虚空，桂影依稀在望中。
不晓飞船登月后，砂荒何处觅蟾宫？

情怀不羁思悠悠，学海文山汗漫游。
史是风云诗是月，萧斋兴会读中秋。

龙羊峡水电站

千里游龙一剑横，涡轮转得万方明。
轻车下坂频回首，过此黄河不再清。

三江赋别

船歌高亢牧歌甜，碧草如茵接远天。
我与三江期后约，流云逝水两茫然。

雾中访江郎山不见四首

千里驰驱历险艰，茫茫迷雾隐三山。
世间尤物难消受，归抱舆图纸上看。

雾锁云封一壮观，千重素帐裹羞颜。
江郎也似新娘子，头未梳成不许看。

吟魂缭绕雾云间，妙绪幽思涌巨澜。
倩影何妨凭想象，羞花闭月美千般。

撑持天地与人看，除却江郎莫话山。
今古一齐提胃口，只听吆喝不开盘。

题丹东杜鹃花节

北地春心托杜鹃，诗情画境两增妍。
十年始与花期会，珍重江城一日缘。

翠　湖

陌上花开客到迟，翠湖烟柳已垂丝。
浮云净扫天光碧，万点翔鸥乱撞诗。

山茶花

花气熏人欲破禅，禅盲似我自陶然。
徜徉十里诸香界，忘却秋霜染鬓边。

注：花气熏人欲破禅：陆游诗句。

棒棰岛遣怀

高楼纵目兴偏豪，滚滚沧溟接素霄。
欲驾飞舟凌碧落，银河渤澥可通潮？

咏石榴

烈日烧成一树彤，万花攒动火玲珑。
高怀不与春风近，破腹时看肝胆红。

棋盘山水库即景

为晴为雨两由之，埋首沉酣澹定时。
异样丰穰同样乐，渔翁垂钓我敲诗。

历代哲理诗赏评

昼间参悟夜间思，天海诗心任骋驰。
妙赏未终残梦断，虫吟如雨月斜时。

意匠经营贯古今，每从邃密转深沉。
评诗也似追穷寇，直抵真诠始惬心。

徙倚孤窗远市尘，蠹鱼生计一灯亲。
老怀自不伤寥寂，书卷情浓尽故人。

哀悼王向峰先生

永诀灵前无见期，秋窗独忆对谈时。
一从此际人长往，怕咏豳风七月诗。

痛失知音老泪弹，人天幽渺有无间。
也曾梦里依稀见，却问缘何去不还。

注：向峰先生于 2022 年 7 月 9 日仙逝。

五绝一首

赠　友

新的一年日历册，一月五日始见，寄赠友人，并附小诗。

小圃花迟放，折枝赠友人。

岁朝虽已过，还葆整年春。

词六首

雨中拜谒烈士墓·调寄一剪梅

拜谒陵园感万重，细雨朦胧，泪眼朦胧。鲜花碧血一般红，此也彤彤，彼也彤彤。　无限风光在望中，万象葱茏，四野葱茏。当年鏖战创殊功，别了英雄，记住英雄。

黄鹤楼电视塔·调寄一剪梅

楼塔巍巍一水间，才下蛇山，又上龟山。风光果胜画图鲜，桥跨晴川，阁映晴川。　过客滔滔赞楚天，诗兴翩翩，思绪翩翩。白云黄鹤两悠然，来也流连，去也流连。

贺人民文学出版社七十华诞·调寄江城子

精神圣殿不寻常，溢书香，照琳琅。老树新花，驰目满庭芳。文运向来关世运，齐奋进，展辉煌。　恢宏踔厉谱华章，慨而慷，竞腾骧。前景迷人，何惧路途长！过隙白驹争晷刻，休负却，好时光。

西安事变咏怀·调寄鹧鸪天

风雨鸡鸣际世艰，西京义烈震瀛寰。胸藏海岳居无地，卧似江河立是山。今古恨，几千般，功臣囚犯竟同兼！英雄晚岁伤情事，锦绣家乡纸上看。

西安兴庆公园即景 · 调寄一剪梅

借鉴江南构古园，放眼宏观，着手微观。华亭曲槛衬湖山，蝶向花穿，琴向心弹。　袖里乾坤万顷宽，静倚雕栏，寄慨千端。风光虽好莫流连，检点余欢，且跨征鞍。

《影志》题记·调寄西江月

尝叹春宽梦窄，平生惯走天涯。沧桑阅遍鬓霜华，万象纷陈笔下。　月色澄莹似旧，回头几度风花。雪泥鸿爪影横斜，胜却千行絮话。

—— **作者简介** ——

王充闾，作家、学者。中国作协第五、六届主席团委员，辽宁省作协主席、名誉主席，中华诗词学会顾问，南开大学客座教授。在国内外50多家出版社出版著作90余部，有《充闾文集》20卷。《春宽梦窄》获中国作协首届鲁迅文学奖，《国粹》入选"2017中国好书"。作品被译成英文、阿拉伯文、泰文、罗马尼亚文。

春色斑斓二十七首

孙洪海

诗 意

目送长河变细流，回眸雁阵伴云游。
一瞥杜甫那行鹭，顿觉春光诗意稠。

春 分

东风抚柳弄长须，遥望青烟近赏丝。
时已春分景还淡，清明定有画藏诗。

咏 柳

河边垂柳舞春风，昨日鹅黄今泛青。
嫩叶尖尖印流水，恰如龙井泡杯中。

春 光

碧水穿城映翠林，樱花怒放火烧云。
春光有意献七彩，迷醉八方赶路人。

小满即兴

遥观草木尽葱茏，耳畔犹闻云雀鸣。
馥郁熏风暖肠胃，精神美味养心情。

春 河

冰化河床透底明，连绵苔藓绿茸茸。
溪流水暖泥鳅醒，摇头摆尾闹沈城。

河边即景

漫步河边逐水流，凝眸垂柳戏泥鳅。
游来荡去如垂钓，只欠枝头系饵钩。

春分抒怀

春分阳气盎然升，目送溪流赏柳青。
渴盼沈城花供眼，穿街走巷嗅香风。

河边风

风吹浪破水中天，柳摆柔丝如甩鞭。
苍鹭见鱼难敛翅，飞来荡去舞翩跹。

赏 春

红桃蕾粉柳鹅黄，鹭入浑河雁北翔。
万物还阳天地美，观花赏景莫彷徨。

杨树花

白杨二月吐雄花，状若毛虫挂树丫。
尽管天生模样丑，争春之举尚需夸。

人间四月

柳绿桃白杏粉红，香风清气暖融融。
人间四月生机旺，万物葳蕤共向荣。

春风颂

昨夜南风入梦摇，今晨垂柳绿千条。
东君潇洒施魔法，万物恭迎早入朝。

山村幽境

雄鸡报晓响天穹，山静林幽百鸟鸣。
村里一声新犬吠，半轮红日耀葱茏。

丁香颂

丁香花小尽芬芳，馥郁迷人益寿康。
每日深吸三五口，强于赴宴品琼浆。

咏　雨

昨宵枕畔未闻风，草木频传洗浴声。
晨见花儿含泪笑，尘埃一扫叶葱青。

垂　钓

湖光潋滟漫清风，岸上悠然老钓翁。
鱼饵抛出无顾盼，凝眸碧水令心清。

倒　影

寻常景致映河中，倒影迷人魅力生。
视角不同结果变，心怀哲理眼光清。

芒种吟

芒种频闻布谷声，苍天发号令催耕。
谁人因懒误农事，岁末当喝西北风。

咏北运河

水静林幽鸟脆鸣，葳蕤花草馥芬浓。
往昔污泥旧河道，今日风光秀沈城。

五律·咏春

三人同日行，万物喜相迎。
花草悄然长，飞禽婉转鸣。
蜂蝶结伴舞，纸鹞独升腾。
放眼皆明媚，谁能不纵情？

七律·昭陵春色

人靠衣裳花靠容，春来万物竞滋萌。
桃红李粉色争艳，柳绿杨白翠渐浓。
连翘金黄妍闪亮，丁香钻紫美朦胧。
葳蕤草木兴韶苑，色彩缤纷灿沈城。

如梦令·赏海棠

春末海棠绽蕊，媚似明眸含水。
翠叶绿葱葱，花有涂红妖嘴。
真美，真美，看罢此生无悔。

长相思·思春归

思春归，盼春归。春雨如酥润翠微，东风暖暖吹。
鸟飞飞，蝶飞飞，鸟语花香共耀辉，芬芳醉若醅。

探春令·新气象

碧溪鷇觫戏东风，柳丝空摇荡。河底鱼招惹鸭呛，激起鳞光波浪。　　初春气象颇舒畅，到处新模样。水边伫望心生梦，亟待百花齐放。

庆春时·龙年欢聚

雪融冰化，红灯悬起，鹊绕门前。楹联似火，烟花灿烂，欢庆甲辰年。　　合家团聚，谈笑舒畅怡然。情真意切，开心至极，花好月明圆。

蝶恋花·迎春

红杏枝繁新柳翠，百鸟争鸣，馥郁催人醉！河水澄清鱼找对，鸭儿待品鲜滋味。　　有道四时春富贵，万物还阳，大地皆生媚。莫负东风施眷惠，应拿硕果当回馈。

—— 作者简介 ——

孙洪海，早年毕业于辽宁大学中文系。先后于沈阳师范大学、中国人民武装警察部队沈阳指挥学院、辽宁大学从事教学工作。后在某新闻单位从事新闻工作。现为辽宁省散文学会副会长，辽宁省老教授协会人文社科委员会副会长兼秘书长，辽宁省作家协会会员。

暮春纪事七律二十首

于景颇

暮春即事

妖桃妆卸燕泥干，杏子枝头略带酸。
年老偏寻花后梦，春深最爱雨余欢。
小园香绕红樱树，旧圃芳传绿牡丹。
大好时光须把酒，一朝逝去唤回难。

春夜喜雨

飘飘洒洒过三更，天地于人特有情。
芳草初青鲜亦亮，新花渐重润还明。
泥柔顿使红生蕊，雨细频催绿吐萌。
一夜潇潇何必问，小园春韭已堪烹。

观米南宫蜀素帖

米老奇书力万钧，我临世载付艰辛。
唐冠宋履真生色，阵马风樯甚逼人。
善集前贤多趣味，不随时辈得精神。
世间可笑空摹拟，尔辈毫端有俗尘。

大漠秋点兵

瀚海挥兵拟战烟，雄师劲旅阅燕然。
阵云整肃声撼地，导弹威严箭在弦。
铁甲秋风驰大漠，银机旭日啸长天。

从军我欲临边塞，可叹书生非壮军。

惊见喇叭花不伸蔓即开

附势当年高处爬，如今革面亦堪夸。
垂红引绿无修蔓，换土浇根长异葩。
历经冷暖人方惜，参悟高低气自华。
脱胎换骨从兹始，不用攀援也著花。

喜得王贵忱老人墨宝

喜从翰墨慕乡贤，欲识东风总有缘。
南国木棉初放蕊，辽河垂柳乍含烟。
人称海内存知己，我道天涯结忘年。
柴水愿迎归客棹，故园山野正春天。

李兆麟将军赞

——为辽阳市灯塔县全国李兆麟杯诗词大赛作

将军立马抗顽倭，百战方归鬓未磨。
黑水高擎驱虏帜，白山永记露营歌。
月升中夜团圆近，星坠黎明感慨多。
幸有英魂回故里，化为灯塔照山河。

呈卞孝萱先生

家在六朝繁盛地，冬青竹影隔尘嚣。
图书满壁自清远，桃李盈枝不寂寥。
章氏柳花增异彩，韩文学海领高潮。
春风煦煦开新境，犹识扬州旧板桥。

别重庆

依依回首别渝州，烟雨嘉陵景渐收。
楚地虽遥心向往，巴江更美我连留。
滔滔绿水奔夔谷，脉脉青山送客舟。
欲饮一杯中峡水，巫峰却在万峰头。

青藏铁路通车感赋

汽笛声声天路通，高原屋脊走长龙。
穿山缩地非神话，跨水凌空似彩虹。
旅客无忧心坦坦，羚羊有道物融融。
昌明盛世多奇迹，从此昆仑指顾中。

山海关怀古

天开图画惠中华，控海连山不足夸。
潇洒秦皇存梦幻，风流徐福乘仙槎。
大泽龙蛇翻禹甸，晚明烽火引胡沙。
一自洋枪开锁钥，雄关不属帝王家。

乡　愁

一别家山数十秋，魂牵情绕总难休。
炊烟起处茅檐矮，篱豆开时院落幽。
老柳丝长牵客梦，小溪水缓诉乡愁。
关心最是梢间月，总把离情挂上头。

黄鹤楼

一楼临水势通天，游客登高思渺然。
黄鹤凌空超百丈，青莲搁笔越千年。
涛声漫卷西山雨，帆影争驰东海船。
胜地虽惭才分小，题诗也盼涌如泉。

重到扬州二首

轻装布履广陵游，依旧山川景色幽。
三月烟花尤绚丽，一桥明月最风流。
岸遮杨柳长湖瘦，城隐园林古迹稠。
今日不需缠万贯，平民也可下扬州。

瘦湖重泛木兰船，一片芳华到眼前。
绚烂桃花春雨后，婀娜杨柳东风天。
遥寻杜牧曾游地，近忆板桥再到年。
惭愧平山堂下过，经临尚未有诗篇。

和友人冬夜思乡诗

茫茫冬夜欲何之？冷月无声曙尚迟。
满地严霜伤客意，半壶浊酒动乡思。
医闾绝巘千回梦，凌水垂杨万缕丝。
故里山川今有待，思莼张翰拟归期。

赠张晓风先生

曾宿梅根写早花，常潜草莽看鸣蛙。
双楼台古萦新梦，清水河长育大家。

晚岁石田诗愈健，中年王冕笔堪夸。

劝君日饮三杯酒，墨海书山路有涯。

金陵怀古

悲恨荣衰出此中，几回王气几曾空。

金莲舞破南朝梦，玉树歌残后主宫。

朱雀桥边春草绿，乌衣巷口夕阳红。

豪华竞逐随流水，代代王朝总是同。

金陵春望

石城旭日沐东风，千古浪淘六代空。

物换星移春荡荡，龙盘虎踞势葱葱。

一园梅树飞花雨，数里江桥落彩虹。

频起高楼新建业，江东子弟是英雄。

观一墨先生指画山水

搜尽奇峰手运挥，且园妙技有依归。

甲端墨法随心变，纸上岚烟如意飞。

指染溪山山得势，掌摹花草草生辉。

眼前疑是桃源境，拟与渔郎入翠微。

—— **作者简介** ——

　　于景颏，原名于景福，辽宁铁岭人。曾任辽宁省诗词学会副会长、中国《诗词世界》理事、辽宁省楹联家协会常务理事、铁岭市文化促进会副会长等职。现为中国辽金文学研究会理事、中国书法家协会会员、中华诗词学会会员、辽宁省历史学会理事、铁岭市历史学会会长、铁岭市诗词学会名誉会长。

蒲水诗草

张振忠

辛丑之秋，新迁沈北，面河而居。蒲水途经处，聚流成湖，有七星之誉，曰春、曰夏、曰秋、曰冬，曰天、地、人。余居地坤湖之阳，岸多柳槐杏李之木，花草亦繁，朱栏环绕，甬路纵横。春花秋月，夏雨冬雪，四时景象，尽属人生。情之所属，偶有所记，名之曰蒲水诗草，就教于大方之家。

早春即景

冬深逢雨后，柳色泛柔黄。

云转辉山暗，风摇蒲水长。

淡烟生紫气，遥草透春光。

莫怪东君懒，都贪睡梦香。

花 季

满街白羽杏花片，一串香风紫李枝。

正是年年春好处，梨花俏笑海棠迟。

地坤湖写意

天低雾锁一湖烟，镜里无风不见船。

自笑原非西子面，情思百转入诗编。

居 处

孝信桥头蒲水北，地坤湖畔桂园东。

寻常百姓人家院，但有春风便不同。

满庭芳·野芍

魏紫姚黄，丹鲜雪艳，天姿绰约妖娆。生来俏傲，无奈傍溪桥。雨打风摇落寞，枉兴叹，遗梦荒郊。春深夜，孤身独抱，瑟瑟待新朝。　　憾心高命贱，可离无寄，一任萧条。化成药，含酸带苦煎调。敢问谁人懂得，个中事，不忍重描。拥国色，纵然作土，亦质胜琼瑶。

蝶恋花·杏仙闹

红杏铺陈春欲笑。粉面朱痕，密簇叠拥绕。莫道东风羞弄俏，飘摇也起轻浮调。　　细语封唇悄不要。看那张生，老迈心犹少。偷把身香迷七窍，妒翻群媛尖声叫。

双休记景

湖畔繁阴路，游人踵相牵。
风歇柳垂矮，栏隐路回弯。
野帐新邻舍，滩头老渔竿。
谁家猫虐狗，惹得众人看。

雨　后

夏至初逢连雨天，消闲弄笔思茫然。
路砖隙小苔钱胀，庭树阴浓野土鲜。
风静谁临湖畔水，气清尤凝笔端烟。
老扇摇落云中雨，心幻心无半作仙。

雨后湖边即景

三伏烟雨爽留风，晴盼云深阴盼虹。
不羡人间清暑殿，枉言天上广寒宫。

渔郎呆对滩头苇，蒲草闲摇柳下虫。
流水清浑何所碍，长竿钓语四时同。

新居晨起作

晨清碎鸟吟，窗晓树犹新。
疑夜风吹雨，开门叶落金。
新居偏远市，老我总闲心。
细味声声里，如听舜帝琴。

辛丑秋日感怀

秋深隔夜雨，湿梦晒新阳。
门外青云远，篱头老菊黄。
天时知冷暖，人世念陶唐。
我有排忧酒，谁来寄馀堂。

扫　风

石阶零落频，秋色五成新。
手扫沿除序，风来扯衣襟。
林疏知岁晚，叶落数年陈。
敝帚踌躇久，秋风是故人。

踏秋行

一夜寒秋雨，开门落叶深。
枯干松软态，清净嫩鲜心。
风物随节令，时光序古今。
窸窣声色异，岁月比黄金。

壬寅中秋夜记怀

夜半中秋月，徘徊未便行。

帘中人影动，云外岁寒生。

凭寄山隔远，相思梦入轻。

愁心谁与共，留照小窗明。

壬寅九月望日有作

深秋忽雨雪，九月露凝寒。

树色生黄韵，蛩声已断弹。

时光长漏尽，岁月老趋残。

轩小疏林阔，诗多五味酸。

冬前小雨大雪后有寄

　　癸卯立冬前三日，一夜细雨。晨起，忽转雪，飘然而至，天低云矮，漫天皆白，气温骤降，寒冬倏至。枝上黄叶，雪压低垂，随风飘零，顿生感慨。欲问天公何以来去如此，终是自问自答。此中真意有所感悟者，可解自然之道、人生之道、世事之道。

雨洗秋风冷，枝黄雪覆垂。

云天弥漫矮，草木萧疏萎。

问道从来去，无缘归与随。

谁知年岁老，更起世人悲。

扫　叶

残绿枯黄杂破红，春青从此恨秋风。

今朝失落翁亲扫，他日飘零谁此躬。

也信东君天复暖，无言老朽命归穷。

青云远去心何寄，可叹荣华一夜空。

秋　居

晨起廊前扫绿苔，秋光暖影上楼台。
霜风也效东风好，落紫飘金次第开。

荷　塘

水渌秋塘泥淀肥，柳垂摇誉自成围。
老莲红瘦无人羡，偶有蜻蜓款款飞。

湖畔闲题四首

月面微开云过塘，晚风惹草带腥香。
行人脚步悠闲里，隐隐欢声姐唤郎。

小蟾方寸路当央，四脚爬行身扯长。
敢问何因横道路，昂头瞪眼富家郎。

秋水澄明一镜寒，获花初放未摇绵。
风分湖水凫耕乱，夕照烧红水底天。

日暮湖天一镜平，微漪乱点水云星。
钓绷不举吞钩客，痴等蚩琴断续鸣。

闲　云

闲云不为雨行忙，越壑依山独感伤。
结伴溪头篱畔外，别时犹带醉时狂。

壬寅霜降

霜降降霜日，赋闲闲赋时。

秋风昨夜紧，音信何迟迟。

水调歌头·中秋

人间多少事，最恼是中秋。一轮闲月，圆缺频惹古今愁。河汉团栾如镜，俗世孤清谁寄？楼畔上心头。应许今夕好，可奈竟无由。　　清光里，杨柳岸，枉凝眸。年来数度，独酌对影醉分忧。不怕天高路远，但恐无边无际，漫漫几时休。既悔今宵苦，何必觅封侯。

雪后闲吟

大雪飞三日，江山一色贫。

积深篱自短，风冷酒尤亲。

天地全裁素，乾坤半镀银。

寒阳光彩艳，乱写暖风春。

雪窗私语

天寒窗外雪，色调冷前湖。

一景诗千韵，千题酒一觚。

思招寻梅客，未睹携琴图。

雪即不知饮，空怀咏絮孤。

辛丑大雪读诗

冬来入夜暮云天，白粉覆新万里川。

远筑隔烟千嶂幻，残林近雪一窗烟。

人行趔趄鹅身小，车载纤徐龟步圆。

室暖客空读书日，蓝关勒马恨无眠。

晨雪冰花

雪落枝头满树桠，风刮日化气升华。
梢繁不舍星星点，十月冰花赛杏花。

新居雪后感怀

远市新居一水旁，尘劳如雪白茫茫。
春来暖起桃花水，秋去寒依燕子梁。
老丈柴门三日晦，孤吟苦墨半刀黄。
休言事过皆成梦，苦辣酸甜自感伤。

—— 作者简介 ——

张振忠，教授。中国书法家协会会员，辽宁省作家协会会员。1982 年 1 月大学毕业后留校任教，曾任中文系副主任、社会学系主任，硕士研究生导师。后到教育行政部门工作，已退休。出版古体诗集《丽水清吟》及《甲骨文日课》《书法教学论》《河之魂——民族精神的哲学思考》，个人书法作品集等著作十五部，曾获中宣部"五个一工程"奖、中国图书奖等，曾主持国家艺术基金项目"让你爱上中国字"。

金山客七律十首

李金坤

阳台最怡神

阳台弹丸自馨安，左伴牡丹右伴兰。
身后书香无俗气，桌前茶淡有清欢。
寻常烟火诗情厚，浮躁人间意志端。
比翼神思天际远，民心化导不离鞍。

恩师永生

——褚斌杰先生逝世十周年祭

钟情文学弃医名，坎坷途中伴梦行。
天赋才情霜雪虐，春回朗润松竹贞。
乐培才俊寰球遍，笃爱诗骚著述盈。
每仰恩师慈蔼像，潸然不禁悼怀萦。

注：褚斌杰（1933.6—2006.11），笔名楚子。北京大学教授，博士研究生导师，著名学者、文学史家。曾任中国屈原学会会长，诗经学会副会长，国际汉诗协会名誉会长，白居易学会顾问等并曾兼任深圳大学、河北大学、山东师范大学等校教授。1998年至1999年，余随褚先生做高级访问学者。访学期间，褚先生仁厚之人品与严谨之学品给余影响甚大。2004年8月，褚先生在其从教50周年庆祝会上说，他平生倾慕两句格言：一是马丁·路德·金的"我有一个梦想"；一是《周易》中的"天行健，君子以自强不息"。此乃褚先生一生奋力前行之真实写照。朗润，即朗润园，北京大学校园之一部分，此代指北大，并巧含双关意也。

江苏宏德段玉裁研究中心成立大会感赋

说文鳌首四名家，千七百年独艳葩。

骨挺砚耕家训正，贫支祖耀典型嘉。

段研宏德成基地，解字称仙誉海涯。

自信自强根脉续，良知焕发兴中华。

注：说文鳌首四名家：清代《说文》研究四大家，指段玉裁、桂馥、王筠、朱骏声。段玉裁名列四家之首。千七百年独艳葩：王念孙称赞段玉裁《说文解字注》自许慎之后"千七百年来无此作矣"。骨挺砚耕家训正：段玉裁祖训，"不撑铁骨莫支贫，不耕砚田无乐事"。段研宏德成基地：即江苏宏德段玉裁研究中心。

痛悼刘兄勇刚教授

扬州大学文学院挚友刘勇刚教授，于 2023 年 12 月 17 日晚 8 时 10 分因突发疾病而不幸仙逝，余于昱日大雪纷飞时惊悉噩耗，泪顿潸然。两月前我们幸于上海大学诗词吟诵大会上相遇，三日前尚电话联系，他皆言及自己之雄心壮志：坚持守正创新，争做一流学者。豪气干云，由衷钦佩。其岁方逾半百，年富果硕，正乃大展宏图之际，孰料英才天妒，春花摧折，悲恸不已！

惊闻挚友遽西归，雨雪霏霏伴泪飞。

曾听豪言雄志发，孰知荒冢草丛围。

英年零落深悲悼，微信烟消绝暖晖。

料得泉台赓秉烛，康安铭刻切无违。

古稀生日感怀

今朝乃余古稀之生日，爱人特做面条、小菜，并敬红酒以贺；北京读研之孝儿微信祝贺；远在五千里外漠北之岳父母亦专电致贺。亲情如春风，沐心倍觉暖。感于斯，余特作小诗，聊表感激之意焉。

无情岁月染鬓霜，窗畔松高胜屋梁。

转瞬古稀臻老境，回瞻来路少忧伤。

一生独享三书乐，四海频传百蕙芳。

不负友亲关爱意，弘文跃马再荣光。

注："三书"，指读书、教书、写书，自称"三书先生"。

江苏省常州市季子文化研究会员大会感赋

先秦诸子七名贤，华夏文明首着鞭。

六子中原竞智策，一心季札谋南天。

墓枝挂剑千年贵，诚信遵行万载妍。

合力探研新果硕，惠风吹绿九州田。

金山湖千叶廊桥赏荷有怀

千叶廊桥尽是人，荷花争睹满湖新。

翩翩少女迎风舞，细细清香润肺淳。

汉服唐装留影夥，青丝白发笑声频。

江山草木无穷数，最爱奇葩绝俗尘。

中国文心雕龙学会四十华诞感赋

巨制文心叹止观，批评理论首开端。

卅年学会融融庆，六合祥云叠叠抟。

携手攻关青白乐，同仁探索外中欢。

彦和泉下频颔首，吾辈研途应更宽。

注：青白，即青丝白发，指代中青年与老年学者。

书斋偶感

诗情鱼鸟自由舒，画意山川俗念除。
心绽百花无艾草，斋藏千卷有芙蕖。
常闻窗外思风雨，静读书中辨马驴。
屈子好修真善美，智晖沐浴暖寒庐。

守　心

旗幡飘舞赖风行，祸患皆因欲念生。
不动一心山岳稳，从容万事海江平。
有生业绩无生悟，乐意情怀苦意迎。
荣辱相齐名利淡，福泉恒涌寿康宁。

—— 作者简介 ——

　　李金坤，字仁山，又字智泉，号三养居士，别号三乐生，笔名金山客、李无言等，江苏金坛人。苏州大学文学博士，北京大学高级访问学者，江苏大学文学院教授，浙江树人大学及广东数所高校客座教授。为中国诗经学会、中国文心雕龙学会等诸家学会理事。尚仁崇爱，敬畏自然，重情乐趣，向往东坡。从事高校古代文学教研 30 余年。出版《风骚诗脉与唐诗精神》等专著 3 部，参著《新编全唐诗校注》等 20 余部；在《文学遗产》《学术研究》《文献》《文史知识》《经学研究》（中国台湾）、《人文中国学报》（中国香港）、《国际言语文学》（韩国）、《诗经研究》（日本）等重要刊物发表论文 300 余篇。主持并完成国家社科基金后期资助项目 1 项，省、市级科研项目 8 项。获国家、省、市各级社科优秀成果奖 20 余项。教余雅好辞章，陶情怡神。所撰《镇江赋》《复建北固楼记》碑文及《诗话镇江新二十四景》组诗等，弘扬乡邦文化，颇有影响。

浅绛轩近作诗选

初国卿

好太王碑歌

甲午秋十月，游集安谒好太王碑。近亭而望巨碣，历经风雨打磨与反复捶拓，依然字迹遒朴，石花斑驳，尽呈岁月包浆。时距古碑所立甲寅之年，即东晋司马德宗义熙十年、北魏拓跋嗣神瑞元年、北燕冯跋太平五年、高句丽长寿王二年（414），已逾一千六百年矣；距族人初天富、初均德父子筑茅茨碑侧，供大碑线索于怀仁书启关月山之光绪三年（1877），也已过去一百三十七年矣。而今，好太王碑研究已蔚成世界显学，其拓本亦弥足珍贵。余曾多年关注，藏得此碑拓本两套，今对应石碑四面，益有良得，颇多感叹。归来依清王志修八十四句《高句丽永乐太王古碑歌》之七阳韵，遂得《好太王碑歌》一百二十句，为余近年赋诗最长者焉。题于拓后，以纪金石缥缃之韵也。

> 长白老岭莽苍苍，鸭绿江水碧汤汤。
> 岭上红叶江花染，伴我集安访碑皇。
> 犹是玄菟①故郡地，曾属辽海怀仁乡②。
> 文化名城复重镇，古碑高矗江之阳。
> 角砾凝灰岩独立，斑驳漫漶现剥伤。
> 一柱擎天高二丈，自然形制略呈方。
> 宽八厚四尺坳垤，四面环刻四二行。
> 字大超拳近汉隶，一千七百余煌煌。
> 虽无赑屃盘螭饰，嵯峨气宇亦阛闉。
> 阅尽沧桑千六百③，萧然遗世饱风霜。
> 拂尘近世享隆誉，世界遗产竞华芳。

只缘海东第一碣，集安幸得美名扬。

忆昔谈德④承基业，广开土境好太王。

始祖朱蒙⑤姓高氏，母讳柳花河伯郎⑥。

夫餘南下沸流水⑦，五女山⑧城据高冈。

开国名号高句丽⑨，王城丸都⑩山之梁。

传世十九称永乐，生而雄伟志腾骧。

尊释重儒倜傥气，尽逞威武国势强。

彼时中国分南北，地方割据相颉颃。

五胡十六并东晋⑪，尚有邹牟⑫辽东疆。

东临鲸海西接燕⑬，北濒辉发南平穰⑭。

曾为百残仇百济⑮，躬率征伐固维纲⑯。

驰兵往救新罗⑰境，破除倭寇驱佛桑⑱。

攻得坚城五十八⑲，旋师还都日月光。

再降夫余六十四⑳，鸭卢五部㉑终入囊。

四方畏惧纳贡物，诸部纷纷供趋跄㉒。

功成广开土王号，连绵闾阖㉓开殿堂。

国富民殷蓄伟业，五谷丰熟治地襄。

昊天不吊三十九㉔，晏驾幽宫列国岗。

祈愿陵安固山岳，形如金字㉕石如璜。

勒石追远名勋绩，一碑高耸立大罡。

遗命烟户㉖三百卅，守墓洒扫奉膻芗㉗。

公元六百六十八，平壤城破句丽亡。

海东续国七百载，一统江山尽归唐㉘。

自此王陵成古迹，巨碑孤耸吊国殇。

柳条边㉙外封禁地，千古寂阒郁窈茫。

蔓草荒烟苍苔没，访碑无涉自厥彰㉚。

数尽金石录与萃㉛，历代稽古未曾尝。

光绪三年开边禁，柳条人迹始耕秧。

中有本族初父子㉜，逃难关东事垦荒。

举家侧目通沟㉝地，茅茨稼穑㉞古碑旁。

斫山刊木见石字，递报官家述周详。

幸遇怀仁县书启㉟，关月山㊱者谮庋藏。

访古寻碑金石癖，欣闻此讯喜欲狂。

荆棘披拂苔痕扫，拓得数字京华飏。

自此古碑垂环宇，幸拥一纸同琳琅㊲。

海内东瀛㊳缤纷至，骡驮车载纸墨粮㊴。

官衙指定初父子，架木搭梯墨拓忙。

误抹牛粪烧苔㊵后，致使崩裂损碑厢。

更有石灰涂修㊶处，遗世拓本殊揣量。

原非拓者窜改意，世事无奈总彷徨。

华夏文脉终不废，一如石鼓现陈仓㊷。

古碑惊世百余载，研学细缊入毫芒。

中外著述充汗栋，前贤考释早盈箱。

脩庐碑歌㊸功发轫，八十四行㊹恣汪洋。

抉微考据兼证史，有史年来第一章㊺。

今步竹吾㊻长歌咏，诗心吞吐自炳烺㊼。

再展藏拓铺厅室，故纸墨华染寒香。

字间犹映风云影，荡漾鸭绿江水长。

我题碑歌怀蓄素㊽，落笔云笺自缥缃㊾。

注：

①玄菟：原字义为黑色老虎，此处指古郡名。《后汉书·东沃沮传》："武帝灭朝鲜，以沃沮地为玄菟郡。"玄菟郡置于元封四年（前107），郡治设在沃沮城（今朝鲜咸镜南道咸兴附近），今吉林省东南部之通化、集安、白山等地由玄菟郡直接管理。史上玄菟郡曾"三迁四治"。第三迁至今辽宁省沈阳市上伯官村，为第四玄菟郡治。南朝梁萧绎《燕歌行》："黄龙戍北花如锦，玄菟城前月似蛾。"北周庾信《拟咏怀诗二十七首》其九："北临玄菟郡，南戍朱鸢城。"唐太宗李世民《辽城望月》："玄菟月初明，澄辉照辽

碣。"长孙佐辅《关山月》："始经玄菟塞，终绕白狼河。"

②辽海怀仁乡："辽海"其地理含义就狭义而言，相当于今山海关以东至渤海、黄海之空间范围，广义而言则涵盖渤海、黄海以北之整个东北地域。《后汉书·公孙瓒列传》："临易河，通辽海。"《三国志·谯周传》裴松之注引孙盛《晋阳秋》轶文："管宁之默辽海。""怀仁"即今天辽宁省桓仁县，此地汉属玄菟郡，辽属东京道桓州。清光绪三年（1877）始建怀仁县。民国三年（1914）因与山西省怀仁县重名，改桓仁县，以古桓州得名。集安原属桓仁县管辖，光绪二十八年（1902）由通化县、怀仁县析出各五保共五十九牌，置辑安县，属奉天省兴京府。1929年直属辽宁省，1949年属辽东省通化专区。1952年6月改为辽东省直辖。1954年8月划归吉林省，属通化专区。1965年更名为集安县，1988年改为县级集安市。1994年国务院第三批公布为"国家历史文化名城"。

③千六百：好太王碑立于东晋司马德宗义熙十年（414），至甲午（2014）已一千六百年。

④谈德：即好太王碑主，姓高，名谈德，又名安（374—412），故国壤王伊连之子，高句丽第十九位王。东晋孝武帝太元十六年（391）继大王位，号永乐大王，亦称广开土大王、广开土王。其生而雄伟，有倜傥之志。在位期间，高句丽作为中国少数民族地方割据政权，势力范围达到全盛，北部包括今中国辽河以东之东北部分地区，南面及朝鲜半岛大半，即传统之"汉四郡"。谈德在位二十二年，谥号全称"国冈上广开土境平安好太王"。逝后安葬于国冈上，其子长寿王为其刻石立碑，即好太王碑，以记其功，谓"恩泽洽于皇天，威武振被四海，扫除不佞，庶宁其业，国富民殷，五谷丰熟"。

⑤朱蒙：高句丽始祖。姓高氏，一名邹牟（前58—前19）。《好太王碑》记："惟昔始祖邹牟王之创基也，出自北夫余，天帝之子。"朱蒙原为夫餘人，后因王室争斗而逃亡，创建中国东北少数民族政权高句丽，后世称为高句丽始祖，谥号东明圣王。

⑥柳花河伯郎：据《好太王碑》，朱蒙母亲名柳花，为河伯女儿。

⑦沸流水：其名最早见于《三国志·魏书·毌丘俭传》："句骊王宫半步骑二万人，进军沸流水上，大战梁口，宫军败走。"朝鲜高丽前期学者金富

轼《三国史记》云：朱蒙"观其土壤肥美，山河险固，遂欲都焉。而未遑做宫室，但结庐于沸流水上居之。国号高句丽，因以高为氏"。关于沸流水为哪条河，学界多有争论，有富尔江说、浑江说、通沟河说、柳河说等，其中以富尔江为主流说法，浑江次之。

⑧五女山：在今本溪市桓仁满族自治县城东北八公里之浑江西北岸，相传有五女屯兵其上而得名。山体呈长方形，主峰海拔八百余米，南北长一千五百米，东西宽三百米，峭壁垂直高度二百余米。前 37 年，北夫餘王子朱蒙因败于宫廷之争流亡至此，于山上建立高句丽第一王城，史称纥升骨城，由此成为中国东北地区少数民族政权高句丽之文明发祥地。2004 年，五女山城与吉林省集安市高句丽遗迹一起列入《世界文化遗产名录》。

⑨高句丽：西汉建昭二年（前 37）由夫餘人朱蒙建立于西汉玄菟郡境内的一个少数民族地方政权。"高"为其姓，"句丽"或称"句骊""沟娄"，是高句丽语对"城"之称谓，与"高"合称则意为"高城""建筑于高山之城堡"。高句丽在七世纪时被唐朝和新罗联军所灭。

⑩丸都：丸都山城，位于今吉林省集安市区城北之高山上。始称"尉那岩城"，建安三年（198）高句丽第十代王山上王扩建并加固，修筑大型宫殿，并更名为丸都城。209 年，山上王移都于丸都山城。至此，丸都山城遂为我国地方民族政权高句丽时代最为典型之早、中期山城之一。

⑪五胡十六并东晋：中国历史上承西晋、下接南北朝的一段大分裂时期（304—439），该时期自李雄和刘渊分别在蜀地建立成汉、在中原建立前赵时起，至北魏拓跋焘灭北凉止，计一百三十五年。其间在中国北方和西南先后由匈奴、鲜卑、羯、羌、氐五个少数民族，建立了十六个非汉族国家，即成汉、前赵、后赵、前凉、北凉、西凉、后凉、南凉、前燕、后燕、南燕、北燕、夏、前秦、西秦、后秦，史称"五胡十六国"。在南方则是东晋政权。其实这一时期在中国境内有较大影响的地方政权不止"五胡十六国"，尚有仇池、代国、高句丽、冉魏、西燕、吐谷浑、西蜀和翟魏等政权。

⑫邹牟：为高句丽第一代王朱蒙音转。

⑬东临鲸海西接燕："鲸海"为中国古代对今日本海北部及鞑靼海峡之称呼。唐苏味道《单于川对雨二首》其二："气合龙祠外，声过鲸海滨。"唐

崔致远《乡乐杂咏五首》其一："纵有宜僚那胜此，定知鲸海息波澜。""燕"指中国南北朝时期以龙城（今辽宁朝阳）为中心所建立的前燕、后燕、北燕地方政权。

⑭北濒辉发南平穰："辉发"位于吉林省通化市辉南县，今城东朝阳镇辉发河畔有高句丽古城遗址。"辉发"为契丹语"往来无禁"之义，《辽史》亦作"回霸"。"平穰"即今朝鲜首都平壤。《好太王碑》："王巡下平穰。"

⑮曾为百残仇百济：高句丽和百济同出夫馀，而高句丽碑文里则蔑称"百济"为"百残"。《好太王碑》："百残新罗，旧是属民。""以六年丙申，王躬率水军，讨伐残国。"

⑯维纲：纲纪、法度。汉桓宽《盐铁论·刺复》："夫维纲不张，礼义不行，公卿之忧也。"唐韩愈《唐故朝散大夫商州刺史除名徙封州董府君墓志铭》："太师之平汴州，年考益高，挈持维纲，锄削荒颣，纳之大和而已。"

⑰新罗：朝鲜半岛古国家之一，其母体为三韩之辰韩，首都位于金城。《好太王碑》："十年庚子，教遣步骑五万，往救新罗。"

⑱佛桑：即扶桑，最早在中国典籍中用来称东方极远处或太阳出来之地方。晋陆机《日出东南隅行》："扶桑升朝晖，照此高台端。"三国魏阮籍《咏怀诗》其三十八："飞泉流玉山，悬车栖扶桑。"也作传说中东方海域古国名，相沿以为日本之代称。唐方干《送僧归日本》："大海浪中分国界，扶桑树底是天涯。"唐许兰《送最澄上人还日本国》："归到扶桑国，迎人拥海壖。"鲁迅《送增田涉君归国》："扶桑正是秋光好，枫叶如丹照嫩寒。"《好太王碑》中则称日本为"倭"："而倭以辛卯年来渡，每破百残。"

⑲五十八：《好太王碑》："而残主困逼……于是得五十八城，村七百。将残主弟并大臣十人，旋师还都。"百残（济）、新罗俱为高句丽属民，为倭所破，好太王率军往讨，攻取五十八城。

⑳六十四：《好太王碑》："廿年庚戌，东夫馀旧是邹牟王属民，中叛不贡。王躬率往讨……凡所攻破，城六十四，村一千四百。"高句丽征伐东夫馀等诸多小部落，攻破城池六十四座。

㉑鸭卢五部：《好太王碑》："又其慕化，随官来者，味仇娄鸭卢、卑斯麻鸭卢、揣社娄鸭卢、肃斯舍鸭卢、□□□鸭卢。""鸭卢"即鸭绿江流域小

部落之名。此处五"鸭卢"当是鸭绿江流域五部落，俱归高句丽所属。

㉒趋跄：形容步趋有节奏，古时朝拜晋谒须依一定的节奏和规则行步，亦指朝拜、晋谒。《诗经·齐风·猗嗟》："巧趋跄兮。"孔颖达疏："礼有徐趋疾趋，为之有巧有拙，故美其巧趋跄兮。"

㉓阊阖：传说中的天宫之门，古代宫门。《离骚》："吾令帝阍开关兮，倚阊阖而望予。"王逸注："阊阖，天门也。"南朝梁沈约《游金华山》："高驰入阊阖，方觌灵妃笑。"唐王维《和贾舍人早朝大明宫之作》："九天阊阖开宫殿，万国衣冠拜冕旒。"

㉔昊天不吊三十九："昊天"为昊天上帝简称，在神话中则尊为"玉皇大帝"，中华文明圈中最高神祇。"不吊"意谓不为天所哀悯庇佑。"三十九"：《好太王碑》言谈德"昊天不吊，卅有九，晏驾弃国"。

㉕金字：距好太王碑不远处之好太王陵，为大型方坛阶梯石室墓，形状略如金字塔。其陵砖有"愿太王陵安如山固如岳"之铭文。

㉖烟户：即"禋户"，专门负责祭礼活动之守墓人。

㉗膻芗：烧煮牛羊肉的气味。亦泛指牛羊肉。唐权德舆《唐金紫光禄大夫守司空同中书门下平章事充太微宫使上柱国燕国公于公先庙碑铭》："新庙是宜，膻芗告祠。"宋韩淲《昌甫寄苦锥次韵》："膻芗易爽口，鼎豆徒解颐。"

㉘尽归唐：唐高宗总章元年（668），唐军攻占平壤，高句丽灭亡。至此，自前37年建立少数民族政权，高句丽共存世705年。

㉙柳条边：崇德三年（1638）至康熙二十年（1681）清政府为保护"龙兴之地"，限制边内、边外人员自由出入，于辽河流域和吉林部分地区用柳条篱笆所封禁界线，称"柳条边"，又名盛京边墙。清杨宾《柳边纪略》记载："今辽东皆插柳条为边，高者三、四尺，低者一、二尺，若中土之竹篱，而掘壕于其外，人呼为柳条边，又曰条子边。"

㉚厥彰：缺少发现，鲜为人知。宋魏了翁《高才卿静庵铭》："厥彰厥微，匪灵弗莹。"

㉛金石录与萃：《金石录》，北宋金石学著作，赵明诚撰。《金石萃编》，清王昶著。此两部中国古代收录金石最富之著述均不见《好太王碑》。

㉜初父子：光绪年间，山东文登人初天富、初均德父子闯关东结庐辑安通沟之地，发现附近覆满青苔之巨石上刻有文字，于是辗转报告给怀仁县书启关山月。《好太王碑》在荒烟蔓草中湮没一千四百余年之后，遂得以面世。王健群《好太王碑研究》言：初天富"和他儿子初均德一直住在碑旁小茅屋中。父子两代相继拓碑达六十年之久，直到1938年左右，初均德离开为止。"因父子二人专事拓碑，时人又称初均德为"初大碑"。

㉝通沟：当年发现好太王碑所在地之名，即今吉林省集安市太王镇大碑街。

㉞茅茨稼穑："茅茨"是用茅草所盖屋子，引申为简陋居室、平民里巷。《墨子·三辩》："昔者尧舜有茅茨者，且以为礼，且以为乐。"唐周昙《唐虞门》："传事四方无外役，茅茨深处土阶平。""稼穑"即耕种和收获，泛指农业劳动。《孟子·滕文公上》："后稷教民稼穑。"唐薛存诚《膏泽多丰年》："候时勤稼穑，击壤乐农功。"

㉟书启：旧时官署里专管起草书信等事之人。

㊱关山月：清末光绪初年怀仁县书启。光绪二年（1876）章樾（1847—1913）至尚未建县之怀仁，任设治委员。关山月作为章樾幕僚随任，其雅好金石之学，公余之暇，遍寻古迹，于初氏父子处得好太王碑之信息，遂拓得数字，分赠同好，并传入京师，引起学界高度关注。

㊲琳琅：如珠玉般优美珍贵之物。

㊳东瀛：最早指东海，后为日本国之别称。

㊴骡驮车载纸墨粮：好太王碑被发现后，世人不惜以骡马车队载纸墨食粮，争相至集安往拓古碑。叶昌炽《语石》："乙酉……其后，碑估李云从裹粮挟纸墨，跋涉数千里，再往返，始得精拓本。"张延厚《好太王碑跋语》："清光绪初，吴县潘郑盦尚书始访得之，命京师李大龙裹粮往拓，历尽艰险得五十本，一时贵游，争相购玩。大龙颇欲再往，以道远工巨而止。"

㊵牛粪烧苔：千年古碑，青苔密覆，为得石上文字，初氏父子以牛粪涂碑，引火焚苔，致使碑角崩裂。王健群《好太王碑研究》载1981年访谈记录："初大碑还说：过去碑上青苔挺老厚，后来在青苔上抹上牛粪，牛粪干了放火烧，把青苔烧掉才拓出字来。烧的时候，大碑爆了一块。"

㊶石灰涂修：王健群《好太王碑研究》："二十世纪初年，求碑者日众，日不暇给，初氏遂创新法，以石灰涂其间隙，拓时省工，四日即得一碑，而文字醒目，售价转昂。如是自以为得计，进而以石灰修补文字，虽金石名家，亦为其所弊，谓为初期拓本，如是者，父子相承，又达三十五年之久。"

㊷石鼓现陈仓：唐朝初年于陕西陈仓石鼓山，即今宝鸡市东南渭河南岸陈仓山（现名鸡峰山）发现十块鼓形石，每块各刻籀文四言诗一首，歌咏秦国国君游猎情形。当时虞世南、欧阳询、褚遂良等大书法家纷纷赞之书法精妙，著名诗人韦应物、杜甫、韩愈等竞相作诗称赞，遂闻名于世。今藏北京故宫博物院。

㊸偦庐碑歌：偦庐即清代著名学者、诗人王志修，字竹吾，号偦庐，又号少庐。光绪五年（1879）中己卯科顺天举人，曾任金州厅海防同知、岫岩州知州、奉天府军粮署同知。著有《奉天全省舆地图说表》《高句丽永乐太王碑考》《偦庐诗草》等。其诗传世最著名者为《高句丽永乐太王古碑歌》和《曲氏井题咏》。"碑歌"与"碑考"曾合成《高句丽永乐太王古碑歌考》，由奉天军粮署石印出版。

㊹八十四行：《高句丽永乐太王古碑歌》共八十四行（句）。

㊺第一章：《高句丽永乐太王古碑歌》以七言歌行写就，叙高句丽建立历史、发展原因，考古碑所立与发现时间，并论及史学和金石学之价值。通篇不乏考据，以逞才华，则赋之以诗。王氏此作为好太王碑发现后第一首诗篇，可谓"史上年来第一章"。

㊻竹吾：王志修字竹吾。

㊼炳烺：形容明亮耀眼，光彩照人。唐柳宗元《答韦中立论师道书》："乃知文者以明道，是固不苟为炳炳烺烺，务采色、夸声音而以为能也。"明石宝《春日》："含葩当盛日，发耀亦炳烺。"

㊽蓄素：亦作"素蓄"，蓄积与素养。汉张衡《东京赋》："洪恩素蓄，民心固结，执谊顾主，夫怀贞节。"李善注："蓄，积也。"唐司空图《二十四诗品·劲健》："饮真茹强，蓄素守中。"

㊾缥缃："缥"为淡青色，"缃"为浅黄色。古时常用淡青、浅黄色丝帛作书囊书衣，因以"缥缃"指代书卷。南朝梁萧统《〈文选〉序》："词人

才子，则名溢于缥囊；飞文染翰，则卷盈乎缃帙。"金李奎报《上赵令公永仁》："染翰攻铅椠，横经对缥缃。"

永和九年古砖十咏

因王羲之东晋永和九年的一篇《兰亭序》，故同年之"永和九年"遂成文字古砖中极品，金石藏家竞相追逐。清千甓亭主陆心源藏砖之富，无出其右，然皇皇巨著《千甓亭古砖图释》收砖数千，独缺永和九年，引为终生憾事。余好永和砖，集之经年，得十数品，亦自一乐事也。

古越之邦沧海田，金瓯妙造永和砖。
缘何瓦甓成长物？因与兰亭序本年。

癸丑暮春三月三，茂林修竹绿波涵。
流觞曲水兰亭序，互证砖文亦可谙。

江南王谢迥无伦，未及永和精绝尘。
癸丑兰亭并瓴甋，墨华长拜镜湖春。

一自山阴禊事余，残砖价重贵璠玙。
抾摩染墨凭朱拓，好写兰亭茧纸书。

群贤毕至总淹留，瓴甓千秋筑万秋。
更有兰亭摹本在，应知王谢少风流。

癸丑阳春不换鹅，修篁甓甃映觞波。
昭陵玉匣烟尘渺，唯见残砖晋永和。

山阴修禊望中赊，古甓永和惊岁华。
思辨异文追往事，枇杷红里旧烟霞。

注：枇杷红，又称火石红、窑红，原指古瓷露胎处所现橘红或橙黄色，为胎土中铁分子经高温凝结所致。古砖中大多含铁，故亦如陶瓷般留有枇杷红之色。

绞泥淘漉烧痕多，千载风华费拂摩。
幸有兰亭修禊事，永和著史胜元和。

注："元和"为唐宪宗李纯年号，其间中唐获得短暂统一，史称"元和中兴"。

只因茧纸右军笺，古甋奇珍属此年。
千甓亭家终憾事，一生未见永和砖。

逸兴觞吟自落花，鹅池诗咏啜珠茶。
永和但有铭砖在，千载兰亭岁岁华。

寻源灞水得句

孟夏时节，应邀参加西安浐灞生态区管委会、蓝田县政府与《华商报》"行走浐灞河生态人文考察活动"，尽阅灞河两岸风光，口占成律。

箭峪岭边滋水涯，短墙红杏映篱斜。
风吹书带庭前草，雨润溪头陌上花。
觅句不成寻野径，读诗无味煮山茶。
娇莺恰恰何啼处，黄四娘东子美家。

孟夏自蓝田访辋川

辋川位于今西安市蓝田县辋川镇秦岭北侧之终南山，因川流蜿蜒涟漪如"辋"而得名。唐时王维于此建辋川别业，有华子冈、文杏馆、竹里馆、茱萸沜、辛夷坞、欹湖、柳浪、漆园、椒园等诸多景观，并留诗多首与绘画《辋川图》，以"辋川烟雨"之名，遂成"蓝田八景"之冠。

阴岭终南辋水斜，溪山萦绕逐莺花。
飞泉万壑浮清露，仄径千峰隔翠霞。
杨柳烟村通客舍，芙蓉野寺入仙家。
空闻摩诘辛夷坞，惆怅残阳数暮鸦。

辋川寻王维遗迹唯见手植银杏焉

王维手植银杏于蓝田县辋川镇白家坪鹿苑寺，树高二十余米，数人合抱不拢。《蓝田县志》云："文杏馆遗址在寺门东，今有银杏一株，相传摩诘手植。"

清阴半亩仰唐贤，文杏馆前瞻辋川。
摩诘千秋谁共语？公孙树下有诗禅。

访红豆山庄十咏

戊子之秋，与友人访江南常熟白茆镇芙蓉村红豆山庄，路边篱畔尽是芙蓉花盛开，多次询之，始见明嘉靖年间顾氏移植红豆树，虽已四百五十余年，虬干斑驳而中空，然苍枝繁叶依然青翠，庭荫半亩，不减英淑之气。树下盘桓思之，若无当年钱柳故事，红豆山庄与红豆树断无如此盛名。顺治七年（1650），虞山半野堂绛云楼失火煨烬，钱谦益与柳如是移居舅家之红豆山庄。顺治十八年（1661），已二十年未见花开之红豆树，竟花蕾绽放，一片灿然。至秋，满树结子一颗，赤若樱桃，柳如是遣童探枝采得，以为夫君寿礼，是年钱谦益恰好八十岁。寿翁欣喜至极，特作《遵王敕先共赋胎仙阁看红豆诗，吟叹之余，走笔属和八首》《红豆树二十年复花，九月贱降，时结子一颗，河东君遣童探枝得之。老夫欲不夸为己瑞，其可得乎？重赋十绝句示遵王，更乞同人和之》两题十八首绝句，引得多人奉和，红豆树下，一时胜流翕集。而今我来芙蓉村寻古，红豆树下，遥想满树繁花只结一颗红豆之时，已三百四十七年矣。又悉，芙蓉村红豆树最后一次开花为一九三二年，徐姓老人拾到四颗，后三颗被日本人抢走，另一不知所终。时已距今七十八年耶。

新篁古柳抱溪斜，老巷幽藤三五家。
红豆山庄何处是，眼前只见木莲花。

注：芙蓉又称木莲花。

苍虬红豆久沧桑，顾氏犹传旧草堂。
缱绻绛云人去后，年年孤树映斜阳。

注：钱谦益晚年又号绛云老人。

芙蓉村里蝉晴烟，秋水微茫隐画船。
最是江南红豆树，缘随钱柳满诗笺。

曾筑虞山半野堂，白头坐对试新妆。
绛云楼毁俦何处？碧瓦相思红豆庄。

瓣香书卷缀新文，绛雪丹霞罥画裙。
禅榻红妆玄鬓影，一如苏子遇朝云。

注：苏轼视侍妾王朝云为红颜知己，朝云逝后葬惠州，苏轼于墓前筑六如亭，亭上有苏轼亲手所书对联："不合时宜，惟有朝云能识我；独弹古调，每逢暮雨倍思卿。"

红豆花开及寿时，匀圆一颗绛桃姿。
只因杨爱聪冰雪，蒙叟欣夸重赋诗。

红烛绿尊犹费词，幅巾窈窕独醒时。
纵操海内文章柄，终是钱诗逊柳诗。

注：清初顾苓《东涧遗老钱公别传》言钱谦益："立朝不及五载，读书著述林下者五十载，操海内文章之柄四十余年。"

红豆花残梦里身，青衫玉貌迥超尘。
伤心家国江南恨，方识才人误美人。

半亩庭荫隔老墙，秋声荻浦欲沾裳。
自从钱柳赋遥梦，树下犹闻豆荚香。

一自相思摩诘诗，因缘别传昆明池。
几时古里花重放，再赋白茆红豆词。

注：王维，字摩诘，有咏红豆诗《相思》。1944 年，陈寅恪于昆明得常熟白茆钱氏故园红豆一颗，二十年后重拈此豆，作七律《咏红豆》，因缘际会，遂写出《柳如是别传》。今红豆山庄由白茆镇改为古里镇所属。

谒虞山钱柳墓

虞山亲访蘼芜墓，拂水岩前谁与同。
竹暗苍亭悲柳隐，苔封断碣吊钱公。
芳魂虽逝心仍切，蔓草逢春梦即通。
恰似婵娟如是句，桃花得气美人中。

注：钱谦益、柳如是墓在常熟虞山南麓拂水岩下。柳如是小字蘼芜。

再行河西走廊

暮秋之际，重走河西走廊。于武威访铜奔马厂，于酒泉访夜光杯厂与嘉峪关，于张掖游丹霞地貌，于敦煌探寻莫高窟，登鸣沙山，临月牙泉，并重上阳关，再探玉门关，并游罗布泊东缘雅丹地貌。距首次穿越河西走廊已二十余年，除祁连山皑皑白雪相伴，诸多之地已不复前貌也。

乌鞘岭风劲，祁雪覆连山。
奔马凉州在，乱峰嘉峪闲。
才经罗布泊，再访玉门关。
回首敦煌处，鸣沙冷月弯。

齐邦媛先生挽词

甲辰三月二十八日，辽宁美术出版社副总编石祥选兄发消息给我：齐邦媛先生于今晨仙逝。惊闻之下，颇感伤怀，吾与齐先生相关之点滴自然一并浮现眼前。庚寅之秋，余第二次赴台得读齐先生大作《巨流河》，归来写《如此〈巨流河〉》刊于《沈阳日报》，后齐先生读到此文，致函于我并通电话，还托友人赠我台湾杰作陶艺李国钦大师所制"蓝鹊石榴花瓶"，继而又签名寄我天下文化"十万册纪念版"《巨流河》与评论、访谈集《回澜：相逢巨流河》。之后，齐先生之子罗思平与罗思贤曾先后来沈阳，均得相聚。去年癸卯元宵节齐先生百岁华诞，祥选兄编辑《齐邦媛先生百岁华诞纪念集》，余书贺联："寿晋期颐，桑弧腰堡，客梦浮澜哑口海；光增史乘，春酒桃园，乡愁洄溯巨流河。"齐先生为此特致函于我，忆及《如此〈巨流河〉》之文及余重建郭松龄墓之事，最后说"万分感谢您使此史实与我等忆念不朽"。信函之字，古朴书卷，刚劲饱满，但信尾却谦逊注明："五月伤手，只能写这样的字了！"讵料一年过后，齐先生遽然仙逝，悲乎哉，实令我辈哀惋痛惜矣！台湾文学之母走了，芭蕉叶上乡愁渐淡，华夏文化之光于飘摇之岛，亦愈发微茫了。

> 巨流河入凌烟阁，耄耋艳惊匡世诗。
> 笔冢而今为塔冢，墨池自此作莲池。
> 芭蕉叶上吟笺冷，棠棣文坛旧雨悲。
> 锦瑟羁愁歌薤露，犹招海峡旅魂辞。

注：齐邦媛耄耋之年完成《巨流河》创作，获得世界华人文学多项大奖，标志 21 世纪初华语文学最高成就，可入文学"凌烟阁"。

—— 作者简介 ——

初国卿，文化学者、作家、编审。曾任《大众生活》《车时代》总编辑、《沈阳日报》专副刊中心主任、中国艺术工作者协会副会长、辽宁省作家协会理事、辽宁省散文学会会长、沈阳市作家协会副主席、沈阳市书法家协会顾问；现为辽宁省散文学会名誉会长，沈阳市政协文史馆馆长，沈阳市文化遗产保护研究会会长，冰天诗社社长，沈阳市文史馆馆员，沈阳师范大学、渤海大学特聘教授。著有《唐诗赏论》《佛门诸神》《沈阳陶瓷文化史》《不素餐兮》《在水之阳》《沈阳传》等数十部专著和散文集。获沈阳市第二届德艺双馨文艺家、辽宁省第三届全民读书节"最佳写书人"称号。散文集《不素餐兮》2003 年获第三届"辽宁文学奖"，《在水之阳》2021 年获第九届"冰心散文奖"、第一届辽宁省出版政府奖。

澹园辽沈纪游七律二十五首

卢 林

奉国寺

（2018 年 6 月 22 日）

辽开泰九年（1020）建，其大雄殿七佛并坐。最右边为释迦牟尼佛，右臂折，乃为战火炮弹所击，幸弹哑未爆，甚奇。

大辽青史焕馀珍，古寺千年旧迹循。
苦海迷航多助楫，凶灾化破信通神。
毫光玉振弥天界，法色莲香满殿春。
七佛高堂尊并坐，含悲慈目看红尘。

参观朝阳古化石博物馆有感

（2018 年 6 月 23 日）
远古浑然迹渺茫，形骸化石看洪荒。
胚芽命演初胎变，劫火灰埋瞬陌殇。
涛水鱼枯流泽竭，漫天鸟灭废弓藏。
眼前亿万年间物，思绪牵来触感伤！

游朝阳凤凰山

（2018 年 6 月 24 日）

凤凰山名者取自《诗经》："凤皇鸣矣，于彼高冈，梧桐生矣，于彼朝阳。"山中佛宝塔内藏释迦牟尼佛和锭光佛两佛舍利。

禅关宝地倦心倾，塔引微身向顶行。

胜境涅槃眠佛洞，灵光舍利耀龙城。

祥云法雨慈航渡，暮鼓晨钟觉悟生。

虔礼浮图参拜处，磬音即是凤凰鸣。

登凤凰楼参加沈阳故宫"紫气东来"挂匾仪式

（2019 年 4 月 23 日）

祥风吹上凤凰楼，大匾高悬四字遒。

遥接函关连紫气，能从辽海望青牛。

典坟史迹千年在，翰墨文传一脉流。

石级重登追远眺，宫墙人事已悠悠。

赴千山中会寺听牧心法师讲经并拜观石壁雕像

（2019 年 5 月 4 日）

布施雨露沐甘霖，千朵莲花散梵音。

石上庄严如栩栩，经中邃密自沉沉。

晴开霁雪迷离眼，托与闲云自在心。

犹记归来花瓣路，红尘香径好重寻。

访千山仙人台下凤朝观并露天为其题匾

（2019 年 5 月 4 日）

巨石云中若凤停，崖间幽径草萌青。

似闻仙手残棋落，能觉凡心睡眼醒。

蚕纸朝天书尚意，山风掠案笔通灵。

淋漓大字新题罢，忝作禅房水墨屏。

游兴城文庙见风摧折木卧桐成林有吟以记

（2019 年 5 月 15 日）

铁色孤身一木横，槎枒茂盛显峥嵘。

每逢旧雨随缘会，老育新枝代谢更。

折断须根偏不死，卧依大地又重生。

植林文庙沾甘露，万物欣欣共向荣。

参观辽沈战役纪念馆

（2019 年 5 月 16 日）

深谋围敌便关门，残叶秋风一气吞。

环幕鏖图留壮烈，满墙遗像尽英魂。

峥嵘岁月硝烟散，锦绣江山碧血痕。

拓迹功勋垂简史，神州新彩绘乾坤。

沈阳实胜寺

（2019 年 5 月 27 日）

白驼一卧动皇心，净土莲花雨露临。

笃信资粮修善本，灵光舍利记碑阴。

金经贝叶销寒暑，暮鼓晨钟贯古今。

不是佛尊行普渡，缘何飞锡远沉沉？

沈阳皇寺鸣钟

（2019 年 5 月 28 日）

梵音远播起遐思，觉悟芸生一念慈。

洗涤尘心名利散，响惊睡客梦魂痴。

寒天冻雪坚冰化，古木新枝落叶迟。

每到晨曦听杳杳，霞光暖照沐恩知。

己亥重阳应邀赴盘山参加重阳金秋诗画会

（2019 年 10 月 7 日）

知交招饮胜登高，也学行吟五柳陶。

憾缺才风吹落帽，兴来拙笔敢题糕。

倾谈新意共杯酒，同话旧缘持蟹螯。

赏罢茱萸又赏菊，静听秋水逝滔滔。

再访辽阳王尔烈故居

（2020 年 7 月 21 日）

伏宅文渊隐托幽，有缘胜地又重游。

诗香沸鼎漫侵骨，墨韵屏风引注眸。

犹听松涛临浚壑，恍疑琼岛度虚舟。

尘封旧迹藏新彩，不绝仍依泮水流。

辽阳曹雪芹故居

（2020 年 7 月 21 日）

一部红楼梦幻痴，到君居处任神驰。

心情得得残花惜，文字翩翩是泪滋。

世事无常凭命算，真言大隐有谁知。

寂寥雕像庭中坐，似忆当年风雨时。

燕州城山城遗址

（2020 年 7 月 22 日）

燕州城山城为东晋元兴二年（403）高句丽占据辽东城（辽阳）后所建。李世民征辽东时曾破此城。

登顶川衢一望收，山青郁郁水悠悠。

不闻烽火争声急，但觉晖光入色柔。
白骨枯销湮简牍，沧桑叠代灭诸侯。
欲寻折戟残痕铁，惟见堆堆乱石头。

辽阳东京陵

（2020 年 7 月 23 日）

　　清东京陵位于辽宁省辽阳市文圣区东京陵街道东京陵村，现存努尔哈赤胞弟舒尔哈齐、长子褚英、庶母弟穆尔哈齐及其子大尔差等人的三座陵园。

累累围堆锈土砖，颓碑寂寂对青天。
乌啼误认平民冢，玉琢雕知帝戚田。
宫殿祸殃蒙雾裹，沙场生死搅云旋。
今看蒿草齐腰密，埋掩荒丘四百年。

再登虎山长城

（2020 年 12 月 5 日）

且驱慵懒且偷闲，为避尘嚣上虎山。
堞迴绵排堆巨齿，城凭险势作长关。
思追箭影烽烟息，目眺江波碧水潺。
一片凝寒多肃色，空留苍石看苔斑。

与门生三十余人赴义县访万佛堂《北魏元景造像碑》

（2021 年 7 月 4 日）

久坐书斋笔不灵，欲师造化看山青。
岩流法像丝丝雨，字驳残碑点点星。
凌水河边归舞咏，菩提树下又曾经。
临池细认龙蛇变，希冀毫端有凤停。

为友人绘《沈水春光图》长卷题咏

（2022 年 9 月 20 日）

一卷图开展画屏，雄浑河色染丹青。

风光秀览堪称甲，云鹤仙归若姓丁。

镶岸骊珠辉映紫，佩城玉带水含灵。

卧游不辨秋冬夏，赋笔春音仔细听。

为"大十面"亭题匾

（2022 年 11 月 13 日）

沈阳故宫东路东北角，立有一座"辽代石经幢"，经幢共八面，每面竖刻阴文五六行不等，即唐代高僧不空翻译的《佛顶尊胜陀罗尼经咒》（现已模糊不清）；幢座八面，各有力士凫兽浮雕像（最新考证为伎乐天人物造像）；加上顶和底座共十面，俗称"大十面"，谐音"大世面"。民间传说为镇通海井口而立。

峻嶒石压井天窗，十面称名气势庞。

龙殿红墙临法海，凤楼紫气接文江。

幸余墨沈亭眉滴，缘触玄机笔鼎扛。

三字书成雕斫罢，相期岁月伴经幢。

盛夏游大孤山地藏寺

（2023 年 7 月 21 日）

中伏炎天乞自宁，眺临幽地衬山青。

殿横画卷仙岩护，泉涌珍珠圣水灵。

一缕健毫行触纸，三杯清茗坐谈经。

称名环视何孤见，上庙峰悬望海亭。

注：登山赴上庙途经一亭曰"望海亭"。

开原崇寿寺塔

（2024 年 5 月 28 日）

开原崇寿寺塔，位于辽宁省开原市（古称咸州）老城西南隅崇寿寺内，始建于金正隆元年（1156）。开原崇寿寺塔依崇寿寺得名，有着中国最北边的青砖塔之美誉，塔为八角十三级实心密檐式砖塔，原高 45.82 米，现全高 66 米，塔身八面佛龛，八佛端坐，是辽金文化集于一身的典型代表建筑。

亭亭遥望引凝眸，八面迎风自静幽。
石饰莲花承雨露，砖雕缨络历春秋。
闻知旧史千年立，抚认残碑几字留。
缱绻闲情何处寄，沧桑塔矗古咸州。

开原龙潭寺

（2024 年 5 月 28 日）

龙潭寺，位于辽宁省开原市威远镇境内。演智大师开山于此，已有 250 多年的历史。山有七峰，拱抱如环。寺前有二泓潭水，东西并列，常年不枯，一池荷花、一潭菱角，据民间传说，有两条龙潜藏其中，自扶其水，故名龙潭。传清乾隆十九年（1754），乾隆皇帝游访龙潭寺，时值盛夏酷热难当，饮用龙潭水泡茶，感到此水香馨四溢陶醉欲仙，特封此井为"龙泉"。

觉天灵地启禅宗，七鼎环山隐卧龙。
况味泥莲埋净水，惊听暮鼓继晨钟。
法门缮葺悬新匾，梵迹追寻问古松。
往事君王曾一饮，仍留茶气散香浓。

登龙首山

（2024 年 5 月 29 日）

山位于铁岭城东二里，起自东南，绵延至柴河，突昂起，似巨龙之头，故名龙首山。康熙东巡曾驻跸于此并题诗。有驻跸塔、慈清寺、最高峰四望阁等。

龙首千峰次第排，每临胜境上亭台。
随缘造化心机灭，偶幸钟灵眼界开。
驻跸辇乘留辙迹，慈清兰若涤尘埃。
拾阶岭冠云深处，登阁风光四望来。

银冈书院

（2024 年 5 月 29 日）

银冈书院，又称铁岭周恩来少年读书旧址，位于辽宁省铁岭市银州区银冈小区，地处龙首山下。清顺治十五年（1658），郝浴自建居室于此，为讲学授徒之所。清康熙十四年（1675），郝浴复官回朝，将此居所捐出成立银冈书院。

集书卷气满祠堂，辽北弦歌唱未央。
庠序烛光辉映远，碑林诗赋墨生香。
莓苔朔雪终垂露，桃李春风尽向阳。
迁客丹心昭日月，赓飐文脉卜银冈。

观调兵山市完颜宗弼雕像

（2024 年 5 月 30 日）

帷幄文筹武隽英，麾军曾驻调兵城。
辕门遁匿寒刀影，堞口湮消铁马声。
已溅河山龙战血，空留石垒豹韬营。
巍峨雕像迎人矗，不见当年五色旌。

—— **作者简介** ——

卢林，中国书协会员，辽宁省书协顾问，沈阳市文联副主席，沈阳市书协主席，沈阳市文史研究馆研究员，冰天诗社副社长，东北大学东亚研究院研究员。2000 年编著《北魏墓志珍稀拓片系列丛帖》(全十册)，《旧拓足本急就章》由辽宁美术出版社出版发行。2005 年《二十一世纪中国书法家卢林》由辽宁美术出版社出版发行。2006 年《纪念中国书法家协会成立二十五周年作品集》由辽宁美术出版社出版发行。2018 年个人诗词选集《澹园吟草》由万卷出版公司出版发行。2020 年主编《墨海微澜——哲成门生 15 人书法作品集》由香港读书文化出版社出版发行。2021 年《墨逐吟声——卢林自作七律百首书法集》被列为沈阳优秀文艺家丛书并由沈阳出版社出版发行。作品入选全国第七届中青展、全国第二届扇面展。2007 年、2013 年被中国书法家协会授予"中国书法进万家活动"先进个人称号。

东方樾田园诗选

孟宪民

山禽迎客

往事烟云若涧溪，奔流旷野溅花堤。
高人自古嫌名累，隐士从来愿酒迷。
欲问乡音寻老叟，思攀月桂望天梯。
山禽认我为常客，故傍青枝恰恰啼。

山中问趣

嘤嘤蟋蟀隐花堤，唳唳黄莺振翅啼。
寂寂河滩奔白马，幽幽草甸噪乌鸡。
山中问趣童心满，书里寻欢笑点低。
尽兴痴癫休愧腼，随它地老与天齐。

雨夜燕来

细雨秋风入枣林，浓云暗月冷相侵。
红炉无炭凭诗暖，绿蚁盈杯载酒深。
古砚凹心存老墨，华筝凸腹震清音。
山中静寂谁人访，小燕喳喳夜未沉。

葫 芦

惬意农家作草奴，荷锄化笔绘仙图。
接天阔叶遮山寂，挂壁长藤掩石枯。
日暮吟诗瓜下卧，风清置酒月前呼。
闲来无事谁聊我？满架葫芦笑老夫。

无 题

小院奇葩次第忙，嫣红姹紫满亭廊。
金鳞搅水白云乱，彩蝶撩花嫩蕊香。
槛外江湖天际远，心头块垒剑锋藏。
老夫难得农家乐，浊酒三壶醉夕阳。

空 山

万里空山雨后晴，秋风雁阵各悲鸣。
霜侵黄叶丝丝老，月扫残花片片惊。
莫怪伤心怜黛玉，休夸避世羡庄生。
村夫不问多情事，只把清茶淡淡烹。

野 钓

秋雨绵绵落小河，堤前野钓忘披蓑。
垂纶只羡荷塘美，吊饵皆图乐趣多。
祛病疏离三月酒，钩鱼冒犯五台陀。
忽观水乱红标坠，一尾青鲢挂半坡。

旭 日

春色匆匆旭日红，琴弦咏叹石廊东。
鸟声细碎微风软，花叶葳蕤晓雾蒙。
古径挥锄梳锦绣，莲台煮酒醉葱茏。
云烟惬意穿帘过，惹得仙家妒乃翁。

清晨遛犬

踏露晨曦过石桥，披肩曙色赛红绡。

穿林偶摘蛛丝网，越野常撩凤尾苕。

情动曾怜风扫叶，心闲竟纵犬追猫。

呼来诗兴无宣纸，满目青山任画描。

踏　霜

暮年不必自悲伤，试问山荆几度霜？

簇簇红楂争吐艳，芸芸老叶俏添黄。

休嫌岁月无情过，且把心胸放胆量。

待到仙家来访我，管他何处是归乡。

秋　恋

飘飘落叶绘山姿，猎猎金风恋树痴。

孑孑草花犹俏丽，盈盈寒露且迷离。

匆匆乡客衣衫短，踽踽诗家步履迟。

郁郁幽幽皆入眼，期期艾艾更相思。

山中独步

小径粼粼入谷深，孤莺呖呖噪林阴。

清霜片片侵枫叶，旭日迟迟镀柏针。

漫步丘峦飘白发，回眸云海啸长音。

老夫独享山中乐，任尔秋风掠短襟。

秋　叶

残红淡褐满山黄，绿褪青消化染坊。

断叶斑斓铺锦绣，枯枝舒展拜晨阳。

曾邻芳草萋萋艳，亦傍鸣蝉阵阵忙。

更喜秋霜添兴致，撷来别样好风光。

彷　徨

人生何必太彷徨，苍狗青云自有常。

烂漫山花休放浪，无情冰雪莫凄凉。

三餐清淡随心爽，一觉酣然入梦香。

日上中天茶聚友，柴门夫子话衷肠。

暖　阳

清晖初绽访晨阳，遍洒银光染栋梁。

爱犬奔驰因雪喜，花禽雀跃为肠忙。

身心健硕谁夸老？血脉偾张我自狂。

倘若借来三百岁，犹思梦里射天狼。

秋储冬藏

轮回四季话玄黄，转瞬窗菱又起霜。

令值秋深葱早卷，时防冬冷菜多藏。

番茄熟透蒸红薯，豆角阴干晒老姜。

霁月风花皆入景，梨桃瓜果伴诗香。

长　吟

山乡老叟未耕田，白发霜眉弄古弦，
书购五车犹叹少，才增八斗戏称贤。
无瑕人品清如玉，有骨诗词淡若仙，
月下秋风声入韵，长歌顿起向云天。

重阳慨叹

莫道秋风爱赋诗，菊黄枫火令心痴。
茱萸遍插朋来少，锦瑟悲鸣雁过迟。
每到重阳多慨叹，又临双九更相思。
怆然捉笔吟新作，却把情怀落酒卮。

草舍秋居

休为秋悲泣叶残，诗书红袖两相欢。
长联吟罢高呼酒，低首歌停细品兰。
斜插茱萸山麓远，横开木槿草庐安。
农家未管官家事，醉问银河几丈宽？

读《菜根谭》有感

涉世艰深路太宽，人生惬意是心安。
静中求静非真静，苦里寻欢乃至欢。
躁动平和须养性，沉耽享乐总凭栏。
机关悟透无愁事，置酒花间咏玉盘。

春　潮

盖世雄心未可抛，何怜残雪压眉腰。

少年意气征东海，老迈诗文动紫箫。

问计群贤求澹泊，挥毫半纸避喧嚣。

谁人赠我量天尺，定遣春潮上九霄。

年　轮

又遇寒流扫落英，枝残柳败可无情？

花开花谢天描锦，云卷云舒雁点兵。

雪冻冰封梅补色，山冥洞杳鹤留声。

千年老树年轮密，岂是东风一夜名。

快　活

不计流年忘怨尤，吟诗作赋觅香幽。

无缘将相风云事，有趣平民快活舟。

日暮长廊归宿鸟，晨晖小径唤耕牛。

休嫌冷月花销骨，乐享清霜雪染头。

苦读唐诗

苦读唐诗乐趣多，轻哼浅唱自吟哦。

功名利禄休纷扰，书画棋琴任揣摩。

无意折腰求五斗，有闲击掌赋千歌。

人生易老心难老，一碗山茶醉小窝。

自 适

白发何须百事愁，闻鸡起舞令花羞。
诗篇写乱邀鱼赏，云卷舒平乘鹤游。
老子青牛随我遣，庄生彩蝶任君讴。
神飞四海仙家伴，一笑声高过九州。

好友造访

清晨小路沐曦晖，宿酒何堪体力微，
老友携诗君痛饮，良朋泼墨笔翻飞。
席中妙语冲天井，座上豪情染画扉，
入夜星高呼啸去，车车尽载醉人归。

隔户讨茶

草庐幽睡忘时分，半醒茶烟隔户薰。
雅室兰亭多讨扰，豪门酒栈少殷勤。
长谈尽诉农间事，小啜常评海外闻。
香茗一瓯千日醉，携仙倒履上层云。

雅 兴

吟诗赏画啜香茶，雅兴悠悠莫自夸。
闲看琴童勾玉笋，喜推柔翰走龙蛇。
夜烹老洱薰罗帐，晨展花笺写碧霞。
偶遇书中惊艳句，呼儿把酒乐天涯。

中秋醉吟

又到中秋菊瓣黄，窗前置酒把无肠，
三杯竹叶穿心过，两朵桃花扮脸妆。
谁叹人稀车迹杳，独歌月皓桂枝香，
悠悠一醉飞仙境，绝句神来泪满裳。

老　去

老去方知岁月长，休将脂粉画皮囊。
交游岂止杯中物，怡养尤需陌上阳。
苦读唐诗常忘寝，精研周易总亏肠。
他年若厌人间乱，便与青莲赴太苍。

月　夜

长廊月夜踏新苔，小院和风拂众梅。
铁树横生龙爪立，刺玫暗恋蝶衣开。
花前冥坐清箫诉，卷里幽思古迹哀。
寄意云岚情未了，满天星斗入诗来。

归　隐

迟暮还乡了自知，当年抱负太参差。
常夸伏虎降龙事，却忘惊魂落魄时。
老迈方嫌欢聚少，青春未懂别离悲。
而今归隐山林下，半作愚顽半作痴。

—— **作者简介** ——

孟宪民，网名东方樾，新华通讯社高级记者、新华社辽宁信息社原社长。现为中华诗词学会会员，中国楹联学会学术委员，中国楹联学会野草诗社第十一研修院院长，辽宁省诗词协会筹备工作领导小组组长，沈阳市政协文史馆馆员。

无涯行旅怀古诗二十二首

鲁 斌

庐山八咏

登庐山

形胜东南乘日车，匡庐百代一山书。
临川浩浩江流曲，登顶悠悠云径虚。
锦绣峰中寻锦色，仙人洞里问仙居。
天梯极目幽思在，往事如烟迹未除。

白居易草堂感念琵琶行

长安恨别三千里，新筑草堂思绝尘。
花径幽然堪避世，匡庐终竟未逃秦。
九江边旅烦忧客，四载天涯沦落人。
一曲琵琶双泣泪，悲歌今古几同伦。

美庐别墅

今在庐山看美庐，粉桃青竹暖阳舒。
当年别馆喧车马，此日禁门观鸟鱼。
仿佛百回长卷史，宛然民国半分书。
花闲不问楼中事，随意春风笑自如。

三叠泉瀑布

香庐瀑布古今传，未识云屏此一泉。
足底石阶崖上路，松间峭壁雾中仙。
神兵猎猎飘银甲，寒雪潇潇裂碧川。
敢笑关山徒险阻，烟波日夜下江天。

含鄱口看日出

含鄱口上早风寒，人向苍茫心自宽。
期待晓天千岭静，迎来红日万方欢。
匡庐飘渺云中望，世事沉浮梦里看。
终古英雄皆走马，今番过客独凭栏。

白鹿洞书院

五老峰前石涧幽，青云白鹿早仙游。
李家旧馆名空在，朱子残碑迹尚留。
文会堂中承古训，先贤祠里忘新忧。
山溪为有源头水，濯足听泉自枕流。

五老峰戏作

山里春秋未计年，而今吾亦宿松边。
漫敲竹杖携坡老，豪举金杯醉谪仙。
方植陶庐三径柳，还弹白傅九江篇。
前贤莫笑痴人语，胜日逢时可比肩。

夜　思

酒尽怀孤思不禁，溶溶夜色惹沉吟。
乐山乐水沧浪客，忧国忧时赤子心。

五纪红尘多寂寞，三千青史几浮沉。
匡庐万古东南蠹，冷眼人间直到今。

回龙寺茶叙有作

孤塔凌空阅古今，风烟散尽柳深深。
荷塘潋滟花方好，御路沧桑史已沉。
一品禅茶初入味，三千佛法可修心。
回龙寺里晨钟寂，檐上悬铃作梵音。

登巴尔虎山二首

独上庙台烟雨过，凭栏往事感蹉跎。
每临古迹多忧世，偏向家山更放歌。
箭羽云消归白鹤，围城石破出新萝。
千年断续王侯梦，皆作滔滔入海河。

沈北峰高唯此山，秋霜微露醉红颜。
云中壁垒辽城戍，塞外雄踞独木关。
韩相功成名作古，僧王人去国维艰。
如今各族同圆梦，共享神州天地间。

白帝城怀古

旧岁瞿塘渡，重来蜀地游。
故情皆逝水，人事已知秋。
弹泪悲诗圣，托孤思武侯。
吾今追太白，快乐是仙舟。

过扬州二首

史公祠怀古

寒风老杏共嘶鸣，浑似当年鼓角声。

江上浊流扬子恨，山边落日晚霞腥。

萧萧铁马惊天雨，阵阵哀鸿泣鬼雄。

明月城头犹化碧，梅花岭下落梅红。

扬州路

几回醉里扬州路，杨柳东风或相知。

驿旅多因心境好，伤怀每为古人悲。

愁情缕缕春江月，箫管悠悠小杜诗。

一曲广陵频涕泪，琼花细雨费遥思。

访薛涛故地四首

新月何曾怜古人，惊鸿照影若无尘。

锦江依旧无情去，幸有诗名传到今。

薛井扬波玉指葱，锦笺人面浣花丛。

当年许是流行色，从此诗家爱粉红。

故纸千秋有令名，剑南风月蜀山倾。

多情女子无情负，锦字依稀是旧盟。

才女如何不丈夫，薛家诗翰蜀天孤。

韦皋元稹多应悔，只恨须眉一扫无。

武夷山四首

天游峰上

挂杖扶阶欲访仙，流泉飞雪落寒渊。

妙高台上人称妙，云在峰腰我在天。

过五夫里

立雪程门洛水时，五夫莲子梦如丝。

千年无复朱元晦，理窟道南谁可知。

铁笛亭前

横吹铁笛更临风，碧影寒潭落照中。

饮罢陈茶茶似泪，残墙无语我思翁。

武夷宫

都说文公植桂枝，年年老树伴先师。

游人只爱花前照，我叹春风一何悲。

─── **作者简介** ───

鲁斌，字钟彦，网名身色总如云、无涯等。中华诗词学会会员，中国诗赋学会理事，辽宁省作家协会会员，辽宁省互联网协会诗词楹联工作委员会副主任委员，沈阳诗词学会副会长，沈阳蕙风诗社社长。少喜诗词，好收藏鉴赏，当过记者，办过企业，至今存诗词千余首，部分作品在省内外刊物发表。

王诚诗词选

王　诚

我和祖国是同龄

每颂神州尤动情，我和祖国是同龄。
万根壮发虽生白，一颗暮心重返青。
新事频传目惊看，老歌又响耳倾听。
红旗高举上街去，带领儿孙共忘形。

回首诗教

一站堂前已廿年，舌耕桃李熟成千。
每逢开学总思旧，回念当初即忘眠。
老骥今成三径柳，冥鸿昔驾九霄天。
讲台将俺韶华染，皆是诗情结厚缘。

为诗宅家

语淡词穷掏破囊，天天凑句恋书房。
欲夸新绿赊春色，但挽嫣红托夕阳。
兴有豪诗添雅趣，恨无妙笔润华章。
长时每日几壶酒，李杜邀来狂一狂。

编著《诗联分韵对仗句典》有感

幼小吟诗仰宋唐，暮龄细品味犹香。
千年古韵添新彩，一代新人沾古光。
笔墨书间搜句典，夕朝纸上著文章。

虽然有愧学知少，仍愿为君送点粮。

水调歌头·浑河夜景

暑夜夜闲静，浑水水欢欣，纤云几朵飘过，垂首望红尘。忽亮堤边灯火，尽舞辉光婀娜，醉了漫游人，拍照朋圈发，雅兴助摇唇。　　蓝宝馆，绿楼影，赤波纹，魂牵梦绕，老叟但愿做佳宾。恰则传来归讯，遗憾心藏几许，争耐弄诗文，若问情多重，足可上千斤！

扫花游·雨日家园

廉纤细雨，洗尽满园尘，别枝横处，随风伴舞。往来人凝睇，串红无数，叶绿增肥，犹似娇娆媚妩。空凝伫，望水深径幽，欲行难步。　　灵感匆又度，玉韵腹中生，对谁吟赋？是时我顾。幸标容独赏，白波挽住。唤醒春魂，回首踏青来路，眷如故，去匆匆，再邀秋暮。

临江仙·题红梅图

玉骨凌寒昂首，冰清戏暖舒姿。东风无力怨春迟。与梨花共醉，可否合时宜？　　日里常挥香墨，尘间总有繁枝。红唇端是为君痴。胜三分白雪，赢得瘦魂诗。

临江仙·题幽兰图

虽隐山间幽谷，却胜陌草群芳。何曾凝露傲青霜。九秋仍逐翠，花瘦叶肥装。　　堪笑东风吹晚，关情冷雨乘凉。先人寥落佩霓裳。而今图上客，欣绽墨花香。

临江仙·题青竹图

直节生来清瘦，翠茎由此行身。曾携松柏共秋春。一帘烟雨过，妃子泪梳巡。　数片参差新笋，千枝绿叶珠痕。毫端生竹酷如真。琅玕宣纸种，姿影恰惊魂。

临江仙·题黄菊图

百草凋时独绽，孤芳盛日群芬。欣将金蕊送红尘。笔邀陶令到，透纸更传神。　宁可东篱枝老，不随黄叶秋贫。谁言霜后苦无春，重阳迷醉眼，倾倒赏花人。

—— 作者简介 ——

王诚，辽宁省楹联家协会副主席、沈阳诗词学会副会长兼秘书长等。从事"诗教"二十年，曾获 2008 年度中华诗词金爵奖、2009 年度中国对联创作奖、2011 年全国联教先进个人、2013 年沈阳市"百万市民艺术共享工程"突出贡献奖、辽宁省杰出楹联艺术家称号等。出版著作有《中华传统诗词教程》《中华传统诗词鉴赏》《词义浅释》《学格律诗简明手册》《诗联分韵对仗句典》《全唐名家分韵集句诗》《沧浪吟》《静心杂咏》。作品曾发表于《中华诗词》《沈阳日报》《沈阳晚报》《辽沈晚报》《诗潮》等刊物，并被《新中国 60 年辽宁文学精品大系·诗词卷》《2009 佳联三百副》《中华诗词文库·辽宁诗词卷》等书收入。

草木吟五首

詹德华

老　柳

老宅门前萦老柳，树繁叶茂几多年。
一朝枯殁随风逝，孤絮空飘任转旋。

注：母亲在世，如老柳垂荫；母亲逝后，儿则有孤絮转篷之感。

菊　展

名苑中山千朵菊，姚黄魏紫色翩然。
年年承诺奉母看，今岁泪涟于墓前。

食　樱

佳红梅枣大红灯，肉美汁甘初不识。
入口忽惊苦味滋，先慈早逝未曾食。

朝　颜

清明祭母上东山，坟侧牵牛已蔓攀。
养子不如生野草。尚能日日对朝颜。

注：朝颜为牵牛花之别称。

蜀 葵

一丈高枝花色妍，慈母曾植在堂前。

纵将大手巾千朵，无奈思亲泪潸然。

注：蜀葵民间俗称为"大手巾"。

——— 作者简介 ———

詹德华，男，现供职于《沈阳日报》，辽宁省散文学会副会长，沈阳市文化遗产保护研究会理事，冰天诗社副秘书长，和平区政协文史顾问，辽宁省作家协会会员。沈阳社科联第五届委员会委员，沈阳大学客座教授。沈阳市文化名家暨"四个一批"人才。

作品散见于《中国青年报》《芒种》《妇女》《沈阳日报》《沈阳晚报》等报刊。出版长篇小说《红莓花开》、文史散文集《新乐的星空》、文化散文集《物华天宝》等。参与多部纪录片宣传片策划与撰稿，主要有《大河润城》《辽西走廊》《沈水之阳》《沈阳故宫》等。

幽梦影诗词选

郭锦华

酒

一盏斟来苦乐多，为奴为主怨他何？
寄情邀月杯中影，驱闷添愁梦里歌。
放浪酿成千载恨，裁诗织尽万条梭。
糊涂明白难言事，得味成龙不是么？

色

该字从来贬义多，此关难过问谁何？
金莲本性千夫指，项羽悲情万众歌。
裙摆飘飘官落马，星河耿耿影穿梭。
红颜品貌迷人眼，君子求之不对么？

财

神通广大可嫌多，膜拜虔诚重几何？
高士寻求探正道，贪官敛聚唱歪歌。
都言有宝生灾祸，更怨无银叹杼梭。
自古熙攘皆为此，干戈十九怨他么？

气

忍谅刚豪说法多，高山可拔力如何？
蒙羞胯下一时辱，尝胆薪中万世歌。
宰相胸怀大如海，庸人肚量小成梭。

平心修得百年寿，怒发冲冠要得么？

赋得柳

巧剪青帘舞倩姿，蛮腰凤眼几参差。

垂条欲挽春光浅，飞絮直追离别痴。

陶宅立身堪化境，章台寄韵好裁诗。

婆娑疏影烟波里，阅尽人间万象奇。

赋得荷

熏风浅动一池鲜，倩影摇红甚可怜。

出浴琼妃娇映日，凌波白鹭绿腾烟。

魂飞佛座何曾语，身立淤泥犹自仙。

纵是花随流水去，善哉化作度人船。

鹧鸪天·家

谁许心尖情满腔？融融陌小又何妨？烦能任性风雷滚，乐可随心锣鼓狂。　牵爱恋，挂肝肠。油盐针线总思量。关山不阻凝望眼，和月归来一盏光。

鹧鸪天·手机一

我乃玲珑一手机，任君把玩任君痴。厮磨耳鬓闻情意，承值床头报晓鸡。　君爱我，我深知。掌心温度早传之。关山万里君行处，执手相牵未可离。

鹧鸪天·手机二

我乃玲珑一手机，众人面我尽头低。天高任尔摘星月，路远为谁送影姿。　君恨我，我深知。消磨屏里最难持。痴心能践邯郸梦？莫使英雄悔恨迟。

沁园春·书法

腕底松烟，心里江山，纸上纵横。或行云流水，弛张有致；飞龙舞凤，急缓无声。妩媚多姿，虚灵恬静，随性挥毫字是旌。浓情蘸，点一江曲水，万古人生。　墨耕千载文明，览历代名流数俊英。慕二王飘逸，十樵浏亮；柳颜遒劲，张旭癫醒。养性修身，柔怀傲骨，方正中华四海惊。书神韵，念遗风袅袅，魂力铮铮。

沁园春·京剧

锦绣梨园，粉墨登台，瞩目一方。望红颜绿鬓，奸忠鲜活；柔文俊武，念打铿锵。冷暖千姿，沉浮万象，演绎春秋兴与亡。深凝处，赞中华国粹，韵味飞扬。　初萌几句皮黄，数流派纷呈博大彰。令腔迷程调，俏惊梅舞；打宗杨法，技聚裘庞。骨入三分，容藏百面，哭笑形神皆是章。京胡起，任弦间板里，醉饮琼浆。

沁园春·旗袍

极致华衣，韵味东方，绝色艳呈。集端庄温婉，千年底蕴；妖娆魅惑，万种风情。带雨梨花，扶风弱柳，摇曳几多神采行。人痴处，见柔腰袅袅，顾颈婷婷。　荧屏多少红伶，以典雅之魂引世惊。有年华曼玉，淑贤款款；汤唯色戒，妩媚盈盈。丈八棉丝，五三盘扣，演绎沧桑儿女经。时光透，赏亦浓亦淡，倾国倾城。

注：年华曼玉：张曼玉在电影《花样年华》中以 23 套旗袍演尽风情。汤唯色戒：汤唯在《色戒》中更是以 27 套旗袍展尽风流。

沁园春·武术

论剑华山，问道少林，国粹绝功。看身轻如燕，烟云脚下；威寒若虎，日月拳中。野马分鬃，金鸡独立，地抖天摇八面风。舒长啸，令丹田浩气，直抵苍穹。　众生千载推崇，故缘自、精魂华夏融。引陶情养性，宽怀德厚；强身健体，大义心忠。四两情柔，千斤国重，极顶苍茫我为峰。飘旌处，又蛟龙出世，掠影惊鸿。

沁园春·中国结

彩线轻缠，柔指谩绕，形意寄真。纵梦中瑞气，化成心曲；天边霞锦，嵌入经纶。左系安康，右牵福寿，一种情丝别样陈。难书尽，这千年造化，秘蕴精神。　尝新越发缤纷，把今古都来勾勒匀。看儿男襟袖，风裳玉佩；女娥腕颈，绿饰红纹。度岁楼中，乘龙堂上，斯物含情巧夺春。销凝处，看回环镂彩，腾起祥云。

沁园春·玛瑙

剔透晶莹，形色多姿，魅力自雄。见慈悲菩萨，莲台静坐；笑颜弥勒，世态宽中。石孕千秋，纹藏万象，珍异琳琅一览宏。书不尽，那物华天宝，贝阙珠宫。　地涵无价冥工，须慧眼方能识凤龙。置腕间项处，平添贵气；橱中枕下，力避邪虫。事业通灵，财源旺盛，琴瑟和鸣音韵同。凝眸里，正玲珑八面，内外情钟。

—— 作者简介 ——

郭锦华，网名幽梦影。辽宁大学副教授。工作之余，喜欢在唐诗宋词中徜徉，效贤达以留迹，吟诗词而陶情。为本科生讲授过"诗词常识与写作"课程。中华诗词学会会员，辽宁省诗词学会会员。辽宁省互联网协会诗词楹联工作委员会副主任，《辽宁诗词》总编。曾任辽宁省诗词学会副秘书长、副会长，辽宁诗社联盟轮值主席，《辽海诗词》副主编。诗词作品被收录到《当代辽诗三百首》《沈阳新世纪诗词选》等书，亦有诗词作品在各类报刊发表。

小燕子诗选

李铭杰

暮 春

倚栏寻字小诗奴，拂袖长吟效老儒。
隔岸苍山生绿影，沿堤白鸟动平湖。
三千落絮漫天雪，十万飞花遍地图。
归入人间清绝处，句中难托任荣枯。

春 风

溪水微波荡笛声，穿花拂柳助农耕。
新桃依旧悠悠报，小草从来默默生。
伫立窗前听雨远，遥看陌上见天晴。
人间若有落红恨，一片蛙喧不住鸣。

自 嘲（新韵）

久卧诗囊昏晓侵，乱裁佳句韵来寻。
一窗瘦月低眉语，半榻残书抱膝吟。
笔底无香凭傲骨，胸中有志对清襟。
人间万事须明悟，只待春风醒我心。

桃 花

东君从未负新袍，惹我多情动凤毫。
攒萼团团承雨露，抱枝朵朵领风骚。
独行夹岸芳心醉，闲坐沿堤清韵陶。

长在诗中寻自在，此生不与桂争高。

牵牛花（新韵）

翠蔓枝柔越小庭，夕阳晓露见空灵。
罗裙舞动千家艳，绣带携来六月英。
何与牡丹求翰墨，无从玉蕊借声名。
春山若把落红怨，便向人间喊不平。

茉莉花

闲中缓步入兰堂，扑面迎眸绕室香。
满案清魂开素艳，一盆绿影露新妆。
若能摘下茶烹饮，何用斟来酒酌狂。
秉烛催诗消寂寞，风前含笑逞芬芳。

月季花

窗外空灵乃我栽，一枝一影一庭台。
春迎细雨芬芳绽，夏逐清风绰约来。
何虑牡丹为国色，不忧桂子是仙才。
浑然未解人间事，独自逍遥无日开。

一串红

千株如焰正婆娑，赤玉枝头作浩波。
灼灼生香蜂起舞，亭亭入韵燕高歌。
常倾松柏常倾竹，不畏幽兰不畏荷。
莫与春山争秀色，半开半谢懒消磨。

荷　花

星恋芳魂月在蓬，一身清骨系熏风。

蜻蜓缱绻寻香落，蝴蝶殷勤采蜜匆。

且把禅心留旦暮，何须俗耳解西东。

案前悄醉馨流久，秃笔难描那抹红。

水仙花

悠闲趁步入亭台，换土雕离缸中栽。

料是春风吹不起，更劳晓日逐常开。

窗前惜别余欢后，梦里含情雅意来。

素艳凌波非俗物，明年仍做帝王才。

—— 作者简介 ——

李铭杰，网名小燕子，中华诗词学会会员，中国楹联学会会员，沈阳市诗词楹联学会会员，沈河区作家协会会员，辽宁党建网红色文化诗词工作委员会沈阳分会理事，沈阳蕙风诗社副社长，沈阳红叶文学诗苑副社长，沈阳青苔诗社副社长。作品散见于《诗潮》等。

一棹天涯诗词选

刘庆有

诗侣南游有感

君到江南欲忘家，身随莺燕趁芳华。
双标最是春无赖，不为辽东早著花。

映山红

一傍东君便走红，子规啼里共春风。
为能先入时人眼，已占青山几万重。

春游二首

梅花开在杏花前，一动芳心便一年。
莫误春溪桃色好，平生最怕负红颜。

数日山中滞未还，别时总比见时难。
旁人莫更生疑问，春有花心我有闲。

梨花二首

粉黛无施只素颜，娉娉袅袅到人前。
尘氛未染清新甚，揽一枝来入嗅甜。

别有清姿照眼明，不妖不媚似无情。
相逢且慢随春去，但恐来年又陌生。

萤火虫

宵来挑起小灯笼，时在草尖时在空。
打从身畔轻飘过，为伊无视满天星。

喜　鹊

受宠全凭嘴上功，民间自有好声名。
深谙报喜瞒忧法，啼叫无人不爱听。

谷　雨

温软风中雨若丝，于今稼穑莫言迟。
种来多彩多姿梦，解梦还须醒梦时。

荏染柔木二首

李杏梨桃与海棠，门前小圃种成行。
花开次第留春住，好做缤纷梦一场。

花木移来在一园，三春无日不争妍，
亲红昵粉他人事，听鸟烹茶我自闲。

薤白二首

田头地脑一墩墩，小铲频剜亦挺身。
既被东风先唤醒，生平岂可不知春。

碧色参差破野荒，根肥苗嫩有辛香。
君家不解春滋味，荐上瑶盘请自尝。

言采其蕨

采采谁思蕨可怜，凭其挥舞小拳拳。

千回抗议都无效，终作人家菜一盘。

海城金坑村赏梨花

欲睹清姿须有闲，佳期错过便无缘。

今来掐得时方好，一夜花开数万山。

偶　成

梧桐花落渐成荫，墙里瓜秧墙外伸。

当日无忧小儿女，忽焉变作养家人。

如梦令

一夜雨柔风悄，篱畔杏腮红了。捉对在枝间，乱语不知何鸟。堪恼，堪恼，花下影孤人老。

如梦令·桃叶茶

长短未曾盈寸，摘下趁它鲜嫩。冲泡不须疑，堪破百年孤闷。来饮，来饮，先解美人春困。

如梦令·云庐主人

又到暮春时候，犹是绿肥红瘦。碧毯看秧针，一段锦文谁绣。知否，知否，出自老夫之手。

—— **作者简介** ——

刘庆有，网名一棹天涯，辽宁本溪人，书法诗词爱好者。曾任辽宁省诗词学会副秘书长、辞赋委员会副主任，并创建学会论坛"东方诗词论坛"，2019年联合11个城市的19个学会、诗社团体共同创立了辽诗联盟（后更名为辽宁诗词界联合会），现为辽宁省互联网协会诗词工委常务副主任，本溪市楹联协会副会长，《辽宁诗词·诗词鉴赏》栏目主编。

雁翎诗词选

杨晓雁

咏泰顺廊桥四首

三条桥

衔山抱水影浮空，谁赋离词画栋中？
秋月春花曾有待，一桥故事一桥风。

毓文桥

雕栏巧构影玲珑，水荡烟波月半弓。
老树孤村疑世外，廊桥遗韵古时风。

溪东桥

雕檐映衬远山空，一剪飞虹入画中。
杨柳风轻归浣女，临流照影过桥东。

咏北涧桥

廊桥古树两娉婷，倒影依稀水镜横。
曲岸风疏双燕子，叮咚细雨晚烟轻。

濂溪周敦颐故里

一脉渊源迹可寻，当年故里慨行吟。
倚松悟道同鸣鹤，望月摅怀独鼓琴。

才笔论花君子喻，濂溪入梦老人心。
此生合是莲知己，千古风流说到今。

丽水瓯江绿道

画廊十里辟清幽，丽水佳山不胜收。
色醉芳菲桃李杏，香浓次第夏春秋。
莺啼柳浪惊蛙鼓，鱼隐荷裳动鹤舟。
最爱回溪三五夜，一轮初上共悠游。

时 间

时光抛去几无多，逝者如斯奈若何？
斗转星移空璀璨，云飞花谢枉婆娑。
荣华一瞬黄粱梦，缘分三生绿水波。
安得扶摇吹我翼，擒来日月不穿梭。

铜川玉华山

云根踏破渺烟霞，且叩禅关访玉华。
湍瀑飞声三通鼓，寒潭呵气一瓯茶。
传经每临菩提月，说法常拈彼岸花。
福地清凉今尚荫，风光更胜帝王家。

偏桥沟风情小镇

谁移华厦到山巅，画里人家胜似仙。
朝与松声来唱和，暮同燕影共流连。
一窗灯火峰头月，半壁楼台坝底烟。
小住林泉何处好，偏桥沟畔梦儿圆。

咏三沙

椰雨蕉风薜荔花，渔光帆影共朝霞。

碧波早映秦时月，绿岛曾巡汉代槎。

海域梦圆应待我，桐阴凤翥岂容鸦。

舰旗指处屏藩固，笑傲南溟万里家。

游杜家堰坎清代古屋

庭院深深不染尘，卧牛山古比芳邻。

石阶苔泛今朝绿，燕垒泥衔昨日春。

萱茂堂前风骨老，松青雨后画图新。

修文尚武传遗爱，杜氏千秋迹可陈。

注：萱茂，杜府正中堂屋，有"萱茂六朝"等古匾额。

汉关紫砂壶

品出汉关质尚淳，一壶装得世间春。

体犹俊逸泥为骨，态本雍容玉有神。

试水任凭茶缱绻，投炉岂惮火嶙峋。

紫砂艺胜天工巧，陶醉古今中外人。

阳羡紫砂壶

色真质朴韵无穷，高手雕来自不同。

竹节缠枝花缱绻，梅桩抱影玉玲珑。

新裁别有天机巧，古法相承妙境通。

谁解紫砂云水意，禅茶滋味一壶中。

恭贺叶嘉莹先生百年华诞

心头妙句总联翩，茹苦平生不自怜。
但许诗情同道韫，犹将蕙质共婵娟。
当年漂泊根何在，异域归来梦已圆。
百岁风华平仄里，一身瘦骨也安然。

神仙谷招饮

晓雾初开野径幽，神仙洞里任优游。
长亭蔚起诗声朗，翠谷飘来笛韵悠。
作画填词多蕴藉，种瓜点豆也风流。
春醪欲饮心先醉，一阕骊歌唱未休。

鹧鸪天·琥珀

谁贮玲珑寂寞魂，归来已是亿年身。柏香那日春犹好，松蜡当年泪尚温。　　光绮丽，色氤氲。斑斓浑似玉无尘。暗红绽得梅三点，皎白浮来月一轮。

—— 作者简介 ——

杨晓雁，中国楹联学会名誉理事，野草诗社第十一研修院副院长，建平楹联学会副会长，《中华楹联报》十优主评。楹联、诗词、赋在国家级赛事中获得等级奖数百次。有百余副楹联作品在全国各地书院、寺庙、名胜古迹、风景区等（缙云黄帝祠、山西五台山、辽宁千山、茶陵洣江书院、铁岭龙泉寺、莆田南少林寺等）镌刻悬挂。多次出任国家级诗词、楹联大赛评委。2010 年出版楹联诗词散文作品集《雁翎集》，曾获"辽宁优秀楹联家"称号。

卢艳芳词十首

卢艳芳

庆清朝·古韵西安

灼灼梅红，麦苗嫩绿，教人怎不魂牵。皇城踏入，风中略带轻寒。秦始皇兵马俑，见光颜改惹心酸。城墙抚，细听似有，战马声喧。　　秦岭华山奇险，瀑布飞流处，溅出诗篇。足音滞重，难阻老朽吟欢。寇准珠玑借用，举头红日近眸前。峰巅立，由衷爱恋，古韵西安。

明月逐人来·谷雨时节游时光印象岛逢雨

天高鸿远。槐花香漫。清风爽、鹊声时伴。小桥流水，草色如青缎。绮丽风光养眼。　　顷刻阴幽，急雨潇潇飞窜。衣单薄、凝思柳岸。酿词一阕，文意犹深隽。顿觉周身和暖。

唐多令·寒菊

昨夜雨声隆。晓来玉步匆。竹篱旁、一簇葱茏。放眼周遭生气杳，唯见汝、抗寒风。　　佳丽望天穹。雁行无影踪。便自言、谁与余同？笑立风中衣紧裹，填成曲、寄陶公。

采桑子·秋情

萧萧黄叶随风舞，衣裹轻愁。独上西楼。慨叹匆匆又一秋。　　栏杆遍倚思潮涌，远眺情收。舒展眉头。南雁归时绿满丘。

诉衷情·雪霁赏树挂

清晨闲步树林时，枝摇六出离。眉宇落，笑声飞。香雪映红腮。　景诱不思归，鹊偷窥。忘情倒地还留影，几人随。

八声甘州·旧照情思

对一张旧照引深思，忆起那年冬。嫁衣临镜着，爹娘无语，泪眼蒙蒙。吾默然窗外望，不觉湿妆容。一夜琼花舞，朝日彤彤。　卅载时光荏苒，慨韶华渐远，似水流东。尚犹如初见，旦暮两情浓，叹霜花，悄登双鬓，喜娇儿、皆玉树临风。图丛木，饮寒经雨，可更葱茏？

满庭芳·骚朋小聚

诗友家筵，边炉支起，宴前语出思量。低音婉转，佳丽尽羞藏。惟姐笑声未落，酒坛捧，惊倒萧郎。火炉旺，举樽不断，俱半醉疏狂。　口琴师兴奏，儿时歌曲，心已飞扬。忆童年，连连慨叹时光。不觉三更临近，倚窗望，圆月天镶。繁星闪，骚朋皆道，宵短谊无疆。

庆春时·赏早春

柳芽人唤，桃红初绽，紫燕欢吟。湖边小立，鲜鳞竞跃，风暖拽衣襟。　风光兴赏，含咏惊觉音沉。平添触绪，韶华渐远，期许驻春心。

满庭芳·春情

遥想当年，松花江畔，柳初绿雁过频。杏花灼灼，树下两情纯。清咏诗笺小字，微风起，细雨纷纷。车轮疾，伞飞衣湿，笑语透重云。　推窗香扑面，桃红争绽，触景凝神。忆过往，低声问枕边人。可记那年那事？君戏语、日日逢春。平生悦，心心相印，胜过景重温。

忆王孙·练硬笔书法

闲情约我乱抄书。竖直横平可自如。折点弯钩也好摹。仰天呼，撇捺当须一世涂。

─── **作者简介** ───

卢艳芳，自由撰稿人。喜欢古典诗词与朗诵，为中华诗词学会、沈阳诗词学会、辽宁省朗诵协会会员。擅作格律诗词，作品曾发表于《中华诗词》《中国诗赋》《诗潮》《盛京诗词》《晚晴报》《长白山诗词》《民生报》等刊物和网络平台。

苗法强诗词选

苗法强

观沈延毅先生诞辰120周年书法展

襟期翰墨书高浪，杖履山巅唱大风。

成咏壶中添妙句，寄怀案上见真功。

字形古拙香犹逐，笔势行藏韵不同。

傲世孤标开一帜，感吟魏法在辽东。

缅怀姚哲成先生

风动银钩书锦绣，香飘玉纸续传承。

披襟但使笔锋劲，染翰从教魏法兴。

一代宗师开路远，满园桃李众心凝。

音容德泽今犹在，如许生徒皆伏膺。

游赫图阿拉城感吟

一城烟雨一京史，八角飞檐八面风。

浩荡旌旗镶岁月，依稀鼙鼓彻苍穹。

征袍影动南连北，铁马声喧西到东。

太祖雄威今又见，大清遗梦曲无终。

萨尔浒怀古

萨尔浒前寻旧迹，雄威浩气见碑文。

挥戈仗剑楼中画，卷地摇风岭上云。

水面犹生波潋滟，林间每忆色氤氲。

枝头啼鸟仍传唱，太祖当年盖世勋。

观好太王碑感吟

篆隶之中藏楷骨，字形拙朴简平追。
安能浑厚未闻我，敢问从容又见谁。
老眼有缘奇石近，赏心何幸旧文窥。
天真烂漫冠今古，可誉东方第一碑。

游燕州城感怀

云暗依稀句丽影，风斜犹见虎狼烟。
神机欲识囊中策，威猛还看马上鞭。
薛礼征东堪将勇，唐宗逐北亦君贤。
山巅极目放怀处，历史钩沉浮眼前。

采石矶

明月江心犹有迹，酩醁入醉是何年。
往来骚客皆高咏，但问豪诗能几篇。
敕赐荧煌堪放傲，天生散漫任狂癫。
楼台烟雨随风逝，采石矶前叹谪仙。

妃子笑

沉迷美色荒朝政，淫逸骄奢误盛唐。
一骑红尘妃子笑，千家塞牖庶民惶。
长安月下笙歌殿，短景花间诗酒墙。
破碎山河兵卒血，做成脂粉点唇妆。

金错刀·罕王井

扩疆土，起雄兵。中原荒漠任驰横。冲锋陷阵何言惧，驰马横刀敢与争。
依水井，定都城。清莹之水泽兴京。但看太祖挥毫处，一统江山写大清。

金错刀·游萨尔浒感吟

山无恙，水依然。凝眸鞍铠忆当年。大清铁马横空起，烽火狼烟映眼前。
弓在手，箭离弦。旌旗猎猎起硝烟。刀光剑影惊魂处，生死荣枯一瞬间。

西江月·观红旗渠感吟

造物不须神主，世间自有英雄。太行山上起神兵。看我林州百姓。
千座悬崖峭壁，一锤一铲夷平。红旗渠水汗流成。谁说命由天定。

西江月·清明上河园

载酒车旁一肆，踏歌桥上双亭。街边叫卖一声声。喧闹门房市井。
游客展眉欲往，商家笑脸相迎。不知可晓择端名。画出千年隆盛。

胜胜令·西施

纤腰玉指，绿鬓朱唇。冷香疏影淡妆匀。澄心素志，浣纱女，湿罗裙。
好一个、清水丽人。　　大任于斯，尽妖媚，失纯真。佚淫奢欲摄君魂。红
颜祸水，伐无声，战无痕。灭国间、一笑一颦。

胜胜令·王昭君

浓施玉颊，淡扫蛾眉。待招听命入宫闱。难谙世事，恨延寿，误嫔妃。
画与人、谁又是谁。　　远嫁匈奴，花溅泪，枉生悲。故乡还问几时归。茫
茫大漠，雁无声，信难回。再见时、人已作碑。

胜胜令·貂蝉

冰肌玉质，我见犹怜。媚柔纤弱说貂蝉。连环妙计，一身许，两离间。诱董卓、迷惑奉先。　计就功成，将反目，戟高悬。愤而诛佞为红颜。寒微女子，勇凭谁，命由天。大任前、自有瘦肩。

胜胜令·杨贵妃

凝脂傅粉，艳质秾芳。翠蛾云鬓映红妆。瑶阶玉殿，弄弦管，舞霓裳。百媚生、妃女姓杨。　出浴华清，水润色，体生香。玉肤腴影醉明皇。魂归梦断，马嵬坡，哭离殇。恨叛军、乱了大唐。

摊破南乡子·知音

曲妙漫幽林。问世间、谁懂吾心。幸有子期知我律，听山流水，听弦流韵，此境难寻。　最是伯牙琴。醉心处、把袂倾襟。呜呼哀恸知君去，摔琴祭矣，封琴别矣，以谢知音。

—— **作者简介** ——

苗法强，中华诗词学会会员、中国楹联学会会员、辽宁省作家协会会员、沈阳市作家协会会员、沈阳市苏家屯区作家协会副主席、中国楹联学会野草诗社第十一研修院秘书长、辽宁省互联网协会诗词楹联工作委员会秘书长、辽宁省散文学会理事。诗词作品散见于《中华诗词》《中华辞赋》《中国楹联报》《诗词报》《晚晴报》《沈阳日报》《烈焰诗刊》《广东作家》《南粤诗刊》《华南风骨》《木棉花》等刊物。

吴芙蓉渔歌子宝宝词十首

吴芙蓉

渔歌子·格格驾到

日夜等候不为迟，一朝相见解相思。肤白璧，发青丝。娃儿可人尽深知。

渔歌子·题呦呦四天照

笑对尘缨不需愁，柔丝蟒首卧玉楼。神楚楚，自悠悠。花时不闻世春秋。

渔歌子·表情包

心中有话不需言，喜怒哀乐挂脸间。哭动气，笑萌甜。无限表情被均占。（通韵）

渔歌子·练功

虽是女娃也逞强，褓褓之中练功忙。武拳脚，想刀枪。围挡摇篮变战场。

渔歌子·题满月照

日月交替已卅天，初成娇姿美白甜。长公主，小状元。无限宠爱在堂前。（通韵）

渔歌子·满月扎疫苗

出生一月又扎针，犹如掼在姥姥心。扒衣袖，拽包襟，随即穿出炸雷音。

渔歌子·题呦呦二月照

紫艳窗前夏意浓，娇娃盛开姥眼中。漾月白，赛花红，咿呀学语乐无穷。

渔歌子·题二月疫苗

除去哭声便是甜，社牛能力也超凡。见人笑，与之谈。宝妈护士两不嫌。

渔歌子·浴后白雪公主

清流濯娃浴乎沂，纤小无尘雪凝肌。轻抚触，爱偎依，悠然自得乐可知。

渔歌子·第一声妈妈

不随清风捉柳花，只在家中做娇娃。听故事，勾脚丫，咿呀学语叫妈妈。

—— **作者简介** ——

吴芙蓉，中华诗词学会会员、中国楹联学会会员、中国诗赋学会会员、沈阳市作家协会理事、辽宁省互联网协会诗词楹联工作委员会副秘书长、沈阳诗词学会副秘书长、蕙风诗社副社长。作品散见于《中国诗赋》《诗潮》《辽宁日报》《晚晴报》《盛京诗词》等。

下　编

清代东北流人诗作述评

张玉兴

一

《清代东北流人诗选注》(增订本),选注的是清朝前期被流放到东北的文人学者于戍所或反映戍所生活的诗作,乃至部分词作。

清朝是我国最后一个封建王朝。它为了加强统治,维护王公贵族的利益,从入关伊始便推行了一系列的民族高压和阶级高压政策。对不利于其统治的言行,采取打击和镇压的措施。其中走司法程序,由国家定罪,将所谓免死减等的重犯,大批流放到东北地区。被流放的人通称流人。仅顺治、康熙、雍正三朝的九十多年间,被流放至东北者不下十余万众。在当时来说,东北地区为荒寒之地,是可怖的"畏途"。不少"衣絮单薄,无以御寒"的贫苦流人,"冻毙于路"①。而到达戍所者,特别是江浙一带的"南人",因"既无屋栖身,又无资力耕种,复重困于差徭",在"苦寒之地,风气凛冽"之中,"颠踣沟壑"②者,屡屡发生。这些遭遇悲惨的流人成分比较复杂,其中虽然不乏危害社会治安的犯罪分子,清政府把这类人流放边远地区,是历代维护社会稳定的刑律之常,是无须置疑的。但这众多的流人中,多是罪不当罚的无辜受害者。其中有广大的平民百姓,也有相当数量的官绅文士,这又和满洲贵族入主中原的特殊的政治需要有关。流人文士虽然多出身于殷实之家,可一旦被流放,大多家产荡然。到戍所后,尽管待遇比一般流人要好

① 《清圣祖实录》卷三二,康熙九年二月癸未。
② 《清圣祖实录》卷一百二,康熙二十一年四月壬子。

一些，但罪犯的身份，险恶环境的困扰却是任何人也摆脱不了的。

顺、康、雍三朝，被遣发到沈阳、铁岭、尚阳堡（旧址在今辽宁铁岭市清河区东四十里尚阳湖）、宁古塔（今黑龙江宁安市）、卜魁（今黑龙江齐齐哈尔市）、黑龙江城（今黑龙江黑河市南爱辉镇）等地东北戍所的流人文士，有案可查者，多达数百名。其中不少人在流放前即才名素著，被流放后，在困厄的环境中，仍然拼命治学，不废吟咏，勤于写作，因而为后世留下了数目可观的著作。这些著作多已散佚，但今天我们尚能见到的诗篇仍有近万首之多。尽管他们流放的背景各不相同，思想志趣迥异，但无辜被遣，壮志难酬，万里流徙，历尽坎坷的遭遇却是共同的。这就使他们在以汗水、泪水、血水浇灌，乃至系以性命的诗篇中，寓情涉物，既深且广，从各个不同的侧面，真实形象地反映了流人的生活遭遇，反映了东北地区的山川物象、风土人情、历史沿革，以及清初的政治经济、思想文化、抗俄斗争等各方面情况，关于全国性的大事件也多有形象的记载。可以说，这些诗篇构成了光波潋滟的清初社会的历史画卷，不仅具有独特的艺术价值，更具有以诗存史、以诗证史的功用，为清代诗坛增添了光彩，为史苑补证了阙疑，弥足珍贵。此外，清朝初起之际，在明清交战中及清兵入关骚掠时，俘获与掳掠的明人，因其拒绝降服而被羁留于沈阳，虽非流人，但困窘处境与流人相仿，可称为羁人。他们亦有诗作流露了心声；而当流人发遣之后，又有相当多的士人前往东北戍所探视，亦留下可观数量的诗作，留下了时代的风貌与印记。这些诗篇皆与流人诗作相辉映而弥足珍贵，故适当选择加以注释，作为附录，以展示当年时代之风采。

二

现将清代东北流人诗作概括介绍如下。

（一）揭露控诉清朝统治的黑暗与残酷，反映了人民的疾苦

流人文士多是以文字获罪者，受遣之后不少人噤若寒蝉，不再敢议论时

事。"文章亦祸机"①，"时危莫论文"②，可谓痛苦的经验之谈。但实际上，仍然有人按捺不住郁结在胸中的愤懑，而形诸吟咏。其中最突出的一位是声言"到死不知非"③的函可。他直言不讳地揭露清廷对人民的敲诈："画阁已空搜白屋，小民欲尽索穷儒。"④抨击清朝的文字狱是"四海皆秦坑，诗书同一炬"⑤。谴责清兵的大屠杀："叹息人间劫尽灰，惠州天上亦荒莱。"⑥面对黑暗的现实他悲愤慨叹："举世令人闷"⑦。揭露、抨击可谓淋漓尽致。在流人诗家中敢于揭露实际的非只函可一人，蔡础云："饥鹰霜爪摧雀丛，翡翠凋零金弹空"⑧，这是控诉官府的残民以逞。郝浴更直接讽咏了清廷在近畿一带推行"圈地令"造成的后果："忆彼畿南民，散步无一椽。新法落官手，满地声呜咽。""近闻如柴骨，高挂枯林间。"⑨揭露的正是清朝虐政下惨不忍睹的现实。

以函可为代表的流人诗家更着重反映了东北人民的苦难与流人的悲惨遭遇。函可《老僧》一诗描写了一位年近九十岁的老僧的遭遇。他原为躲避金国⑩的残酷压榨而遁入空门，但"依然被桎梏"。二十年后他返归故里探视，却只见"残败几间屋。不闻旧人声，但闻山鬼哭"！家乡已面目全非。虽然

---

① 戴梓：《耕烟草堂诗钞》卷一，《佳公子招游郊野座中赠陈省斋（梦雷）杨玉斧（瑄）两太史》（四首之三）。

② 丁澎：《扶荔堂诗集》卷四，《送张坦公方伯出塞》（四首之一）。

③ 函可：《千山诗集》卷六，《生日四首》（之三）。

④ 函可：《千山诗集》卷十，《与治书来言为徐氏田累寄慰》。

⑤ 函可：《千山诗集》卷三，《哭吴岸先》。

⑥ 函可：《千山诗集》卷七，《遣愁》。

⑦ 函可：《千山诗集》卷七，《读李氏遗书二首》（之二）。

⑧ 蔡础：《沈子瀼业》，《春燕秋雁吟》。

⑨ 郝浴：《中山诗钞》卷一，《屋漏》。

⑩ 金国，明建州女真首领努尔哈赤于万历四十四年（1616）所建国家的名称，当时叫"大金"，毫无疑问，表述时亦当称其为"金"。20世纪50年代，有学者提出"大金（史称后金）"一说，被广泛采纳。于是"后金""后金兵""后金—清"之说流传甚广。但笔者持异议，皆书称"金国""金兵""金—清"，等等。本书对此之表述亦皆如此（即全书中皆不用"后金"字样），谨请留意。并请参阅拙文《"后金"称谓驳议》（载《盛京与清朝兴衰学术研讨会论文集》，辽宁民族出版社，2019年版）。

他性命犹存，可是"凄凄恨孤独"①，无限伤心的凄凉寂寞之感袭击着他。这形象深刻地揭示了清初东北经过明清之际战乱之后社会凋敝的残败景象。而"一度边关即鬼门"②，被流放到东北的流人命运就更加悲惨了。函可有关这方面的诗作颇多。在《喜陈子罢役》一诗中，对因年老而被免除徭役的陈子，发出"数茎白发抵黄金"的深沉感慨，并进一步咏叹道："相逢仙客休言药，若教还童苦不禁"！这是对流人繁重苦役的深刻揭露。《哭吴岸先》一诗发出了"地上莫能容"的感慨，反映了流人的悲惨处境。在另一首题为《闻同难民为虎所食》的诗中，更写道："只恐老瘦同遭斥，但免饥寒亦感恩"！这是对流人处境血泪控诉的深痛至极之言。无怪乎李呈祥也发出"埋身冰壑友朋多"③的慨叹了。

蔡础吟咏李时璐遗孀张氏悲惨遭遇之诗，无限悲凉沉重，极有代表性，最为牵动人心。此诗题目很长：《同难友李君玉然（禅）讳时璐，壬寅春出关卒于道。是秋，其内子张孺人赴谪地，吊影伴魂，泪枯塞草。丁未春，有胤上攀徒步自万里来，定省慈帷，依依不忍言别。暨，戊申夏，诏徙罪编为民，罪轻之孥发回本籍。盈车悲喜，子母载之，聊为纪此》，诗题将事情的本末娓娓道来，其中"有胤"，即有子嗣，指李时璐之子李上攀，该诗曰：

> 万里从征不见夫，七年塞雨夜啼乌。
> 霜残明月流苏冷，尘蚀妆台结绮芜。
> 已死魂犹依宿伴，未亡人在怯遗孤。
> 抵家绣帖封针线，灯下丸熊自瞷荼。④

这分明活画出一幅灭绝人性的凄惨图：李时璐含冤无辜遭谴，竟死于流放途中，同难友将其埋葬流放地尚阳堡，其妻子张氏奔丧而至，内心将何其悲苦！然而毫无人性的当局以流放罪犯家属不得离开戍所的严酷规定不得

---

① 函可：《千山诗集》卷四，《老僧》。
② 函可：《千山诗集》卷一一，《闻同难民为虎所食》。
③ 李呈祥：《东村集》卷二，《冬杪咏怀》。
④ 载蔡础：《沈子骧业》。

违，尽管张氏丈夫已死，竟扣留张氏使其不得返乡。"已死魂犹依宿伴"，以生者顶替死者之罪，以釐妇居荒寒之地，继续承受流放之苦。于是，孤苦伶仃、形只影单的寡妇，困守孤坟，这是何等凄惨！五年后，其子赴戍所看望母亲，虽依依不舍，但当局仍不放行张氏。次年，因朝廷颁诏，令流放罪者编为民籍，罪轻之釐可发回本籍，事情方出现转机。母子同回故乡，这才结束了七年的羁留。此诗全篇充满血泪，深情歌咏，凄婉动人！更令人无限悲愤而荡气回肠。实际是深刻地揭露了清代流放制度的残酷，灭绝人性！抨击了清朝专制制度下流放政策的罪恶。

张人纲的《挽友黄中华》① 一诗，通过抒发悲悼之情而直刺社会现实，更是意味深长。其诗云：

（之一）

昨日闻君客夜台，辽东丁令几时回。

北邙松柏添新冢，汉党冤魂何日灰？

（之二）

莫君一陌纸钱灰，为恐冥官亦爱财。

世界阴阳疑大抵，难教罗刹独怜才。

通过痛悼死于戍所的流放亡友黄中华，表达对冤案难消、流人遭遇悲惨的愤慨，这里看似嘲讽阴间"冥官"，实乃抨击现实社会之官员，他们皆是一类货色：皆属贪赃枉法、摧残人才之徒。表达了无所畏惧的态度，思想颇有深度。其实，上述吟咏皆展示了戍所险恶，不断吞噬流人生命的事实，很有历史意义。

而章程的《读张晤蕉先生〈集菌草〉因感当日同事诸公》② 一诗，则是有感于张人纲咏叹浙江抗粮案之诗作及其影响，简直出离愤怒了！颇有存史证史的价值，该诗云：

---

① 载张人纲：《张子晤蕉诗文选萃》。
② 载戚学标辑《三台诗录》卷二五。

揭来贯索妒文星，慧业齐教隶北庭。

六十八人同放逐，九千余里各飘零。

生还屈指身谁健？死瘗伤心骨尚停。

检罢遗编增浩叹，专诸何事剑锋青。

此诗高度评价了张人纲著作的思想价值。感慨这位文星，当年竟与诸多智慧者遭遇流放齐聚荒寒之北庭，而历尽凶险归来后，仍然不停写作，现在检阅这位诗人的"遗编"，仍令人不仅深深长叹，更悲愤难以抑制，古代刺客专诸的宝剑，也不由得闪发青光！这里，称流放戍所为"北庭"，而对不平之事，竟欲亮出专诸刺向暴君之宝剑，与之一拼，实有对清统治者之蔑视，乃至怒气难消之意。简直是愤怒至极，直指暴虐的宣战书。这是受尽了流放之苦所蓄积的愤怒之总爆发，是非凡勇气之展示。

（二）反映流人思想感情的变化，表达对辽阔边土的热爱之情

人们看到，占据流人诗作大量篇幅的是抒发流放的悲愤、哀叹及切盼回归的诗篇。有的极念一展长才以报效君亲："百情久已遣，忽梦入君门"[①]，"鸡鸣梦讶参朝晚，乌哺心伤进膳违"[②]；有的痛定之后，思归故里："何时黄菊映归舟，扬子江头，西子湖头？"[③]但愿望终归落空，愁思萦绕，难以排解。"闻鸡起傍霜庭望，无尽浮云无尽思"[④]。"梦见关山觉后悲"[⑤]！心情之凄苦，思念之悲怆，是普遍的现象。但诗人们并未停留于此。

祖国东北壮丽的河山，苍莽辽阔的边土，以及守卫祖国边疆的英雄军队和各族人民，对流人文士来说，具有一种巨大的吸引力和感召力。尤其是边地豪迈的军旅生活，对他们的感染极深。"从人学射猎，驱马试呕吟"[⑥]。"地

---

① 陈志纪：《塞外岁暮枕上作》，载《江苏诗征》卷二五。

② 季开生：《出关草》，《尚阳堡纪事口号》（九首之九）。

③ 陈之遴：《浮云集》卷一二，《一剪梅·偶成》。

④ 戴梓：《耕烟草堂诗钞》卷四，《七十自寿诗十首》（之六）。

⑤ 杨越：《题像诗》（三首之一），载杨宾《晞发堂文集》卷三，《府君画像记》。

⑥ 陈志纪：《宁古塔春日杂兴》（之一），载《江苏诗征》卷二五。

是阴山学射雕"①，"远随甲骑渡柴河"②。这无疑是一种全新的生活，使他们的眼界为之一开，精神为之一振。久而久之，他们"殊方风俗渐相安"③，"莫言穷塞苦，随俗即吾乡"④。进而感到"龙庭亦是豪游地，海月边霜未觉愁"⑤了。尽管他们有各种辛酸痛苦的遭遇，但新的环境、新的经历，却丰富充实了他们的生活，这是平居南国无法想象到的新的生活，从而他们对戍所、对边疆产生了新的认识。其中函可的认识很有代表性：

寄江南诸同社四首（之四）⑥

无罪还应出塞来，石头旧社长蒿莱。

会稽禹穴饶探遍，不到天山眼不开。

解嘲⑦

莫笑孤僧老更狂，平生奇遇一天霜。

不因李白重遭谪，那得题诗到夜郎！

李呈祥诗云："不缘冰海神龙蛰，那得春花万象初"⑧。方拱乾诗云："却笑龙门才纵老，不过踪迹版图中"⑨。他们在苦难的经历中去迎接生活，体会到：来东北戍所不虚此行。因而很多人便爱上了边土，写出"天南地北总

---

① 吴兆骞：《秋笳集》卷二，《夜行》。

② 季开生：《出关草》，《尚阳堡纪事口号》（九首之一）。

③ 陈之遴：《浮云集》卷八，《寄怀吴子汉槎》（二首之二）。

④ 张贲：《白云集》卷一四，《莫言》。

⑤ 吴兆骞：《秋笳集》卷二，《赠人》。

⑥ 载函可：《千山诗集》卷一五。

⑦ 载函可：《千山诗集》卷一五。

⑧ 李呈祥：《东村集》卷二，《乘师言别》。

⑨ 方拱乾：《苏庵集》辛丑年，《宁古别》（八首之七）。

为家"①，"何必老乡县，区区论首邱"②！甚至自豪地歌咏道："相逢乐事夸边土，翻笑书生苦忆家"③！这是思想感情上的重大变化。之所以如此，是诗人们深深爱上了祖国辽阔的东北边土。这是一块令人神往的土地："闻说龙江口，星罗十二城。人迷石上字，鱼伴海边兵"④，"巨鹿冈头塞北门，千家部落若云屯"⑤，"海东三万里，箫吹日相闻"⑥，"部余石砮雄风在，地是金源霸业开"⑦！人们发现，东北边疆在他们的笔下，已不是初来戍所时那种荒凉可怖，更非吴伟业诗中所形容的"山非山兮水非水，生非生兮死非死"，"日月倒行入海底，白昼相逢半人鬼"⑧的荒凉绝境，而是充满了生机，字里行间洋溢着对祖国边土、对生活在这里具有悠久历史的英雄各族人民的深厚的热爱之情。

（三）反映边疆军民同仇敌忾抗击沙俄入侵，以及维护国家统一、反对分裂的热烈爱国之情

清代流人最初被发遣到东北之际，正是东北边疆各族人民与驻军一起奋起抵抗不断窜入我国黑龙江、松花江流域一带烧杀掳掠的沙俄侵略者之时。许多流人文士，特别是处在抗俄斗争前线的宁古塔地区的流人文士，多以身经目历生动地、如实地反映了这一史实。其中最为突出的是吴兆骞，他以高昂的激情全面地讴歌了这场悲壮而雄伟的卫国保家的抗俄斗争。

> 乌孙种人侵盗边，临潢通夜惊烽烟。
> 安东都护按剑怒，麾兵直度龙庭前。
> …………

---

① 杨越：《题像诗》（三首之三），载杨宾《晞发堂文集》卷三，《府君画像记》。
② 方登峄：《如是斋集》，《送人赴艾浒》。
③ 方观承：《东间剩稿》，《大父作塞居十首敬次原韵》（之三）。
④ 方拱乾：《何陋居集》己亥年，《宁古塔杂诗》（百首之五十六）。
⑤ 吴兆骞：《秋笳集》卷二，《送阿佐领奉使黑斤》。
⑥ 吴兆骞：《秋笳集》卷三，《奉送大将军按部海东》。
⑦ 吴兆骞：《秋笳集》卷七，《混同江》。
⑧ 吴伟业：《梅村诗集》卷九，《悲歌赠吴季子》。

这是七言歌行《奉送巴大将军东征逻察》^①中的前四句。这首诗写于康熙三年（1664）五月，沙俄匪徒入侵黑龙江下游赫哲费雅喀人居住地后，将军巴海闻警率军出征之时。该诗愤怒地揭露了沙俄强盗的罪行，热情讴歌了出征将士一往无前的无畏精神，洋溢着抗敌御侮的爱国主义激情。

抗击沙俄入侵是一场长期、艰苦的斗争。"战士中宵看墩火"^②，"年年候烽火，愁唱破羌歌"^③。诗人在诗中真实地描绘了驻军与边民严阵以待的情景。在这场长期严峻的斗争面前，中国军民神圣不可欺凌。对此，诗人深为感奋。吴兆骞在《秋笳集》中，以饱含激情的笔触写出了边疆各族人民忠于祖国、同仇敌忾的深情。请看："槽头征马鸣，将军欲按塞"^④，"落日千骑大野平，回涛百丈棹歌轻"^⑤，将军率众出征的庄严时刻与壮阔场面；"猎罢班声夜碛空，千灯星乱拥元戎"^⑥，"风旗收万马，雪帐散千灯"^⑦，回师途中旷野宿营的奇观；以及"苍茫大碛旌旗行，属国壶浆夹马迎"^⑧，"破羌流尽征人血，好进温貂报国恩"^⑨，边疆少数民族报效祖国的行动。这些都是多么深刻感人！面对边警不断、桀黠敌人入侵的严重时刻，"闻鼙鼓而思英雄"，诗人更以炽烈、敬仰之情写出了巴海、萨布素、安珠瑚等抗俄将领以身许国的思想和风貌。

送巴参领^⑩

萧萧铁马嘶，万里出榆溪。

战气随旌旆，边心入鼓鼙。

---

① 载吴兆骞：《秋笳集》卷三。

② 吴兆骞：《秋笳集》卷七，《杂感》（三首之一）。

③ 吴兆骞：《秋笳集》卷三，《送人送至羌突里街》。

④ 吴兆骞：《秋笳集》卷二，《送阿佐领奉使黑斤》。

⑤ 吴兆骞：《秋笳集》卷三，《秋夜师次松花江大将军以牙兵先济窃于道旁寓目即成口号寄同观诸子》。

⑥ 吴兆骞：《秋笳集》卷三，《野宿》。

⑦ 吴兆骞：《秋笳集》卷三，《九月十二日晚观回猎赋赠萨君》。

⑧ 吴兆骞：《秋笳集》卷二，《送阿佐领奉使黑斤》。

⑨ 吴兆骞：《秋笳集》卷三，《奉送巴大将军东征逻察》。

⑩ 载吴兆骞：《秋笳集》卷二。

碛荒青海外，驿断雪山西。

上将铭功处，残碑待尔题。

奉赠副帅萨公①

彤墀诏下拜轻车，千里雄藩独建牙。

共道伏波能许国，应知骠骑不为家。

星门昼静无烽火，雪海风清有戍笳。

独臂秋鹰飞鞲出，指挥万马猎平沙。

感情炽烈，气势雄浑，敬仰与期待之情跃然纸上。诗人的心血完全与抗俄事业融在一起了。给人以爱国主义的感染！

人们在《秋笳集》中还可以读到："可怜豪气在，长啸学从军"②，"朔漠自来争战地，欲将书剑一论功"③的诗句。可见诗人已从哀叹个人的不幸遭遇转到决心投入行伍，报效祖国，这种思想感情的飞跃具有普遍意义，它反映了流人文士爱国思想的重要方面。很多流人文士尽管个人遭遇悲惨，可是一旦遇到祖国安危、国家统一这样重大而严肃的问题时，深厚的爱国感情便强烈地表现出来，他们念念不忘的是祖国的利益。这种爱国的赤子之心，虽处危厄之中，仍然历久弥坚。以垂老之年被流放宁古塔的张贲，尽管对自己"窜穷荒"④的困窘处境一再发出"独伤神"⑤、"滴泪沾胸臆"⑥、"滴泪还盈把"⑦的哀叹，然而每当听到边防驻军将士抗俄斗争取得胜利的消息时，便又一扫愁云，吟道："军威歼劲敌，贺捷报长扬"⑧，表示由衷的喜悦，充分表达了流人的爱国之情。

---

① 载吴兆骞：《秋笳集》卷七。

② 吴兆骞：《秋笳集》卷三，《登西阁》。

③ 吴兆骞：《秋笳集》卷三，《一蓝冈夜行》。

④ 张贲：《白云集》卷一二，《东门叹》。

⑤ 张贲：《白云集》卷一五，《辛亥元日在徒所作》。

⑥ 张贲：《白云集》卷一二，《东门叹》。

⑦ 张贲：《白云集》卷一五，《躬耕东郊遇郝二渔归即赠》。

⑧ 张贲：《白云集》卷一四，《宁公台杂诗二十二首》（之七）。

康熙中后期和雍正时期，即17世纪末叶至18世纪最初30年，清朝先后出兵平定了噶尔丹、策妄阿拉布坦等分裂、叛乱活动。这些事件虽然都发生在遥远的西北和西南边疆地区，但事关国家，引起许多东北流人文士的极大关注。顾永年的《北征》二十首，戴梓的《送某提兵征策旺》《西征闻捷三首》，讷尔朴的《厄鲁特侵犯哈密檄调黑龙江戍兵进剿欲从戎马不果诗以志感》等诗，感情炽烈，充分表达了他们的爱国之诚与报国之心，真实地反映了全国人民对平定叛乱、维护国家统一事业的拥护和支持。

（四）歌颂不屈意志，颂扬大义大节，展示英雄气概

发遣到东北戍所的流人文士之诗作中，还有一个最突出的亮点，就是憎爱分明，洋溢着凛然正气，歌颂不屈意志和战斗精神，而尤为可贵的是，竟能旗帜鲜明地肯定现实的抗清英雄，而颂扬大义大节，展示英雄气概，却并无忌讳。函可在这方面的诗作最为突出。

函可热情歌颂与赞美了为抗清而死的英雄豪杰和坚贞不屈之士。他以最明确的语言，对这些人的献身精神和斗争意志表达了崇高的敬意，称其为千秋万世之楷模。他痛悼张家玉之诗云：

> 龙髯一坠恨身存，万里崎岖哭主恩。
> 邓禹未能追邺下，秀夫终合殉崖门。
> 词林尚吐文章气，沙碛频招忠义魂。
> 从此千秋沧海上，风涛怒卷血犹浑。[①]

高度颂扬自觉愤然而起抗清，英勇奋战，百折不挠，最终失败后，愤然投野塘而死的张家玉，其凛然之气概千秋永在。

痛悼因抗清不屈遇害的陈子壮之诗云："长偕正气世间留。"[②]赞美被清朝强行扣留，拒绝投降而遇害的南明使臣左懋第，为"耿耿丹心千古后，茫茫

---

① 函可：《千山诗集》卷九，《遥哭玄子》。
② 函可：《千山诗集》卷九，《遥哭秋涛》。

正气万山颠"①! 对明清大凌河之战时兵败被执，后被软禁沈阳三官庙达十年之久，而始终不改节操，凛然不屈，最后留下一首《不二歌》，绝食而死的明监军兵备道张春，一再写诗吟咏，表达无限钦仰之情。其《三官庙——张公旧住处》②诗云：

> 宫阙崔嵬近大罗，云裾琼珮老仙多。
>
> 琅璈奏罢星辰隐，永夜如闻不二歌。

此外，还有"三读不二歌，声声咽寒钟"③之句。

对拒不降清，被举家流放铁岭的明朝吏部郎中左懋泰，则极佩服其人品与文章。前引之诗赞美其为塞外高松、东海大老，不愧是杀身成仁的左懋第之好兄长。

函可对其他许许多多因抗清而死难之志士，都有深情赞美与悼念之作。《遥哭润季兄同二见六在诸侄》④诗云：

> 黑雾黄旗白昼昏，哭携犹子问乾坤。
>
> 到死不知仁义尽，入江翻见发肤存。
>
> 竟使厓门多气色，始看融县有儿孙。
>
> 鸰原湿遍年年泪，那得余声更好吞。

此诗饱含深情，高度颂扬了为国家民族抗击邪恶而英勇就义、视死如归的凛然精神。此诗原注是："润季父于予为诸伯，官融县令。"润季即韩如琰，乃函可伯父、融县县令韩晟之子。韩如琰字润季，崇祯壬午（1642）举人，有经世报国之志。清兵南下广东时，他率众投入张家玉组织的抗清队伍，曾攻克东莞、博罗、连平等城。因攻广州不果，而驻军博罗。顺治四

---

① 函可：《千山诗集》卷一三，《山中读萝石先生家书》。

② 载函可：《千山诗集》卷一七。

③ 函可：《千山诗集》卷三，《与希焦二道者夜谈漫记》。

④ 载函可：《千山诗集》卷一二。

年（1647）十月，清军以大炮陷博罗城，如琰与其侄生员韩子见（二见）等战死。其另一侄生员韩子亢（六在）"闻叔被害，赴水死"①。韩如琰当博罗城将陷落之时，志在必死，曾作《绝命辞》二首，其一云："丈夫肯向死前休，今古兴亡不自由。半壁东南成坠甑，一家骨肉总填沟。天荒地老孤身在，国破家亡双泪流。太祖高皇今在上，小臣一死复何求！"②他们是以忠义相砥砺，从容不迫，自觉献身的，可谓大义凛然。

此外，《遥哭录用道广两仆》《遥哭千里》《遥哭美周》《遥哭未央》③等诗，亦均表达了这种感情。

函可还对许多因秉持真理而遭流放的正义之士表达了钦佩与赞美。其中对李呈祥、郝浴、季开生、魏琯、李裀等人，不仅高度赞美且引为知己。对因上疏主张减轻窝逃之罪而被流放的魏琯更表示由衷的钦敬。

《寄昭公》④诗云：

> 莫怪崎岖出塞行，犹将贝叶伴余生。
> 茅堂独喜留山野，枫陛能无忆老成。
> 浮世漫论千古重，苍生甚切一身轻。
> 关门不日牵雏去，会见联翩彩袖迎。

赞美其重视人民而不顾自我，其议论重大定将流传千古，认为如此老成之臣，皇帝定会怀念不舍，召其还朝，而举家荣耀回还。然而，这只是函可的想象之词，函可的企盼被无情的现实所粉碎。"忆老成"之事终未发生，魏琯竟死于戍所。函可对因上疏主张修改"逃人法"而被流放尚阳堡，旋即死于戍地的李裀，痛悼曰："史留忠愤疏，天丧老成人"⑤！

蔡础的《无题三十首（之三十）》、张人纲的《书陈寒山先生云峰尽节

---

① 乾隆《博罗县志》卷一四。
② 乾隆《惠州府志》卷三六。
③ 分见函可：《千山诗集》卷一一、卷九。
④ 函可：《千山诗集》卷一一，《寄昭公》。
⑤ 函可：《千山诗集》卷七，《哭李给谏》。

时亲书遗言嘱诸和尚及众仆帖后》，乃至张春的《不二歌》，皆可谓大义凛然的充盈浩然正气之作。

蔡础《无题三十首（之三十）》云：

> 千金意气最翩翩，痛哭秦庭双少年。
> 义重此身轻死许，愤多肯事乞生怜？
> 颈丝组练鹃啼血，髻戴冰霜鲲舞弦。
> 燕市白杨龙塞月，古今陌路屈平天。

这分明是对浙江"抗粮案"中首先罹难被害者水有澜、周炽二人的高度赞美。水、周是激于义愤首先率众奋起抗争者，他们被械至京师问斩，堪称为正义而死，但公道自在人心。诗人指出他们是在暴虐的秦庭之上，重大义而轻生死，绝不乞怜，是意气非凡，具有屈原一样伟大精神之人。称清廷为"秦庭"，蔑视意味十足，这足以表明诗人绝不屈服于邪恶的政治态度。

张人纲《书陈寒山先生云峰尽节时亲书遗言嘱诸和尚及众仆帖后》[①] 诗云：

> 曾读天祥正气歌，浩然血洒塞山河。
> 先生辙合文丞相，不乞黄冠自在多。

这又是深情赞美抗清义烈之诗。寒山先生，即陈函辉，明台州临海人，崇祯七年（1634）进士，授靖江县知县。曾官至兵科给事中。南明弘光朝立，起职方主事。南京陷落，乃起兵临海，杀掉清招降使，"誓众祭旗"，举起抗清义旗，参与拥立鲁王监国，擢少詹事，兼侍读学士。弘光元年（1645）五月，当江上师溃，监国鲁王航海而去，函辉追扈不及半道相失，乃返台州入云峰山，选闰六月庚寅日（初十，1645 年 8 月 1 日）死。死前作《绝命词》八章，中有："生为大明之人，死作大明之鬼。笑指白云深处，萧然一无所累。""陈年五十有七，回头万事已毕，徒惭赤手擎天，惟见长虹贯

---

① 载张人纲：《张子晤蕉诗文选最》。

日。"①"从容笑语，扃户自经死。"②本诗称赞陈函辉宁死不屈，其浩然正气如文天祥，充分表达了诗人爱憎分明的政治态度。

而羁人张春的《不二歌》更是大气磅礴之作。该诗又作《明夷子不二歌》。这是张春的绝笔，是他宁死不屈歌以见志之作。它真实反映了张春一生内心世界的全貌。"明夷"是《易经·易传》六十四卦中的第三十六卦，"明夷，利艰贞"。这里取遇难坚贞之意，表明虽罹灾难但节操如故。全诗贯穿着凛然正气和坚贞不二、视死如归的崇高精神。它直抒胸臆，气势磅礴，一气呵成，具有强烈的感染力。张春字景和，号泰宇，明陕西同州（今大荔县）人。万历举人。当崇祯四年（天聪五年，1631）九月，金兵进攻锦州，大凌河城告急，他奉命以监军、兵备道率四万军赴援，兵溃被执，拒不投降，而被羁留沈阳三官庙。他认识到"用款（议和）有利于国家"，乃积极沟通明金（清）间的议和，而坚强地活了下来。后因明清间战事升级，议和已无从谈起，遂于崇祯十三年（崇德五年）十二月十三日（1641年1月23日）自缢而死。人们在其衣领中发现了这首遗诗《不二歌》。该诗共270字，其歌咏的"之死矢靡他，苦节傲冰霜。风疾草自劲，岁寒松愈苍。""委质许致身，临敌无回肠。""富贵不可淫，威武甘锯汤。既名丈夫子，讵肯沦三纲？"直至"援古以证今，读兹书一场。忠孝字不识，万卷总荒唐。俯仰能不愧，至大而至刚。"充分表明了忠于信念、忠于理想、报效国家、生死以之的坚定意志，可谓感人至深。张春是明清之际特定历史时期造就的一位光彩夺目的英雄，他的事迹与中国历史上苏武、文天祥的经历相仿佛，而二者的品德、气质与经历他兼而有之。其诗作《不二歌》足堪媲美文天祥的《正气歌》，是明清易代之际闪烁光芒、震撼人心的不朽佳作。

（五）记录了东北风土民俗，赞扬了边疆少数民族的尚武精神

清初东北流人文士长期的塞外生活，在与边疆各族人民的交往之中，思想感情发生了巨大的变化，他们把注意的目光移向现实，以热情的笔触描绘东北边疆地区各族人民的生产、生活与风俗习惯。如对采参、采珠、捕貂、

① 张岱：《石匮书后集》卷四五，《陈函辉列传》。
② 李聿求：《鲁之春秋》卷八，《陈函辉》。

打鹰的采猎活动，以及扒犁、桦皮船、葳瓠船（即独木舟）、泥火盆等交通与生活用具都有形象的描绘。对边疆的风俗如拔河戏、闹灯官、祭关帝等也有生动的刻画。还有对"寒号鸟""王干哥"之类的民间传说的记录与吟咏。如方登峄关于采参传说的《王干哥》一诗，反映了采参人的艰苦与不幸，歌颂了真挚的友谊，哀婉动人。其诗前小序云："边山有鸟，每于夜半辄呼'王干哥'至千百声，哀切不忍闻。传昔有人入山劚参相失，遂呼号死山中，化为鸟。当参盛处则三匝悲啼，随声至其地，必见五叶焉。"其诗曰：

> 王干哥，山之阿；王干哥，江之沱。
>
> 叫尔三更口流血，草长树密风雨多。
>
> 生同来，死同归，尔何依我不忍先飞？
>
> 但愿世间朋友都似我，同生同死无不可![①]

这些都生动地反映了流人文士与边疆各族人民的感情融合。

流人诗作中还有大量的篇幅描绘了"千骑朝列队，万火夜连营"[②]，"雪岭三更人尚猎"[③]，边疆民族长于骑射的雄风和八旗将士练武的壮观。

出猎歌（三首其一）[④]

旌麾八部蔽霜空，万马奔腾喜逆风。

高雁数行惊不定，半天霹雳起雕弓。

宁古塔杂诗（二十二首之十）[⑤]

射猎冲寒雪，冬狩极北溟。

驰镳昏白日，鸣镝乱流星。

---

① 方登峄：《葆素斋集》，《今乐府》。

② 陈梦雷：《松鹤山房诗集》卷三，《黄山秋猎》。

③ 吴兆骞：《秋笳集》卷二，《夜行》。

④ 载陈之遴：《浮云集》卷一一。

⑤ 载张贲：《白云集》卷一四。

鹿尾边车载，雕翎带血腥。

今年膺上赏，生获海东青。

人们从中可以看到清初八旗将士不忘武备，勤于骑射的生动场面。"紫貂斜韝燕支女，白马横行陇上儿"①，"经过妇女多骑马，游戏儿童解射雕"②。尤为可贵的是许多诗人赞颂了后起的八旗英俊少年和少数民族妇女的勇武形象：

雪天观猎③

弓刀带雪上危陂，大纛中央会八旗。

谁向山头射猛虎，帐前齐说十三儿。

妇猎词④

背负儿，手挽弓，骑马上山打飞虫。

飞虫落手搋其胸，掬血饮儿儿口红。

儿翁割草牛车卸，归来同饱毡庐下。

卜魁竹枝词（二十四首之二十二）⑤

夫役官围儿苦饥，连朝大雪雉初肥。

风驰一矢山腰去，猎马长衫带血归。

使人如临其境，如见其人。这不仅形象地再现了清初边疆少数民族的英武形象，也自然展示了流人文士对当地生活的熟悉，对边疆人民产生的深厚感情。

---

① 丁澎：《扶荔堂诗集》卷七，《东郊十首》（之七）。

② 杨宾：《晞发堂诗集》卷五，《老边道中》。

③ 载孙旸：《孙蕉庵先生诗选》，《怀旧集》。

④ 载方登峄：《葆素斋集》，《今乐府》。

⑤ 载方观承：《东闾剩稿》。

（六）记录了流人的贡献及同边疆地区人民的友谊

以罪被发遣到东北的流人文士虽然遭到了重大的不幸，但也有相当多的人并不消沉，仍然勤奋治学，攻读不息，为边疆的发展，特别是为边疆文化事业的发展贡献了力量，因而赢得了边疆人民特别是少数民族人民的信任与尊重，这些在流人诗作中都有生动的反映。

"有书延贱命"①，流人文士到戍所后把读书作为精神的寄托。"即次尚未安，先买读书几。犹未荒经史，读书三冬余"②。刚一到达戍所要做的第一件事便是创造读书的条件。他们"杜预癖难悛"③，勤攻经史。在困苦的环境中，"闭户燃藜自熟骚"④，"月光争似雪光明"，"隔墙犹送读书声"⑤。他们治学不倦，勤于写作，因而留下了大量的篇什。如以文字获罪的函可，到戍所后"心史未能藏古井"⑥，仍然不避讳忌力疾著述，"记录幽忠功不细"⑦，写出了数目可观的反映现实的诗篇。而"当代论词伯，如君少比肩。艺林独步久，学海擅场专"⑧的吴兆骞，"按曲能传中散调"，"潦倒暮年夸健笔"⑨的左懋泰，具有"虞翻狂"、"贾谊才"⑩的李呈祥，"著书万卷千秋业"⑪的陈梦雷，等等，都为后世留下了有价值的著作。这是他们刻苦自励的结晶，是对东北文化的卓越贡献。

流人文士对东北文化发展的最直接的贡献，却在于传播文化，即授徒教

---

① 戴梓：《耕烟草堂诗钞》卷一，《佳公子招游郊野座中赠陈省斋（梦雷）杨玉斧（瑄）两太史》（四首之二）。

② 方拱乾：《何陋居集》庚子年，《育盛买得读书几请诗》。

③ 钱威：《送吴汉搓同年前还》，载《国朝松陵诗征》卷二。

④ 董国祥：《元宵作》，载康熙《铁岭县志》卷下。

⑤ 顾永年：《梅东草堂诗集》卷三，《戏柬鹿侍御》。

⑥ 戴遵先：《和北里》，载《千山诗集》卷二〇。

⑦ 季开生：《出关草》，《呈赠剩师》。

⑧ 钱威：《送吴汉搓同年前还》，载《国朝松陵诗征》卷二。

⑨ 丁澎：《扶荔堂诗集》卷七，《左莱阳著书宅》。

⑩ 丁澎：《扶荔堂诗集》卷七，《奉钱李吉津詹事内诏归齐州》。

⑪ 戴梓：《耕烟草堂诗钞》卷四，《寄怀陈太史省斋》。

书方面。"弦通如堪作，吾徒宁久虚"①！当时不少流人文士都以授徒为主。
生活窘困者，"教读且疗饥"②，以教书为谋生的手段；生活优裕者也在"课
童"③。"避地敢同王烈隐"，"诗书课业儒生事"④，他们把授徒与写作一样看成
是文人的天职与乐趣。因而，凡有流人文士之处，多是学童"书声不断"⑤。
这样，他们也密切了同边地人民的关系。当地人民对流人的关照是多方面
的、诚恳感人的。当流人文士初到戍所困难重重之时，"燕人素扶义，爱我
假一廛"⑥，"野人勤给米"，"邻媪代炊薪"⑦，可谓关怀备至。流人文士在同广
大劳动人民不断的交往之中，建立了深厚的感情，"野人今渐狎，杯酌屡逢
迎"⑧，"罢钓每投渔舍宿，携樽时傍土人倾"⑨。"野老荷锄至，解颜语依依"⑩。
这是纯朴真挚的友谊。

开塾授徒，传播文化知识，蔡础与其同难朋友亦多有此经历，其《张子
晤蕉授徒开原，童蒙负笈问字，履满户外，谑赠一首》⑪，便是歌咏张人纲于
戍所讲学授徒，传播文化之热烈场景。该诗云：

> 绛帷日暖闹春风，忙煞横渠稽古功。
>
> 州里人情行处左，诗书吾道偶然东。
>
> 吟狂手卷笺空壁，画倦眉妩笔满筒。

① 张贲：《白云集》卷一四，《宁公塔诗二十二首》（之九）。

② 戴梓：《耕烟草堂诗钞》卷一，《佳公子招游郊野座中赠陈省斋（梦雷）杨玉斧（瑄）
　　两太史》（四首之三）。

③ 讷尔朴：《连雨次答方问亭》，载《熙朝雅颂集》卷三二。

④ 陈梦雷：《松鹤山房诗集》卷四，《癸亥春日即事》（二首）。

⑤ 李呈祥：《东村集》卷二，《过田五兄书斋》。

⑥ 郝浴：《中山诗钞》卷一，《屋漏》。

⑦ 季开生：《出关草》，《尚阳堡纪事口号》（九首之二）。

⑧ 陈之遴：《浮云集》卷六，《饮郊外》。

⑨ 季开生：《出关草》，《尚阳堡纪事口号》（九首之六）。

⑩ 卫既齐：《廉立堂文集》卷一，《咏怀十首》（之九）。

⑪ 载蔡础：《沈子癯业》。

衣钵笑携回故辙，弯弓若个又逢蒙。[①]

这是歌咏流人文士张人纲在戍所重操旧业，开馆授徒教书的盛况。指出张先生以稽古之功教导学子牢记横渠四句——这一为历来众多学子奉为厉行治学的箴言，凛然做人本分，要活得精彩有意义。如此教授因而产生实效，边地好学已蔚成风气。这是祸兮福所伏，惨遭流放竟使吾道而东：传播文化，使儒学在边地光大发扬，"吟狂手卷笺空壁，画倦眉妩笔满筒"，而到处呈现一片倾心向学的景象，真可谓不幸中之万幸。而执教者却不顾刚刚在家乡被弟子所累，被列名"白榜银"案，而遭流放的惨痛教训，堪称"虽九死其犹未悔"，仍然以授徒育人为最大乐趣，可谓初衷不改，竟至出现"童蒙负笈问字，履满户外"的繁盛景象。此诗充分展示了流人文士热心社会服务社会的赤子之心。

从流人诗作中人们还可以发现一种很有趣的现象，即流人文士与满洲上层人物的感人之友谊。在流人文士中有两位出身显贵的满洲贵族即讷尔朴与图尔泰，他们在齐齐哈尔戍所与汉族流人文士彼此关照，心心相印，交情极深。被方登峄引为"知己"[②]的讷尔朴，当其遇赦离开戍所时，方登峄送别诗《讷拙庵奉召还京赋以志别》（二首之二）云：

惯涉离场泪禁挥，送君涕泗满裳衣。
只缘义重人难别，不怨时悭我未归。
几度雨风劳过问，八年衰病苦相依。
从今孤杖城边立，望断朝云与夕晖。[③]

情深意挚，这里没有丝毫民族间的隔阂，反映了满汉之间因共同命运建立起来的深厚友情。

---

① 原注云："张子被谪居东，为其台中高足所株累，故而……"。
② 方登峄：《如是斋集》，《讷拙庵召集同人欢饮竟夜》（六首之一）。
③ 载方登峄：《如是斋集》。

垂老之年被遣戍到瑷珲的杨瑄，得到宗室巴公赠送的手杖①。顺康之际被流放到辽沈一带的许多流人，如孙旸、陆庆曾、陈大捷等更受到顺治帝之兄、镇国公高塞的多方关照。当高塞逝世时，孙旸写诗痛悼，称其为"识广陵琴"的"平生知己"②。尤其值得一提的是，流人文士更获得了宁古塔将军巴海、盛京将军安珠瑚和黑龙江将军萨布素的礼遇与关照。"佳兴南楼月正新，森沉西第夜留宾"，"四座衣冠谁揖客，一时参佐尽文人"③。不少流人文士如杨越、吴兆骞、张贲等，正是在驻防将领的尊重与信任之中进入将军幕府参谋军事，为保卫边疆贡献了聪明才智，从而最大限度地发挥了他们在戍所的应有作用。从流人诗作中所反映的满族人民、上层人物甚至当权者同流人文士的密切关系中，人们可以充分地分析探讨，会得到许多有益的启示。

（七）爱国赤诚，历久弥坚

流人的遭遇是悲惨的，他们被发遣到艰苦荒寒之地，备受打击，饱受磨难，厄运连连，甚至面临绝境，然而，他们顽强奋斗，坚定地活了下来。艰苦的环境培育了他们坚强的毅力与奋斗精神；同时非常感人的是，这也培育了他们的爱国情操，展示了他们的赤子之心。久而久之，他们竟爱上了这块令他们受难的边土，爱上了这里壮美的山川与不懈奋斗的勤劳人民。这是唤起、激活蕴藏在中国知识分子心中的爱国之情所致。流人文士这种爱国之心，十分可贵，十分感人。正如遭受无限磨难的志士函可，绝不妥协于清朝的暴虐，却吟出"无罪还应出塞来"，"不到天山眼不开"的诗句一样，是边地的壮美河山，令他们精神为之一振，他们尽管所遭苦难重重，但涉及国家大事，他们总会心头一亮。他们总会客观地看待发生的一切。

黄鈗的《秋感》诗云：

> 二陵风雨辟皇州，斥燧烟销列戍楼。
> 实塞谩劳家令策，屯田争似陇城秋。

---

① 杨锡恒：《代酬宗室巴公惠香木杖》，载《国朝松江诗钞》卷二七。

② 孙旸：《孙蔗庵先生诗选》，《怀旧集》，《七哀诗·镇国公灵庵》。

③ 吴兆骞：《秋笳集》卷七，《陪诸公饮巴大将军宅》。

分符已见增专吏，编户宁堪伴故侯。

极目荒天徒怅望，浮云万古自悠悠。①

　　这是以深情歌颂开辟有清天下的二祖陵寝之诗。二陵，指清太祖努尔哈赤的福陵（东陵）及清太宗皇太极的昭陵（北陵）。这是容量很大、十分可贵的诗作。此诗生动展现了清初辽地的历史画面：这里不仅已无战事，一片安谧，且招民垦殖充实边塞，出现繁荣景象，而国家更专门为此设官治理，于是人烟凑集可观。目睹此景，令人不禁感慨万端。这是长流不返的复杂心情。中国文人总是可贵的，尽管个人遭遇悲惨而心情苦闷，甚至满腹牢骚，但面对社会的安定繁荣却抱有真诚之欣喜之情。此诗便是这种情绪的汇集。这是复杂、真诚而十分可贵的家国情怀。此诗很有历史认识价值，堪称流人诗作中一首出色篇章。

　　羁人苗君稷的《秋日望昭陵三首》②诗云：

（之一）

揽辔秋风听野歌，雄图开辟太宗多。

遥知王气归辽海，不战中原自倒戈。

（之二）

五云西向接幽燕，八月秋风丽远天。

丰镐三登深雨露，车书万国静风烟③。

---

① 载邓显鹤辑《沅湘耆旧集》卷四九，道光二十四年刊本。

② 载苗君稷：《焦冥集》卷二。

③ 丰镐，周的旧都。文王之邑在丰，后武王迁于镐。后世遂以丰镐代指皇帝的家乡。这里指清朝的发祥地留都盛京。三登，旧谓连续二十七年皆五谷丰登，或谓五谷一年三熟，泛指天下太平。雨露，比喻恩泽、恩惠。车书万国，指全国之大，车同轨、书同文，即天下一统。

（之三）

龙蟠翠嶂郁岧峣，路夹苍松白玉桥。

十二羽林严侍卫，风嘶铁马自云霄。

这是一组热情赞美皇太极文治武功之诗。热烈歌颂了国家的安定统一。须知，这正是一位当年被皇太极指挥的八旗大军掳掠至辽沈，而家破人亡，前途被毁，创巨痛深，一直坚决拒绝清廷的一切出仕的利诱，自请为道士，忍辱含垢活了下来之人。然而他身临一场明清易代的大事变之后，目睹在清朝治理之下，国家终于安定，而人民乐业，却触动极大，故而忍不住流露出赞美之情。这深刻反映了中国文人之一贯传统：以天下为己任，国家民族的根本利益置于首位，不以一己之私而迷失根本。中国的知识分子精神高尚可贵可爱，于此可见一斑。

（八）证史之功与存史之效

琳琅错采的流人诗作的可贵一点，还在于它保存了大量的史料，为人们认识复杂的清初社会提供了生动、形象的记录。其中不少内容为史书缺遗而尤为珍贵。

如清初于辽东地区曾推行过招民垦荒授官条例，仅推行十四年便草草收场，推行的情况究竟如何，官书、档案均无记载，但在流人诗作中却可以得到明确答案。"萧萧匹马度龙荒，翘首真同白象王"[1]，首先响应招垦令被清廷任命为辽阳首任县令的陈达德的业绩，流人诗作中有形象而具体的歌咏。

人们从流人诗中既可以看到"败亡二十载，枯骨尚如麻"[2]，经过明清之际残酷的战争之后，辽河以西地带留下的惨况。又可以看到"烽羽久停无野哭，管弦将动有春耕"[3]，"古树新巢抱乳鸦，初封井屋见桑麻"[4]，清初辽东经过招民垦殖，恢复生产的欣欣向荣的景象。

---

[1] 函可：《千山诗集》卷一一，《浴佛日寿陈令君二首》（之一）。

[2] 方拱乾：《何陋居集》己亥年，《募僧收枯骨》。

[3] 季开生：《出关草》，《辽阳道中》。

[4] 李呈祥：《东村集》卷二，《又寄陈明府》。

"古今斯道足长吁，遗老流民共一图"①，清初东北地区第一个文人结社——冰天社的成立经过、活动内容，在函可的《千山诗集》中有完整的反映。

"罪过太多增旧案，语言欲断出新编""惭愧无端馀六万，又随洪范落朝鲜"②则记录与反映了函可虽然因言获罪，但到达戍所后，却从未停止言论，他通过宣讲佛法，大讲生死去就的人生哲理，其语录被记录成篇，以《普济录》为名问世，并深受僧俗大众欢迎，且远传朝鲜之情形的历史事实。

> 平旦寅，强起依然恋草茵。
>
> 抖擞多年烂布衲，黄烟一口颇精神。
>
> 将帽整，把腰伸，莫笑侬家骨相贫。
>
> 虽然不是描金柜，门外堆堆白似银。

> 日出卯，膏粱米饭连汤搅。
>
> 盐姜豆豉久抛离，两个钵头撑肚饱。
>
> 口嗟吁，心懊恼，且解裤头寻虱搔。
>
> 见人礼貌没些些，真个充军蛮长老。

这是函可《十二时歌》③中的两首（之二、之三），嬉笑怒骂，以自嘲的口吻，描状一天的生活过程，生动表达了面对苦难，而傲然蔑视的无所畏惧之气概，形象展示了函可旷达独立的精神气质，闪现了历史的真实画面，堪称珍贵。

释古林的《山居偈（百首之四十六）》④云：

> 笑倒前山奈若何，宗风到此渐消磨。

---

① 天口：《和北里》，载《千山诗集》卷二十。

② 函可：《藏主刻〈普济录〉成见寄》，载《千山剩人可和尚语录》卷六。

③ 载函可：《千山剩人和尚语录》卷六。

④ 载《古林智禅师语录》卷六。

才闻剩济亡嗣续，复见岩乘断接荷。

为甚能仁苗裔少，只因调达子孙多。

渠侬不是闲陶论，难忍袈裟就地拖。

这是古林不无得意的吟咏。吟咏的是函可、赤岩门徒较少。这是实情。"为甚能仁苗裔少？"这是古林之问。其实这是曲高和寡。此中所谓的"能仁"乃是关注社会，看透统治者的本质，不仅不与其同流合污，且采取傲然不屈的对立态度，所以思想尖锐，看社会问题入木三分，这当然是古林并不认可的。难怪其自诩"调达"，即与当政统治者采取合作的态度不同。古林与函可、赤岩之思想高下判然，不可同日而语。尽管如此，但社会从来就是多元的，作为流人的僧古林对当时辽沈社会的文化发展，亦是有所建树，有其贡献的。此诗尽管格调不高，却有存史证史的深刻认识价值。

再如郑芝龙降清后，于顺治十四年（1657）被流放宁古塔，顺治十八年（1661）被族诛于北京。但他何时、如何离开囚所宁古塔，史书中未见记载，但在流人诗作中却有形象的记录。

再如，"父母作俘妾作媵"，"降清端的胜降贼"[1]，记录吴三桂降清的真相；"娥娥红粉映边霜，细马丰貂满路光"[2]，反映清朝推行安抚少数民族的联姻政策，描绘边疆少数民族进京娶妻的情景；"一绳度地千年镜，万里窥天六月裘"[3]，反映康熙年间绘制皇舆全览图，派西洋人到东北测地形的事实；"征兵飞檄到辽东，名将提师驭铁骢"[4]，反映清朝平定策妄阿拉布坦叛乱，征兵辽东的史实。以及"飞刍挽粟出关中，不费民间一粒红"[5]，反映征讨噶尔丹叛乱时转运军粮的情况；"十家今有几家存，并族相依共一村"，"百万苍黎襁负来，欢声四野动如雷"[6]，反映清初迁界造成的严重后果与开界时人民喜悦的盛况；等等。

---

[1]　方拱乾：《何陋居集》己亥年，《吴将军战场歌》。

[2]　吴兆骞：《秋笳集》卷七，《杂感》（三首之二）。

[3]　戴梓：《耕烟草堂诗钞》卷三，《秋怀》（二首之二）。

[4]　戴梓：《耕烟草堂诗钞》卷三，《送某提兵征策旺》。

[5]　顾永年：《梅东草堂诗集》卷三，《北征》（二十首之七）。

[6]　张贲：《白云集》卷一五，《闻闽粤开界迁民亿万万得还乡志喜二首》。

戴梓之子戴亨的《别沈阳》一诗云：

> 风淳地沃丰岐并，旅食频年骨暗惊。
> 未获潜身安乐土，争求识面但虚名。
> 蠖蜎塞下黄云路，鸡鹿山前白发生。
> 几日归来席未暖，又携诗卷向神京。[①]

此诗歌咏的是归沈阳探亲旋又返回京城的经历与感慨。赞美沈阳乃是民风淳厚的国家发祥地，惊讶自己频年奔波在外，形销骨立。然而，未得安稳之时，为虚名所累，争相谋面者甚众，不堪其扰，席未暇暖，又携诗卷返京，而与沈阳匆匆告别。此诗形象地反映了沈阳人对学有成就的戴亨之仰慕情形。崇拜地方名人，见贤思齐，追求文化，已是一种社会风尚。

戴亨的《辽东离席座上尽江浙人感而留赠》诗云：

> 江左山阴道路赊，一尊邂逅聚天涯。
> 最怜满座思归客，翻送愁人远去家。
> 细雨深孤新菡萏，离筵惭对野榴花。
> 欲知别后相思处，班马嘶风落日斜。[②]

本诗歌咏的是离开辽东的告别宴上，送行者竟然尽是昔日于江左山阴道上相会的江浙之人，今天他们却在异地送我离开家乡，这真是奇怪的现象。本来思乡之人却送起愁绪满怀而即将远离家乡之人。诗人描绘的景象是：细雨轻淋着吐蕊的新荷，离别筵上羞愧面对路旁鲜艳的榴花，此时离群之马长嘶起来，落日斜晖已布满天空，令人思绪万千。此诗的认识价值在于，它真切地反映了时代的潮流：乾隆之时，各地交流之日益频繁，辽东地区格外受到内地重视之情形。

此外，还有自然景观的歌咏，如"胡然此一方，震动无时停？欻若飓

---

① 载戴亨：《庆芝堂诗集》卷一四。
② 载戴亨：《庆芝堂诗集》卷一四。

风过，殷若雷车鸣"；"初疑九轨道，毂击声喧轰。又如万斛舟，掀簸巨浪迎"①，记录康雍之际艾浑（现今黑龙江黑河市爱辉区）地区地震的实况；"著树如花疑早霜，边塞亭午色苍茫"②，描绘清初宁古塔地区雾凇（树挂）的景象，又可以为自然史家提供难得的真实而又形象具体的记录材料。这些，都可以起到存史、证史之功效，任凭人们去使用、研究。

（九）艺术特色

清代东北流人文士由于出身背景、文化素养、思想认识等各不相同，因而诗作风格各异。但他们共同经受的不幸遭遇，以及在东北戍所长期的生活阅历，决定了他们诗作总的基调是深沉哀怨，悲壮凄清，总的倾向是写实性较强。他们的诗作大致说来，主要内容包括两个方面：一是揭露清廷的暴虐与社会的黑暗，或感叹个人遭遇的不幸；一是歌颂祖国辽阔边土、英雄的人民与抗俄斗争及对未来的憧憬。表现前者的诗作内容多为悲愤沉痛、抑郁凄苦。表现后者的诗作内容多为慷慨激昂而真切感人。

小春③

九十春光寒梦里，小春敢望暖风回。

遥知故里无人处，又是梅花绕屋开。

把国破家亡的景象描状得凄婉欲绝，饱含着无限的悲愤，感染力是强烈的。

小姑庙④

密林斜磴夕烟霏，玉女明珰敞不扉。

梦里鄱湖碧千顷，一从沦谪几时归？

---

① 杨锡恒：《纪异》，载《国朝松江诗钞》卷二七。

② 方孝标：《钝斋诗选》卷一三，《雨水冰》。

③ 载函可：《千山诗集》卷一五。

④ 载方式济：《出关诗》。

把美丽的神话传说与自身的不幸遭遇融为一体，抒发难言的苦痛，其意味蕴藉。

登西阁 [①]

高阁秋风早，凭轩晓色分。

半空长白雪，极目大荒云。

久戍应沉命，孤征敢念群！

还怜豪气在，长啸学从军。

以简洁的笔触描绘长白积雪、大荒云天的瑰奇景象，虽然面对无计逃避束缚极严的久戍惩罚的现实，但满怀戍边卫国豪情，抒发感慨，表现得悲壮雄浑，给人以强烈鼓舞和力量。

九月十二日晚观回猎赋赠萨君 [②]

山晚初回猎，江寒早渡冰。

风旗收万马，雪帐散千灯。

拂剑君何壮，鸣弦我未能。

莫言狐兔尽，侧目有饥鹰。

把热烈赞扬军威与诚恳告诫不忘侵略者的觊觎交织在一起，表达了对守边将士、对国家的赤诚热爱，写得气势磅礴而亲切感人。以上诸多篇什尽管表现手法各不相同，但诗中表现的基调与反映出的流人文士的心声却是鲜明的。

尤为引人注目的是，东北边塞生活大大丰富了流人诗歌的创作。不少诗人运用不受声律限制的古诗、古乐府以及民歌的形式，状写东北山川风物、社会生活，而自由畅达，深刻感人。如函可的《关山月》《哭吴岸先》《老僧》《老人行》，郝浴的《屋漏》，方拱乾的《贡彝曲》，方孝标的《东行杂咏》组诗，吴兆骞的《少年行》《即事》《奉送巴大将军东征逻察》，蔡础的《关东记

① 载吴兆骞：《秋笳集》卷三。
② 载吴兆骞：《秋笳集》卷三。

事十六首》《关外从戎十二曲》《戏作祀灶文》，乃至《元宵看灯竹枝词十首》，方登峰状写边疆风俗的三十章《今乐府》，方式济的出关纪程之古诗，以及方观承四十余首《竹枝词》等等，都是直接反映现实，充满了生活气息的佳作。这是流人诗作中的一大特色。

再如，"小艇渔竿溯晚风，蓼花深处漾晴空。云屯远浦凌波暗，日映荒城倒影红"①，对辽河晚景的描绘；"轻烟蒸白塔，柔浪拍青天"②，对沈阳南塔柳林的赞美；"木叶山前风转急，松花江上月初高"③，对辽阔边塞风光的概写；"绝塞寒云冻不开，全凭人事唤春回"④，对边地闹元宵盛况的歌咏；"喜狂心倍苦，不觉泪沾巾"⑤，极状得到被放还乡诏书的惊喜之情；等等。或纤丽清新，或波澜壮阔，或形象浪漫，或真率白描，手法不一，可谓多姿多彩。这是祖国大好的边塞河山、社会生活的自然折射，无不丰富了流人诗作的意境，给人们以美的陶冶。

还有思深意警，发人深省超乎常情之作，前引函可"平生奇遇一天霜"之作足以令人眼睛一亮。而张人纲的《题明妃者多增其怨耳，戏为之解（二首）》⑥亦饶有奇思，堪称妙笔：

> 宫女如花朵朵芳，宁知尚有压群香。
> 若非知己毛延寿，绝代佳人老未央。

> 白发宫人老婕好，三千嫔御尽孤居。
> 匈奴夫婿虽非偶，寡守长杨算不如。

昭君出塞是历来传颂民间经久不息动人心弦的话题。但向来的传说是：

---

① 陈梦雷：《松鹤山房诗集》卷四，《辽河即事限韵》。
② 戴梓：《耕烟草堂诗钞》卷一，《南塔柳阴下口占》。
③ 陈之遴：《浮云集》卷一一，《出猎歌》（三首之三）。
④ 杨锡恒：《艾河元夕词》（四首之一），载《国朝松江诗钞》卷二七。
⑤ 方拱乾：《苏庵集》辛丑年，《辛丑十月十八日得召还信四首》（之一）。
⑥ 载张人纲：《张子晤蕉诗文选最》。

汉庭宫女甚多，而皇帝按所绘之肖像美丑，选择宫女，故宫女为了被皇帝临幸，往往贿赂画师，王嫱由于不肯贿赂宫廷画师毛延寿，被画得并不美丽，因此没被选入汉元帝的宫中。昭君即明妃进宫多年，得不到皇帝的临幸。最后，竟被赐予匈奴单于。世谓昭君因此遭遇终生之不幸（据晋代葛洪《西京杂记》），然而，诗人却与此有截然不同的看法，他认为明妃正是遇到了知己毛延寿，因其把她肖像绘得不堪，而令皇帝不喜，才使其脱离禁锢，而未终老于未央宫，且有了自己一展身手的机会，实为万幸。她因此逃离苦海而进入了幸福的新天地。这是思想非凡，别有其致的独到见解。

张人纲的《耳忽加聋（二首）》① 诗云：

> 缘何两耳近加聋，说话与人更不通。
> 仰见满天飞落叶，独赢不听惨凄风。

> 昔人盲目不盲心，我久无聪今更深。
> 且养灵明方寸在，省逃空谷避嚣音。

这又是横生意趣，别出心裁之作。年衰体弱，双耳失聪，罹此本为不幸之痛苦，作者却咏出新意，竟引申有幸：可以听不到悲凉凄惨之风，无须逃至远山深谷而躲避令人烦心的喧嚣恶音。这是耳不听而心不烦，实际是宣泄了对混乱社会的愤懑之情。此创作手法可谓别出一格，新颖高妙。

最后，还应指出的是，这里所概括的上述几点，并不是说清代东北流人诗作中都是一些完美的东西而无其他不足。应该指出流人诗作者是在极不寻常的环境里进行创作的，由于各种不利因素的干扰，他们的诗作不能不打上鲜明的时代的烙印。流人中的多数作家被流放之后已成惊弓之鸟，即便身有所感，心有所会，也往往欲言复止。而很多人干脆不敢接触敏感的现实问题，像函可那样直接抨击时弊、直抒胸臆者毕竟是少数。相反，"变态"的心理却是普遍存在的。如因胞弟、堂叔参加抗清活动而被株连的通政使吴达，被免死流放之后，写《感恩诗》，其中有云："帝自怜苏轼，臣宁比屈

---

① 载张人纲：《张子晤蕉诗文选最》。

平！全家恩独厚，九死报犹轻。"① 曾独自上疏弹劾天下督抚贪婪不法，表现了大无畏精神的翰林院编修陈志纪，被流放后写诗忏悔："普天皆王土，万里犹比邻。狂言不加诛，蒙恩为戍民。"② 这类歌功颂德，感谢皇恩，消磨一切棱角的东西固然格调不高，但是人们却可以从中看到流人的思想活动与精神面貌，可以看到清朝禁锢思想的一斑，是具有一定的认识意义的，不可笼统斥之为封建性的糟粕。还有，如前所述，由于流人间彼此的差异，因此，流人诗作有雅俗、高低、深浅之分，而反映问题的方面也各有不同，这更是不待赘言，读者自会鉴察。尽管流人诗作中存在着这些不足，但是，还毕竟具有前述的各项内容，这是极为可贵的。正因为如此，我们才重视它，并以发扬我们民族的优秀文化传统的态度来对待它。我们认为应该在清诗研究中、在清史研究中，给它以一席之地。

<h2 style="text-align:center">三</h2>

本诗选注意选取思想内容与艺术形式统一的佳作，着重选取：一能反映清初社会各方面史实，有存史证史之功用者；二在艺术上有一定特色者。因此，这既是一部文学选本，又是一批形象的历史档案。

清代东北流人的著述本来相当丰富，诗作尤为突出。由于历史原因，流传至今却寥若晨星，许多人的诗作散佚、湮没了。当年，选注者所能见到现留有完整诗集的流人仅有十九位，到戍所探视流人者为四位。三十余年来，虽经同行朋友极力搜寻，但也仅仅见到一位流人之诗集③。此足见搜寻之困难。近来，本人继续深入研究，访书探寻，并获得高尚人士之无私襄助，又发现五位流人之诗集。这样留有完整诗集的流人文士，已达到二十五位，令人欣慰。应该指出的是，这一发现为全面准确地认识流人，提供了难得的依据。特别是对有关浙江台州"抗粮案"罹难流放士人诗作的收集，助力极大。当年仅从《台州府志》《临海县志》《三台诗录》《黄岩集》《两浙輶轩录》

<hr/>

① 选自王豫辑《江苏诗征》卷一一。
② 陈志纪：《塞外岁暮枕上作》，载《江苏诗征》卷二五。
③ 李兴盛先生发掘整理的傅作楫著《雪堂集》，黑龙江大学出版社，2011 年。

等书中搜寻，内容有限得很。此次竟发现三位流放诗家之专集，洋洋篇什尽载其中，可充分选择，真令人喜出望外。此足见珍贵资料的重要。当然，这对全书来说，也只是流人诗作中的一部分。本知许多流人有丰富的诗作，但却难窥全豹。这为选诗带来了极多的困难。只好从各类总集、别集，以及方志、笔记中搜采。本诗所选半数以上作者的诗作，即由此得来。但是由于上述典籍录诗标准多是从所谓"温仁敦厚"出发，很多独具棱角的诗篇多被摒除，而且所选流人诗作甚为有限，有的流人只见诗一首，很显然，仅从前人所辑的诗选中是很难看出流人诗家创作全貌的。虽然有些诗作较好，但也有内容平庸、诗味不浓者。为了不致埋没其人，有些亦为选录以达到以诗存人的目的。再需说明的是，本诗选多选取与流放有关之诗作，即诗人在东北戍所，或入关后反映东北戍所生活、思想之作，以符合东北流人诗选取之宗旨。

本诗选由作家小传和注释两部分组成。诗人小传，简要介绍作者生平，重点放在获罪致遣之由及在戍所之事迹以及著作情况。注释力求解决疑难问题，挖掘旧典，阐明今事。一般不解释诗意，如需解释者在第一个注解中加以说明。选注时参考了许多典籍著作及研究论文，从中获益匪浅，不少注释内容即采用其说，并多在注释中标出，有些则难以一一标出，谨于此再向诸家表示感谢。

本书编注过程中，曾得到诸多师友的关注与支持。苏州大学中文系钱仲联教授，谆谆赐教。我的老师、中国人民大学清史研究所戴逸教授百忙中悉心审阅书稿，并热情作序，对本人尤多勉励和指导。选注者得到了辽宁省图书馆、沈阳市图书馆、辽宁大学图书馆、国家图书馆、北京大学图书馆、中国科学院图书馆、中国社会科学院图书馆、中国社会科学院文学所与历史所图书馆、中央党校图书馆、南京市图书馆、上海市图书馆、复旦大学图书馆、广东中山图书馆、中山大学图书馆、浙江省图书馆的真心协助，热情支持，提供书籍，使本书选注顺利完成。而最近特别是浙江台州市黄岩图书馆卢勇馆长先生、浙江临海市博物馆陈引奭馆长先生，以及沈阳市慈恩寺释盖忠方丈法师的全力支持，尤使本书充实完善达到新的层次，其高风亮节令人钦敬之至！当年，辽沈书社的郭守信先生、段扬华先生，以及王堃先生等热情关心本书的出版，特别应该提到的是责任编辑刘发先生自始至终对本书的编选注释提出了许多宝贵的修改意见，倾注了心血，付出了辛劳，本人获益尤多。而今，辽海出版社的责任编辑柳海松先生，为增订本的编辑出版更给予热情的支持与奉献。谨于此对上述诸家、各位一并表示衷心感谢！

有关该增订本之来龙去脉，敬请参阅本书《后记》。

由于选注者本人学识有限，见闻甚寡，选注不当与谬误或有欲避而未免者，当不在少，恳望方家读者不吝赐教。

一九八五年四月初稿，一九八六年二月定稿，二〇二二年一月增订修改于沈阳

此文为《清代东北流人诗选注》（增订本）前言

――― **作者简介** ―――

张玉兴，1939 年生于辽宁铁岭，1958 年参加工作，曾任中学教员，辽宁社会科学院历史研究所助理研究员、副研究员、研究员，清史研究室主任、院学术委员会委员，东北大学兼职教授。1993 年起享受国务院颁发的政府特殊津贴，参加国家清史纂修工程，为传记类顺治朝、康熙朝卷项目主持人。主要著作有《清代东北流人诗选注》《清朝前史·天命朝卷》《朝明皇帝全传》《明清史探索》等。

慈恩月明时

——略述我的函可研究及与慈恩寺的因缘

张玉兴

有关函可事迹，姜念思著《函可传》皆已表述清楚，大家已人手一书，其有关问题，翻阅即可得确解，此毋庸置喙。这里谨略加强调几点，以及我与慈恩寺乃至省市佛教协会之因缘。

一、《函可传》确有亮点

姜念思著《函可传》虽然不长，确有亮点，本人《序》中已道及，主要是点明行踪，说清地域，以及对一些人物事件，乃至佛教事物之交代。如函可晚年住海城金塔寺，圆寂则在辽阳首山驻跸寺，行踪仅此，不可错指或扩大地域，枝蔓臆测。烦请各位留意。

再有，函可作冰天社诗序，文短意深，堪称绝唱。但其中包含宋代高僧宗杲及唐代名臣韩愈的两个典故，明了者可酣畅淋漓，一气读完。不明者则不知所云，随意标点而晦涩不通。现公开出版两部标点本《千山诗集》，即辽海出版社（2007年版）第497页，黑龙江大学出版社（2011年版）第393页，标点皆错。唯姜念思《函可传》以深厚的学问功底标点正确，见第51页。此特需提出者。

二、《函可传》亦有不尽如人意之处

需要特别注意者，如"用续东林之盛事"，指仿晋代僧人惠远于庐山东林寺白莲结社的传统，非明代学者顾宪成的东林书院事。

冰天诗社，本称冰天社，因社集时皆以吟诗方式出现，故后世人们称其为诗社。活动仅两次，但其地点《函可传》未点明，实际在普济寺进行。因普济寺今已无存，现复社于慈恩寺，亦顺理成章，均体现佛学对文学一脉相承的贡献。

函可是非凡之诗人。中国和尚多会写诗，所以诗僧居多。然函可之诗无论思想性与艺术性皆非同凡响，是中国历史上杰出的诗人，足可立足于中国大诗人之列而无愧色。今传函可诗作几乎全在辽沈写就，这是辽沈引以自豪的光荣。函可以获罪之身，到达辽沈时，已奄奄一息，多亏慈恩寺的关照，得以全活并能生活十二年，而写出了令举世震惊的诗篇，慈恩寺功德无量，人们无限感念。

三、我与慈恩寺的因缘

我是偶然的机会与清代流人与函可乃至与慈恩寺结缘的。

1982 年，我参与合著《清代东北史》文化部分内容的撰写。其中写宗教，拜访了省各宗教协会，了解各个宗教在辽沈之演变历史；写文化，忽而发现撰写提纲中本来没有的流人文化之命题，展现一片广阔的天地，遂筚路蓝缕，对发来东北的重要流人文士详加探索，特别是对函可及其著作深入剖析，发现诸多问题需要弄清。所以有对慈恩寺、般若寺的多次探访。于是便有与省佛协逝波法师、果智法师，及市佛协安详法师的多次晤谈请教，获益颇多。而逝波法师借我《千山语录》（香港翻印本）及《古林智禅师语录》（即龙藏本）参阅。促成我深入钻研写出论文，其中对弄清赤岩和尚，乃至古林智和尚事迹，助力最大。殷殷厚谊，我感念不忘。

昔日 370 年前，慈恩寺成全成就了函可，而 36 年前，慈恩寺、般若寺无私成全成就了函可研究者，而今慈恩寺慷慨襄助《函可传》的出版，这无疑是再次无私成全成就了函可研究者。高风亮节，大爱无疆，一脉相承，在此我谨向以慈恩寺盖忠法师为代表的高僧大德，致以最崇高的敬意！谢谢、谢谢了！

写于 2018 年 9 月

函可研究六题

于景颒

近读函可《千山诗集》和一些相关研究资料，很有收获。但还存在一些存疑问题及一些有争议的问题，这些问题对深入研究函可非常重要。为进一步研究函可其人其事其诗，现将笔者对其中一些问题的看法略作整理，分题罗列，期望引起重视，并求教于大方之家。

一、函可的一件家书

在广东罗浮山华首寺珍藏着一件函可的家书，是目前唯一能见到的函可书法真迹。

这件家书虽然残破，但文字依稀可辨，重点内容有以下几方面：一是表达函可接到侄辈家书后的欣喜，特别是对家乡浮碇冈劫后尚存感到惊喜；二是对家族成员提出希望，即团结一致，重振家声；三是对侄辈的劝勉，不要沉醉，要用功读书；四是对侄辈的严格要求，不要嗜酒，要严加管束，从以上内容中，可知函可对家族的关爱并寄以厚望。书信中还提到了若干人名，如兄弟辈的九成、阶平二人，其中阶平即韩履泰，后出家，法名函静，曾为《千山诗集》作序；还有侄辈的胤祥、胤永、阿象等人，这对函可家族成员研究提供了很多线索；还有三叔、黄亲家、李氏姊等老辈，虽未提具体名字，因这些人与函可有着千丝万缕的关系，对研究函可的亲朋，也很重要。

书信中有两个重要人物尤值得关注：先是函可的弟辈九成，他曾写诗寄辽东，函可收到信，亦以《得九成弟书》七律回赠：

双鱼夜到鸭江滨，先代弓衰不可论。

骨肉尽凋余二弟，诗书能复让他人。

须知佛法无多子，那见儒冠定误身。

但自莫惭世出世，临风三嘱泪犹频。

诗中提到的"骨肉尽凋余二弟"，与书信中提到的九成、阶平二人吻合，可知书信中提到的人名与《千山诗集》是一致的。

再就是函可的侄辈阿象，书信中说："殊喜阿象侄能诗"，可知阿象在函可侄辈中是比较优秀的，因阿象擅长诗词。《千山诗集》中有函可《寄阿象侄》七律：

细想形容十载余，口呼伯伯手持书。

未知何日重看汝，已恐相逢不识予。

大难屡定年正弱，奇恩略述泪盈裾。

好将两弟无穷话，到此难云只有歔。

诗中，函可回忆了阿象儿时即好学上进的情景，并表达了对阿象的思念与关爱。

关于此书信的写作时间与地点，书信的落款说得非常明白，即"丁酉重九后二日，函可再拜，书时寓海城金塔寺。"丁酉为清顺治十四年（1657），时函可四十七岁，住海城金塔寺。根据《函可年表》推断，此年重阳节函可师侄阿字南还，函可所作家书应由此人带回广东博罗。

再就是此书信的书法风格，函可于书法也是个行家，《千山诗集》中有几首论书画的诗足以证明。这件墨迹为小行书，有王羲之法度写颜真卿行书气象，功底不薄。因惠州人多爱苏东坡体，故此书信之风格亦有苏字行体翩翩之意趣。因是家书，有念则书，洋洋洒洒，穿插随意，不计工拙、尚欠老到，但不失为一件难得书法作品，其文献与文物价值弥足珍贵。

二、函可与阿字

在《千山诗集》中，有一个人的名字曾多次出现，这就是阿字。在诗集中与阿字有关的诗多达十余首，可见这个人在函可心中的地位。

阿字法名今无，是高僧函昰的大徒弟，十六岁皈依佛门，淳朴厚实，人品端正，文才高妙，尤精于诗，有《光宣合集》行世。按辈分论，应是函可的师侄。

阿字最为感人的事迹是在清顺治十三年（1656），奉函昰师命从广东博罗出发，徒步万里，往辽东千山探望师叔函可。在交通不发达的时代，全靠步行，这是现代人都难以做到的。他风餐露宿，一路千辛万苦，千难万险，终于来到函可的身边，感人至深。函可有一首《喜阿字至》七言律诗，描绘了阿字初到及一路艰辛的情景：

> 甦甤双袖碧天遐，路滑霜寒日未斜。
> 荒冢觅穷闻鹤语，残毡啮尽摘松花。
> 匡山云月应无别，辽海风涛漫独嗟。
> 知子远来非有意，久拼吾骨掷龙沙。

诗的前四句描写了阿字一路行程的艰苦，后四句含蓄地反映出师兄函昰与师侄阿字对函可的关心。顺治十四年（1657）重阳，阿字南还，与函可分别时，函可先后写了两首七言律诗相送，第一首是《九日送阿字》：

> 经岁团圞泪未收，菊花重惹一番愁。
> 来将白纸寻黄土，去挟新篇还故丘。
> 太乙峰头频怅望，姑苏台上莫淹留。
> 而师若问寒边事，休话寒边雨雪稠。

第二首是《重送阿字》：

> 送送还牵老衲衣，故山终恨不同归。
> 好从瀑水投寒句，又向梅花觅破扉。
> 冰雪已多曾彻骨，蕨薇虽采未忘饥。
> 关门不禁南来雁，何日凌空锡更飞。

此二首七律为函可含泪写成，诗中作者对离别之人千叮咛万嘱咐，读之令人涕下。前一首的"而师若问寒边事，休话寒边雨雪稠"一联，言外有深意，后一首"送送还牵老衲衣，故山终恨不同归"一联，真实地表达了作者欲归不能的凄苦心情。

三、函可与澹归

在函可的朋友当中，有一位重要人物，这就是澹归，俗名金堡，浙江仁和人。明崇祯十三年（1640）进士，与方以智、周亮工、陈洪绶等人同榜。为官清廉，在山东临清知州任上，抚民爱民，曾被罢官，后任南明给事中，被称为五虎之一。因反清被清廷追杀，被迫出家，投岭南高僧函昰门下，法名澹归，又名今释。澹归能诗，对清初的岭南诗坛影响很大。著作有《遍行集》等十余种，后全部被毁。他还擅长书法，明末清初的王夫之评价说："堡文笔宕远深诣，诗话刻高举，独立古今间，行书入逸品"（见王夫之《永历实录》）。就是这样一位有学问的高僧，对函可崇敬有加，曾寄诗函可，以表钦敬之情：

> 古人且说浮于海，绝径谁知住此山。
> 万里云霄高着眼，何妨不入玉门关。

澹归在此诗中把函可比作古代的仁人志士，对函可评价甚高，这从"万里云霄高着眼"一句就能看出。"万里云霄"，即"万里云霄一羽毛"之意，形容像函可这样的人才稀少；"高着眼"，即高山仰止之意，意思是对函可须仰视。函可读到澹归寄诗后，回赠一首：

曾向瓶窑觅幻身，书来已是法中亲。

何时飞锡同辽鹤，来问垒垒冢底人。

函可在诗中盼望澹归能来辽东一游，可见两人神交已久，至于后来两人见没见过面，至今没有明确答案。

就是这个澹归，离世以后还引出一场官司，那就是高其佩的儿子高纲，在韶州知府任上，曾为澹归募资出书并为书作序，后有人举报，乾隆皇帝大怒，下令抄家，高其佩孙辈高秉等人因此罹难。

四、《千山诗集》的命名

关于《千山诗集》书名的含义，还得先从乾隆四十年（1775）下的一道谕旨说起："朕检阅各省呈缴应毁书籍，内有千山和尚诗本，语多狂悖，自有查缴销毁。查千山名函可、广东博罗人。后因获罪，发遣沈阳。函可既刻有诗集，恐无识之徒目为缁流高品，并恐沈阳地方为开山祖师、于世道人心甚有关系……"在乾隆皇帝的谕旨中，除强调应销毁《千山诗集》的理由外，其中，"查千山名函可"这句话很重要，乾隆皇帝明显未把"千山"二字当作山名对待，而是当作人名，这并非皇帝粗心，不知辽东有千山，而是大有深意。

对于诗集的命名，古人是相当讲究的。诗贵含蓄，诗集命名更要含蓄而概括。《千山诗集》有一千多首诗，其中写辽宁千山的只有二十多首，以辽东千山命名，根本涵盖不了诗集的全部内容。函可饱读诗书，为自己的诗集命名，绝不会这么简单。

笔者认为，"千山"二字含义非常广泛。"千山鸟飞绝，万径人踪灭"，这是柳宗元的诗句，这里的千山是衬托凄凉孤寂的环境，这个环境与当时辽东的雪窑冰天相似。

唐五代间有一和尚名贯休，很有诗名。他有《陈情献蜀皇帝》一诗，其中有这么几句："河北江东处处灾，唯闻全蜀少尘埃。一瓶一钵垂垂老，千水千山得得来。"句中的千水千山有万水千山，经历千辛万苦之意，这也切合函可的经历，函可从博罗到南京，从南京到北京，从北京到盛京，可用经历万水千山与千辛万苦概括，其所经所历及所感，发之为诗并汇总成集。以上所引，恐怕都是《千山诗集》命名的出处。

五、冰天诗社的命名

冰天诗社成立于清顺治七年（1650）十一月末，函可借左懋泰生日之际，首倡结社，它的成立填补了东北历史上没有文人结社的空白。这里要探讨的是，诗社的名称为什么要用"冰天"二字？

首先，笔者认为，既然为诗社命名，那就必高雅、恰切而含蓄，冰天诗社的命名就做到了这一点。至少包含以下几层含义：

其一，代指严寒的北方。冰天是北方特有的景象，古代诗人常用"冰天"二字代指北方。早在南北朝梁时，诗人江淹在《袁太尉淑从驾》诗中就有"声教烛冰天"这样的诗句，其中的冰天就是指北方。

其二，比喻恶劣的社会环境。人类在恶劣的自然环境下生存，本来就不容易，在恶劣的社会环境中生存就更不容易了。用自然环境比喻社会环境，这是古代诗歌常用手法，以冰天二字为诗社命名，这是函可的高明之处。

其三，以冰雪励志。古代的诗人称北方为雪窖冰天，简称"冰雪"，与"冰天"同义。这些诗人认为冰雪能使人励志，即在恶劣环境下磨炼自己、发愤图强。如南朝陈诗人江总《再游棲霞寺言志》一诗中就有"静心抱冰雪，暮齿通桑榆"诗句，从中可知，作者已明显地把冰雪当作修炼励志的环境了。所以唐代诗人杜甫才有"冰雪净聪明"这样的结论。（见杜甫《送樊二十三侍御赴汉中判官》）

其四，表达创作动机。晚唐有个诗人叫徐仲雅，他在《赠齐己》一诗中有这样两句："闷见有唐风雅缺，敲破冰天飞白雪"，虽然有些夸张，但却道出了作者的创作动机，他认为有唐一代，缺乏风雅，作者写诗要补上这个缺。另外，唐代还有一个叫棲白的诗僧，他曾写过"思苦为诗身到此，冰魂雪魄已难招"这样的诗句，大意是要忍苦写诗以招故国之魂，这就是他诗歌创作的动机。

以上这些，恐怕是冰天诗社命名的一些出处。对于冰天诗社的命名，还是函可本人说得最明白，他在《冰天诗社诗序》一文中说：

> 白莲久荒，坚冰既至，寒云幂幂，大地沉沉，嗟寒草之尽枯，幸山薇之尚在。……兰移幽谷，非无人而自芳；松植千山，实经冬而弥茂……尽东西南北之冰魂，洒古往今来之热血……聊借雪窖之余生，用续东林之盛事。

以上四段话是用骈文形式写出的，第一段渲染恶劣环境，第二段比喻环境对人的磨炼，第三段叙述写诗结社的目的，第四段亦写结社的动机，即效法东林，为反清复明做贡献。以上这些都与前面所引古人的诗句暗合，因此，只有读懂函可的序言，才能对冰天诗社命名的含义有深刻理解。

六、剩人别号

剩人是诗僧函可的别号，他为什么要用这个别号呢？古人的名号都有深刻的用意。首先要看函可所处时代的大背景，当时明朝已近灭亡，山河破碎，国土分裂，可谓残山剩水。正如明人题画诗所说"南朝无限伤心事，都在残山剩水中"。山河破碎人以何堪？人与山河同命运，既有残山剩水，当然也有剩人，即遗民。

对于这个问题，函可的朋友郝浴在《剩人可禅师塔碑铭》一文中是这样解释的："可字祖心，岭外闻家儿也，以世渡沧桑，号剩人。"意思是函可为岭外有名望家族的后人，因经过沧海桑田一样的变故，所以自号剩人。郝浴这段话说得很谨慎，很含蓄，很策略，但已道破其中的原因。函可的另一个流人朋友丁澎在《普济剩禅师塔碑铭》一文中说得比较直白："还顾丘垄，故冢垒垒，因自号剩人。"意思是函可环顾田野间到处是坟墓，死的死亡的亡，函可劫后余生，故自号剩人。丁澎的话与郝浴的话有异曲同工之妙。对于这个问题，函可在自己的诗中也有答案，在冰天诗社社员诗中，函可有一首《答诸公见赠》七律，其中有"刀俎遗余生久残"句，别看这句诗只有七个字，信息量很大，大意是说，他是从鬼门关逃出来的人，劫后余生，身心久已残废，如同南明的残山剩水一样。把以上三人的解释合在一起，可知剩人这个名号不简单，既有函可的人生遭遇，又有家族的变故；既有国破家亡的余痛，又有劫后余生的孤寂，这就是沧桑之变带来的结果。

—— **作者简介** ——

于景颇，原名于景福，辽宁铁岭人。曾任辽宁省诗词学会副会长、中国《诗词世界》理事、辽宁省楹联家协会常务理事、铁岭市文化促进会副会长等职。现为中国辽金文学研究会理事、中国书法家协会会员、中华诗词学会会员、辽宁省历史学会理事、铁岭市历史学会会长、铁岭市诗词学会名誉会长。

月下相思纯美情

——张若虚《春江花月夜》思想与艺术审美十论

李金坤

春江潮水连海平，海上明月共潮生。
滟滟随波千万里，何处春江无月明！
江流宛转绕芳甸，月照花林皆似霰；
空里流霜不觉飞，汀上白沙看不见。
江天一色无纤尘，皎皎空中孤月轮。
江畔何人初见月？江月何年初照人？
人生代代无穷已，江月年年只相似。
不知江月待何人，但见长江送流水。
白云一片去悠悠，青枫浦上不胜愁。
谁家今夜扁舟子？何处相思明月楼？
可怜楼上月徘徊，应照离人妆镜台。
玉户帘中卷不去，捣衣砧上拂还来。
此时相望不相闻，愿逐月华流照君。
鸿雁长飞光不度，鱼龙潜跃水成文。
昨夜闲潭梦落花，可怜春半不还家。
江水流春去欲尽，江潭落月复西斜。
斜月沉沉藏海雾，碣石潇湘无限路。
不知乘月几人归，落月摇情满江树。

《春江花月夜》为乐府《清商曲辞·吴声歌曲》旧题。郭茂倩《乐府诗集》卷四十七收《春江花月夜》7篇，其中有隋炀帝2篇。相传为南朝陈后主所作之诗，原词已不传。张若虚这首拟题之作，与原先的曲调颇多不同，诗作内涵与艺术水准也大相径庭，其思想境界与艺术价值都达到了空前的高度。明人钟惺评曰："浅浅说去，节节相生，使人伤感。未免有情，自不能读，读不能厌……将春江花月夜五字炼成一片奇光，分合不得，真化工手。"[1]陆时雍评曰："微情渺思，多以悬感见奇。"[1]清人王闿运则认为："张若虚《春江花月夜》用《西洲》格调，孤篇横绝，竟为大家。"[2]现代著名学者、诗人闻一多则更是推崇之至，他说："在这种诗面前，一切的赞叹是饶舌，几乎是亵渎……这是诗中的诗，顶峰上的顶峰。"[3]闻一多是站在全唐诗的角度来评价此诗的。中国是诗的国度，而唐诗则是中国诗坛最成熟、最完美、最具诗歌审美意蕴的诗，所以它是三千年诗歌史上的最高峰，而矗立于这座高峰之巅者，则是张若虚的《春江花月夜》。评价之高，无出其右者也。

关于此诗的具体创作年份已难以确考，而对此诗创作之地在何处的问题，笔者则是最早撰文加以考证者，认为在镇江北固山与焦山之间的南岸江边较为可信。[4]后来，又相继出现了"瓜洲说""江都说""泰州说"等说法。对此，笔者又进一步加以认真而全面之考证，认为《春江花月夜》就是作于焦山。[5]《春江花月夜》作地之争，虽无尘埃落定之确论，但换个角度看作地争议之现象，反倒可体现出此诗思想与艺术的非凡意义与杰出成就。

全诗由三部分组成：开头"春江潮水连海平"至"汀上白沙看不见"为第一部分，描写月下奇景；"江天一色无纤尘"至"但见长江送流水"为第二部分，描写月下奇理；"白云一片去悠悠"至末尾"落月摇情满江树"为第三部分，描写月下奇情。而这一部分，又可分为三小部分："白云一片去悠悠"四句为第一小部分，以画外音形式，总述月下男女两地分隔、相思浓郁的情景，具有提纲挈领之作用；"可怜楼上月徘徊"至"鱼龙潜跃水成文"为第二小部分，描写月下思妇渴望游子回家的深挚情感；"昨夜闲潭梦落花"至末尾为第三小部分，描写月下游子对思妇的深切思念之情。

先看第一部分：诗人对月下奇景的倾情而生动的描写。开头两句"春江潮水连海平，海上明月共潮生"，展示江潮连海、月共潮生的开阔而壮观的气势。一个"生"字，赋予了江潮涌动、明月诞生的活泼而旺盛的生命力。"共潮生"之"共"字，使人自然联想到江潮涌动即是明月诞生的巨大助力，因此，更彰显出明月的无比魅力，为下文神奇月光的美丽与月下奇景的描写铺陈张本。你看，月光随波闪耀千万里之广阔，此时春江，何处不受明月之朗照？月光顺势绕着曲曲弯弯的江畔芳草，月色溶溶，泻于花树，就像撒上了一层洁白的雪珠。更神奇的是，皎洁的月光照在江滩白沙上，浑然相融，顿然将大千世界浸染成梦幻般的银色天地。这是明月的出场，大气磅礴，场面壮丽，澄明玲珑，辽阔无垠。诗人以细腻的笔触，创造了一个神话般美妙的晶莹剔透的境界，使春江花月夜显得格外幽美恬静。此诗首八句，由大到小，由远及近，笔墨逐渐凝聚到一轮孤月之上，由此引发诗人产生人生的无限感慨。

次看第二部分：叙述诗人望月感怀、慨叹人生的惆怅之感。这是诗人的出场。诗人置身"江天一色无纤尘"的澄明世界里，仰望着"皎皎空中孤月轮"，油然产生神奇的遐思冥想："江畔何人初见月？江月何年初照人？"如此"天问"式的连续发问，极其生动地体现出诗人探索人生哲理与宇宙奥秘的强烈愿望。紧接着"人生代代无穷已，江月年年只相似"的由衷感叹，将个人生命短暂与人类繁衍绵长的客观真理，十分形象地揭示了出来。而"不知江月待何人，但见长江送流水"二句，诗人将"江月"与"长江"拟人化，江月有待，这一"待"字，写出了江月的自信、执着、憧憬与希望。江流送水，这一"送"字，写出了逝者如斯、时不我待的无奈、遗憾、忧虑与惆怅。江月有待，流水无情。诗人虽有对人生短暂的感伤，但并非颓废与绝望，而是仍然充满着对美好的自然与人生的不懈追求与热爱。正如李泽厚先生所评价的那样："这首诗是有憧憬和悲伤的，但它是一种少年时代的憧憬和悲伤……所以，尽管悲伤，仍然轻快，虽然叹息，总是轻盈……永恒的江山，无限的风月给这些诗人们的，是一种少年式的人生哲理和夹着悲伤、怅惘的激励和欢愉。闻一多形容为'神秘'、'迷惘'、'宇宙意识'等等，其实就是这种审美心理和意识意境。"[6]

再看第三部分：全面展示月下男女天各一方、渴求团聚的相思深情。这是思妇与游子典型代表的出场。"白云一片去悠悠"四句，是连接诗人出场与思妇、游子出场的纽带与桥梁，它犹如影视剧中的旁白，总写在月夜中思妇与游子两地思念之浓情蜜意。"白云""青枫浦"托物寓情。白云飘忽，象征"扁舟子"（游子）的行踪不定。"青枫浦"为地名，但"枫""浦"在诗中又常用为感别伤离的景物或处所。"谁家""何处"二句互文见义，诗人如此设问，其所要表达的画外音即是：在今夜澄明清澈的月光朗照之下，"谁家"没有离别之苦痛，"何处"没有相思之煎熬。作为诗中的男女主人公，只不过是典型的代表而已。诗人此种仁厚温润的人文情怀，与尾声"不知乘月几人归"正相呼应。可谓一种相思，两地离愁。此四句是对男女相隔天涯相思情感的简要概述，它是全诗脉络的一个过渡媒介。

下面十六句，花开两朵，各表一枝。至此，才是全诗男女主角真正出场的主舞台，此乃描写男女主人相思至浓、盼归至切的最为感人心魄之所在。"可怜楼上月徘徊"至"鱼龙潜跃水成文"八句，主要写思妇对游子强烈的思念之情。"可怜"二句，诗人不直写思妇的孤寂与忧伤，而是故意宕开一笔，将"月"拟人化，"徘徊"二字用得极其传神：先是形象描写浮云飘动、光影明灭之状，由此表达月光于楼上徘徊不忍离思妇而去的深厚怜悯之情。它要陪伴思妇，为其分忧，故而把柔和的清辉洒在妆镜台、玉户帘、捣衣砧上。只要思妇所到之处，月光都紧随其后，形影不离。诗人如此描写月光主动陪伴思妇的怜悯情怀，实质更加衬托出思妇万般孤寂的生活情状，容易引发读者之共鸣，从而收到理想的艺术效果。然而，月光的怜悯多情，对于思妇而言，并非一件好事。思妇会因此而触景生情，思念游子尤甚。于是，她想赶走这恼人的月色，可总是"卷不去"，且"拂还来"，月光不离不弃，忠实依恋。思妇"卷"与"拂"两个痴情的动作，极其生动、形象地表现出思妇内心的无比惆怅和迷惘情愫。月光之下，思妇远望游子之居所，却无法听到他的一丝声音，万般孤寂无奈之下，她只能突发奇思，想依托月光遥寄她浓郁的相思之情。"鸿雁长飞光不度，鱼龙潜跃水成文"二句，暗指此时的鱼雁也不能为思妇传递信息。这部分，主要写思妇情感之"孤"，曲笔直写，感人心魄。最后八句，从"昨夜闲潭梦落花"至"落月摇情满江树"，主要写游子与思妇不得团聚的忧愁。诗人用落花、流水、残月、梦境来烘托他无以归家与亲人团聚的焦虑之情。花落幽潭，春光将老，远隔天涯，江水流春,流去的何止是自然之春,同时流去的也是游子的青春、幸福和憧憬啊。江潭落月,沉沉藏雾,表明时不我待、光阴逼人之焦虑之情,从纵向体现游子之忧愁;碣石潇湘,相隔遥远,表明天各一方、无以相聚的愁苦之绪,从横向体现游子之悲伤。正当诗人沉浸在思归不得的孤愁之时,他忽然想到,今夜普天下不知有多少游子和自己一样承受着无以回家的别离相思之痛呢。游子顿然由"小我"的思维格局转向了"大爱"的思想境界,由己及人,无疑彰显了游子阔大温润的人文情怀,极大地提升了游子的精神品格。这是值得称道而欣慰的。在游子看来,普天下无以与亲人团聚的游子们,和自己一样,都有难以排解的满怀思乡念亲之深情,如此林林总总的离情别绪,都将会一起汇涌而来,伴随着落月余光,层层洒满于江边苍茫无际的树林之上。此时,游子的思妇念亲之情已推向了高潮,给人以余韵绕梁、三日不绝之无穷回味之感。如果说前八句思妇念夫着重表现思妇之"孤"情的话,那么,后八句游子思妇则是着重抒发游子之"愁"绪。男女离别之孤愁,于此均已描摹得淋漓尽致、别具神韵而摇人心旌焉。

《春江花月夜》委实是一首将男女相思之情置于纯洁无瑕之月光下描写得最纯美、最澄明、最亲切、最温馨,也最受人们喜爱的相思之歌,可谓前无古人、后无来者,堪称千古绝唱。先贤以"以孤篇压倒全唐"来评价其诗之思想与艺术价值,是十分精当而中肯的。就其艺术审美价值而言,《春江花月夜》之美,庶几可概括为以下十个方面:

其一,创新美。《春江花月夜》是乐府旧题,郭茂倩《乐府诗集》共录七首,除张若虚之外,其他六首都显得内容单调、格局狭小,或宫体脂粉,或雍容华贵。只有张若虚这首,七言古风,三十六句,一气铺排,洋洋洒洒,内容丰富,堂庑特大,气象万千,相思纯情,脂粉落尽,满篇明洁,形式蜕变,新人耳目。此外,更重要的是,在张若虚之前,写景、说理、言情之诗可谓汗牛充栋、不计其数,可它们基本都是单一的或割裂的描写,而到了张若虚,却超越了以前那些单纯模山范水的景物诗、"哀吾生之须臾,羡长江之无穷"(苏轼《赤壁赋》)的哲理诗、抒儿女别情离绪的爱情诗。诗人将这些屡见不鲜的传统题材,注入了新的诗歌元素,融诗情、画意、哲理为一体,倾情描摹春江花月夜的至美特质,尽情赞叹大自然的奇丽景色,由衷讴歌人间纯洁的美好爱情，同时，将对游子思妇的同情心扩大开来，与对人生哲理的追求、对宇宙奥秘的探索结合起来，从而汇成一种情、景、事、理水乳交融的幽美而邈远的意境。值得钦敬的是，张若虚将男女两地的相思深情置于月光澄澈、纯净无瑕的环境之中，更加凸显出人间爱情的纯洁性、神圣性、敬畏性与可爱性。如此创新意识，实在是诗人的智慧、高明与伟大之处。

其二，结构美。此诗颇具章法结构，由三大部分组成。第一部分是明月的出场，场面辽阔而壮观，极写明月水银泻地、上下澄明的神奇世界。第二部分是诗人的出场，由"皎皎空中孤月轮"抒发人生与历史的感慨，具有浓厚的宇宙意识、人生哲理意味。第三部分是游子与思妇的出场，分别抒发彼此的孤独与离愁。描写形象生动，感情细腻缠绵，真可谓：天各一方相思远，此时无声胜有声。全诗由远而近，由明月奇景到人生妙悟，再到男女深念，犹如抽丝剥笋，层层深入，诗旨明确，一目了然。如果说明月的出场，是为诗人的出场张本、体现天地大美之背景，而诗人的出场，又是为男女相思铺垫，体现"人生代代无穷已，江月年年只相似"的历史沧桑之感与浓厚的宇宙意识的话，那么，游子思妇的出场，便是直接体现人间爱情的纯真、可贵与神圣。这是全诗的核心精神之所在，也是动人心魄、别具魅力之所在。此外，全诗以月为主体。月下奇景、奇理、奇情，都是在澄明清朗的月光下发生的，在全诗中犹如一条生命纽带，通贯上下，月在一夜之间经历了升起—高悬—西斜—落下的过程。它委实是月下奇景、人生奇理、相思奇情的催生剂与见证人。此诗的章法结构脉络清晰，情感逻辑结构走向分明，堪称严密紧凑，有条不紊，引人入胜，豁然开朗，颇具"曲径通幽处，禅房花木深"（常建《题破山寺后禅院》）的艺术审美效果。

其三，语言美。常言道，文学是语言的艺术，就诗歌而言，其语言的艺术性则更为显要。全诗252字，无僻典，无拗言，字字通俗，句句简明。每个字句，好比如水月光淘洗过一般，清澈澄明，纯洁无瑕，明畅流贯，朗朗上口。读之如饮甘露，如品醇醪，沁人心脾，通体舒爽。然而，此诗语言虽然通俗易懂，而字里行间蕴含的情感却至为丰厚，耐人寻味。如"人生代代无穷已，江月年年只相似"二句，以人生之代代变化与江月之年年相似，表明人生苦短、江山永恒的客观事实，由此使人懂得应当珍惜人生、好好活在当下的深刻哲理。又如"此时相望不相闻，愿逐月华流照君"二句，写思妇在因与游子不得相见甚至连他的声音也难以听到的焦虑时刻，突发奇思，想借助于今晚的月光，把自己对游子的热切思念之情传给他。思妇异想天开，似乎不合常理，然而恰恰反映出思妇对游子的浓得化不开的无法排解的深深思念之情。痴情若此，焉不动怀？诗人如此淡笔描写，实即收到了"无理而妙"的艺术效果。此诗淡而有味的语言之美，还体现在用字精确、意蕴深厚的特色上。如"海上明月共潮生"之"生"字，形象逼真地写出了明月借助于春潮之巨大力量而冉冉升起的生机勃勃的壮观气象，具有震魂慑魄的艺术力量。倘若换成"升"字，那就味同嚼蜡、黯然失色矣。再如"不知江月待何人，但见长江送流水"二句，这一"待"字，凸显出人们月下相思盼亲的执着深情；这一"送"字，体现出人们逝者如斯、时光如流的惆怅意绪，从反面告诫人们要珍惜时光、珍视爱情、珍重生命。此诗语言简明流畅，神韵悠远，犹如山泉，饮之生甘，别有余味。苏轼曾评价陶渊明诗歌语言特色为"质而实绮，癯而实腴"，以此来评价《春江花月夜》的语言审美特质，亦自十分允当。

其四，修辞美。诗人在全诗中运用了多种生动灵活的修辞手法，恰到好处地表达了诗情画意之美。如"不知江月待何人，但见长江送流水"，将"江月"与"长江"拟人化，衬托出男女纯真爱情的珍贵与光阴似箭的人生短促，激励人们珍惜真爱与时间，活出人生的精彩。又如"江畔何人初见月？江月何年初照人？""江潭落月复西斜""斜月沉沉藏海雾"等，运用顶针续麻手法，起到上下勾连、情脉贯通、循环往复、便于记忆的阅读效果。再者，全诗多次运用重复手法，如诗题"春江花月夜"事物，分别重复次数为4、12、2、15、2次，增进情感，加深印象。由于"春江花月夜"五种意象的清新可爱、轻盈灵动，尽管多有重复，却毫无呆板累赘之感，体现了民歌质朴醇厚的优美特色。在句式上，此诗还大量使用排比句、对偶句和流水对，起承转合自然谐妙，具有跌宕回旋之美。

其五，韵律美。此诗的韵律节奏也甚有特色。全诗由九首绝句组成，共三十六句，四句一换韵，共换九韵。又平声庚韵起首，中间依次为仄声霰韵，平声真韵，仄声纸韵，平声尤韵、灰韵、文韵、麻韵，最后以仄声遇韵煞尾。诗人有意将阳辙韵与阴辙韵交互使用，高低相间。全诗随着韵脚的转换变化，平仄的交错运用，一唱三叹，前呼后应，甚具抑扬顿挫情韵之美。这种语音与韵味的变化，甚合明月出场的静默平和的宁静、诗人出场的感慨惆怅的情绪及思妇、游子出场的相思急切的孤愁等各种情状，诗情顺着韵律而起伏变化，平仄交替，声情并茂，俯仰低昂，婉转谐美。胡应麟尝云："张若虚《春江花月夜》流畅婉转，出刘希夷《白头翁》上。"[7] 整首诗的优美旋律，犹如小提琴在澄明月光下演奏的一首令人缱绻旖旎、葳蕤潋滟的小夜曲，时而令人震撼，时而令人向往，时而令人忧伤，时而令人陶醉，诗韵声情，余韵悠远。

其六，画面美。此诗三大部分，就是三幅画面。明月出场，是集中描写明月诞生、波光万里、月光澄美、花草奇丽的绝美图景，这是一个古老神奇、纯属自然的晶莹剔透、一尘不染的银装素裹的白色世界。诗人出场，真切描写人们对天地奇景的惊愕、人生短暂的慨叹、山川永恒的哲思、宇宙奥秘的好奇、人类传衍的探索，等等。在一轮孤月的朗照下，主人公视通万里、神极九霄，深思着天、地、人的相关问题以及怎么看待人生、怎么考量宇宙的问题。这分明是一幅月下诗人独立思索图。思妇、游子的出场，分别表现楼上思妇对游子的远望无闻的孤独形象，展示扁舟游子对思妇盼归不得的忧愁形象，两幅画面，一样愁情。三幅画面，由远而近，层层推进，情、景、理互相交融，描绘了一幅前无古人、后无来者的绝美"春江花月夜男女相思图"。这幅画卷在色调上是以淡寓浓，从黑白相辅、虚实相生中显出绚烂多彩的艺术效果，宛如一幅清朗淡雅的中国水墨画，彰显出春江花月夜清幽雅致的画面美。

其七，情感美。此诗的明月美景、世人哲思，其实都是为男女相思做铺垫的。思妇与游子的两地相思深情的倾力抒发，才是全诗的中心主题，也是诗人着力描写的主要内容。前面两部分各用八句，共十六句，而此部分则用了十六句，诗人创造性地极其智慧地将思妇、游子的相思之情置于澄明清澈、晶莹无瑕的银色世界中，诗人对人生哲理及宇宙意识思索的环境中，从而使得思妇与游子的相思之情多了一分纯洁与神圣的审美价值，也多了一分对如此纯洁爱情的珍惜与敬畏的价值意义。这对后人的启迪与教育作用是深远的。另外，结尾处游子一句"不知乘月几人归"，深蕴儒家传统"由己及人"的仁爱美德，凸显了游子相思之情的大度性、释然性与高尚性，实在是难能可贵、值得弘扬的大爱精神品格。

其八，哲理美。此诗浓郁的哲理意味，主要集中于第二部分，诗人的出场后。诗人首先看到的是高悬于碧海青天的一轮孤月。由此产生"江畔何人初见月？江月何年初照人"的奇妙之思，对人类的诞生与江月的诞生进行了哲学思考。通过人与月的比照，探索出人类生存与自然环境的相处关系。而这种关系，从一开始便是客观存在而万世不易的。接着诗人又从"人生代代无穷已，江月年年只相似"的思索中，深悟出人生苦短、江山永恒的变与不变的人与自然的关系。而一句"不知江月待何人，但见长江送流水"，则是对上句"人生代代"补充式的深层解读，是对人生苦短、江山永恒的变与不变的人与自然的关系的再次强调，使人从中有所觉悟：作为人，应该顺应自然、善待自己、敬畏爱情、珍爱生命！

其九，意境美。此诗"春江花月夜"的五种意象，分别在诗中承担着各自特有的象外之意，如"春"的生命活力，"江"的时间流水，"花"的鲜艳明丽，"月"的纯洁清澈，"夜"的深沉宁静。而在"月"意象的统领之下，"春江花月夜"的组合全景，便自然呈现出辽阔与狭小、明朗与孤寂、短暂与永恒、忧伤与憧憬等复叠情感的交融，而最终则是诗人欣赏月色、感悟人生与深刻相思的情、景、理的融汇与升华。相信在大自然的温馨怀抱中，人们终究可以战胜黑暗、消解孤独、获得欢聚。诗人将深邃美丽的艺术世界特意隐藏于惝恍迷离的艺术氛围之中，全诗仿佛笼罩在一片空灵而迷茫的月色里，深深吸引着读者去探寻其中美的意境与人生真谛，品尝自然与人文的双重审美滋味。

其十，禅意美。禅意，即禅心，指清静寂定的心境，亦作佛教术语。刘长卿《寻南溪常山道人隐居》云："溪花与禅意，相对亦忘言。"何景明《吹笙》云："幽心与禅意，凄切转关情。"其中的"禅意"，皆指清静寂定之心。钱起《送僧归日本》云："水月通禅寂，鱼龙听梵声。"唐代永嘉玄觉禅师曾作《证道歌》曰："一性圆通一切性，一法遍含一切法，一月普现一切水，一切水月摄一月，诸佛法身入我性，我性同共如来合。"后来朱熹阐述事物的同一性时亦云："一月照万川，万川总一月。"（《朱子语类》卷十八）由此观照《春江花月夜》，第一部分明月的出场，纯是"万川一月"的形象写照。至于诗人的出场，思妇、游子的出场，他们都是在清静寂定的环境下，自然流露出自身的情感意绪，堪称清寂十足，禅意十足，韵味十足。一部流传甚广的佛教经典《心经》，全文 260 字，将内容庞大之般若经浓缩成为表现"般若皆空"精神之简洁经典。全经举出五蕴、三科、十二因缘、四谛等法以总述诸法皆空之理。"色即是空，空即是色"八字，乃《心经》核心之精神要旨。而《春江花月夜》全诗 252 字。前者是佛经，后者是诗歌，但它们清静空寂的意境却是相通的，都富有深厚的禅意旨趣。因此，由禅意角度观之，庶可这样表述：《春江花月夜》即为诗化的《心经》，而《心经》则是异体的《春江花月夜》。毋庸置疑，《春江花月夜》禅意之美，是显而易见的。

《春江花月夜》，在立意和选材上总结前人的经验，借乐府旧题谱写出天下众多人的心声，审美价值之高，后人传诵之远，是举世无双的。它是由齐梁绮丽浮靡文风转向盛唐的自然清丽的一面旗帜，同时又是中国古代诗歌史上的一座重要里程碑。

值得一提的是，此诗在题材、主旨、意象、意境等方面，对唐诗的创作与繁荣局面起着不可估量的作用，对后世诗歌创作也有重要的启迪意义。诗中不少名句被后人所引用或化用。如：崔颢的"黄鹤一去不复返，白云千载空悠悠"，张九龄的"海上生明月，天涯共此时"，李白的"青天有月来几时？我今停杯一问之"，苏轼的"明月几时有？把酒问青天"，等等，无不与《春江花月夜》诗句有着"剪不断、理还乱"的关系。《红楼梦》中林黛玉所作的《秋窗风雨夕》一诗，从题目到诗句、内容等，都明显模仿《春江花月夜》。诗僧昌仁《寻梅漫兴》云："有人问我西来意，花在枝头月在天"；弘一法师偈语云："华枝春满，天心月圆"。二位僧人之诗境，无疑都融汇了《春江花月夜》的禅意心境。更让人惊喜的是，《春江花月夜》中的名句，还被后人广泛运用于建筑物上。如浙江省嘉兴市嘉善县西塘古镇的安善桥，其南面镌刻"江畔何人初见月，江月何年初照人"，北面则镌刻"人生代代无穷已，江月年年只相似"，以此作为桥联，使南来北往的船民随时可见，以发思古之幽情、怀亲友之厚意。《春江花月夜》影响之深广，历历可见。

综上可知，张若虚的《春江花月夜》，在承传中有创新，忧伤中寓憧憬，无论其思想境界、审美趋尚、艺术价值诸方面，都不愧为"孤篇横绝""压倒全唐"的"诗中的诗，顶峰上的顶峰"。这是张若虚的骄傲，也是唐诗的骄傲，更是中国诗的骄傲！

参考文献：

［1］程千帆.古诗考索［M］.上海：上海古籍出版社，1984：114.

［2］王闿运.湘绮楼诗文集［M］.长沙：岳麓书社出版社，1996：533.

［3］闻一多.唐诗杂论［M］.上海：上海古籍出版社，1958：51.

［4］李金坤.张若虚《春江花月夜》作地蠡测［J］.苏州教育学院学报，2005（3）：19-22.

［5］李金坤.张若虚《春江花月夜》作于镇江焦山之再考［J］.语文学刊，2022（6）：38-45.

［6］李泽厚.美的历程［M］.北京：文物出版社，1982：108.

［7］胡应麟.诗薮［M］.上海：上海古籍出版社，1958：51.

有溪则灵

——本溪湖随想

王重旭

一

怎么看本溪湖都不像一个湖，它太小了，小得只有一个房间那么大，但它的的确确被称为湖。

如果有人问你，"本溪"两个字如何读，你一定会感到奇怪。"本"不就是"本分"的"本"，"溪"不就是"溪水"的"溪"吗？极平常的两个字，还能读出花样来？

不错，你读得很对。可是，从你的读音，一听就知道你不是本溪人。到过北京的"大栅栏"吧，那三个字，你知道北京人怎么读？读作"大石烂儿"（dà shí lànr），一点不挨着。本溪也是如此，真正的本溪人读"本溪"两个字的时候，把"本"字读成"杯"，且声调一路上扬，仿佛从山根底一直升到山顶上。待说"溪"的时候，则下巴往下使劲，把声调压得低低的，仿佛从山顶上一下子滑到山根底。

不信你可以试试。

我是 20 世纪 80 年代初来到本溪的。刚来本溪的时候，总觉得本溪人说话有点土，比不上沈阳人的文雅，也比不上大连人的自信，更比不上锦州人的趾高气扬。但是后来我到本溪湖走了一趟，这才发现，本溪人说得没错，本溪的"本"，原本就是"杯"。这个"杯"的来历，源于世界最小的湖——本溪湖。

本溪湖虽然名曰湖，但却小得不能再小，且藏于一座山洞之中。这洞呈锥形，上宽下窄，状如犀牛角做的杯子，故称"杯犀湖"。清同治八年（1869），有个姓高的隐士取"溪之本源出于湖"之意，于洞的上方刻"辽东本溪湖"五个字，于是，"杯犀湖"改称本溪湖。但是，老百姓口音难改，世代相传，仍然"杯犀""杯犀"地叫着，而且，"杯"字越扬越高。

从"杯犀湖"到"本溪湖"的演变，仅凭传说不行，须有史料为凭证。

据《八旗通志》载，清雍正五年（1727），奉天将军葛尔弼上疏称："杯犀湖等处产铁，为居民犁具所必需。"此处有"杯犀湖"的称谓。

乾隆五十八年（1793）《重修观音寺碑记》载："盛京城南百里之外，有本溪湖……湖有观音古刹。"此处有"本溪湖"的称谓。

但由于此时的本溪尚未独立建制，所以在清朝史料中，除"杯犀湖"外，还有诸如"碑西湖""白溪湖""北西湖""北溪湖"等名称。这些称谓尽管文字不同，但发音却十分接近。

直到1906年（清光绪三十二年）10月，清政府才将辽阳州东部、兴京抚民厅西南部、凤凰厅北部地区划出，设本溪县。三十三年后的1939年，伪满政府将本溪湖街、宫原一带从本溪县划出，设立本溪湖市。无论是县还是市，其行政中心都在本溪湖地区。此时的本溪湖，已经不仅仅是蜗居山洞之中的那个小小的湖，而是一个有行政建制的地区的称谓了。

在我的印象中，湖应该是烟波浩渺的，如太湖、鄱阳湖，至少也应该像本溪其他湖如桓龙湖、关山湖一样，可以养鱼、可以观景、可以行船。可是来到本溪湖后，令我大失所望，真的不愧是世界最小的湖，小得不能再小，难道这也是湖？

那怎样才是湖呢？

有人解释说，湖应该是四面被围的一片水域，而且水面还要长像胡子一样的水草，若无水草则叫泊。这是望文生义，以偏概全的。其实湖面不长草的湖并不少见，比如西藏阿里的"拉昂错湖"，因为湖水微咸，不但湖的水面没有草，就连岸边也是寸草不生。还有其他那些咸水湖，都是不长草的。

至于说不长草的称泊，用到罗布泊正确，但是用到《水浒传》中的梁山泊，则大谬。比如《林冲雪夜上梁山》那段，书中写道，"此时天尚未明。

朱贵把水亭上窗子开了，取出一张鹊画弓，搭上那一枝响箭，觑着对港败芦折苇里面射将去。……没多时，只见对过芦苇泊里，三五个小喽啰摇着一只快船过来，径到水亭下。"你看，这个泊不但长草，还长得很多。

也许本溪湖应该是一个潭。但细想，它和潭也有很大区别。潭，指水深而清澈的水塘。古人说，"飞瀑之下，必有深潭"，显然本溪湖不是瀑布下的深潭。不过，古人笔下的潭似乎也指河流中的深水处。比如李白笔下的"桃花潭"，便是长江支流青弋江上游中的一段。而柳宗元笔下的"小石潭"，也是小溪中的一处水深处，"潭西南而望，斗折蛇行，明灭可见"。你看，从小石潭处向西南方向望去，小溪蜿蜒曲折，渐行渐远。

但是，湖和潭之间究竟有什么明确的界限呢？很难讲，因为有时湖也可以称为潭，比如日月潭，这个潭其实就是湖，因为它曾被称为水社大湖、龙湖，日月潭是后来的称谓。

也许本溪湖应该是一眼泉。泉的本义指泉水，即地下水从一个或数个泉眼中涌出。比较有名的如济南的趵突泉，还有杭州的虎跑泉，等等。杨万里的诗《小池》中有"泉眼无声惜细流，树阴照水爱晴柔。"白居易的诗《白云泉》中有"天平山上白云泉，云自无心水自闲。"给人的感觉，泉是从地下汩汩涌出，不急不躁，然后形成小溪。但是本溪湖没有泉的特征，它比泉大得多，而且水是从岩壁中渗出而不是从地下涌出。

也许本溪湖应该是一个池。有人说，池，是指人工建造的水池，一般比较小，如游泳池、喷水池、洗脸池。但是，此说如果面对新疆天山的天池，吉林长白山的天池又作何解？

也许本溪湖应该是一个塘。有人说，塘是比较小的水域，此地本无水，人工围而成。朱自清笔下清华园的荷塘，就是一个将水引进后形成的水塘。所以，可以肯定地说，池和塘都不是本溪湖所应该有的名称。

其实，对本溪湖来说，像也好，是也罢，丝毫也改变不了它自有的本来面目，它就是它，就是一个独立于天地之间，不，独处于小小山洞之中的一汪山水，任凭洞外的尘世喧嚣，纷纷攘攘，不为所动，不为所扰，坦然以对。

况且，这世间万物，本来就千差万别，似是而非，哪有不差分毫的标尺供你度量？既然几百年来老祖宗把山洞里的那汪水叫作本溪湖，咱就顺其自然，跟着叫作本溪湖好了，何必纠结于湖还是潭，泉还是塘呢？

二

本溪湖虽小，却是本溪的发祥地。

本溪人对本溪湖有着特殊的情感，因为本溪湖，才有了本溪市。而本溪市的兴起和繁荣，则有着近代城市发展的鲜明特点，那就是资源，是煤炭，是矿山，是钢铁。

我们不妨简单地回顾一下历史。

20 世纪初，东北的土地上发生了一场旷日持久的战争，日俄战争。其惨烈程度为世界战争史上所罕见。如今人们提起这场战争的时候，差不多都异口同声地谴责清朝政府的腐败无能。是啊，堂堂大清，竟然让两个帝国主义国家，一个俄国，一个日本，在我们的土地上，进行一场血战。而清政府却若无其事地保持中立，这真是滑天下之大稽。结果是日本战胜俄国后，野心越来越大，不仅占有中国东北大片领土，还修铁路，掠矿山，搞移民，一心想把东北变成他们的殖民地。

就在这个时候，本溪来了一个人，他就是日本的大仓喜八郎。

经日本关东总督府批准，1907 年大仓财团在本溪组建了"本溪湖大仓煤矿"。后经过清政府的几次交涉，双方决定合办，将"本溪湖大仓煤矿"更名为"本溪湖商办煤矿有限公司"。四年后，更名为"本溪湖煤铁有限公司"。这一个"铁"字的加入，便改变了本溪这座城市的走向，使得本溪的近代工业，由单一的煤炭逐步向煤炭和钢铁转型。

新中国成立后，在 1953 年，煤铁公司分成本溪钢铁公司和本溪矿务局两大家。由于一百余年的过度开采，本溪的煤炭资源逐渐枯竭。在 2005 年的时候，这个为新中国贡献了三亿吨优质煤炭的本溪矿务局不得不走向破产，成为中国第一个破产倒闭的国有特大型企业。而本钢，经过不断改造升级，闯过风风雨雨，不断焕发出勃勃生机。

记得有一首歌唱炼钢工人的歌曲《我战斗在金色的炉台上》，其中就有这样的句子："我战斗在金色的炉台上，这里是毛主席到过的地方，亲切的教导时刻在耳边回响，革命的豪情激荡在我的胸膛。千座矿山化铁水，万吨钢材运四方。汗水伴着钢花飞舞，红心随着炉火歌唱。……"这首歌唱出了钢铁工人的自豪感。你看，炼钢工人在炉前，身穿厚厚的白色石棉服，头戴配有蓝色镜的安全帽，手握钢钎，挥汗如雨，多让人羡慕和敬佩呀。

可是，这样的景象现在再也没有了，炼钢工人已经不是站在炉前，而是文静地坐在电脑前，再也没有钢花飞舞，再也没有挥汗如雨了。前几年省摄影家协会组织省内知名摄影家来本钢采风，本钢的发展让他们兴奋，但是拍出来的照片却让他们失望，因为轰轰烈烈的壮观场面没有了，照片一点都不生动。不过，他们知道，这就是现代化的工厂，这就是跻身世界的本钢。

然而，钢铁工业注定是一个时刻充满不确定因素的行业。一方面，我国工业化、现代化、城镇化进程加快，对钢铁需求不断加大；另一方面，一浪高过一浪的大上钢铁热潮，使产能严重过剩。国际，铁矿石不断涨价，国内，钢铁市场波动起伏，不断地给钢铁工业造成重大冲击。

2008年12月17日，本钢一铁厂正式关停。那天本钢还举行了一个仪式，很多曾在这个厂工作了一辈子的老工人流下眼泪。

那座位于本溪湖太子河边的"功勋高炉"本钢1号炉，曾是亚洲最大的炼铁高炉，也是目前国内现存年龄最大的高炉，已经成为中国钢铁工业的符号和象征。它建于1915年，当时主要炼制的是低磷铁，也就是我们现在所说的人参铁。随着后来冶炼技术的不断进步与成熟，这座高炉由冶炼普通生铁改炼铸造生铁，当时在整个亚洲，它的炼制技术是最先进的。

说起一铁厂，本钢的老工人都有一种自豪感，他们如数家珍：新中国的第一批枪、第一门炮、第一辆解放牌汽车、第一台汽轮发电机、第一颗返回式人造地球卫星、第一枚运载火箭……都曾使用过这里生产的优质钢铁原料。

如今，燃烧了近一个世纪的高炉冷却下来，许多人的泪也流了下来。

然而，随着现代社会的发展和科技进步，淘汰落后产能成为历史的必然，同时也标志着本溪钢铁生产进入一个全新的时代。

2017年本溪湖工业遗产群入选中国20世纪建筑遗产名录。

入选这个名录的条件是比较苛刻的，有三个硬性条件：一是20世纪中国社会巨变的见证物和载体；二是百年中国建筑智慧的结晶和文化写照；三是20世纪文化发展脉络的重要节点。

我们一起来看看入选的那些重要建筑吧：人民大会堂、人民英雄纪念碑、北京火车站、中国革命历史博物馆、中山陵、武昌起义军政府旧址、钱塘江大桥、延安革命旧址、鼓浪屿近现代建筑群、黄埔军校旧址、庐山会议旧址及庐山别墅建筑群……这些建筑可谓群星闪耀，哪一个不赫赫有名？！

本溪湖工业遗产群包括本钢一铁厂旧址、本钢第二发电厂冷却水塔、大仓喜八郎遗发冢、本溪湖煤铁有限公司旧址、本溪湖煤铁公司事务所旧址、本溪煤矿中央大斜井、东山张作霖别墅、本溪湖火车站和彩屯煤矿竖井等。丰富多样的工业遗产，形成了具有工业特色的公共景观文化。

2013年3月，"本溪湖工业遗产群"正式被国务院批准列为第七批全国重点文物保护单位。国家文物局时任局长单霁翔在本钢一铁厂考察时感慨地说："钢铁是本溪城市之本、之根、之源、之魂，这是本溪应该引以为自豪的。本溪湖工业遗产群具有独特的魅力，是历史对城市的宝贵记忆。因此，本溪湖工业遗产群的保护应该更有特点。"

百年的繁华和喧嚣瞬间都凝固成了本溪人的记忆，只有那些历尽风霜雨雪和时代沧桑的遗址，还矗立在本溪湖这块古老的土地上，昭示着曾经的存在，承载着历史的屈辱和荣光。而那座山洞中的"本溪湖"，任凭世事变迁，不增不减，悄无声息，依然故我地度着时光。

三

进得洞来，俯瞰湖水，目光所及，一览无余。

本溪湖不仅小，而且没有任何修饰，没有任何点缀，它不施粉黛，素颜出镜。就这样，本溪湖以朴实无华的初始状态，从远古一路走来。

面对这样的一个小得不能再小的洞中之湖，我想，即便范仲淹亲临，王勃赋笔，也写不出"衔远山，吞长江，浩浩汤汤，横无际涯"的气势，更写不出"落霞与孤鹜齐飞，秋水共长天一色"的壮美。

但这又有什么关系呢？丝毫不影响深藏于山洞之中的本溪湖，以处子之容，赤子之心，守巧藏拙，与世无争。

我很喜欢庄子，喜欢他丰富的想象力，更喜欢他想象力背后的那种深刻的蕴含。世间万物最本质的区别就在其不可逆性，万事万物的兴衰循环、荣枯更替、新陈代谢，都不是"怒而飞"便可以改变的。即便是其躯千里，其翼垂天，徙于南冥，水击三千的大鹏，若"风之积也不厚，则其负大翼也无力"。没有风的凭借，则寸步难行。所以，大鹏不必嘲笑蜩与学鸠的"抢榆枋而止"，蜩与学鸠也不要不理解大鹏的"九万里而南为"。不是所有的泉眼都会成为大河，不是所有的水塘都能聚成湖泊。不要自卑于青草没能长成大树，也不要怪罪于顽石不能开花。

可是，我还是有些不甘，一座由世界最小的湖脱胎而来，并以"溪"字冠名的城市，就注定了它必须小吗？

其实不，本溪也曾经大过。新中国成立之初，本溪就已经是中央直辖市了；改革开放之初，本溪被国家确定为较大市。而今，本溪人口依然在一百四十万左右徘徊。但这一切，非人力所能及，势使然也。

所以，本溪人从不忌妒他人之大，也从不自卑于自己之小。他们将城中的公园名之曰"望溪公园"，还将报纸的文艺副刊命名为"望溪副刊"，就是文联的文学刊物，也曾叫作"溪水杂志"。还有本溪县政府的所在地叫"小市"，名闻省内外的网红打卡地叫"小市一庄"，还有沈阳人到本溪必吃的美食叫"小市羊汤"，桓仁还有一个据说是神仙度假的地方叫"漫谷小镇"……

有人说，"月盈则亏，水满则溢"。其实这话只说对了一半。拿本溪湖来说，不满也"溢"。本溪湖虽小，每天有着两万吨的出水量，尽管它的体量很小，却从未见它满过。原来湖水都默不作声地、低调地从湖面下流出，注入洞外的人工湖，然后汇入滔滔的太子河。

这和本溪这座城市多有相像。

本溪就是一座奉献极大却从不张扬的城市，且不说新中国成立后本溪奉献的优质煤炭、优质钢铁和一百多个品种的工业品，也不说抗联英雄杨靖宇、唐聚五、邓铁梅、苗可秀在这块土地上抛头颅洒热血，更不说著名作家舒群、评剧名家夏青、京剧名家毕谷云、评书名家田连元、画虎大师冯大中、报告文学作家张正隆等的艺术成就，咱就单说本溪高中这几十年来为国家输送的人才。

和外地人接触，他们几乎都会跟你说，本溪的高中很厉害。的确，本溪的这座高中每年能考上清华北大的学生有几十人。再加上浙大、天大、人大、中科大等等985、211的名校，每年就有几百人。这仅仅是本溪高中厉害吗？非也，这是文化传承，是本溪这座城市文化底蕴厚重的呈现。

要知道，全国有直辖市四个，省会城市二十八个，计划单列市五个，人口二百万以上的城市三十多个，城市总数六百多个。而本溪的人口还不到一百五十万，以如此之少的人口，为国家输送如此之多的人才，实在是功莫大焉。

也许有人会说，成为博士、博士后，成为专家，成为教授，算不上国家顶尖人才。那好吧，中国科学院院士、中国工程院院士应该算是顶尖的吧？

我在中国工程院官网查了一下，截至2022年，中国工程院院士在世的一共有九百六十五人，其中本溪籍院士有三人：他们是张杰、李松、高金吉；截至2022年，中国科学院院士在世的一共有八百五十四人，本溪籍有二人，他们是陈晓非、张希。

我还想说说人口比例问题。

本溪一个建市不足百年，人口不足一百五十万的城市，竟然出了五位两院院士，了不起呀。

如果还有人说，两院院士也不算什么。那也没关系，我还能举出一个人来，这个人叫龙文光，和红军飞行员龙文光同名，却不是同一个人。

在百度百科词条可以查到这位龙文光，但信息不多，这和他们当年隐姓埋名不无关系。词条这样写道："龙文光：科学家，221基地（即221厂）设计部主任。辽宁本溪人。理论部主任邓稼先。试验部主任陈能宽。221厂先后研制出了我国第一颗原子弹和第一颗氢弹。"在《感动中国人物朱光亚个人简介及事迹》这篇文章中，有一段文字这样写道："朱光亚经常谦虚地说：'核武器研制是一项综合性很强的系统工程，需要有多种专业的高水平科学家与工程技术人员通力协作。'他特别强调钱三强、王淦昌、彭桓武、郭永怀、保泽慧、邓稼先、程开甲、陈能宽、周光召、龙文光等科技专家在其中所建立的不可磨灭的功勋。"在《九十岁的两弹元勋王淦昌》这篇文章中，有一段文字这样写道:"当时,除了钱学森、钱三强等少数担任国家职务的科学家能够暴露自己的姓名之外,王淦昌、彭桓武、郭永怀、朱光亚、程开甲、陈能宽、邓稼先、龙文光、疏松桂等等科学家们,全都隐姓埋名,秘密进行原子弹技术攻关。"还有好多好多文章,都把龙文光和那些"两弹一星"的元勋相提并论。从这些文章中,我们可以看到,龙文光在"两弹一星"的研究中占有很重要的位置。那为什么国家表彰"两弹一星"的专家中没有龙文光呢?我是这样理解的,"两弹一星"的研制不是靠一个人、一个部门,需要多"兵种"协同作战。所以这次表彰,只能从每个部门中选取一个最主要的代表人物。所以,本溪的龙文光有资格和王淦昌、郭永怀、程开甲、陈能宽、朱光亚这些"两弹一星"元勋相提并论,他们是站在同一个历史起跑线上,为中国的"两弹一星"研制立下了不可磨灭的功勋。

写到这,我不禁想起刘禹锡的《陋室铭》来,"山不在高,有仙则名。水不在深,有龙则灵。"

这话说到了点上。

─── **作者简介** ───

王重旭,1954年生于辽宁省凤城县通远堡,中国作家协会会员,高级记者。1978年辽宁大学中文系毕业后,先后工作于本溪日报社、本溪市委宣传部、本溪市文联。在《当代》《草原》《芒种》等发表中篇小说多部。多篇作品入选全国年度杂文、散文、随笔选本及《新中国散文典藏》《中国新文学大系·杂文卷》。出版的著作主要有:杂文集《中国杂文·王重旭集》、散文随笔集《读书献疑》《读史质疑》《中国历史的屈辱》《被流放的爱国者》等。出版的长篇报告文学有《大庇天下·辽宁棚户区改造纪实》《绿世界·刘仁与绿川英子的跨国情缘》《风雨惊堂·田连元传》等。

中原名士与南国佳人

——清初流人在沈阳

初国卿

　　1644 年，顺治皇帝迁都北京，一场"从龙入关"行动形成东北地区数千年以来最大规模的一次向外迁移潮，成批的满人带着家属奴仆以及所有物件，甚至赶着家里的牛羊，走进山海关。东北的人口在急剧减少，广袤的土地上只剩下士兵和少量的农民。城市也逐渐荒凉，沈阳更是人去城空，往日帝都的繁华如烟云般散尽。这种情形让清王朝意识到了东北的根基在动摇，于是又开始往东北移民，其中最早来到这里的就是流人。当时，统治者出于禁锢思想，维护其统治的需要，对汉族知识分子进行残酷的打压。尤其是清初顺治、康熙、雍正三朝，大批中原和江南士人因政治反抗、朝廷党争、文字狱及扩大化的刑案被处罚和牵连，相继被流放到东北，形成中国封建社会历史上最大规模的流人潮。清初百年间被遣戍到东北的流人到底有多少，现在已很难统计，但从有关资料看，数量很大。因为清代盛行"连坐"，即一人犯法，户灭九族，所以流人的遣戍，往往是拖家带口，一人获罪，全家全族流放，少至几人，多至几百人。佟冬主编的《中国东北史》说："真正因罪被发遣的流人，先后在四五万左右，加上家属当在十万人左右……这是一个很大的数字，占乾隆中叶东北人口总数的四到五分之一。"这些被流放的人，既有名家巨子，也有普通文士；既有晓通天下的学子须眉，也有堪比易安的词家才女。这种现状，让康熙朝的诗人丁介无比感慨，他在《出塞诗》中说："南国佳人多塞北，中原名士半辽阳。"在这里，诗人以"辽阳"指代东北，说才子流放塞北，妻妾也随行戍所，江南佳人许多都到塞北去了；中原一半名士都成了流人，被贬到辽东和东北苦寒之地。夸张地写出了当时被流放者的数量之众、身份之高。这些流人的流放地有许多，主要之地在辽东有沈阳、铁岭、尚阳堡（今辽宁铁岭市开原尚阳湖），在黑龙江有宁古塔（今牡丹江海林市长汀镇古城村）、卜魁（今黑龙江齐齐哈尔市）。流放到沈阳的知名流人有：

——顺治五年（1648），著名诗僧函可。

——顺治十年（1653），翰林院编修李呈祥。

——顺治十一年（1654），兵部督捕右侍郎魏琯、陈名夏之子陈掖臣。

——顺治十五年（1658），弘文院大学士、加少保兼太子太保陈之遴，著名词人徐灿夫妇。

——康熙二十一年（1682），翰林院编修陈梦雷。

——康熙二十八年（1689），进士、苏州府学政赵仑。

——康熙二十九年（1690），翰林院编修杨琯。

——康熙三十年（1691），翰林院侍讲戴梓。

——康熙三十一年（1692），进士、甘肃华亭县知县顾永年。

——康熙三十八年（1699），状元、翰林院编修李蟠。

这些颇具文名的饱学之士，大都为官正直，事业卓著，流放后即在这块冰天雪窖之地或常年长月为奴，或挣扎多年为家人赎回，或葬身此处，或由后人抱骨而归。他们在沈阳地区"筚路褴褛，开启山林"，为辽东地区的文化建设做出了重要贡献，其中最著者数函可，陈之遴、徐灿夫妇，陈梦雷和戴梓。

函可与冰天诗社

清代东北流人文化的形成肇始于函可，东北文化史上第一个文人结社——"冰天诗社"的诞生也是因为有函可。沈阳慈恩寺成为"东北四大丛林"之首主要原因也是因为当年函可在这里"奉旨焚修"。

函可（1612—1660），字祖心，号剩人，又号罪秃。本姓韩，名宗騄。广东惠州府博罗县浮碇冈（今广东惠州博罗县城）人。明代最后一位礼部尚书韩日缵的长子。少即聪慧，为名诸生，有康济天下之志。崇祯年间，以国是日非、家道零落，遂参礼道独，削发为僧，法名函可，又称剩人和尚。寓居南京、北京两都，与天下名流巨儒切磋论交，声名倾动一时。

顺治二年（1645），函可因请藏经事入金陵（今南京），亲睹殉国诸臣，撰《再变记》。南归时为城门逻卒检获，下刑部狱。疑有徒党，拷掠时日，终曰一人所为。顺治五年（1648）定谳，得减死遣戍盛京（今沈阳）"焚修慈恩寺"，是为清代第一宗文字狱。

顺治五年，函可从北京经过永平、昌黎、山海关、宁远、医巫闾山奔赴沈阳，夜宿盛京西郊，第二天，也就是农历四月廿八进入沈阳城。

初入函可眼中的陪都，因大批八旗兵及其民众都已从龙入关，此时已是人烟稀少，民房荒芜，城市萧条。他在《初至沈阳》诗中说："开眼见城郭，人言是旧都。牛车仍杂沓，人屋半荒芜。"所幸的是"焚修慈恩寺"的函可并没有像有些流人那样，被交给披甲人为奴，仍可在庙里修行，这对函可来说总还算是一种安慰。他在《千山剩人和尚语录》中说："山僧自来关东，匿迹慈恩，承体光僧主种种加恩，又承印真禅师分半席，同寝处者年余，不啻骨肉。"他还有一首《初入慈恩寺》的诗，描述了初到慈恩寺的生活："幸无牛马后，仍许见浮屠。礼佛欢如旧，逢僧尽笑呼。膏（高）粱恣啖嚼，土塽任跏趺。半晌低头想，依然得故吾。"可以想见，函可初到陌生的沈阳，吃的是粗糙难咽的高粱米，睡的是冰冷的土坯炕，这对生于岭南的函可来说是很难适应的。

函可在慈恩寺生活了近一年，第二年，又搬到了南塔广慈寺。此后即在辽沈地区广布法教，于普济、广慈、大宁、永安、慈航、接引、向阳七刹作过道场。辽海众僧，奉为鼻祖。其间，函可喜游千山，并常住龙泉寺与海城金塔寺。

在函可被流放的第三年，他在沈阳和左懋泰等人创办"冰天诗社"，从此东北大地有了第一家文人结社。

那是顺治七年（1650）十一月二十七日的事。这一天，是函可的朋友，同为流人的左懋泰55岁生日。左懋泰，字韦诸，号大来、旦明，辽沈流人称其为北里先生。山东莱阳人。崇祯七年（1634）进士，累官至吏部郎中。

李自成农民军攻下北京后，归顺大顺政权，被授为兵部左侍郎，被派往山海关镇守。清入关后，被迫降清。顺治六年（1649），被仇家告发有抗清之举，因此获罪。与其堂兄弟左懋绩、左懋晋三家百余口被流放到沈阳。年逾五十的左懋泰到戍地后，砥砺志节，读书著述，在流人中享有很高的威信，其诗文更被誉为"大家"。顺治十三年（1656）病逝于沈阳。著有《徂东集》，今已散佚。

左懋泰是在函可到沈后的第二年来到沈阳的，函可成为左懋泰到达尚阳堡后接触最早、与之往来最多的流人之一。翻开函可《千山语录》卷首，即左懋泰为其所写序言，从中可见他们之间真挚的友情，亦可知他们当时的生活相当清苦，只有咸地瓜粥充饥，但他们很是自得其乐。有一段时间，他们一个住在城北，一个住在城南，往来不断。有时函可与几位诗人结伴同访左懋泰，见面之后首先拿出各自的诗作相互欣赏："入门先索袖中诗，未出还疑句过奇。"有时他们一坐就是一天，只有白水一杯，常常忘了饥饿。

左懋泰 55 岁生日这一天，函可在沈阳召集相熟的流人文士，为左懋泰祝寿。应邀前来参加的人中，有僧人 4 人、道 2 人、士 16 人、举子及后来赶到者 8 人，加上左懋泰和他的两个儿子左昉生、左昕生，共计 33 人到场。此时，新朋旧友，异乡相见，不免产生同是天涯沦落人的悲伤之感，在他们眼中已经没有政见的差别，没有效忠的王朝的差别，彼此"始以节义文章相慕重，后皆引为法友"。

当寿宴进入高潮时，函可看着窗外的冰天雪地，触景生情，提出成立"冰天诗社"。函可的倡议，即刻得到左懋泰和众人的响应，大家当时即兴作诗 33 首。左懋泰在这次聚会中作了一首名为《答诸公见赠》的答谢诗，诗云："神农虞夏忽芜荒，五十五年事杳茫。绛县春秋羞甲子，楚歌宋玉谱宫商。腐儒不死蠹空在，窜落添龄罪愈彰。松柏好存冬日色，任随沤沫注沧桑。"诗中虽仍有苍凉之感，却已见凛然之气。

冰天诗社第一次聚会所得 33 首诗最终都收在函可的《千山诗集》卷二十，题为"冰天社诗"，前有函可所作序。在序后列有"同社名次"，亦即冰天诗社的名录，从名录中的 33 人看，在函可和左懋泰之外，有同为流人的左氏的长子左昉生、次子左昕生，侄子小阮，戴遵先等。除流人外，还有道人和僧人。道人有三官庙的李希与和苗君稷，僧人有千山的涌狂、金塔寺的正羞、医巫闾山的大铃，他们与函可都有着密切的关系。

就在"冰天诗社"成立后的第五天，又恰逢高僧函可的生日，一流人文士们又汇聚盛京慈恩寺，由左懋泰主持了函可的生日宴和这次"冰天诗社"的第二次集会。第二次集会又得诗33首。两次集会共得诗66首，皆为七律。两次集会诗后还收有函可的《招诸公入社诗（诸公答诗附）》，共10首，包括答诗共20首，皆七言绝句。连同两次社集的66首，冰天社集总共收诗作86首。这些诗都收在函可的《千山诗集》卷二十中。

"冰天诗社"虽只集会两次，其意义却是非凡的。正如函可在冰天诗社作序中所言："悲深猿鹤，痛溢人天，尽东西南北之冰魂，洒古往今来之热血。"它在当时统治者的高压下，在几至文化荒漠的辽沈大地，无异于"兰移幽谷""松植千山"，给冰封的辽沈大地吹来一股强劲的春风，开辽沈文人结社集会之先河，传承了中国文人的传统，活跃了东北地区的文化气氛，在东北诗歌及文化史上都是应当大书特书的。

顺治十六年（1659）冬，函可于海城金塔寺趋辽阳，圆寂于驻跸山（今辽阳首山），年49岁。后其弟子龛之入千山龙泉寺，三年后建宝塔于千山璎珞峰西麓下。著有《千山诗集》《千山语录》等。乾隆四十年（1775），函可死后116年，《千山诗集》《千山语录》被查，璎珞峰函可禅师塔及碑铭被拆毁。乾隆五十三年（1788），即函可死后129年，其著作被列为禁书。其生前死后都难逃文字狱之厄运，可谓历史之奇冤。2018年，沈阳文化界于慈恩寺复建"冰天诗社"，以此纪念函可入沈370周年。

函可在辽海生活了12年，他从风软花艳的南方来到冰天雪地的东北，无时无刻不在为衣食生存而乞讨奔波，同时还要不断地与乡愁、严寒和疾病作斗争。但是，即使在这样艰难困苦的条件下，函可仍然保持着高贵的气节，吟咏著述，写出了数目可观的反映现实的诗篇。其《千山诗集》收诗1500多首。

进入21世纪，随着沈阳历史文化研究的深入，函可研究进入一个活跃时期，2018年，沈阳出版社出版了由姜念思先生撰写的第一部《函可传》；在函可入沈370周年之际，在沈阳恢复了冰天诗社；并相继出版了与函可相关的《露泡婵娟——冰天诗社首届中秋赏月诗会作品集》《余芳剩人瓢——函可与盛京慈恩寺》等书；2021 年，又于沈阳市图书馆举办了"寒木春华——函可与冰天诗社主题文献展"，这是历史上第一次有关函可与冰天诗社的展览，得到学界的高度评价。如今，函可的文化精神已越来越受到世人的关注，这方面，沈阳人的贡献尤其重要。

陈之遴与徐灿：旅雁征人未共归

1671 年，康熙在位的第十个年头。这一年的秋天，他第一次东巡祭祖到达盛京，留都天高气朗，云淡风清，当浩荡的东巡队伍接近留都皇城时，路边有妇人匍匐跪陈。见此情形，康熙停轿问道："岂有冤乎？"妇人回答："先臣唯知思过，岂敢言冤。伏惟皇上覆载之仁，府赐先臣归骨。"康熙问明缘由，即命还葬归乡。这位妇人就是清初著名女词人徐灿，她路边跪请皇帝恩准归骨江南的人就是她的丈夫，清初弘文院大学士加少保兼太子太保，后两次被流放并死于盛京的陈之遴。

陈之遴（1605—1666），字彦升，号素庵，海宁盐官人。在明清两代，海宁陈氏为海内第一望族，尤其是清代，有"一门三阁老，六部五尚书"之誉。作为名门公子，陈之遴年轻时就与东林、复社名士钱谦益、吴伟业、陈名夏等结交和参与活动。明崇祯十年（1637）以一甲二名进士，授翰林院编修。不料，在他高中榜眼的第二年，担任顺天巡抚的父亲，因在大清兵入侵时失职，被革职逮捕。陈之遴四处奔走救护，在得知崇祯皇帝不允宽赦的消息后，他怕株连自己，竟将父亲毒死于狱中。但他仍没有逃脱厄运，还是被罢去了官职，永不任用。

1644 年，明朝灭亡。第二年，陈之遴投奔南明福王政权，授予左春坊左中允，奉命赴福建主持乡试。清军占领江南后他立即投降，并赋诗效忠："行年四十，乃知三十九年都错。"

顺治四年（1647），任清廷秘书院侍读学士，第二年，又升为礼部右侍郎。顺治八年（1651），升礼部尚书，旋加太子太保，再授弘文院大学士，徐灿也因此受封一品诰命夫人。陈之遴在官场虽失气节，阿谀周旋，但才能突出，自然深得顺治皇帝重用，他曾上疏"修举农功、宽恤兵力、节省财用"三策，对清初发展农业生产，节省开支，充盈国库都起到了积极的作用。

然而以前朝"贰臣"身份做到相当于清王朝宰相地位的陈之遴，自然受到当朝政治旋涡和党争的冲击与碾轧，他不断遭人弹劾，顺治十三年（1656），皇帝不得已将其保留原官职发往盛京居住。时间不长又念他为大清效力多年，不忍终弃，遂令其回京入旗。顺治十五年（1658），陈之遴因收内监吴良辅的贿赂，被人举报。按律当正法，顺治最终免去其死罪，下诏革职和抄没家产，全家流徙盛京。

陈之遴一家到盛京的时间大约是顺治十六年（1659）的春天。进入沈阳境，在辽河岸边，陈之遴感慨颇多，这已是他第三次渡此大河了。第一次时他写有五律《辽河》，那时虽是被贬但还留有官职，心情与此次自然不一样，还能发出"居然穷塞客，几日别长安"的感慨。第二次回京再渡辽河时他又作《渡辽河》，并发出"却忆方舟东渡日，迅湍回卷白波层"的未来期许。这一次大概是他人生中最残酷的打击，毫无感觉地渡过了辽河，没有诗，更没有作诗的兴致。倒是他的夫人徐灿，渡过辽河后，作《望沈城》以纪："遥望层城带落晖，昔年曾此一枝依。别来已见梅三发，到日惊看柳半肥。莫向殊方悲失路，暂离尘网幸忘机。秋空杲日中天照，旅雁征人却共归。"对于沈阳这座城市，徐灿是熟悉的，三年前她随被流放的丈夫在这里如同鸟栖树枝一样，寄居近一年。哪想三年之后，再度被流放此地。离开北京时还是残冬飞雪，只有梅花绽放，到了这里却已是柳叶渐成。命运如此，不必在这异域悲伤而失去人生的方向，权当远离那个尔虞我诈的官场牢笼，忘掉世俗的机巧之心，从而甘于淡泊，与世无争。不是吗？你看丽日晴空，阳光灿烂，期待哪一天与天上的鸿雁一样，一起回京或是南归。

相较于陈之遴的丢官沮丧，徐灿似乎更乐观一些。这是缘于她的出身、性格、经历、思想和价值观。

徐灿（约1618—1698），字湘苹，又字明深、明霞，号深明，又号紫崦。出生于苏州城外支硎山下徐氏世家，其《怀灵岩》诗中说："支硎山畔是侬家，佛刹灵岩路不赊。"她的祖姑母徐媛是明万历年间闻名一时的才女，工诗擅画。钱谦益在《列朝诗集小传》中称其"多读书，好吟咏，与寒山陆卿子唱和，吴中士大夫望风附影，交口而誉之……称吴门二大家。"其父徐子懋官至光禄丞，精通经史，故而对女儿的教育自然是倍加用心，所以徐灿自小即通读四书五经，深受儒家文化熏陶，成为继祖姑母徐媛之后远近闻名的徐家才女。她早起撷花扑蝶，傍晚语诉斜阳，入夜卧看流萤，邀同伴"彩丝艾虎"，见来人"还倩花藏"。诗由心生，与出身书香门第，禀受诗词点染的李清照一样。深闺中的徐灿，笔下的诗词满是姹紫嫣红、欢愉恬谧，恰如《初夏怀旧》所述："金闾西去旧山庄，初夏浓阴覆画堂。和露摘来朱李脆，拔云寻得紫芝香。竹屏曲转通花径，莲沼斜回接柳塘。长忆撷花诸女伴，共摇纨扇小窗凉。"闲散静谧的闺中生活，让她出口成词："小雨做春愁，愁到眉边住。道是愁心春带来，春又来何处。屈指数花期，转眼花归去。也拟花前学惜春，春去花无据。"这首《卜算子·春愁》是她早期的闺阁之作，其中所蕴涵的目之所及的伤感之情，颇有些"为赋新词强说愁"的意味。春心涌动的时节，少女徐灿期待一个朦胧的男人。

这个男人终于出现了，大约20岁的时候，她嫁给了海宁才子陈之遴为继室。婚后二人可谓情感甚笃，诗词唱和，琴瑟和鸣，温馨浪漫，人间仙侣，陈之遴很疼爱这位才高貌美颇有情调的可人儿，而徐灿也对这位满腹经纶，才气冠绝的夫君深怀一片缱绻之情。据陈之遴为徐灿词集《拙政园诗余》序中的追述，他们入清后，"侨居都城西隅。书室数楹，颇轩敞，前有古槐，垂阴如车盖。后庭广数十步，中作小亭，亭前合欢树一株，青翠扶苏，叶叶相对，夜则交敛，侵晨乃舒，夏月吐花如朱丝"。在此如诗似画的居住环境中，夫妻"觞咏"于那株成为他们感情象征和见证的合欢树下，"闲登亭右小丘，望西山云物，朝夕殊态"。这种趣致的生活一直延续到了陈之遴第一次流放盛京之前，并激发着她的创作。她曾与当时的著名女诗人柴静仪、朱柔则、林以宁、钱云仪等相互唱和，结蕉园诗社，称"蕉园五子"，成就一段清初女性文学的佳话。

然而相对于热衷仕途的陈之遴，徐灿似乎对政治更有着天生的敏感和清醒的认识。早在丈夫入清为官时，她就心怀隐忧，预感到他们的生活将会深受时局的影响，在《水龙吟·次素庵韵感旧》中追述"合欢花下留连"时，已告诫陈之遴："悲欢转眼，花还如梦，哪能长好？"这一幕果然不幸而言中，陈之遴宦海浮沉，再次被流放，第三次站到了辽河岸边。

此时的陈之遴已经54岁，面对滔滔的辽河巨流，他或许有些后悔，后悔过度的政治算计和不计底线的钻营。如果不是为了这个官，可能他此时正在苏州的拙政园里诗酒人生，吟风弄月呢。

拙政园，江南最有名的园林，那是陈之遴在顺治初年买下的，并"重加修葺，备极奢丽"，植下数株名贵的宝珠山茶。然而他和徐灿都没有看到拙政园的山茶花开，后人也只能在著名诗人吴梅村的《咏拙政园山茶花》中得知一二。当年，吴梅村的女儿吴齐嫁给了陈之遴的儿子陈直方，故吴陈两人为儿女亲家。陈之遴一家被流放盛京时吴梅村曾作《赠辽左故人（诗信八首）》，以寄怀亲家并随戍之女儿。而当他路过拙政园时，则又见山茶而及人，在诗中小序里写道："有宝珠山茶三四株，交柯合理，得势争高，每花时，钜丽鲜妍，纷披照瞩，为江南所仅见。"并在诗中对此花赞美道："艳如天孙织云锦，赪如姹女烧丹砂，吐如珊瑚缀火齐，映如蟏蛸凌朝霞。"诗人笔下的拙政园和山茶花固然令人神往，而更令人追怀的则是与园和花有关的人和事。而此时，陈之遴一家已无暇顾及拙政园的山茶花了，东北的冰天雪窖里，他们最要顾及的是悲愤中的生命。

悲愤最能产生诗人。在沈期间，陈之遴写下大量作品，其《浮云集》中所收诗许多都是遣戍沈阳时所作。这些诗里，有对流放地的排斥与融入、对明亡清兴和流放命运的反思、对佛道信仰与个人解脱的追求、对苦难生活的感受等，这些诗对于研究流人与沈阳地方文化提供了不可多得的丰富内容。他住在浑河边，每每见景生情，如《春日杂感》其五："几曲浑河带柳汀，数椽茅屋想兰亭。频更令节头增白，安得群贤眼共青。世患辟除须纵酒，名心湔被好持经。却思水国嬉游地，岁岁回波冷绿萍。"反映了诗人复杂的难以言说的思想感情。其间，函可圆寂，他悲伤不已，作《悼剩公》。函可法身入塔，又作《送剩公入塔》："几年踪迹叹飘萍，短鬓萧萧紫塞东。又向朔风挥老泪，一天冰雪送支公。"既是悼函可，也是悲自己，沉郁感伤，令人唏嘘。

随着年复一年的流放生活，陈之遴和徐灿最强烈的希望就是归家。陈之遴还将在浑河岸边的茅庐命名为"旋吉堂",祈望有朝一日,全家能吉祥平安地回归江南,并频频在诗中表达这种情愫,如《有感》:"万里悲风斜日里,谁人能上望乡台。"《友人席上作》:"莫唱吴门新越调,座中南客旅怀多。"《癸卯五日》:"万里归心乡月冷,一天愁望岭云多。"这种期待和希望在徐灿的居辽诗作中也多有流露,如抵达戍所的当年除夕所写的《己亥除夜》中说:"阳和忽转条风暖,好送雕轮凤阙旁。"在《庚子元日》中说:"金鸡为报归期早,柳色依依引客程。"在《怀德容张夫人》中说:"屈指明年容色早,紫泥应下玉关东。"直到7年后的康熙五年(1666),她在《丙午元旦》中还满怀期望地说:"归计年年切,今年定得归。"然而,这些都是她的幻想,她和她的家人却没有旅雁那样幸运,上次被流放还只是不到一年,这一次却是漫长的,不是"丛菊两开",也不是她在《秋感八首》中说的"辽海三看雁往来",而是谪居塞外12年。这期间,丈夫和三个儿子相继过世,她历尽人间苦难,遍尝人生辛酸,最终一个人带着丈夫和儿子的骨灰,凄然回到陈之遴的家乡海宁。

命运弄人,陈之遴一生毁誉参半,但生前死后始终有一位美才女相伴,虽荣华尽失,但却爱情尽得。只是苦了女词人,终老于海宁新仓小桐溪畔南楼上,青灯古佛,丹青黄卷,不再作诗,手绘观音像五千余幅,归乡27年后去世,寿过九旬。后人说她"去世时异香满堂,虽盛暑颜色如生"。大约是因为徐灿在海宁陈家的美名太盛,金庸在《书剑恩仇录》第二十回里竟然错将"海宁陈相国"误为陈之遴,在此回尾注中说:"陈家洛之母姓徐名灿,字湘苹,世家之女,能诗词,才华敏赡……"将乾隆朝的陈家洛派给了徐灿做儿子,百年穿越,痛丧三子的徐灿如地下有知,自会难掩啼笑。

经历人生种种磨难与荣辱的徐灿,虽然旅雁征人未共归,但她却以"清代第一女词人"声名赢得了后世的赞誉,后人将其与东晋谢道韫和宋代李清照相并列。"双飞翼,悔煞到瀛洲。词是易安人道韫,那堪伤逝又工愁。肠断塞垣秋。"这是近代词人朱孝臧《忆江南·徐灿》的评价,深情而中肯。徐灿的作品集名《拙政园诗余》《拙政园诗集》。尽管拙政园对她来说恍如隔世,恰如同时人陈维崧《拙政园连理山茶歌》中说的:"已知人去不如花,那得花间尚如故。"

但那毕竟也是家的符号。

陈梦雷：盛京十六年

在清初的历史上，沈阳注定是一个最能接纳"中原名士"的地方。就在"南国佳人"徐灿抱骨而归的 11 年之后，康熙二十一年（1682）的初夏，著名翰林陈梦雷又沿着当年陈之遴的足迹，被流放到盛京。

押解陈梦雷一行的囚车走出山海关的时候，已是仲春时节。不知是边外荒寒的缘故，还是单车就道的孤苦，在江南早是荷叶田田，在关内已见青杏小小，但这里仍是"荒城败堞，衰草寒烟"，其荒凉景象令人"怆怀"。这一切，让他的心情倍感凄怆。

陈梦雷（1650—1740），字则震，号省斋，晚号松鹤老人，福建侯官（今福州）人。他 12 岁中秀才，19 岁中举人，20 岁中进士，不久又成为翰林院编修。康熙十三年（1674），他在老家与同乡李光地同遇"三藩之乱"。两人密议，由陈出任伪职，获取情报，由李将情报封成蜡丸密疏送入朝廷。不料最终李光地却出卖了他，陈梦雷被判从宽免死流放盛京，以流人身份遣戍沈阳。

陈梦雷来到沈阳的时候，先前到此地的文人学士多已离开或是死去。他倍感孤独，尤其是做了满洲兵丁的奴隶，从肉体到精神都难以承受，不久他就病倒了。还好，他的满洲主子总算宽厚，"怜其委顿，始许养疴僧寺"。于是在心月和尚的关照下，他住进了沈阳的龙王庙。

关于当年陈梦雷在沈阳住过的龙王庙，今天已很难确定了。我曾为此访问老辈沈阳人，称沈阳最有名的龙王庙在浑河岸边。今天浑河北岸文体西路与和平南大街交会处还有龙王庙公园，不知是否就是当年陈梦雷住过的龙王庙遗址。

陈梦雷在龙王庙并没有住多长时间，就让奉天府尹高尔位发现了，并将他请到了奉天府。原来高尔位正在主持《盛京通志》的编纂，耗时数年就是没有什么进展，几乎处于停顿状态。才名素著的陈梦雷的到来，无疑让这位因编志而一筹莫展的府尹喜出望外。他全然不计陈梦雷是朝廷重犯，立即让其脱离奴籍，安排他主修通志和负责组织指导各地的修志工作。

为编好通志，陈梦雷首先采取了深究典籍与实地考察相结合的方法，广泛搜集典籍，将存世的资料尽一切可能都搜罗到。同时又在全东北境内进行实地考察，"自是三韩以北，故都旧邑，断碣遗碑，靡不搜剔"。这种将典籍史料与实地考察结合起来的办法为编好通志打下了坚实的基础。其次是确定《盛京通志》的全书体例，写出序言、凡例和各分志小序。陈梦雷在此是做着具体的、名副其实的策划、设计、主编工作。康熙二十二年（1683）三月，高尔位升任外转。四月，新府尹董秉忠一如前任，优礼倚重陈梦雷，使编志工作进展很快并顺利完成。随后，陈梦雷又先后审定了《海城县志》、《承德县志》(即《沈阳县志》)和《盖平县志》。

由于政治原因，虽然《盛京通志》等志书修纂者名单中不见陈梦雷的名字，但他对清初东北文化建设的贡献是巨大的。不仅如此，在沈阳期间他还秉持一个正直学者所应尽的职责和所肩负的使命，向朝廷提出了许多充实和开发东北的设想。建议将流放到东北的大批"三藩罜误之众尽隶州县为民"，以充实边地。如此不出十年，即会出现"户口可殖，农桑可蕃，国用可充，军实可足，辽河东西直接畿辅，鸡犬相闻，室庐相望"的繁荣局面。在当时东北人口锐减，土地空旷，民生萧条，大清立业之根基不稳的情况下，陈梦雷此番主张，可谓颇有见地。

陈梦雷才华横溢，学识渊博，且通满文，久居沈阳，慕名来访的学子不断，诚如陈寿祺《左海文集·陈编修梦雷传》中所说："诸公卿子弟执经问字者踵接。"于是他热心地设馆收徒，授人学业，满、汉、回等民族子弟纷纷拜在他的门下。他执教严肃，对学生多加规范。如当时沈阳地区吸烟风很盛，他训诫弟子不准吸烟，有吸烟习惯的必须戒掉。为此特作七律《戒诸生饮烟》，对吸烟之恶习进行了尖锐而辛辣的痛斥。在他的教授下，康熙二十九年（1690），学生中有六人参加秋闱考试，其中阿锡台中举人，吴澄中副贡。后来阿锡台和他的另一位回族弟子铁显祖还考中了进士。

陈梦雷在沈阳还留下了许多创作。其中《留都十六景》组诗，颇具才情。所咏十六景为：天柱衡云、开城霁雪、东园泛菊、龙石观莲、实胜斜晖、浑河晚渡、御园春望、黄山秋猎、沈水春游、永安秋水、大堤踏月、塔湾落雁、景祐晓钟、天坛松月、南塔柳荫、望云列障。囊括了当时沈阳最具特色的自然与人文景观，后来各种版本的"盛京八景""沈阳八景"等大都据此所列。

陈梦雷的悲剧和不幸遭遇在沈阳受到诸多人的同情和关心，而他的人格和学识也受到人们的尊敬与信任。他有了更多的朋友和广泛的交游，这些无疑为他的流放生活注入了最灿烂的色彩。

康熙二十六年（1687），陈梦雷在沈阳终于有了自己的家，在朋友们的帮助下，于城西筑"云思草堂"。王一元在《辽左见闻录》中曾说陈梦雷的云思草堂"花石娟秀，日以著述为乐，从游者甚众"。"云思"，这是一个多么浪漫和富于诗意的名字，只有经历过牢狱和困窘磨难的人才更能感受蓝天白云的美丽，才能体会到云在云思般身心自由的珍贵。草堂落成之日，好友黄鹭来特作《陈省斋草堂新成过集漫赋》二首。他在诗中描述云思草堂是"新筑郊西宅，中庭十亩宽"，"四壁图书列，烟光一径深"，并将陈梦雷比作晋代大诗人陶渊明和三国时隐居辽东的著名学者管宁："达识推元亮，边人重幼安。"在这种"卷帘风自入，过雨夏犹寒"的环境里过着云卷云舒的闲适生活。陈梦雷亦作和诗《丁卯孟夏云思草堂落成步黄叔威原韵》四首。其中第三首道："谁信投荒日，犹居帝里西。迁莺依近树，巢燕宿新泥。烟冷蘼芜迳，风吹苜蓿畦。乡关惊旅梦，夜起待晨鸡。"能在"投荒"之日筑此草堂，且环境新雅，风光宜人，也算人生的一种安慰。但依然心中不稳，夜里惊梦，总还似在旅途之中；长夜惊醒，难以入睡，在失眠的煎熬中期待天明的鸡叫声。

从这些唱和诗中和后人的描述里，可知云思草堂的位置在"郊西""帝里西"，即在当时沈阳城的西郊。西郊在哪里？现在沈阳城的西郊，至少应当在西四环以外，可当年陈梦雷的时代，沈阳城的西郊最远也不会超出现在的二环路，大约也就在今天的三经街到西塔一带。

新筑的草堂是一座比较宽敞的院落，中庭十亩，茅屋数间，花光草径，细沙怪石；房前屋后栽满了绿树，杨枝抵墙，槐阴匝地，黄莺穿柳，新燕啄泥。主人的书房里，四壁叠满了各种图书典籍，夏日的清风吹拂着半卷的竹帘，苜蓿的清香不时地飘到书案上来，颇有江南故乡情味。

康熙三十五年（1696）的夏天，陈梦雷为了找一个更僻静的地方散心读书，于是与妻子到沈阳东南二百里的"山水佳胜"之地白云寨，买下了当地许氏的一处宅院定居。"白云寨"为何地，曾见有文章称即是今日沈阳市苏家屯区所属的靠近本溪的"白清寨"，其实不然，当年的"白云寨"应当是今天本溪市的桥头镇。1998 年初，瓦房店发掘了一处明代古墓，在大批随葬品中最引人注目的是两方雕饰精美的龙凤辽砚，砚底有"白云寨"三字铭文。经专家考证，此"白云寨"即为明清时期盛产辽砚的桥头镇旧称。陈梦雷来此居住，大约是相中了这里的清幽山水，远离红尘，闭塞云山之中，也许更能抛却心中的烦恼吧。

然而不幸的是当时许家正染寒病，陈家住进来没有几天也即传染上，其中李氏尤重。陈梦雷只好令仆人赴沈阳求医，然而还没等到沈阳的医生赶到，李氏已离开了人世，年仅 48 岁。陈梦雷极为悲痛，回想起她从四季如春的闽地只身来到关外苦寒之所，陪伴自己 13 个春秋。患难夫妻，相濡以沫，如今她竟然于这深山荒谷中匆匆地走了，在这远离故土的长白山麓，自己孤苦的心灵还会有谁相伴呢？过后，他满怀深情，写下了《原皇清敕封孺人先室李氏行述》。"孺人"是李氏在陈梦雷当年得授翰林院庶吉士，读书内廷时朝廷敕封的，是七品官员妻子的称呼。在这篇行述中，陈梦雷饱蘸血泪写道："余意其克享遐龄以待天恩之宥也，岂意年未五十，千辛百折，死穷山荒谷中，求一返乡见母而未得，呜呼痛哉！"读来令人为之唏嘘。

妻子去世后，陈梦雷更觉孤苦，同时也更激发了他急欲回归的愿望。康熙三十七年（1698）十月，康熙帝东巡兴京谒永陵后，前往沈阳谒福陵。陈梦雷进上一首 120 韵的七言排律《圣德神功恭记》，康熙帝于是下令赦陈梦雷回京。

回到北京的陈梦雷奉旨侍皇三子诚郡王胤祉读书，后在胤祉的帮助下历 15 年完成巨著《古今图书集成》。这部书是中国完整存世的最大的一部类书，全书 10040 卷，共 1.6 亿字，50 余万页，订成 5020 册，分装 522 函。按字数统计，它是此前类书《太平御览》的 32 倍，《册府元龟》的 16 倍。文献搜罗完备而编次井然，分类缜密而宏富壮观，在中国图书史上可谓浩瀚之作。内府铜活字版共印 64 部，印制精美，装潢考究，堪称中国古代印刷史上的巅峰之作。然而由于康熙死后诸皇子之间的斗争，《古今图书集成》上并没有陈梦雷的名字，相反他再一次遭流放的命运，于雍正元年（1723）被流放于卜魁（今齐齐哈尔）。从此他成了一位模糊不清甚或下落不明的人物，直至他死后244年，才由沈阳的著名清史学者张玉兴先生在《关于陈梦雷第二次被流放的问题》一文中考证清楚：陈梦雷于乾隆五年（1740）死于流放地。

乾隆四十七年（1782）秋天，陈梦雷的皇皇巨著《古今图书集成》随《四库全书》从京城运抵他曾居住过16年的沈阳，入藏皇宫文溯阁。此时，陈梦雷已去世42年。

终老沈阳的火器专家戴梓

1686年的一天，在紫禁城内，清康熙皇帝正在接见来自荷兰的使团。

荷兰使者在送给康熙皇帝的礼物中特意介绍了一件兵器——"蟠肠鸟枪"，他们强调这是欧洲乃至当今世界最先进的武器。康熙皇帝听了，心里不太高兴，就随口说道：这种鸟枪我大清天朝早就有的。皇帝在外国使节面前为了面子虽然这么说，但他心中明白，清朝当时真没有这种枪。但康熙皇帝敢这么说，他心中也有三成把握，就是清朝虽然没有这种枪，但他身边确有能造枪的人。这个人就是戴梓。

戴梓（1648—1726），字文开，自号耕烟老人，人称耕烟先生，浙江仁和（今杭州）人。据《国朝耆献类征》一书所载，戴梓的父亲戴苍为明朝监军，擅绘画且作战英勇果敢。一次与海贼交战断胁破脑，犹挺立不倒，令人叹服。后遭难，陪母携妻避居四川临梓庙。其妻梦中被天神授子生下戴梓，父感此奇异之梦遂命其名为梓。戴梓自幼聪颖不凡，勤于读书，12岁时作《淮阴钓台》诗，得诸宿儒称赞。受父亲影响，尤喜兵家典籍和机械制造。康熙十三年（1674），康亲王杰书镇江浙，闻戴梓声名，遂聘其入幕，参与军政诸事。戴梓在康亲王手下悉心效力，提出许多有价值的建议，为亲王采纳，收到很好的效果。进军福建后，戴梓收降叛将，督造战船，屡建功勋，成为康亲王左右，多有依赖。尤其是在收复台湾战役中，戴梓所造冲天炮，发挥巨大作用。台湾收复后，戴梓随亲王班师入京，受到康熙召见。康熙亲试春日早朝诗，戴梓应对如流，深得康熙之意。同时，对于早就喜欢数学等西方科技的康熙来说，遇见戴梓也算是找到了知音，于是授他为翰林院侍讲，奉命与高士奇一起在宫中南书房值班，后又移到养心殿，成为康熙身边有数的近臣之一。

正因为康熙身边有戴梓这个人，所以他才敢对荷兰使者说"蟠肠鸟枪"这种先进武器我大清天朝早就有的话。第二天，康熙将戴梓传到跟前，将荷兰枪交给戴梓看。这对于从小就喜欢机械制造，曾造出过多种火器的戴梓来说，并不是一件难事。仅仅过了5天，戴梓就向康熙皇帝进献了10支"蟠肠鸟枪"，外形和性能与荷兰枪一模一样。之后，戴梓还尝试将珐琅工艺装饰到鸟枪上，又做出几支带珐琅的"蟠肠鸟枪"。于是康熙把这些仿制出来的鸟枪，全部回赠给荷兰使团，令他们大为惊叹。

这件事让康熙帝对戴梓更加赏识。不久，康熙皇帝又听说比利时有一种称为子母炮的"冲天炮"，威力巨大，于是下旨让戴梓抓紧研制。戴梓接旨后用了不到10天时间就将子母炮造出来了。子母炮造好后，康熙亲自率众臣到现场观看试射。此事在《清史稿》中留下了这样的记载："子在母腹，母送子出。从天而降，片片碎裂，锐不可当。"后来，康熙帝率军二次征噶尔丹时，就带上了子母炮，此炮大显神威，只三发炮弹，即令敌胆寒而降。康熙帝大喜，遂将子母炮命名为"威远大将军"，并将戴梓的名字刻在炮身上。戴梓还发明了另一种火器，名为"连珠火铳"。据纪昀《阅微草堂笔记》引述戴梓后人戴亨的话："少时见先人造一鸟铳，形若琵琶，凡火药铅丸皆贮于铳脊，以机轮开闭，其机有二，相衔如牝牡，扳一机则火药铅丸自落筒中，第二机随之并动，石激火出而铳发矣。计二十八发，火药铅丸乃尽，始需重贮。"此事后来记入《清史稿》中："法与西洋机关枪合，当时未通用，器藏于家，乾隆中犹存。"如果此事不虚，这应当是最早的机枪雏形，比后来比利时工程师加特林设计的世界上第一挺机枪，英籍美国人马克沁设计的马克沁机枪要早上100多年。可惜的是，戴梓发明的连珠火铳，并没有受到康熙皇帝和当朝重视，以至于中国的热兵器制造错过了一次最好的世界领先的机会。

戴梓多才，不仅是一位火器专家，而且还是一位多方面的发明家，"凡象纬、绝股、战阵、河渠之学，靡不究悉"。在水利学上，他根据兴修水利的实践，总结经验，写出《治河十策》，后来河道总督于成龙在督治黄、淮两河时，多依《治河十策》之论。另外《清史稿》还说戴梓"通天文算法"。他的发明在日常生活中还有多种，如徐珂《清稗类钞》记载："戴能做铜鹤，高飞云间，按时长鸣；又能做木偶人，饰以衣服，客至则捧茶献客。"这倒有些像今天的智能机器人了。此外，据韩国史料李田秀所著《入沈记》记载，戴梓当时还发明了自行车，"有轮有轴，日可行六十里，每行十里再转机关方行，不过二三百斤，险阻及转弯抹角不能行"。韩国史料《燕行录》里还记载戴梓"尝依武侯遗法，制木牛流马，载两担米，日行四十里"，为当时盛京人亲见之。所谓"木牛流马"，大约就是自行车一类。于此可见，戴梓的发明在中国科技史上占有重要地位。同时，戴梓还是一位艺术家，擅长诗书画。沈德潜《国朝诗别裁集小传》评其诗"挺劲有力，谪戍后尤佳"；其绘画兼众家之长，其书有米芾、董其昌之风；他还精通音律，曾参与纂修康熙帝钦定之音乐著作《律吕正义》。

多才者难免傲物，且刚正不阿，敢言人过，自然易遭人妒，诚如韩愈《原毁》所言："事修而谤兴，德高而毁来。"戴梓自然也难逃此宿命。因修《律吕正义》提出不同意见和制造冲天炮得到康熙重用，他得罪了徐日升、南怀仁等西洋诸人；因称呼之事得罪了康熙御前侍卫赵某；因不屈服郎中陈弘勋的敲诈，而成为被告。最终，这些人串通一气诬陷戴梓"私通东洋"。结果康熙只好将戴梓"流放关外，籍属沈阳"。

康熙三十年（1691），中国历史上最有名的火器制造专家及其家人经过一个月的跋涉到了沈阳。据其《出关行》一诗所写，他到沈阳时间不长就去了铁岭，到了铁岭一看，"风景萧萧有如此"，也不比沈阳好，于是又折回沈阳，在城南一家简陋的旅馆住下，然后"乱草和沙砌寒水"，盖了一处土坯茅屋安顿下来。

艰苦的谪戍生活让他很不适应，乾隆年间著名学者金兆燕曾作《耕烟先生传》，其中叙述戴梓初到沈阳"鬻书画卖文自给，常冬夜拥败絮卧冷炕，凌晨踏冰入山拾榛子以疗饥"。他闲下来就坐在屋里写诗，写完之后或自语朗诵，或掩面痛哭，哭完或把诗稿扯碎，或一焚了之，或塞在土墙缝中，压在炕席底下。由此可见诗人此时心灵深处的痛苦煎熬和巨大创伤。

就在戴梓最为心灰意冷之时，他见到了陈梦雷。此时的陈梦雷已流放到沈阳十余年，谪戍生活渐已习惯，并在沈阳西郊有了自己的云思草堂，草堂里不仅能课徒授业，还不时有朋友来品茶论文。于是，陈梦雷请戴梓，还有前一年流放到沈阳的翰林院编修杨瑄一起来草堂相聚。过后陈梦雷作诗。戴梓亦作《佳公子招游郊野座中赠陈省斋（梦雷）、杨玉斧（瑄）两太史》诗："闽南恒把袂，塞北又连舫。万里存君我，千秋共肺肠。"从此诗可知戴梓与陈梦雷早在福建时就已相识，此次沈阳见面，自是"塞北又连舫"。共同的命运使他们在频繁的交往中建立了深挚的感情，而同时，云思草堂里的"四壁图书"则成了他们延续生命的精神支柱。他们惺惺相惜，在这里品茗吟诗，宴乐雅集，互相砥砺，彼此关照，从而使戴梓逐渐走出痛苦的深渊。这期间，戴梓写给陈梦雷的诗共有 6 首，足见两人情谊之深。后来，陈梦雷赦回北京，两人仍时通消息，诗笺互答，延续多年，戴梓在《寄陈太史省斋梦雷》中说："鱼雁音书又几年，喜君患难得生还。"对于老友最终遇赦回京，表达一腔欣喜之情。又在《寄怀陈太史省斋》诗中写道："与君同是白头人，十四年来不复亲。"时已 60 多岁的两位老人，无时不在互相惦记着。

戴梓在沈阳创作了许多作品，《耕烟草堂诗钞》所收诗大部分写于沈阳谪戍期间，其中最多的是题画诗，这大约是他以卖画为生相关，足见其画作上多为自书诗。面对沈阳的山水名胜，戴梓无法不动情，写下许多有关沈阳风物人情的诗篇，如《铁岭回沈》《大堤踏月》《御园春望》《万井朝烟》《千甍夕照》《南塔柳阴下口占》《春日泛舟沈水》《浑河晚渡》《塔湾落雁》《天坛松月》等。如写当时"盛京八景"之一的《浑河晚渡》："暮山衔落日，野色动高秋。鸟下空林外，人来古渡头。微风飘短发，纤月傍轻舟。十里城南望，钟声咽戍楼。"傍晚时分，诗人站在沈阳城南浑河岸边的渡口，看暮色中的苍山与落日一点一点接近，似手托口含，十分融洽；苍凉而寂静的大河两岸在秋天的旷野里缥缈浮动，景象迷蒙而壮阔。倦归的鸟儿纷纷飞入岸上林中，晚归行人也行至古渡口，等待渡船的到来。水岸微风掠过，吹动短发稀疏，天上的月牙渐渐清晰，相伴轻舟离开渡口。此时回望渡头北面的沈阳古城，钟鼓楼的钟恰被敲响，钟声回荡在城楼之上，低沉而悠长。这首诗好比一组长镜头，摄下浑河晚渡时的典型场景：首联的暮山、落日、野色、高秋为远景；然后镜头拉近为颔联的中景：飞鸟、空林、来人、渡头；再拉到颈联的近景：风吹短发，月下轻舟；尾联又将镜头推到远景：十里之外的古城上空，但闻钟声断续，天际暗淡……全诗似乎都在写客观景物，但却巧妙地嵌入了诗人的主观感受，读来颇有一种悲怆之感，贬谪者的黯然心绪含蓄托出，跃然纸上。住在浑河岸边的戴梓，自然对这条大河有着不一样的感情，在他的诗集中还有一首写浑河的《春日泛舟沈水》，也写得清新而俊爽。

戴梓在沈阳生活了 35 年，最后终老沈阳。据戴亨《耕烟草堂诗钞》跋介绍，戴梓去世时，其子戴亨不在身边，及赶回家时，戴梓所居床席已经更换清扫，平时习惯写完就塞于席下之诗稿多已不见，只在放东西的架子上找到一卷手稿，残缺不全，原来是戴梓仅存的诗稿。后来这部诗稿由戴梓儿子戴亨和侄子戴秉瑛主持，于乾隆二十三年（1758）刊刻，附于戴亨《庆芝堂集》之后。道光二十四年（1844），戴梓的外曾孙即戴亨外孙孙荆道主持，依据《耕烟草堂诗钞》旧刻本进行重刻，独立四卷刊行。

戴梓去后，戴家继续在沈阳生活。他有四子：戴京、戴亮、戴亨、戴高。三子戴亨为康熙六十年（1721）进士，以其高洁的品性和博大精纯的作品在八旗诗坛享有较高知名度，与李锴、陈景元并称"辽东三老"，影响很大。

纵观沈阳的文化发展史，有一个事实我们不得不承认，是清前期遣戍到沈阳的流人开了沈阳文学创作的先河，奠定和发展了城市的精英文化。是否可以这样说，函可、陈之遴、徐灿、陈梦雷、戴梓等流人的到来，使沈阳成为承载文化人的土地？对流放者来说，从杏花春雨的江南，从金碧辉煌的朝堂之上来到这萧条苦寒之地，是他们个人或者整个家族的悲哀，但同时，沈阳和它的周边之地却因此更得到了文化的滋养。当我们重新面对三百年前的历史时，真的无法评定流人现象到底是文化的幸还是不幸。从地方文化上讲，这当然很难说不是历史的幸事。

—— **作者简介** ——

初国卿，文化学者、作家、编审。曾任《大众生活》《车时代》总编辑、《沈阳日报》专副刊中心主任、中国艺术工作者协会副会长、辽宁省作家协会理事、辽宁省散文学会会长、沈阳市作家协会副主席、沈阳市书法家协会顾问；现为辽宁省散文学会名誉会长，沈阳市政协文史馆馆长，沈阳市文化遗产保护研究会会长，冰天诗社社长，沈阳市文史馆馆员，沈阳师范大学、渤海大学特聘教授。著有《唐诗赏论》《佛门诸神》《沈阳陶瓷文化史》《不素餐兮》《在水之阳》《沈阳传》等数十部专著和散文集。获沈阳市第二届德艺双馨文艺家、辽宁省第三届全民读书节"最佳写书人"称号。散文集《不素餐兮》2003年获第三届"辽宁文学奖"，《在水之阳》2021年获第九届"冰心散文奖"、第一届辽宁省出版政府奖。

曹雪芹家世史料的重大发现

——《赠怀远将军曹公墓志铭》考论（上）

董志新

曹辅是"辽东长房"的第六世传人，曹雪芹是"辽东四房"第十四世传人。曹辅与曹雪芹同宗共祖。20 世纪 70 年代末有论文引证明代《重修沈阳长安禅寺碑》碑文中关于曹辅、曹铭"出金帛"助力修寺的记载，考证曹辅、曹铭为曹世选到曹雪芹一系的远祖，[①] 但是并未引起学界的重视。近期此事又有令人惊喜的转机：曹辅墓被发现，《赠怀远将军曹公墓志铭》（以下简称《曹辅墓志铭》）被展出观览。这为曹雪芹家世研究提供了极其重要的史料文献。

一、关于《曹辅墓志铭》释文

据介绍，2012 年 5 月，《曹辅墓志铭》在沈阳市大东区后榆林堡北岗南坡上的古墓葬中出土。墓志铭为沈阳市考古研究所考古一队调查发掘所得。"曹公墓"地处明代沈阳中卫城的北边，蒲河千户所的南边。一合石质墓志，由约 30 厘米高、40 厘米宽的类似墓碑样的两块青石组成。一块青石是墓盖，上面篆书阴刻"赠怀远将军曹公墓志"字样；另一块青石是墓志，上面楷书，阴刻墓志铭文，共有 828 字，其中已经损毁不存的共 26 字，漫漶难猜的共 3 字。墓志上的"曹公"，即明代成化年间的沈阳中卫指挥佥事曹辅。[②] 墓志铭记述了曹辅始祖曹子洪、高祖曹俊、曾祖曹昇、祖父曹□（名失载）、父亲曹德等几代人的事略，以及曹辅本人的生平，最后记述了曹辅子女、亲戚等人的简况。其释文是：

赠怀远将军曹公墓志铭
乐郊乡贡进士后学郭宾上贤撰　并书

　　大明成化乙巳春二月廿有五日，沈阳中卫赠怀远将军曹公毙。其子铭，于今夏四月十九日，葬于榆林之原。衰麻哭泣。诣门奉行状白予曰："惟先人之葬法宜有铭，敢以累于阁下。"予应曰："自幼尝受先君厚泽，讣闻犹恸不已。是有弗忍铭者，然不名则无以光于（宗）而传诸后也。"遂不辞而述其概。

　　公，讳辅，曹姓。世居扬州，为衣冠望族。

　　始祖子洪，才德超迈，传通经史，受按察司照磨。高祖俊，资质刚果，志气轩昂。自舍人有功，累进镇国将军。曾祖昇，性秉纯良，行实出类，拜明威将军。父德，英敏果毅，言论端庄，亦任前职。母陈氏，生公兄弟二人。

　　公居长，天资醇朴，不事矫诈。二十岁，因父遘疾，袭受明威将军。才智卓荦，文武兼全，上官重之。三十岁委任军务，则号令严明，赏罚必信。□□远迩，皆称其道。

　　三十三，上举贤能。乐郊挥使，固非一人。然庞干老成，□□□□，以故推选。掌管本卫印信。当是时也，事上以诚，莅下以敬。纪纲法□□□振举。凡其当务，无不为，急如公。盖仓库、城郭、边疆，昔废弛者，公则□□□新。较于往昔，霄壤悬隔。在官程储与无，委积之属，皆及时周备。不□□以劳民，不奢侈以伤财。鳏寡孤独，常存悯恤。用是德政，布于三边，□望□□朝野。

　　成化七年，抚顺冲要，东夷为害。非有猷有勇者，不能折冲镇守。大□知公声价，特委抚顺管操，则胡虏远遁，一郡无虞。其居官也，如彼时佑□□旬。

　　公以子铭年富力强，读书明理，克承斯任，遂解组而归隐于田里。效范蠡之俦，仿留侯之辈，收敛心思，欲为善事。郡中庙宇神像有不堪供奉者，即以金帛厩赠，喜舍修饰，不吝其财，唯作乎善。凡迩城郊野，暴露骸骨，必令人收捡，设齐炼化。其致政也如此。居官致政，两尽其道。故享年矍铄，公寿经六十有八，以疾而毙。闻者无不哀悼，如丧考妣。公原任明威将军，以守有功，进爵加赠怀远将军。

配宋氏，镇国将军宋公女，卒。继鲁氏，骠骑将军鲁公女，亦卒。子三：曰铭、曰鉴，宋出。长即铭，任怀远将军。次鉴，往应乡试，□逝。曰□，鲁出。女四：大姐适明威将军杨洪，卒。三姐适武德将军宗镇。八姐适副总兵韩次子韩轩。十姐适昭勇将军费锦。

□男玄葆，呜呼！夫人有□行之善，君子尚不泯也，况公忠诚尽于国，政事□于时，阴德善念传诸后，又奚翅一善之足言哉！其可铭也。已铭曰：

□尔良将，有威有仪，克治家国，名播斯时。

□退棲迟，善积是遗。宪宪嗣子，克昌维宜。

□□以年，归葬于兹，铭昭厥休，永以其思。[③]

《曹辅墓志铭》原无标点，不分段。释文为醒目起见，标点分段。从整体面貌上看，墓志部分虽然有缺字和猜字，但能够理解文义，明白记述的人物和事件；墓铭部分仅有 4 个残字暂不能辨识。志文与铭文的缺失部分，不甚影响考证和考证目的的实现。《曹辅墓志铭》的写法，同当时此类文体颇为一致：前面是志文，散文体，记述史事；后面是铭文，韵文体，赞美品格。

二、关于曹辅祖籍的考证

《曹辅墓志铭》中记载："公，讳辅，曹姓。世居扬州，为衣冠望族。"

关于"辽东曹"源自元末扬州府（仪真县）还有三处记载，可与曹辅先祖"世居扬州"互相印证。

（1）明万历三十四年（1606），"本舍"在《曹绍中袭职选簿》中记载：

"万历十一年六月。曹养性，年二十三岁，扬州人。""万历三十四年十一月。……曹绍中，年二十七岁，扬州府人。"[④]

从《五庆堂谱》中已知曹养性和曹绍中属"辽东三房"曹礼的后裔，是"辽东曹"第九世、第十世裔孙。父子皆为扬州府人，那么他们的先人祖籍当然也是此地。

（2）清顺治十八年（1661），"辽东三房"十一世裔孙曹士琦在《辽东曹氏宗谱叙言》中记载：

> 吾家渊源甚远，然家乘久逸，唐宋以前难稽矣，岂敢以简编所载附会训后也。惟元时为扬州府仪真人。⑤

这个记载说清了"辽东曹""惟元时为扬州府仪真人"。

（3）清同治八年至十年（1869—1871）之间，山东巡抚丁宝桢幕僚薛福保（薛福成之弟），应曹俊十六世裔孙、曹州府知府曹惠庆之邀，撰《曹氏族谱序》。序中记载：

> 盖明二百余年之间，辽东之曹千有余家，或袭职，
> 或以仕起家，或散于野，要皆出怀远而祖仪征之曹。⑥

"仪征"，即指扬州府仪真县。清雍正后，因避雍正帝讳，改"仪真"为"仪征"。这个记载明确指出："辽东之曹"要皆"祖仪征（真）之曹"！

从明成化二十一年到清同治十年（1485—1871）的386年间，郭宾、"本舍"、曹士琦、薛福保，或志铭碑刻，或官方文书，或家谱序言，都记载"辽东曹"祖籍"扬州（仪真）"。至《曹辅墓志铭》出，"辽东之曹"源头更为清晰，"世居扬州"可说确凿无疑！

扬州曹氏"为衣冠望族"。郭宾用此语告诉人们：扬州曹氏是世家大族。

三、关于曹辅先人的考证

《曹辅墓志铭》提到的曹辅先人有始祖曹子洪、高祖曹俊、曾祖曹昇、

祖父曹□、父亲曹德等人。分考如下：

（一）始祖（曹）子洪

以往，曹氏宗谱中关于始祖的记载皆指向曹良臣。[⑦] 而《曹辅墓志铭》记载的"辽东曹"始祖则是曹子洪：

> 始祖子洪。才德超迈，传通经史，受按察司照磨。

《曹辅墓志铭》这个记载，可考证清楚下列问题：

第一，"辽东曹"的始祖是曹子洪，不是曹良臣。40多年前，冯其庸先生已经考出曹良臣不是"辽东曹"的始祖，曹良臣与曹俊不是父子关系。这个结论是正确的。[⑧]可是，"辽东曹"的始祖是谁？曹俊的父亲是谁？ 40多年来，这成了一个"悬案"。《曹辅墓志铭》明白无误地告诉我们："辽东曹"的始祖、曹俊的父亲是曹子洪！

第二，曹子洪是出身于扬州府（仪真县）世家大族的文化人。《曹辅墓志铭》为曹子洪下八字评语："才德超迈，传通经史。"这是学子士人的身份标志，何况他才德出众，表现出不仅有知识而且有才能的学养特征。这可能是他投入朱元璋义军后，没有当武将而是任文官——按察司照磨——的内在原因。

第三，曹子洪约于元至正十七年（1357）投入朱元璋红巾军。已知曹俊等人是在元末"归附"朱元璋义军的。清顺治十八年（1661），曹士琦在《辽东曹氏宗谱叙言》中记载：

> 吾家（中略）惟元时为扬州府仪真人。元末群雄并起，鼻祖良臣，聚众自保。后值明太祖起淮右，承元统，率众归附。累随征伐，建立奇功。（中略）三子俊，以功授指挥使，封怀远将军。克复辽东，调金州守御，继又调沈阳中卫，遂世家焉。[⑨]

这个记载，除"鼻祖良臣"一句有误外，有三点说得很明确：一是曹俊等人"元时为扬州府仪真人"。二是明太祖朱元璋兵"起淮右"之后，曹俊等人"归附"义军。三是后来曹俊随义军北伐，跨过渤海，守御辽南金州，调沈阳中卫任指挥，遂落户并世居。

现在，我们又知道曹子洪、曹俊父子有着共同的投军经历。从这两个"已知"出发，参照《明史》和《扬州府志》（明万历本）的相关记载，就可以研判出曹子洪参加义军的大致时间和地点。这要简单回顾一下元末明初的江淮战史。

元朝末年，长江中下游地区爆发了张士诚、陈友谅、刘福通、郭子兴多起农民起义。元至正十四年（1354），朱元璋做了郭子兴义军的左副元帅。

从元至正十三年（1353）到元至正十七年（1357），元扬州（仪真）守军、张士诚"吴军"（张士诚自称"吴王"）与朱元璋红巾军，在扬州地区展开了"拉锯式"的激烈争夺战。据明人杨询所撰《扬州府志》卷二十二记载：

> （元）顺帝至正十三年五月，泰州张士诚兵起，据高邮，自称诚王。知府李齐死之。十四年六月，张士诚攻扬州，达识帖睦迩败。
>
> 十五年夏五月，我太祖遣帐前先锋赵德胜击取仪真。冬十月，遣左相国徐达、平章事常遇春率兵取淮东泰州。丙申春三月，徐达、常遇春克高邮。
>
> 丁酉……八月，我太祖阅军于大通江。遂命大元帅缪大亨、元帅耿再成率师攻扬州，克之。统军元帅张明鉴置淮海翼，元帅府命德林同大亨守之。元守臣以真州降，以周之贵知州事。（原文双行夹注：十五年已取真州，至是守臣复以州降者，盖即取而元人复之，至是乃降耳）⑩

丁酉年即元至正十七年。朱元璋红巾军于至正十五年（1355）"击取仪真"，后被元守军收复。红巾军又于元至正十七年"攻扬州，克之"，"元守臣以真州降"。红巾军进入扬州府城和仪真县城，派元帅缪大亨和知州周之贵等率众驻守。

据当时情势判断，作为扬州府（仪真县）人的曹子洪及其子曹俊，最有可能是元至正十七年"扬州之战"时归附朱元璋义军的。因为至正十五年朱元璋军并未在扬州府（仪真县）站稳脚跟，而至正十七年却攻取并长期占有此地，而后转战江淮地区多年。

第四，曹子洪的最后任职和社会角色是"按察司照磨"。先来看一下朱元璋军的"照磨设置史"：

（1）万户府照磨"正九品"

《明史·职官五》中记载：

> 明初……立各万户府，设正万户，正四品，副万户，从四品，知事，从八品，照磨，正九品。寻以名不称实，遂罢万户府，而设指挥使及千户等官……⑪

理解这段记载，关键要懂得"明初"这个时间概念的内涵。一般情况下，"明初"是指明洪武、建文两朝，或仅指洪武朝。但在《明史》的《职官志》中，修史者在不少情况下是指"吴元年"[元至正二十六年（1366）]、或"洪武元年"[元至正二十八年（1368），即元朝末年]以前的一小段时间。"吴元年"以前，朱元璋义军队伍设置管理机构和任命官员比较随意，到了"吴元年"和"洪武元年"有两次大的调整。

此段记载中的"立各万户府"和"罢万户府"，就发生在"吴元年"以前的时间里。下面将考证到曹俊的直接上司马云。马云曾任"泰山义兵万户"，元至正十六年（1356）"归附"朱元璋部，元至正二十五年（1365）"以勋授凤阳卫指挥"。马云的经历与万户府设立与罢黜的经历相同（见下一小节引语）。

（2）行省按察司照磨"从八品"

按察司是提刑按察使司的简称，是行省的最高司法机构。《明史·刑法二》云："按察名提刑，盖在外之法司也。参以副使、佥事，分治各府县事。"⑫明代，按察司与都察院俱为法司。都察院称内台，按察司称外台。"在外之法司"即"外台"之意。按察司的正官按察使一人，正三品；副使无定员，正四品；佥事无定员，正五品；副使和佥事之下，还有经历、知事、照磨、检校、司狱等官员。《明史·刑法二》没有注明行省按察司照磨的品级，按万户府照磨"正九品"推论，其应为"从八品"。

（3）刑部照磨所照磨"正八品"

《明史·职官一·刑部》记载：刑部其属有司务厅、照磨所、司狱司。"照磨所，照磨正八品，检校正九品，各一人……照磨、检校，照刷文卷，计录赃赎。"⑬

元末明初，都察院也设照磨所。《明史·职官二·都察院》记云："照磨所，照磨正八品，检校正九品……各一人……初，吴元年置御使台，设左右御史大夫……照磨、管勾，正八品。"⑭"吴元年"即元至正二十六年（1366）。⑮

朱元璋义军在元末明初政权建设中，曾经设立了万户府、行省按察司和刑部照磨所三级照磨，官品分别为正九品、从八品和正八品。考虑到曹子洪后半生最高最后任职是"按察司照磨"，参考三级照磨的设立时间与万户府马云的经历——元至正十六年"归附"朱元璋红巾军，可推断出曹子洪任照磨的两个阶段：

曹子洪于元至正十七年投军后，以他"传通经史"的文化素质，大约早期（入伍两三年后）即被任为万户府"正九品"照磨。"吴元年"或其前某时，万户府被罢黜，照磨改任到行省按察司，而且品级由"正九品"升至"从八品"。如果我们的推论符合逻辑和朱元璋义军的历史实际，那么曹子洪的任职经历可认定为：约于元至正十九年（1359）前后任万户府正九品照磨；约于元至正二十六年（1366）即吴元年改任行省提刑按察使司从八品照磨。曹子洪的职事是"分治各府县事"，日常工作是与检校共同"照刷文卷，计录赃赎"。照磨的职事就是监察行政者，起到警戒作用。

第五，曹子洪没有随军北征渡海进入辽东地区。曹子洪任行省"按察司照磨"，晚年职务职事就是做行政监察。直到洪武初中期致仕或离世。因为他是江淮某行省司法机构的文官，没有机会参加北征到辽东。辽东明初的管理体制和机构中也没设立过"按察司"，亦未委派过"照磨"这种官员。曹子洪虽然是曹俊一系的"始祖"，但他不是"辽东曹"的"入辽始祖"。《辽东曹谱》《五庆堂谱》数处标明曹俊是"入辽始祖"，就证明了这一点。

第六，推测曹子洪生平活动的大致时间段：约元延祐七年（1320）至明洪武初期［假定洪武十三年（1380）］。依据上述五点，知曹子洪和其子曹俊于元至正十七年左右同时投军。假定这一年曹俊18岁已成丁，父亲曹子洪应该在38岁左右。前推38年是元延祐七年，这大约就是曹子洪的生年。他于元至正二十六年任某行省按察司照磨，到洪武十三年60岁，不逝世也致仕了。

上述这些，就构成了曹子洪的生平梗概。

（二）高祖（曹）俊

对于曹俊，红学界并不陌生。研究他生平的学术活动超过了40年，人们常引用的关于他的史料是如下两条：

> 三世，俊，以功授指挥使，封怀远将军。守御金州，后调沈阳，即入辽之始祖也。（《谱系全图》）
>
> 二世，俊……世袭指挥使，封怀远将军，守御金州，后调沈阳，即入辽之始祖。生五子，长昇、次仁、三礼、四智、五信。（《五庆堂谱》）

此次发现的新史料则是：

> 高祖俊，资质刚果，志气轩昂。自舍人有功，累进镇国将军。（《曹辅墓志铭》）

对比已知的《谱系全图》和《五庆堂谱》所提供的曹俊史料，《曹辅墓志铭》除了告诉我们他是曹辅的高祖外，还提供了两条以往不知道的新史料，值得详细讨论。

1."自舍人有功"

《辞海》"舍人"条有两解：① 舍人是官名，是帝王"亲近左右之通称"。② "宋、元以来俗称贵显子弟为舍人"，"明代军卫应袭子弟亦称舍人"。[16] 曹俊的"舍人"身份，应该类似第二解。

那么，"舍人"是明军（朱元璋义军）卫所中一种什么身份的人物呢？明军制：千户所，设正千户、副千户、所镇抚各一；每千户设百户十；每百户设总旗二，每总旗设小旗五，小旗辖兵十。舍人不在军卫、千户所、百户所官员之列。

查《明代辽东残档选编》和《明代辽东档案汇编》两书关于军卫"舍人"的记载：

（1）……本日夜亥时分，有舍人闵用来报，才知百户唐鉴……贼四散剽掠，非止攻围百户唐鉴屯堡。

（2）本年七月……□退往沙河堡，抢截站门，射死舍人晁玉等，抢去马牛。

（3）……左等卫军余前去广宁团山等处草场砍积备边草束，各被达〔达〕…… 射死…… 舍人成丁二名；……射伤……舍人成丁一名。

（4）〔射死〕军余舍人八十八名。

（5）刘五，年六十岁，系本卫中左所镇抚刘玉下舍人。

（6）总旗吉全着落沿途驿分官军，昼夜用心喂饲貂鼠，皮张另差舍人袁……外。⑰

（7）广宁前屯卫舍人二名：杨铎，弓一张、箭二十枝、撒 袋一副。叶大纪，弓 一张、箭 二十枝、撒 袋一副。⑱

从这七条明代辽东档案材料中可以考证出：舍人是千户下、所镇抚下、总旗下的军卫人员，是没有职务的白身人员，似是普通"军士"之一种。见档案第（5）（6）（7）条。舍人配备有武器，战时上阵厮杀，并有斩获，但往往牺牲很大。见档案第（1）（2）（3）（4）（7）条。军余舍人：军余，没有取得正式军籍的军人。综合分析这七条档案史料，舍人不是官职。曹俊的"舍人"阶段，应是未取得正式军籍的军人，即"军余舍人"。他在此阶段"有功"，应是战功。细品《曹辅墓志铭》文义，曹俊正是从"舍人"这个卫所底层岗位，逐步走向军旅峰巅的。

曹俊和父亲曹子洪大约是在元至正十七年"扬州之战"时"归附"朱元璋义军的。或许是他刚到成丁之年，还未取得正式军籍，属"军余舍人"之列，谓之"舍人成丁"。这样判断，还有一个理由：如果他不是成丁"舍人"，年小力薄，怎能有上阵杀敌斩获"有功"的可能？

2. "累进镇国将军"

曹俊具有"资质刚果，志气轩昂"的秉赋和品格。投入义军后，展现出较强武功和文才。他没有不肖"舍人"身份，并从此出发，开始了"立功"和"累进"的经历。上一小节引证《辽东曹氏宗谱叙言》的话，称"扬州曹"归附起兵淮右的朱元璋，曹俊随军北征，守金州，克辽东，调沈阳，任指挥使，封怀远将军，就概述了曹俊"立功"和"累进"的简史。元至正二十六年（1366），朱元璋在攻占浙东地区以后，又在平江（今苏州）消灭了张士诚部，乘元朝内乱之际，制订了先取山东、河南，控制潼关，然后进攻元大都（今北京）的作战方案，发兵北伐，统一全国。

元至正二十七年（1367）十月，朱元璋任命徐达为讨虏大将军，常遇春为副将军，率步骑兵二十五万，沿淮河、黄河分路北进。先后攻占沂州、益都、济南、东阿、东平等州县。元至正二十八年（1368）正月，朱元璋在应天（今南京）称帝，国号明，建元洪武。二月，北进山东的副将军常遇春部在攻占东昌（今聊城）后，于济南与徐达会师，至是山东全境为明军控制。明军转向西北进取河南、河北、山西，夺取大都。实现这个战略目标后，进占山东的明军将跨海夺取辽东半岛。

在徐达和常遇春率领的北进大军中，有由卫指挥佥事马云、叶旺带领的部队。曹俊就在马、叶部队中（下详）。明朝国史和地方志书记载了马云、叶旺部北进的情况：

马云，庐州合肥人，元末为泰山义兵万户。岁丙申，率领部属归附。癸卯，从征陈友谅，进平湖广荆衡诸州郡，攻城略地，所至克敌。乙巳，以勋授凤阳卫指挥，已而调雄武卫。洪武辛亥……以云勇敢有谋，署龙虎将军、都指挥使，与叶旺领兵渡海，进至金州。[19]

马云事高帝，从征江南，累有战功，迁指挥。从攻元，克兖、沂、峄、济、汴梁、河南北、临清、沧、直、沽河、西务通（州）。遂守通，击败元将之来攻通者，威望甚著。[20]

洪武元年，冬十月。大将军徐达，遣平章曹良臣率兵及马指挥等守

通州。㉑

叶旺，淮西六安州人……元末起兵淮甸，众推为帅。……龙凤间，率众归附，擢为枢密院判。……洪武元年戊申，改除都指挥同知，移镇青州。辛亥，以旺同雄武卫指挥马云为龙虎将军、都指挥使，镇守辽东。㉒

叶旺，六安人。与合肥人马云同隶长枪军谢再兴，为千户。……数从征，积功并授指挥佥事。洪武四年，偕镇辽东。……以旺及云并为都指挥使往镇之。㉓

马云、叶旺部北进，都曾经在山东境内征战、驻扎过。马云部曾经进占兖州、临沂、峄山、济南；叶旺部曾经"移镇青州"。接着在转战河南、河北、山西等省后，马、叶部大约于洪武三、四年之交，进驻山东登莱一带，为渡海北进夺取辽东做准备。至是，曹俊已投入朱元璋义军约十五年（1357—1370）。㉔

洪武四年（1371），马、叶部奉命攻打辽东故元残余势力。从山东登莱上船，强渡渤海，于狮子口（后改名旅顺口）登陆辽东半岛。《奉天通志》引《明实录》和《明史纪事本末》记载：

《明实录》：（洪武四年）七月辛亥朔，置定辽都司指挥使司，以马云、叶旺为都指挥使……统辖辽东诸卫军马，修治城池，以防守边疆……

《明史纪事本末》（十）：（马）云等由登莱渡海，驻兵金州。……遂进至辽东，完城缮兵，一方遂安。㉕

从洪武四年开始，明廷在辽南设立定辽都指挥使司，曹俊"调金州守御"。《五庆堂谱》三次记载了此事。守御，是守卫防御的意思。曹俊开启了"辽东曹"的序幕，成为"入辽始祖"。洪武八年（1375），明军设立金州卫（今大连市金州区），曹俊任金州卫指挥（佥事、同知？）。洪武二十年（1387），辽南的明军推进到沈阳。设立沈阳中卫。最初的沈阳中卫指挥使是鲍成和闵忠。曹俊约于洪武二十年后"调沈阳"任中卫指挥，后升任指挥使，"遂世家焉"。[29]

曹俊最后散阶爵位是镇国将军，而以往学者从《五庆堂谱》中只知道他被"封怀远将军"。明武官分三十散阶：怀远将军为从三品初授，位列三十军阶第六等。镇国将军为从二品初授，位列三十军阶第四等。

关于曹俊的生卒年，还不能确切考定，只能根据已知推论未知。已知曹俊与父亲投军约在元至正十七年（1357），这一年他约18岁已经成丁。前推18年是元至元六年（1340），这约是他的生年。笔者在《曹俊任沈阳中卫指挥考》一文中考明：曹俊约于洪武二十年后，在他四十七八岁时，调任沈阳中卫指挥（当时他很可能是指挥同知），并"遂世家焉"。考虑到他五个儿子在沈阳定居，分立"辽东五房"，曹俊在几年后升任沈阳中卫指挥使，在任时间也不会太短。故他的致仕或死亡应在洪武三十一年（1398）后。这样，他约生于元至元六年，约致仕或死亡于明洪武三十一年后。当然，这里有考证，有推测，曹俊生卒的准确年份，还需进一步敲定。

曹俊从白身舍人到军卫指挥使，爵位从怀远将军到镇国将军，都是"累进"！是一步一个脚印拼搏出来的。

（三）曾祖（曹）昇

"入辽始祖"曹俊生有五子：曹昇、曹仁、曹礼、曹智、曹信。在沈阳中卫城，曹俊五子支脉繁盛，形成了"辽东五房"。曹昇是曹辅的曾祖，关于他的四条史料是：

> 曾祖昇，性秉纯良，行实出类，拜明威将军。（《曹辅墓志铭》）
> 四世，昇，袭指挥使（《谱系全图》）
> 三世，昇，辽东长房，俊长子，袭指挥使。（《五庆堂谱》）
> 八世，爵，昇五世孙。袭指挥使，生子珮。（《五庆堂谱》）

曹昇是曹俊长子，开"辽东长房"一门。曹俊致仕或谢世后，他"袭指挥使"——是虚置，非实授。这是红学界早已知晓的事情。《曹辅墓志铭》提供的新史料是他被"拜明威将军"。

明威将军为正四品初授，位列三十军阶第七等。明代正四品武职官为卫指挥佥事。因曹昇袭职后，做出成绩，立下军功，而被拜为明威将军。

对他一生性格品质的表现，郭宾也是下了八个字的评语："性秉纯良，行实出类。"说他清操良品，行为和事功出类拔萃。

《五庆堂谱》记载"辽东长房"八世孙曹爵是曹昇的"五世孙"。这个排序是符合"辽东长房"辈分世次的，也证明了《五庆堂谱》的真实性。

（四）不书"任前职"的祖父曹□

细读《曹公墓志铭》，郭宾在记完曹辅曾祖之后，却接写曹辅父亲。跳过了曹辅祖父曹□，对其略而不提，空而无记。这种现象，史笔称"不书"。但是，郭宾也用隐笔透露出了曹辅祖父曹□的一条重要信息：曹辅父亲曹德"亦任前职"（下详）。如果祖父曹□不"任前职"，父亲曹德岂能"亦任前职"？这无疑告诉读者：曹辅祖父曹□曾"任前职"。那么为什么"不书"呢？原因就在"为尊者讳"。

那么，这里说的"前职"是谁的什么"职"呢？联系前后文的表述，我们可知道这个"前职"是曹辅曾祖曹昇、祖父曹□的"前职"：职务为沈阳中卫指挥佥事，散阶为明威将军。

（五）父（曹）德

至于曹辅的父亲曹德，以前我们对他一无所知。现在也只有《曹辅墓志铭》上这条刻石史料：

> 父德，英敏果毅，言论端庄，亦任前职。母陈氏，生公兄弟二人。

这条记载最重要的信息是"亦任前职"一点。曹德任的职是什么？先往上看，我们已知他爷爷曹昇"拜明威将军"，相对应的职务是沈阳中卫指挥佥事；他那位被郭宾"不书"的老爹曹□所任的"前职"只能是曹昇的军职军阶。再往下看，他儿子曹辅从他那里"袭受明威将军"（后详），这毫无悬念地证明：曹德的"前职"就是"明威将军"与沈阳中卫指挥佥事。否则，曹辅就无处"袭受"。从"亦任前职"这四个字中，我们获知曹辅曾祖父曹昇、祖父曹□、父亲曹德和他本人都曾经任过沈阳中卫指挥佥事和明威将军。

曹德在40岁左右因病（"遘疾"）卸任，由长子曹辅袭职。他"亦任前职"，似乎开拓不足，是守成的一代。由这条史料，我们还得知：曹辅母亲是陈氏；他还有一位胞弟，墓志铭没有具体介绍。

四、关于曹辅生平的考证

据《曹辅墓志铭》，极易推导曹辅的生卒年，也可以了解曹辅的生平，考察和评价其学养和事功。

（一）生卒和简历

曹辅卒于成化二十一年（1485），他享年"六十有八"，逆推此数为永乐十六年（1418），也就是他的生年。正统三年（1438），20岁，"袭受明威将军"。正统十三年（1448），30岁，"委任军务"。景泰二年（1451），33岁，被推举贤能。此时，他戍边极具活力，缮城固堡，委积周备，爱卒惠民，诸方面作出成绩。成化七年（1471），53岁，戍守抚顺冲要，一郡遂安。约于成化十二年（1476）58岁时，致仕归田（下详）。晚年仍然不忘功德之事，直至成化二十一年辞世。生前授明威将军，死后赠怀远将军。

（二）事功和业绩

从墓志铭中可以看出：曹辅治军有方。从20岁袭替父亲职务爵位，到30岁被委任军务，这十年里曹辅的主要职事是戍守边城，管操边兵。也就是治军带兵。这十年，即明英宗正统三年到十三年（1438—1448），辽东军情相对平稳，只有北部蒙古兀良哈部寇边三四次，每次都被击退败走，并未深入沈阳腹地。[27]青年将领曹辅"才智卓荦，文武兼全"，他治军的主要特点和重要方法是"号令严明，赏罚必信"，这使他获得到上司的看重（"上官重之"），也获得到同僚和兵民的拥戴（"口口远迩，皆称其道"）。

曹辅备边有法。备边，不仅仅是统军作战，抵御侵略。曹辅首重内部团结，诚上敬下，擎纲执法，上下同意，坚不可摧；曹辅次重民心民力，防边建筑，备办后勤，绝"不口口以劳民，不奢侈以伤财"，同时悯恤鳏寡孤独，关注民生，争取民心；曹辅再重边防设施和后勤储备建设，"盖仓库、城郭、边疆，昔废弛者，公则口口口新。较于往昔，霄壤悬隔。在官程储与无，委积之属，皆及时周备"。郭宾称这些备边措施为"德政"！

曹辅守御有成。成化七年（1471），曹辅以沈阳中卫指挥佥事的身份，分守抚顺千户城。抚顺，地处辽宁东部山区与西部平原的联结地带，是"建州诸夷"进京朝贡的通道，是双方刺探军情的通道，是出兵交战的通道。辽东都司首脑统率对曹辅素来"知公声价，特委抚顺管操"，把防守抚顺冲要之地、要害之关的重任赋予曹辅。大概直到成化十二年（1476），他一直分守抚顺城。由于他的勤勉、才智和付出，从成化七年到成化十二年这六年，抚顺边关多时呈现和平景象，"胡虏"寇掠事件几至于无，而建州女真各卫"俱来朝贡马及貂皮"或"乞袭父都指挥使等职"的事件，却每年都发生数起——这表明曹辅执行"羁縻"政策，融洽民族关系，化干戈为玉帛取得卓越成就。[23]郭宾说他扼守抚顺冲要而"胡虏远遁，一郡无虞"绝非虚语。

（三）才德和影响

《曹辅墓志铭》写曹辅生平行状，贯彻始终的是他的才智品德。青年时的才智卓荦，文武兼全，不事矫诈，笃守忠信；中年时的事上以诚，莅下以敬，爱惜民力，关怀孤寡；老年时的不恋权柄，归老田园，收敛心思，欲为善事。郭宾评价他一生是："忠诚尽于国，政事口于时，阴德善念传诸后"！这里的"阴德善念"所指的具体事实，一是收拾战争遗留骸骨，那时胡虏寇边，战斗惨烈，杀人盈野，曹辅每每"令人收捡，设斋炼化"；二是不吝钱财，修葺庙宇，以兴盛佛教安抚人心，乞降安宁和平。这两件事，他居官时如此，致仕时亦如此。

总括曹辅的将才人格，可看出他是儒家修齐治平（修身、齐家、治国、平天下）敦品育德之道滋养出来的辽东边将。虽然还称不上一代统军名将，但不失为一时戍边良将。诚如郭宾在铭文中所说："□尔良将，有威有仪，克治家国，名播斯时"。这可谓名至实归。

关于曹辅长子曹铭，学者在考证《重修沈阳长安禅寺碑记》时，早已探知他在明成化二十三年（1487）时已是沈阳中卫指挥使，《曹辅墓志铭》又记载他授"怀远将军"。关于曹辅子女和亲属的考证，将放在另一篇《考论》里展开。考论《曹辅墓志铭》，可以使人们从以下六个方面获得对曹雪芹家世新的认知：

（1）"辽东曹"祖籍扬州府仪真县，"扬州曹"为世家大族。这可以解决40多年来所谓"辽阳曹""祖籍未明"，没资格谈显祖是"宋武惠王曹彬"的学术难题，使曹雪芹祖籍"沈阳说""辽阳说"有了坚实稳固的基础。

（2）"辽东曹"始祖为曹子洪。他约于元至正十七年投入朱元璋红巾军，初期约为万户府正九品照磨，元至正二十六年后任行省按察司从八品照磨。这不仅再次证明"始祖曹良臣"是被误拉入谱的，而且填补了曹良臣被否后的"始祖位置空缺"！

（3）"入辽始祖"曹俊投朱元璋义军后，早年为千户所镇抚下白身舍人（无军籍的军人），始立军功。转战江淮齐鲁等地15年后，于洪武四年随马云、叶旺部北进渡过渤海，守御金州，克服辽东，洪武二十年后调任沈阳中卫，"遂世家焉"。后授任指挥使，封怀远将军，晚年进爵镇国将军。这可以纠正"曹俊是曹端广的儿子""曹俊于明天顺、成化年间从河北入辽""曹俊入辽首个落脚点是铁岭腰堡"等种种错证误判。

（4）曹辅祖父曹□（名失考）、父亲曹德、曹辅本人及长子曹铭等四人，严丝合缝地补足了《五庆堂谱》上"辽东长房"的"四世空白"，使"辽东长房"长门世系再无"断缺"。这启示我们："辽东四房"曹智（三世）以下、曹世选（九世）以上的"五世空白"，确因"谱失莫记"所至。《五庆堂谱》此种笔法并非"作伪"的证据！"辽东长房"的"四世空白"已经填满，"辽东四房"的"五世空白"的失而复得，就不是天方夜谭，只是机遇问题了。

（5）从曹俊于洪武二十年后"世家"沈阳，定居下来，到曹铭任着沈阳中卫指挥使的成化二十三年（1487），"辽东长房"已经"世家"沈阳中卫城百年（1387—1487）。据《五庆堂谱》所记，辽东长房、三房、四房在辽东各处（沈阳、辽阳、金州、海州、盖州、宁远、广宁）的生活时段，大体都是从明洪武四年到清顺治元年（1644），共 273 年。在此期间，"辽东曹"以沈阳中卫为"大本营"，"千有余家"，后"分住"辽东各地。

（6）"辽东曹"的历史贡献。"辽东长房"从曹俊到曹铭，六世中有两世任沈阳中卫指挥使，四世任沈阳中卫指挥佥事，六世爵位三个等级：明威将军、怀远将军、镇国将军，已是六代百年的赫赫将门之家。"辽东曹"也已经是世家大族。他们百年戍边，给予了辽海地区的军事、政治活动以一定的历史性影响。

上述六点说明《赠怀远将军曹公墓志铭》的出土面世，是曹雪芹家世研究史料文献的重大发现！将成为研究曹雪芹家世新的坐标和参照物。

本文动笔于 2022 年 12 月，定稿于 2024 年 11 月 13 日。

【注释】

①曹汛《曹雪芹远祖世居沈阳新证》，《红楼梦学刊》1979 年第 2 辑。

②关于"赠怀远将军曹公墓志铭"出土情况这段记述，参考整合了辽宁省文物考古研究所编著的《辽海记忆——辽宁考古六十年重要发现（1954—2014）》中的《曹辅墓》一文的相关介绍（辽宁人民出版社 2014 年版，第 377—379 页）。也参阅吸收了当年《沈阳晚报》记者高寒冰、孙海，《沈阳日报》记者陈凤军报道的相关内容。摘编内容分别见高寒冰、孙海《沈阳晚报》2012 年 5 月 12 日，陈凤军《沈阳日报》2012 年 5 月 17 日，陈凤军《沈阳日报》2012 年 5 月 18 日，高寒冰 2015 年 1 月 16 日《沈阳晚报》的新闻稿。

③《赠怀远将军曹公墓志铭》两帧照片，发表在《曹雪芹研究》2023 年第 4 期的封二上。

④中国第一历史档案馆、辽宁省档案馆编《中国明朝档案总汇》第 77 册，广西师范大学出版社 2001 年版，第 671 页。这份关于曹绍中的档案，没有文件名称。现名是笔者依据本档案内容及《总汇》编辑原则拟定。

⑤ 曹士琦《辽东曹氏宗谱叙言》，《五庆堂重修曹氏宗谱》（简称《五庆

堂谱》）影印本，北京燕山出版社 1990 年版。

⑥ 薛福保《曹氏族谱序》，《青苹轩诗文集》，道光刻本。

⑦《五庆堂重修曹氏宗谱》影印本。

⑧ 冯其庸《曹雪芹家世新考》，上海古籍出版社 1980 年版，第 13—27
页。

⑨《五庆堂重修曹氏宗谱》，《叙言》首页。

⑩ 杨询《扬州府志》卷二十二，万历年间刻本。

⑪ 张廷玉等纂，王天有等标点《明史》卷七六，《志》第五二，《职官
五》，吉林人民出版社 1998 年版，第 1203—1204 页。

⑫《明史》卷九四，志第七十《刑法二》，第 1474 页。

⑬《明史》卷七二，志第四八《职官一》，第 1123—1126 页。

⑭《明史》卷七三，志第四九《职官二》，第 1130—1133 页。

⑮ 朱元璋从军之后一直用的是"小明王"韩林儿的龙凤年号，在名义上
朱元璋是韩林儿的臣子。朱元璋在元至正二十一年（1361）受韩林儿封吴国
公，元至正二十四年（1364）自称吴王（西吴），但仍用的是龙凤年号。元至
正二十六年（1366）时，韩林儿已死去，朱元璋改年号为吴元年。这表明朱
元璋部已是一个独立的政权，为自己登上帝位做铺垫。

⑯《辞海》，上海辞书出版社 1980 年版，第 322 页。

⑰ 以上（1）—（4）、（6）共 5 条史料见辽宁大学历史系《明代辽东残
档选编》，1979 年内部本，第 73—80、1 页。

⑱ 以上第（5）(7)两条史料见辽宁省档案馆、辽宁社会科学院历史研究
所汇编《明代辽东档案汇编》，辽沈书社 1985 年版，第 909—910、900 页。

⑲《辽东志》卷五，明嘉靖本。

⑳ 何乔远撰《名山藏》卷之六十一《马云叶旺合传》，崇祯十三年刻本。

㉑《太祖洪武实录》卷三十一。

㉓《明史》卷一百三十四《列传》第二十二《叶旺马云》，第 2665—2667
页。

㉔ 以上关于朱元璋起义战事的叙述，除标明出处者外，皆参考《中国军
事史》编写组编《中国军事史·附卷·历代战争年表（下）》，解放军出版

社 1986 年版。

㉕《奉天通志》卷十一《大事十一·明一·太祖》，辽宁民族出版社 2010 年版，第 212 页。

㉖十年前，笔者依据《五庆堂重修曹氏宗谱》和《明实录》等家谱、史籍文献，作文探讨过曹俊从洪武四年到洪武二十二年的戍守、战斗、升迁历程。见拙著《曹俊任沈阳中卫指挥考——曹雪芹家族迁徙路线的一个关节点》，《曹雪芹家族文化探究》，当代中国出版社 2011 年版，第 226—248 页。

㉗《奉天通志》卷十三《大事十三·明三·英宗》，第 248—273 页。

㉘辽宁大学历史系《〈明实录〉中的女真史料选编》（第一册），1983 年内部本，第 262—263 页。

作者简介

董志新，白山出版社原总编辑、编审，中国红楼梦学会理事、中国水浒学会副会长。出版著作有《何其芳论红楼梦》《何其芳批本红楼梦三种》《毛泽东读三国演义》《毛泽东读水浒传》《毛泽东读西游记》《毛泽东读红楼梦》《毛泽东品论语》《毛泽东品孟子》《毛泽东品老子》《毛泽东品庄子》《毛泽东品孙子兵法》《毛泽东品韩非子及其他》。重要红学论文有《曹雪芹祖籍沈阳的权威史料——重读〈八旗满洲氏族通谱〉兼论"沈阳地方"》《曹俊任沈阳中卫指挥考——曹雪芹家族迁徙路线的一个关节点》《曹寅扈从东巡考评》《白山文化与曹家文脉——试论〈红楼梦〉的一条文化根脉》《曹雪芹家世史料的重大发现——〈赠怀远将军曹公墓志铭〉考论（上）》等。

蜀中才子李调元朝阳之行

邸玉超

商务印书馆中华民国二十六年出版的《出口程记》，作者是清代四川才子李调元。这本书是李调元乾隆四十六年（1781）从今北京通州经河北承德到辽宁凌源、朝阳县办理公务之余的"游记"。

李调元，雍正十二年（1734）生于四川罗江（今属德阳）。字羹堂，号雨村，别署童山蠢翁。清代戏曲理论家、文学家。享有"蜀中才子"之誉。乾隆二十八年（1763）进士，由吏部文选司主事迁考功司员外郎，办事刚正，人称"铁员外"。历任翰林院编修、提督广东学政等。

乾隆四十六年（1781）正月二十九日，四十七岁的李调元卸任广东学政，升任直隶通永兵备道（正四品），驻节今北京通州。四月初三，李调元接总督文书，受提刑按察使司委派，赴热河复审承德府七州县秋谳（死刑案件）。"秋审大典，复勘者，所以慎重民命，恐有冤抑。而六州县山川风俗，向未所经，非因公不易至其地。用是夙夜匪懈。不遑安息，秋谳之余，所有道里风土，随日记载，亦观俗之一端也。以在古北口外，故曰出口程记。"

《出口程记》记载，乾隆四十六年（1781）四月初四，李调元从通州出发，经顺义、牛栏山、螺山、密云、穆家峪、九松山、石匣、南天门、古北口……一路晓行夜宿，初八到达承德府。在府署办完公务后，经平泉（今河北平泉市）到建昌县（今辽宁凌源市）。初八当晚，"宿于书院，规模甚宏敞。县旧名塔子沟。县后双峰峭拱，中岭凹伏，烟云缭绕，仿佛图画。街市修整，颇称华富"。据考，李调元所宿"书院"为秀塔书院，位于今凌源市粮市街。秀塔书院由塔子沟通判哈达清格于乾隆三十七年（1772）主持修建。秀塔书院主体建筑有大门、二门、学斋、半学斋、藏书斋、讲堂等。哈达清格亲自为秀塔书院立碑并撰写碑文。后因城市发展，秀塔书院被逐步拆除，目前仅余大殿一间，已列为朝阳市级文物保护单位。

初九早晨，李调元冒着大风再次启程。北行四十五里到王胡子店，午饭后又行四十五里至公营子（今喀左县公营子镇）。"南有小山，形如覆釜。上有小塔，土人称为小塔子山。二十五里过会济山，山有小白塔。是日始见喇嘛寺。五里至土里根，宿。"土里根就是今天的朝阳县乌兰河硕乡西乌兰河硕村。当时村里没有旅店，朝廷命官不能住民宅，因此李调元及随从很可能住到庙里。土里根东不远有个喇嘛庙"南寿法寺"，内有正殿、左右两厢有廊房，正殿后还有多间禅房，规模很大，是朝廷拨款建造的。李调元及随从十三日清晨再次启程。"十五里渡大凌河，河发源于塔子沟，诸溪至此始大。由义州入于海。十五里至木头城，食。商民繁庶，一大镇也。西有金宝山，上有泰安娘娘庙，山东流寓人所建也。东山有塔甚高。三十里平房，三十里长阁儿。悬崖凿路，下俯大凌河，上临绝壁。壁间有碑，皆蒙古字。三十里至蓝堂。三十里至朝阳县。"李调元在《出口程记》中记述，朝阳县之地，"旧名三座塔。以塔有三故名。今只存二座。其一于乾隆七年倾塌。市人建关帝庙补之。基阜尚存。县南有凤凰山，嵌崎秀削。山下有朝阳洞。县得名以此。洞中有石佛罗汉。峰顶有二塔。塔下有延寿寺。寺前即大凌河。为一邑风水之冠。"这是朝阳县及今朝阳市名称来历的最早记载。朝阳，西汉置柳城县，治今朝阳县柳城街道柳城遗址处。东晋十六国前燕、后燕、北燕建都龙城，故城址在今朝阳市区。北魏至隋唐时期设营州，辽金时期置兴中府，元代设兴中州，明洪武年间置营州卫，清乾隆四十三年（1778）改三座塔厅为朝阳县。清朝纪晓岚《阅微草堂笔记》卷十五："三座塔——蒙古名古尔板苏巴尔。汉唐之营州柳城县，辽之兴中府也，今为喀剌沁右翼地。"

十三日当天，朝阳县通判管县事成公安、理藩院差官员外郎七十五，与李调元会晤。佑顺寺管事大喇嘛四楞脚献奶茶，并以蒙古最高礼节敬献哈达给李调元。佑顺寺，始建于清朝康熙三十七年（1698），位于今朝阳市新华路东段北侧。十三日夜，李调元宿关帝庙。关帝庙清乾隆八年（1743）在朝阳东塔塔基右侧修建，位于今朝阳市营州路东段北侧。

李调元当夜作诗二首，一首为《渡大凌河》："揽辔大凌河，风声满树柯。天连沙碛远，水入乱山多。苦雾苍苍合，流云淰淰过。不知迁土客，乡思竟如何。"诗人勒马大凌河岸边，远望天际与沙滩相连，耳听风声满树，奔腾的河水流向层叠蜿蜒的丘陵远山。云雾翻卷，天空昏暗。流云飘忽不定，一场大雨即将来临。独在异乡为异客，不禁勾起迁离故土的李调元的思乡之情。

李调元作的另一首诗为《木头城》。诗云："万鸦盘阵处，遥指木头城。人杂牛羊气，山多虎豹声。家家番字帜，户户梵文旌。莫谓边风恶，香醪异样清。"木头城即今朝阳县木头城子镇。李调元当年所见的娘娘庙今天仍在镇西山顶。

从《渡大凌河》诗中"揽辔大凌河"句可以看出，李调元热河辽西之行，是骑马旅行。文中记录的日行里数，少则近百，多则一百八十里，行程如此之快，只能是骑马。

十四日，因为下雨，李调元继续停留在朝阳县。关帝庙内存有新出土的石碑一通。碑石多有剥落，但文字倒还清晰。李调元将碑文全文抄录，备录于《出口程记》："前一行书大辽兴中府灵感寺释迦佛舍利塔碑铭并序。……"这就是张嗣初于辽天庆六年（1116）撰写的《灵感寺释迦佛舍利塔碑铭并序》。

李调元朝阳行后第九年，即清高宗乾隆五十五年（1790），朝鲜王朝历史学家、诗人柳得恭和朴齐家等出使燕京（今北京），两人路过朝阳县，住宿关帝庙。柳得恭于庙中作《朝阳县》诗："吾行迟速奈天何，恰到朝阳看决河。共向城南关庙宿，合将杯酒灌佟哥。"朴齐家作《灵感寺夜坐，同柳惠甫、李十三》："月上舰棱净绿烟，空阶荇藻坐翛然。青山旧说兴中府，古寺犹传铁木秊。金鸭香寒才下箔，艸虫声切罢谈禅。平生寂寂吾三子，谁识行装半九边。"诗中的柳惠甫即柳得恭。柳得恭，字惠甫。朴齐家写的灵感寺，其实是关帝庙。因为《灵感寺释迦佛舍利塔碑铭并序》发现于关帝庙，所以人们自然地认为关帝庙或者其前身就是灵感寺。后来出土了辽代《无垢净光大陀罗尼法舍利经》石经幢，其记载辽代灵感寺在今朝阳南塔下，元代已毁。

十四日这天，李调元应关帝庙僧人所求，题禅堂山水画二首。其一："一幅青山绿水图，居然笔意近黄苏。不知绝顶松根寺，可有番僧得到无。"其二："细雨勾留驻此间，禅堂心宇白云闲。兴中州外朝阳洞，试问何如画里山。"兴中州，元代置，即今朝阳。

十五日，大雨不歇，李调元继续驻朝阳县，题《朝阳洞》诗一首："怪石嶙峋下，朝阳洞共传。门高常见日，树密不遮天。卧佛须眉古，飞仙羽扇还。年深人罕到，时有磬声圆。"朝阳洞，俗称卧佛洞，又名卧佛寺，位于朝阳市城东凤凰山。朝阳洞为一天然洞穴，背倚峭壁，前临深壑。洞内有卧佛。清《塔子沟纪略》记载："朝阳洞洞口向西南，面宽两丈，进深一丈二尺，高一丈二尺，中有石佛卧石床上，身长九尺五寸，高二尺五寸，腰围三尺五寸。"

十六日，天终于放晴，李调元返程，从朝阳县城西行，经大庙子，过青沟梁、牛腾河屯、林家地；十七日过热水塘；十八日至赤峰县；十九日至蒙古公爷府；二十日过蒙古喀喇沁亲王府；二十一日登毛金大梁；二十二日到承德行宫、丰宁县；二十五日经密云、顺义县回到通永道署。李调元根据途中日记，于四月二十四日撰《出口程记》(《出口程记》自序所记载）。

从朝阳县回到通永道署的第二年，即清乾隆四十七年（1782），李调元的仕途遭遇厄运。这年七月，李调元奉旨押运《四库全书》去盛京（沈阳），负责关内段。十一月二十七日在卢龙遇雨，淋湿黄箱。李调元参奏卢龙知县郭棣泰玩差误事。藩司永保、永平知府弓养正与郭棣泰、郎若伊（均山西同乡）一同搜集李调元短处，道府对揭反告李调元"扰累属员，滥索供应"。经代理直隶总督英廉题参，乾隆大怒。十二月十五日李调元被革职拿问，二十日交按察司（入狱）。乾隆四十八年（1783）正月初三两司会审，李调元被发配伊犁，充当苦差。经直隶总督袁守侗疏通，三月十六日乾隆皇帝同意家人以二万两银赎罪。四月八日李调元回到通州。第二年冬月二十九乾隆准许李调元归田故里养老。

李调元回到家乡，居家著述，著作颇丰。一生作诗两千余首，词一百二十余首，赋九篇，撰有《弄谱百咏并序》《童山诗集》《童山文集》，文艺和戏曲理论著作《雨村诗话》《雨村词话》《雨村曲话》《雨村剧话》《雨村赋话》等，编辑汇刻《函海》。史称"蜀中著述之富，费密而后，厥推调元"。李调元晚年与江南袁枚、赵翼、王文治齐名"林下四老"。嘉庆七年腊月二十一日（1803 年 1 月 14 日）在罗江县南村坝李家湾去世，享年六十九岁。

诗人白居易诗云："乱花渐欲迷人眼，浅草才能没马蹄。"二百三十年前，蜀中才子李调元行走凌河，那时的浅浅春草如今又生发出勃勃生机，绿绿春意。人与草一样，都在一岁一枯荣的轮回与绵延之中。

—— **作者简介** ——

邸玉超，1960 年生于沈阳，籍贯辽阳，工作居住在朝阳市。一级作家，中国作家协会会员，辽宁省散文学会副会长。出版小说集《春寒》《呼吸的石头》《不知去向》及长篇小说《寻梦农庄》(与刘丽华合作)，散文集《经年》《快乐心灵的名家散文》《时光的色泽》《此刻》《夏至已至》《大凌河传》及《豆棚居序跋集》《许植椿诗词校注》等。散文《斯文唐宋》获得第六届辽宁文学奖，散文集《时光的色泽》获得第九届辽宁文学奖，散文集《此刻》获得第四届辽宁散文丰收奖一等奖。编剧（合作）胶片电影《四合屯的石头》在中央电视台电影频道播出，并获得辽宁省第十三届"五个一工程奖"。被评为辽宁省第八届"最佳写书人"。

《许植椿诗词校注》序

许宏勋

小时候，长辈们常常提起我的六世太祖许植椿中举的往事，爸爸也常常读起举人进京赶考诗"风吹猛雨洒飞尘，湿透征袍冷透身。自笑不如田舍叟，倚门扶杖看行人"，勉励我们要好好读书、长大有出息。这是我记忆中祖上留给我们的唯一一首家传诗。

由于年代久远和岁月的侵蚀，有关祖上的文字信息早已随着历史的风烟散佚。我小时候就曾目睹家中一摞摞线装卷帙，其中的一本本黄卷书中密密麻麻的"红圈圈""黑杠杠"也许都是太祖当年挑着青灯苦读过的痕迹。后来举人的旗杆座仅剩下残基，举人的"文魁"匾亦不知去向。

一

近年来，各级政府把古村落作为重要的物质文化遗产加以保护和开发，留住历史，留住了乡愁。举人故居得以修复，御赐牡丹又吸引了省内外游人的目光。

1983 年，朝阳县政协等部门联合出版的《朝阳历代诗词歌赋》选录了许植椿诗词四题十七首，这是诗人作品第一次与世人见面。捧读祖上《朝邑吊古四时竹枝词》，仿佛看见水流花谢、野外莺声、龙山猎火、凌水渔灯的远古画卷，让人浮想联翩，仿佛进入一个日丽天蓝、鱼肥虾美、野火横郊、古道无人的原始境界。我也从书中第一次知道了祖上是"道光甲辰科举人"（应为道光甲辰恩科顺天举人）。

1993 年，戴言所著《朝阳文学史》一书出版，书中选编了许植椿多首诗词。戴老生前耗费巨大心血占用较长篇幅注释和推介了祖上诗词作品，并且对许诗的文学艺术价值给予了极高的评价。通过此书，我第一次知道了举人的具体生卒年月。

2018年，朝阳县倪华杰先生整理其父遗物时意外发现了一卷清代《许植椿诗选》手抄本，收录诗词一百五十余首。手抄本复制品被朝阳文学馆收藏。这是祖上诗词最集中的一次发现。诗词中多有描写朝阳凤凰山和大凌河等家乡的山川地貌，也有进京赶考、江南游学等途中见闻，还有怀乡幽思和吟咏历史的诗词若干首。这些诗词对于了解和研究诗人所处年代的相关历史都具有重要的史料价值。祖上诗词情调清新，风尚纤丽，词句琢炼，气象高古。尤其《游凤凰山》二十首组诗辞工韵美，隽永雅致，古香古色，空灵静谧，堪称诗人的代表作。读之如身临其境，别具韵味。

二

欣赏诗人作品，不能囿于诗词本身，一定要与诗人所处的时代及诗人的生活境况相联系。随着祖上诗词更多地面世，我迫切地想知道那个年代祖上的生活状态和中举前前后后的所有信息。近年来，我查阅了大量清史资料，阅读了许多与祖上同时期重要人物李鸿章、曾国藩等人的传记和相关典籍。特别是了解到李鸿章是祖上同年顺天举人，为寻找祖上信息找到了方向。我曾查阅1930年版《朝阳县志》一函六册，遗憾的是从头到尾只有"许植椿道光□□科举人"八个字的间断记载。我曾在孔夫子旧书网上淘到了一卷堪称"文物级"古书的1844年清刻线装本《直省乡墨清醇》。轻轻地打开这卷历经一百七十余年沧桑岁月的黄卷古书，拭去浮尘，犹如透过历史风烟，看到了祖上中举那年的全部"四书"诗题和优秀试卷点评。我还搜集到了与祖上同龄的赤峰举人赵玉丰和郭璧的中举信息，从他们当年进京赶考在古北口留下的诗作中想象祖上在京应试的情景。我还搜寻了祖上顺天同年华翼纶、李鸿藻等多部举人硃卷，了解祖上顺天乡试的相关信息。之后，我又去国家图书馆、北京大学图书馆、中国第一历史档案馆、上海图书馆等处查遍了清代四百二十册近万名举人硃卷。2019年，我在网上阅读了内蒙古大学李俊义博士的学位论文《晚清热河地区举人进士研究》。我从上述史料和专著中发现了祖上中举的诸多重要线索。2021年10月，在热心人的帮助下，我得到了美国哥伦比亚大学中文图书馆的网址，查到了祖上中举的全部信息，包括当年全国各省录取的一千二百五十四名举人和两千二百三十八名副榜的全部信息。这是1864年由祖上的同年发起，1868年由李鸿章出资并作序，祖上同年孟传金作跋，历时十三年，于祖上中举三十三年后的1877年刻印付梓的《道光甲辰恩科直省同年录》，一函四册，共六百二十二页。此时祖上已经去世九年。我又根据上述同年录中的相关信息，在国家图书馆的《道光二十四年顺天文乡试录》中找到了祖上最原始的举人齿录。这些珍贵的史料相互印证，互为补充，形成了祖上中举时较为完整的历史记录，真可谓粲然大备。

三

根据上述史料，我们可以粗略地了解诗人当年在顺天参加乡试的盛况。据《道光二十四年顺天文乡试录》记载，诗人在1844年农历八月初赴京准备乡试。这次乡试规模空前，早已准备好的近两万个号房迎接了来自直隶各府的一万六千九百二十名秀才入住。考生必须在考试日前一天入住号房。每位应试者将在这个只有1.16平方米的单间号房里完成三场六宿九天的苦思冥想。朝廷为三年一次的乡试做了充分准备，各路大员包括外帘监试官、东西砖门稽察场务官、稽察外场巡墙官、考试官（兼阅卷官）、内帘监试官、同考官（兼阅卷官）、督理稽察左翼、督理稽察右翼、内收掌官、外收掌官，还有印卷官悉数到场。第一场考试于八月初九进行。考试内容为钦命"四书"诗题，即文三诗一；八月十二日为第二场，试题为"五经"文各一，以《易》《书》《诗》《春秋》《礼记》为序；八月十五日为第三场，试题为策论（策问）五道。古称"三场体格"。经过二十一名阅卷官一个多月的阅审工作，共录取举人二百三十九名，副榜四十三名。此一榜可谓文人荟萃，佳构纷呈。既有后来成为清朝重臣的李鸿章、李鸿藻、李鹤年同榜，又有光彩夺目的第一名（会元），时年二十六岁的顺天府永清县附生刘国彦；既有大器晚成的时年五十有二的直隶保定府安州贡生陈论，又有脱颖而出的时年十七岁的少年江南苏州府吴江县监生杨庆麟。一代帝师杜受田作为主考官成为此一榜举人的终身座师。直隶承德府共有三人榜上有名，承德府丰宁县附生刘兆登为第二百二十七名举人，时年三十二岁；承德府滦平县附生张毓森为第二百三十八名举人，时年四十一岁；承德府朝阳县附生许植椿为第二百三十二名举人，时年二十六岁。许植椿中举在当年的朝阳地区影响极大，这是朝阳从道光十九年（1839）到咸丰十一年（1861）的二十年间唯一的中举者（内蒙古大学李俊义博士《晚清热河地区举人进士研究》和《道光甲辰恩科直省同年录》）。复试在第二年春季举行。根据张宏杰著《曾国藩传》，清道光二十三年（1843），朝廷定制："各省新中举人，于会试年二月初十日前全行到京，取具同乡京官识认印结送部，听候复试。"所谓复试，实际上就是对上一年录取工作的再认定。当年的复试题为"无处而馈之是货也焉有君子而可以货取乎"，此为文一；"赋得满山寒叶雨声来得秋字五言八韵"，此为诗一（《李鸿藻朱卷》）。诗人复试成绩为"正大光明殿钦取二等"（名次不详）（《道光二十四年顺天文乡试录》）。清顺治九年（1652），清廷给考试定了"六种黜陟法"："文理平通者列为一等，文理亦通者列为二等，文理略通者列为三等，文理有疵者列为四等，文理荒谬者列为五等，文理不通者列为六等。"一二三等为合格。即举人资格已经验证通过，并允许参加会试（会试成绩不详）。有关这次复试会试的过程，在赤峰举人赵玉丰相关诗句中可窥见一斑；"九陛云濛濛，阊阖启宫殿。金阙列宝鼎，玉阶沉漏箭。巍巍大秩宗，济济仙曹掾。稽册对红灯，叫名递黄卷。多士色勃如，鞠躬入鱼贯。跪读钦命题，纵横列群彦……"

四

将这些史料与相关文献进行对照考辨，对进一步了解诗人当年所处的时代背景，丰富其生平履历，完善《许门谱书》，纠正近年来流行版本中的错误记录以及1930年版《朝阳县志》关于举人的记载（"许植椿道光□□科举人"应为"道光甲辰恩科顺天乡试中式第二百三十二名举人"），避免以讹传讹具有重要意义。上述史料不仅记录了当年乡试的考场考官考题，而且对举人身份、姓氏字号、出生年月、属地籍贯、家族（家庭）成员、历代宗亲等均有详细记载。同时，"杏花雪里探。雨声催巷北，春信报江南。地胜千林艳，膏流十里醅。烟云归路好，消息昨朝谙。"[《杏花春雨江南》（一）]

和"杏花开及第,春色占江南。翠滴烟千树,红飞雨一庵。六朝留景艳,十里布霖甘。小巷谁家卖,深楼昨夜谐。"[《杏花春雨江南》(二)] 此二首,当为诗人参加复试和会试后"公车南下"游历南京时所作。而《落叶》《秋夜读书》《秋虫》《秋夜》《雨夜长溪痕》《麦浪》等也是诗人在江南所作,但与《杏花春雨江南》不是同时期作品。另外《午眠》《寻春》中出现的"婢"字当与清时秀才举人等成就功名者在免除徭役的同时可以雇用奴婢的史料相吻合。

不久前,我公出自北京乘高铁返回,中途恰好路过古北口,望着窗外连绵起伏的山峦,由不得我凝望和深思,"复兴号"便风驰电掣般呼啸而过。当年举子们乘着马车风雨兼程赴京赶考的情形,再一次浮现在我的脑海中。如今交通日益发达,不要说关内关外,就是天南地北都早已没有了关隘,假如祖上生在这个时代,将不再会有"往来行客费周章"的抱怨,那是不是也就少了上述赶考往来路上留下的精彩诗篇呢?

诗词是中华传统文化的瑰宝。为了祖上诗词作品的公开出版,许多专业人士都作出了艰苦的努力。朝阳市作协主席一级作家邸玉超先生不辞辛劳,利用四个月时间对诗选进行了首次整理校注。《咬文嚼字》审校专家王中原先生对全部诗稿认真筛查,对有争议的词句解难释疑,还把近年来所有版本在流传中的错字与抄本进行一一对照并予以纠正,保证了诗词的原貌,提高了校注质量。著名作家隋志超先生和楹联专家孙超先生百忙之中为本书作序,对诗人和诗作给以评价和定位,为《许植椿诗词校注》的出版助阵,增添了本书的厚重感。在此表示深深的谢意!

—— 作者简介 ——

许宏勋,1961 年出生于辽宁省朝阳县西五家子乡三道沟村。毕业于大连理工大学,在中国银行工作十六年,先后担任过支行副行长、公司业务部总经理等职务;后下海到民营企业工作,先后担任朝纺公司财务总监,中泽集团财务总监,朝纺公司董事长,中泽集团朝阳地产公司董事长等职务,曾获得朝阳市委市政府授予的朝阳市建设者奖章等荣誉。

搜来麟角振文坛

——序邸玉超《许植椿诗词校注》

孙　超

搜求往圣佚文，古来不乏其人，且多有探珠之喜。近来朝阳文坛传扬一盛事，文学馆发现一部前清举人线装手抄诗稿（以下简称抄本），保存完好，历历可观。未几，馆长邸玉超将书稿影印成集，赠我一册，并述及所以。闻其言观其书，不禁欣欣然。

与玉超兄既为同事，又是藏书好友，每有收获，则奇品共赏。两年前玉超职任作协主席，遂将此发扬光大，创立文学馆。其始也，广搜旧书信息，倾资以购，规模粗具，为省内外所资鉴。曾邀我作文学馆前言，又相谋易址，终成大观。然虽有同道踵继加盟，地方文学史籍藏品犹嫌稀少。此部抄本，堪称目前最有价值者。

旧时文人限于历史条件，其作品付之梨枣者鲜矣。文名闻于乡里者，多有转抄，否则仅余自编自录的一二孤本。我曾应约整理地方民国文人诗作，发现散佚严重。如沈鸣诗，其大部分作品在当时就因抄家惨遭焚毁。亦有因动乱焚毁者、后人弃失者，不一而足。此抄本，渡尽劫波，流传至今，于朝阳县全国楹联名家倪烈忧先生遗物中，惊鸿现世，实属难得。因此，玉超兄宝其价值，影印之余，今又费尽心力，详加考据，以利观瞻，传之后世，洵乃得其宜也。

一、诗人生平撮要

许植椿，字培之，号古樵，生于嘉庆己卯（1819）三月十五日，卒于同治八年（1869）五月二十三日。今朝阳县西五家子乡三道沟人。许氏籍贯山东文登县，乃朝阳早期移民。曾祖父大成，至祖果家境渐为殷实，延师课读，文脉初兴。父质民，号五峰，生于乾隆五十三年（1788）正月十六，卒于咸丰二年（1852）十二月二十三日。生植桐、植椿、植槐、植棠四子。清治曾跻身增广生员，例封文林郎。诸子少小文章熏染，诗文附骥，一时父子竞学，家声渐隆。有秀才许植桐、举人许植椿成就功名。

道光二十四年（1844），许植椿以直隶承德府朝阳县附生身份，赴北京参加道光甲辰恩科乡试。当年全国各省正榜中举人数 1254 人，副榜 2238 人，许植椿金榜题名，列顺天府考区正榜举人 239 人中的 232 位，为本届朝阳地区唯一一位。

清代科举由秀才、举人、进士而升堂入室。秀才生员又分为廪生、增生、附生，廪生可获政府膳食供给。欲入举人、进士之阶，还须参加省级乡试、会试。乡试于秋季举行，故又称秋试或秋闱，会试在春季，亦称春闱。朝阳所在的直隶承德府士子乡试地点为京城顺天，即内城东南隅的贡院。

据《道光甲辰恩科直省同年录》，许植椿所在的顺天考点彼时考官三人：左都御史续任协办大学士杜受田、刑部右侍郎续任山东巡抚张沣中、内阁学士续任工部右侍郎罗文俊，其人数多于其他省份（均为两名主副考官的额度），职级也高，且四书诗题三、赋得命题诗一，均由"钦命"。此缘于顺天考区考生人数、定额众多，直隶大省、京畿之地文风之盛。"钦命"考题分别为：

"文献不足故也足则吾能征之矣"；

"悠久所以成物也"；

"王说曰诗云他人有心予忖度之夫子之谓也夫我乃行之反而求之不得吾心夫子言之于我心有戚戚焉"；

"赋得言去其辩得诚字五言八韵"。

以上诸题分别出自《论语》《中庸》《孟子》以及魏晋人应贞《晋武帝华林园集诗》。此一榜人物荟萃，佳构纷出，《直省乡墨清醇》点评。同榜李鸿章在试后二十多年出资发起辑录名录，迨至光绪三年（1877）始成，其时许举人已故去九年矣。

许植椿中举后并未步入仕途，优游诗书课业以及医术，终此一生。许氏与一山之隔的山咀子孙氏家族交往颇深，许氏作为双重姻亲，晚年对孙氏人才的培养有莫大之功。其中孙宝珊，行三，参加同治十二年（1873）癸酉科顺天乡试，中式二十五名举人，时年二十岁。在其履历填写的十余位授业师中许举人列第二位，云："许古樵夫子，讳植椿，道光甲辰科顺天举人"。据传举人病故后，孙氏倾资财大宴三天，并以"八珍"之一烤乳猪成席。许氏后人延续文脉仁术，重孙辈许钟令也中秀才，余者各代读书学医，不辍家学。今存古院落一处，旗杆座石一对、洛阳牡丹一丛。其旧址，于近年荣登中国传统村落名录。

二、举人诗作赏析

许举人遗作唯有百五十余首诗词，内容多叙写生活、铺陈情感，目之所及，文心独具，妙笔生花。其寓情于景，取譬自如，尽显一代传统雅士应有的性情恬适、才情恣肆之风神。

"口不绝音忽到秋，书声宛带竹声流"（《秋夜读书》），呈现了求学者青灯黄卷、忘形物我的苦；"终日优游无个事，看花常把小栏凭"（《书斋偶成》），写出了诗人课余之暇，观风赏景之乐。一苦一乐，一张一弛，体现了诗人芸窗斗室况味。许氏兄弟深居乡村，耕读为业，孜孜以图，其执卷吟哦，凭栏寄傲，乃为诗人本事。故诗集中多有作者俯拾家乡常见景物，援笔成句，尽抒家山爱意。间或访友、聚会、郊游，所闻所感，亦可从中了见情愫。而其他咏史言志之属，亦未尝不吐露出旧时文人所共有的襟抱与格局。

在诸多作品中，田园山水诗类堪称擅场，《赠杨处士山村》（二）："高风寄托在田园"，言人言己。其中于花木题材着墨较多，但不落俗套，拈词设句每于古风盎然中翻出新意。"花到秋深清又洁，人心何必爱浓妆"（《咏白菊》）、"秋雨秋风杨柳津，叶疏枝秃不如春。劝君莫忘长亭外，曾折千条赠故人"（《秋柳》），看花非花，写树非树，以诗人之笔，逞讽诵之能。其二十首凤凰山组诗，空灵隽永，笔力脱俗，字字珠玑，堪称其代表作品。而"千年石洞号朝阳，因起山名是凤凰""两个山公驮水去，随他石径上峰头"等句，为解读朝阳凤凰山历史提供了考据资料。笔者曾以《佛山诗笔两相宜》为题专文述之。

古有试帖诗一体，系科考内容，其肇兴唐代，迨至清朝对其限制尤严。许植椿正当其时。约略梳理，此类诗有七八首，诗题均有出处，韵脚用句中字。如诗题《买丝绣作平原君》，出唐李贺的《浩歌》："买丝绣作平原君，有酒惟浇赵州土"；首句"岂少佳公子，平原更慕殷"破题，用韵为含"春"的平水韵"上平十一真"韵。《一枝红杏出墙来·得红字五言八韵》，即为标准范式之一。

本科举人应试的钦命四书诗题中，最后一题"赋得言去其辩得诚字五言八韵"即为此类，句出《晋武帝华林园集诗》。如第二名的应试诗《赋得言去其辩得诚字五言八韵》的前两句："言自枢机懔，诗传吉甫赓。修辞严去辩，居业贵存诚"，前一句破题，枢机，《易·系辞上》："言行，君子之枢机"，吉甫，指周宣王贤臣尹吉甫。第二句承题，进一步解读"言去其辩"诗题。该诗为第二名周寿昌的应试诗，采用仄起平收格式，为平水韵"下平八庚"韵，雅切得体。

在戴言先生所著的《朝阳文学史》中，对许诗题材曾有概述："绝对不涉及时事、政治，大部分是山水草木、四时风光，少部分是途中见闻，怀乡和闺怨"，乃是有的放矢。但据实而言，人事即时政。诗集部分作品，如"欲把清砧阶上试，薄衣难耐五更寒"（《夜坐》）、"骨彻凉风心却热，望郎不到几徘徊"（《消寒》）之类，并非仅为闺怨，亦有借他人杯酒浇自己胸中块垒之意。"大鹏本是垂天翼，反惹莺鸠笑不禁"（《白门闲居有感》二），此当为内外因引发诗人的思绪不平。诗题以"白门"自命，道出了作者自谦与自励心理。

许植椿历清嘉庆、道光、咸丰、同治四帝，在世五十一载，虽无宦迹可寻，其功名文章也应震动乡梓。然观其身后，可谓声名不显。翻阅民国十九年（1930）《朝阳县志》，惜无诗人作品，仅有其兄许植桐一诗被录入，这也是许植桐唯一一首存世作品。该诗颔联："塔矗危岩红日近，佛眠古洞白云埋"，20世纪90年代为时任中国楹联学会会长的马萧萧先生书丹并刻挂于凤凰山朝阳洞。

三、诗中信息检讨

许氏抄本并无序跋和注释之语，对了解诗人背景有一定困难。然诗乃心声，从作品述及诗人行止踪迹中，仍可捕捉许多历史信息。略略统计，有以下几点。

（一）部分诗作时间。其中有两首诗作有迹可查。其一，《丁未秋客邑中，重阳日无有作，登高会者，感而有作》，丁未年，结合作者出生于 1819 年，应为清道光丁未年（1847）。时年 29 岁。

其二，诗题《闰八月十五玩月》（二首）。闰年、闰月乃历法现象，闰年一般每两三年一闰，十九年七闰。闰月特指农历每逢闰年增加的一个月。查阅年历，出现闰八月的年份，其相应的时间为：1718 年、1851 年、1862 年。以许氏生卒年（1819—1869）来看，1851 年、1862 年皆有可能。即作者时年 33 岁或 44 岁。

（二）作品排序问题。依据《丁未秋客邑中，重阳日无有作，登高会者，感而有作》和《闰八月十五玩月》两首诗的创作时间，以及在诗集中的排列次序可知，此抄本中的作品乃以创作时间之先后，依次排列。

（三）作者曾考进士而不第。诗稿开篇第一首诗即为《出古北口》，古北口古为交通要道，位于今北京密云，以此为标志，从北京向北出长城，咸称口外。《出古北口》诗后数首内容均为秋景，因此当为参加乡试（秋闱）所作，即道光甲辰（1844 年）之秋。时年 26 岁。

在抄本终篇部分又一首《过古北口见长城见感十二韵》，亦为进京之行。依据诗人已考取举人，集中又无访京城之诗，且上几首均为春景内容，故推断此行当为赴京参加会试（春闱）之举。

（四）诗集时间跨度。以诗集顺序，诗人 26 岁第一次《出古北口》参加顺天秋试，29 岁《丁未秋客邑中，重阳日无有作，登高会者，感而有作》，继之《闰八月十五玩月》，推断时年 33 岁或 44 岁，但结合诗的前后关联当为 33 岁。而《过古北口见长城见感十二韵》为应会试时所作，以每三年一次考试规律，诗人在 29、32、35 岁的年纪均有可能，结合诗作的延续，35 岁为宜。诗集时间跨度应为 10 年左右。《朝阳文学史》称许诗："时间跨度不大，大部分作于 1840 年后"，事实上所有作品创作时间，均于诗人中举的 1844 年以后。

（五）作者赋诗纪事。典雅工切，平和冲淡的诗风贯通许诗始终，从中见仁见智见性。然有一首诗却异常突兀，语带机锋，这便是《鸠与鹊争巢》。此七言四首组诗一唱三叹，用词旨趣亦迥异他诗："树梢日日费经营，恨我一生室未成。绿柳林边来拙鸟，几回驱逐几回争""鹊之佳名上界标，也从天上架仙桥。于今再奋填桥力，斗到斜阳恨未消"。此诗若非闲处用笔，则事关重大，或影响深巨。

（六）抄本封面文字及抄者存疑。抄本为宣纸竖行书写，封面居中署"许植椿诗选"，左上角犹书"十美不存"，此者或有区处。"十美"出清初张潮辑《虞初新志》。宸濠请六如（唐伯虎）作"十美图"献上，惜六宫只"觅得九人"，作"九美图"。宸濠以为"十美欠一，殊属缺陷"，故又"举一人以充其数"。基于此，庶几可窥手抄者之寄意，其一是此本非全本，且全本已"不存"；其二抄者非作者许植椿本人。至于诗稿天头出现的校对字体，与正文有异，当另有他人为之。其三抄本掺入他人作品，或有他用。

玉超兄在对抄本整理拍照时，发现其一折页少掉一面。另《朝阳文学史》有一首（《〈白门闲居有感〉之二》），并不在抄本内，亦未发现"之一"。或可说明此抄本愈加"十美不存"了。

四、流行版本甄别

作为朝阳县史上 25 名举人之一，其诗迨至近年陆续面世。1983 年 1 月，朝阳县政协、《朝阳县志》编委办编辑出版《朝阳历代诗词歌赋》，此为许植椿诗作披露于世之第一遭。其前言有："在征集文史资料工作过程中，发现一批汉唐以来有关本县的诗词歌赋"云云。笔者以为，此"发现"之举，当在民国前后。其中此书录许诗四题十七首。1991 年潘英喜出版《朝阳历代诗词选》，录许诗三题九首，均在《朝阳历代诗词歌赋》之列。

1993 年出版的《朝阳文学史》，引许诗多首。笔者存有戴老复印件，曾出示给邸老师参校，除页码次序不同，内容、字体等，与抄本全无二致。戴本次序不同乃因装订时所扰乱，同时所引诗句多有舛误。由此观之，戴本、邸本，均源自一本，即倪氏家藏抄本。唯《朝阳历代诗词歌赋》本出处不详。

然与邸兄讨论中，发现多有疑者。

手抄本中杂入他人作品，计有文奎诗三首、许凤林诗一首。均为诗前同一笔体署名。文奎，据今人所云乃陕西人，清末游学到朝阳。许凤林为诗人之侄。文奎三首诗据诗题均作于北京至朝阳途中，或为初来朝阳、或顺天乡试之作。许凤林诗为试帖诗。以上四诗之作者应无争议。

可疑者，手抄本中犹有十一首诗词，曾署在他人名下。民国十九年（1930）《朝阳县志》录林奎翰《游凤凰山四首》中，有两首出自抄本。"木鱼敲破半空烟，一片经声古洞前。到此已教天路近，可能昂首会群仙"（林诗）与"木鱼敲破半空烟，一片梵音古洞前。到此始知天路近，云霄回首谢群仙"（抄本诗）虽数字之异，但就其意境而言，不可同日而语。另一首亦然。林生卒年及履历不详，民国十九年《朝阳县志》卷二十"选举"载"林奎翰 岁贡"。另，曾做过清光绪二十年（1894）甲午科举人胡家钰的授业师："星垣林夫子，林奎翰，朝阳县廪生"（《清光绪二十年甲午科顺天乡试同年齿录》），《朝阳历代诗词歌赋》称"林奎翰，朝阳县南林家洼人，清岁贡"。

其后的《朝阳历代诗词歌赋》中，将抄本中三首词署名文奎；《朝阳历代诗词选》沿用《朝阳历代诗词歌赋》，更将《朝邑吊古四时竹枝词》八首亦署名文奎，不知所据。至若《古韵今风吟凤凰》等所引许诗，一仍诸版本其旧。

五、注文释义启幽思

古来诗易作，解读犹难。况时移世易，语言环境多有演变，校勘之任，难得愉快。好在玉超兄乃国家一级作家，由诗入文坛，多有积淀，考据注释驾轻就熟。他在注释"一年一度一登高，仲伯联吟逸兴豪。今日家山临眺处，吾兄彤管自挥毫"一诗时，云：

伯仲：古时常用的排序，多用于兄弟排行。伯仲叔季或孟仲叔季，伯是老大，仲是老二。后"叔"不常用也常把"季"放在第三位。根据《许门谱书》，许植椿兄弟四人，胞兄许植桐，弟许植椿、许植槐、许植棠。诗中"吾兄"指许植桐。甚有诗才。《朝阳文学史》等称许植桐为许植椿之胞弟。

此处非唯详细解读"伯仲"之意，还参照《许门谱书》加以佐证，同时指谬《朝阳文学史》，并附入许植桐之诗，可见注释者之用功。

注释《过凤凰岭》，尤有见地，不妨照录：

戴言著《朝阳文学史》中《过凤凰岭》为许植椿作。末句是"不知何乡是故乡。"《古诗新墨凤凰山——书法作品集》中此诗作者为文奎。此书法作品集之所以选录《过凤凰岭》，乃认为此诗是写朝阳凤凰山。实际上，这首诗肯定不是写的朝阳市的凤凰山，因为如果作者登凤凰山游览，决不能用《过凤凰岭》作题，一般来讲，只有岭才可以"过"；《许植椿诗选》抄本，《过凤凰岭》之后就是《过祥云岭》，可见这是作者同时游历且赋诗的地方。朝阳市附近只有平泉县七沟镇境具有这两道岭。

此可谓一注解四疑：一是尾句之失；二是作者之异；三是地名之辨；四是"过"字之论。继之详考掌故，以证非平泉凤凰岭而不能胜任。此者，倘非腹有诗书、放开眼界，势必人云亦云、以讹传讹。其不苟同、不盲从的严谨治学精神，时见于字里行间。需补充的是，就诗中"高冈回首天涯望，不识何乡是故乡"一句已证其非。《朝阳文学史》的末句不可采信。"不知"的"知"字为平声，而此音步须为仄声，许诗"识"字为入声字，仄声，合律。文奎诗词作品，就 20 世纪 80 年代以来的出版物来看，不包括此首。

许氏深谙传统诗词用韵用典之道，故作品遣词造句，工稳典雅，每有用意。《四时竹枝词》《冬日吊古》之"彤云密布朔风催"句，抄本作"彤云密布朔风催"，而戴老作"彤云密布朔风吹"，一字之差，面目皆非。观诗中韵脚"梅""回"可知，作者用平水韵上平十灰韵，"催"在此韵中，而"吹"则属上平四支韵，二者不能混用。此外《游凤凰山》第一首中，抄本尾句为"细询檀越住何乡"，其他如"细问檀越住何乡""细问檀越住何方"，"问"字当平而仄，皆误。尾字"方"，依平仄看，无妨，且与"房""香"同在下平七阳韵部。尽管如此，终有不忠实原著之嫌，纯系校对不严所致。

这里需补充说明的是，集中多有题秋诗，常出现"砧杵"（《秋虫》）、"清砧"（《夜坐》）等，此为古人常用典故。"砧"指捣衣垫在下面的砧板铁，"铁""夫"谐音，因以做思夫隐语。"衣再捣"（《悲秋》）等，亦属此类。又，《秋夜》中有"井""桐"字样。其原本"井畔风吹枫桐叶落"，多出一字，当取"桐"字。古人以井桐做吟秋的常用熟典，如"金井梧桐秋叶黄"（唐代王昌龄《长信秋词五首》），"井桐叶落池荷尽"（宋代欧阳修《宿云梦馆》），"井梧飞叶送秋声"（宋代裘万顷《早作》）。其他如"怅望大刀头"（《悔教夫婿觅封侯》），"大刀头"：《汉书·李陵传》记载，汉武帝时李陵败降匈奴，昭帝即位，遣陵故人任立政等三人至匈奴招陵。单于置酒赐汉使者，立政等见陵，未得私语，即目视陵，而数数自循其刀环，握其足，阴谕之，言可还归汉也。刀环在刀之头，后即以"大刀头"作"还"字的隐语。

朝阳自两汉以降，代为重镇，其城池辐辏、人文鼎盛，冠绝北方。有明一代辟为牧场，清朝开边，置厅设府，重开尧舜气象。据1930年版《朝阳县志》，从嘉庆至光绪百余年间，朝阳县科试中举人者25人，另有武举2人，列热河一域前茅。许氏一门三士，许植椿为朝阳第六位中举人者，堪称硕学鸿儒。今时代新启，古籍重现，是以玉超馆长念兹在兹，将此遗编复制校勘，复得辽宁人民出版社鼎助，广加播布。此举也，非唯发古文人幽光、补文学馆空白，其绳继文脉、美誉家山、砥砺同学，亦有莫大之功。

珠排玉耸起峰峦，重镇千年锷未残。时代又开新气象，搜来麟角振文坛。感念于此，从其请，襄其志，以为序也。

--- **作者简介** ---

孙超，1968年生，辽宁喀左人。现供职于朝阳市文联。致力于传统文学创作和地方文史研究。有楹联作品在山西鹳雀楼等地镌刻悬挂，在《辽沈晚报》及地方报刊发表《纪晓岚笔下的朝阳奇闻逸事》《唐代柳城祖孙诗人考》等作品60余篇40余万字。出版《河东山联薮》《朝阳两佛舍利考》。2020年获辽宁省第九届全民读书节"最佳藏书人"荣誉。系中华诗词学会会员、中国楹联学会理事，辽宁省作家协会、省文艺理论家协会会员，朝阳市楹联家协会主席、市诗词学会常务副会长。

沈阳古城四至及相关问题研究

刘长江

　　作为一座国际性现代化大都市，沈阳不仅是我国东北的政治、经济和文化中心，也有着悠久的人文历史。最新考古发现表明，早在距今十多万年以前，沈阳就曾经有人类居住。距今约 2300 年前的沈阳最早的古候城遗址就位于沈阳老城的地下。本文拟通过文献记载并结合考古发掘资料对沈阳最早的古候城以及后期出现的历代古城的四至范围进行考证，同时对明代沈阳中卫城的中心城楼（现中心庙）、长安寺的修建年代以及清代盛京城的文化内涵等提出自己的观点。

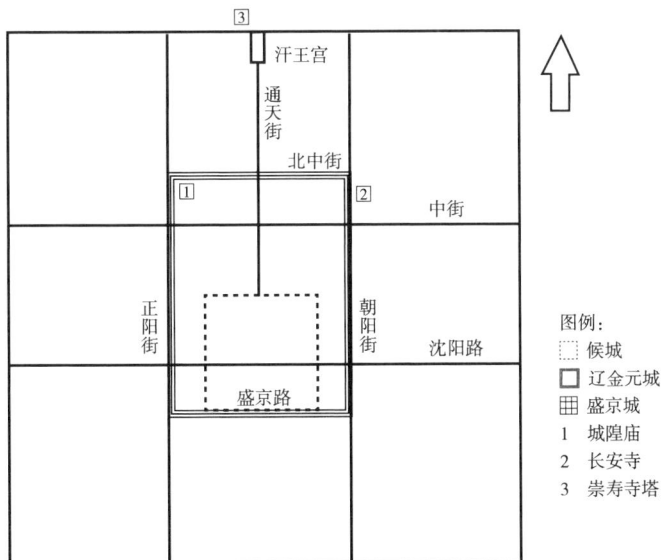

沈阳古城示意图

一、沈阳建城之始——古候城

关于沈阳建城的始源问题，经过几代专家学者的努力探索，尤其是 1999 年沈阳建城始源问题的大讨论，[①] 已经得出了令绝大多数学者认可的结论。这个结论就是：1993 年在沈阳沈河区宫后里发现的战国城墙遗址，即为历史文献记载中的古候城县，而且其始建年代为 2300 年前燕国大将秦开北却东胡、东击朝鲜筑长城设五郡时期。

虽然古城的地座和始建时间问题得到了解决，但有关古城的大小和四至范围并没有得出相应的结论。1993 年宫后里战国城墙的发现不仅为古候城的定位和始建时间提供了可靠证据，也为候城四至范围的考证提供了重要依据。[②]

这次发现的战国城墙为东西走向，从遗址北侧发现的护城河遗迹可证明为城址的北墙。城墙共分三次修筑，首次修筑为战国时期，第二和第三次为后期补修或增修。从现场发现的建筑遗物得知，第一道城墙即战国城墙上有建筑物存在，存在建筑物的位置即是城门所在。从现场勘测得知城门处距离城址西墙（沈阳故宫崇谟阁东墙的更道处）约为 120 米。按照城址北门位于北城墙中心的位置计算，该城址的东西长度在 250 米左右。在现场距离发现建筑物 53 米的东壁上也发现了战国城墙向东延伸的遗迹。沈阳考古队在沈阳路东华北巷东边的"港深工地"考古勘探时也发现了河泥土区域，当为古城东部的护城河。

1971 年和 1975 年在沈阳故宫大正殿门前、沈河公安分局院内先后发现了战国到汉魏时期的文化遗存。从地层堆积和出土遗物可证明两处遗存同为一个遗址。大正殿门前揭露面积 500 平方米，发现战国至汉魏时期夯土台基一处，还发现砖筑水井一口。在汉代文化层之下出土了战国时期的绳纹大板

---

① 为了迎接新世纪沈阳建城 2300 年，沈阳市政府于 1999 年两次组织来自全国各地的专家学者就沈阳建城的始源问题展开讨论，与会的专家学者多达数十人，会后于 2000 年 8 月由沈阳出版社出版了《沈阳建城始源论文集》。

② 关于沈阳宫后里及故宫大正殿门前、沈河公安分局的考古发现，请见刘长江《沈阳宫后里遗址及相关发现》，载辽宁省文物考古研究所编《辽宁考古文集》（二）第 57 页，科学出版社 2010 年 7 月出版。

瓦（长 48 厘米，宽 33 厘米）。汉代文化层还出土了"千秋万岁"瓦当、板瓦和筒瓦等建筑构件。与宫后里的发现类似，也出土了较多的战国至汉魏时期的陶器残片和"一化"、"半两"和"五铢"等铜钱。沈河公安分局遗址揭露面积约 1000 平方米。发现一口由 15 节陶制井圈套接而成的水井。井圈有内饰席纹，外饰网格纹年代较早的，也有素面施半釉年代较晚一些的。汉代文化层底部还发现一个盛满"一化"铜钱的陶罐。其他发现均与大正殿门前和宫后里遗址的发现相似。

战国北城墙南边的上述发现足以证明，沈河公安分局和沈阳故宫东路到战国城墙西墙的位置处于古候城的城内。到目前为止，沈河公安分局门前的盛京路以南尚未发现战国文化遗存，而今天的南顺城以南就是墓葬分布区了。[①] 由此我们就可以推定，古候城遗址的南城墙在今天的盛京路一带。经现场测得盛京路北到宫后里接近 300 米。也即是说宫后里城址——古候城的周长约为 1100 米。

综合前述，可以得出结论，古候城遗址的四至范围是：南起盛京路；北至宫后里；西自沈阳故宫崇谟阁东侧更道；向南经过西朝房、原沈河电话局；直到盛京路；东到沈阳路东华巷。

二、辽金元时期的沈州和沈阳路城

隋唐以后，东北地区的统治者为契丹族建立的辽朝政权。辽代初年在早已毁于兵火的古候城遗址上建立了沈州城，隶属东京（今辽阳）道。关于辽沈州城的初设时间，虽然有唐代说、渤海说和辽代说 3 种观点，但经过多年的研究考证，沈州建于辽太祖神册六年（921）的观点已经得到了学术界的认可。关于沈州城的位置，经过多年的考古发现也已经确认，就位于今天沈

---

① 20 世纪 60 年代以来沈阳老城大南、小南一带发现了汉墓群，先后清理了数十座。见沈阳文物管理办公室编纂《沈阳市文物志》第 72 页，沈阳出版社 1993 年 3 月出版。

阳的老城区。[①]与古候城的命运相似，沈州城于金朝末年毁于兵火。为了安置大量高丽降民，元朝至元三年（1266），重设沈州，毁于兵火的沈州城得以重建。30 年后，即元贞二年（1296），又设立了沈阳路。元代沈州城和沈阳路城是在被毁的辽金沈州城的基础上"重加修复"，所以沈州城和沈阳路城的四至范围是一致的。本文所要探讨的即是沈州和沈阳路城的具体四至问题。

　　1956 年在清理沈阳城小北门外建于辽乾统七年（1107）的崇寿寺白塔地宫时发现石函一个，石函顶面铭文有"沈州南赡部州大辽国石匠作头靳士和 维乾统七年岁次丁亥四月小书丁巳朔十一日丁卯火日选定辛时 于州北三岐道侧寺前起建释迦佛生天舍利塔"等字样。这段记载证明，沈州城位于小北门外辽塔前三岐道的南边附近。有人据此推断沈州城的北城墙位于今天的中街。[②]现藏于沈阳故宫刻立于元至正十二年（1352）的"城隍庙碑"，也有一段文字与元代沈阳路城的四至有关："院地 东至回回五哥院墙 南至孙百户界墙 西北至城隅"。这证明城隍庙位于沈阳路城的西北隅。有学者据此推断"元代沈阳城的北城墙似与明清沈阳城的北城墙大体一致"。[③]《沈阳史话》《沈阳城市发展史》[④]也持同样观点。

　　根据现场遗址实际测量得知，沈阳城隍庙距离明清城址北城墙的距离为357 米。按常理分析，沈州城或是沈阳路城的南北距离不会超过 1000 米。假设按 1000 米计算，城隍庙距离北城墙 357 米，那么加上庙院本身的占地，城

---

①　1949 年发现的辽代李进石棺墓棺盖铭文、1985 年皇姑区塔湾舍利塔出土的地宫石函、1953 年发现的"沈州南卓望山上造无垢净光塔"石函、1956 年沈阳小北门白塔地宫出土的地宫石函等石刻对沈州城的方位均有明确记载。分别见沈阳文物考古研究所编《沈阳考古发现六十年》（报告卷）第 429 页、332 页，辽海出版社 2008 年 10 月出版。沈阳文物考古研究所编《沈阳考古文集》（第二集）第 121 页，科学出版社 2009 年 12 月出版。《沈阳市文物志》第 169 页。

②　姜念思著《沈阳史话》第 66 页。

③　沈长吉、王明琦《最早记录沈阳的碑刻——元代沈阳城隍庙碑》，载《沈阳师范学院学报》1980 年第 3 期。

④　顾奎相、陈涴《沈阳城市发展史》（古代卷），沈阳出版社，2018 年第一版，第 126 页。

隍庙南距城址南北中心轴线（500米处）的距离就不会超过120米。这显然与"西北至城隅"的事实不符。所以沈州城的北城墙应该在明清沈阳城北墙以南。这也从另一方面证明，元代的沈阳路在辽金沈州城的基础上没有扩建。因为沈阳城隍庙位于今天中街的路北，将沈州城北墙设定在今天的中街也是不妥的。

经现场调查和综合研究分析，本人认为辽金元沈阳城的四至范围是东起朝阳街、南到盛京路、西至正阳街、北至北中街路靠近城隍庙北墙一带。理由如下：

大政殿门前和沈河公安分局遗址出土大量辽金元时期的建筑构件和日常生活用品遗物说明，遗址正处于沈州城的城内。

大量考古资料证明，辽代的节度州州城的周长一般都在2000米左右。盛京路距离宫后里战国古城墙300米左右，而北中街路靠近城隍庙到宫后里的距离也在300米左右。从正阳街到朝阳街的距离为550米。即是说沈州城的南北长约为600米，东西宽550米。这与同时期的辽广州城（今于洪区高花古城，南北长620米，东西宽550米）、奉集州城（今苏家屯区陈相屯乡奉集堡古城，为长宽均为500米的正方形）大小基本相近。

在清理宫后里古城墙期间，曾经在城墙顶部发现了千层饼状的路基土的遗迹，这说明古候城城墙遗址被后来人作路基使用了。这里正是辽金元古城东西大街的位置，也是明朝沈阳中卫城的东西大街。

城内现存的长安寺是沈阳最古老的寺庙之一，民间素有"先有长安寺，后有沈阳城"之说。寺内所立明成化二十三年（1487）"重修沈阳长安禅寺碑"（现存沈阳碑林）的碑文记载："辽东沈阳长安禅寺不知肇自何代，基址砥平，高阔爽垲。国朝洪武中因筑城而始知为故刹。永乐七年指挥方盛按旧基而立精舍，以居众僧。十二年住僧灵源、柏庭二人始创建前殿。宣德三年有笑庵禅师者复建后殿。……正统十年住持洪明又建僧舍、庖厨、仓库，十二年僧深泉又建伽蓝堂。天顺二年住持僧深潭募缘修造得都指挥鲁全、田进、指挥曹辅皆出金帛，善士张道诚协力以助之。遂建天王殿及外山门并廊庑十余楹，乃焕然成一大兰若矣。"

这段记载说明，直到指挥闵忠扩建沈阳城时才发现早已成为废墟"基址砥平，高阔爽垲"的长安寺基址，在此之前并不知道长安寺的存在。这是一处"不知肇自何代"也不知毁于何代的"故刹"。如果当时地面存有任何遗迹，也不可能在修城动土时才发现。说明旧址尘封年代已久。到目前为止，在元朝的文献中还没有发现有关长安寺的文字记载。据此我们认为长安寺至少建于元代以前的辽金时期，否则洪武年间也不会称其为故刹。在沈阳地区已发现的与城址共存的辽金寺庙（古塔）中，都建在城址之外。从而证明辽金元古城在今天的长安寺以西。这也再次证明了元代沈阳路城没有扩大的事实。

虽然经历了千年的历史发展，但今天北中街路的地势仍然明显高于南边的中街一带。这应是当年曾经作为城墙而留下的遗迹。

通过辽金元古城四至范围的确定证明，古候城北门的位置，从辽建沈州城开始，直到金、元、明、清，一直是沈阳古城的中心点。

从长安寺的碑文记载中得知，现今的长安寺是明永乐七年（1409）到天顺二年（1458）的半个世纪中在元朝以前的废墟上逐步重新修建而成的。

三、明清沈阳城

明朝统一东北后实行了特殊的卫所管理体制。洪武十九年（1386）设置沈阳中卫。为了加强沈阳中卫的防卫能力，防止纳哈出等敌对势力的侵扰，洪武二十一年（1388）沈阳中卫指挥闵忠对沈阳城进行了有史以来最大规模的扩建。明《辽东志》卷二记载：

> 沈阳城，洪武二十一年，指挥闵忠因旧修筑。周围九里三十步，高二丈五尺。池二重，内阔三丈，深八尺，周围一十里三十步；外阔三丈，深八尺，周围一十一里有奇。城门四：东曰永宁，南曰保安，北曰安定，西曰永昌。

这里"因旧修筑"的"旧"即指元代沈阳路城。但通过前文考证和明清沈阳城址的现状证明，这次对沈阳城的修筑，决不是完全意义上的"因旧修筑"，而是将城的规模由原来沈阳路城向四周扩展到今天明清城址的范围，而且将原来的土城改建成了砖筑城。

后金天命十年（1625），努尔哈赤力排众议，毅然将都城从辽阳迁到沈阳，此后，努尔哈赤和皇太极父子对沈阳城进行了大规模的增修扩建。清乾隆《盛京通志》卷十八记载：

> 天命十年迁沈阳，天聪五年因旧城增拓。其制内外砖石。高三丈五尺，厚一丈八尺。女墙七尺五寸。周围九里三百三十二步。……改旧门为八：东向者，左曰抚近，右曰内治；南向者，左曰德胜，右曰天佑；西向者，左曰怀远，右曰外攘；北向者，右曰福胜，左曰地载。池阔十四丈五尺。周围十里二百四步。

清新筑城周长比明城多出 302 步。沈阳考古队在对盛京西北角楼发掘清理时发现，清城的西北角楼是贴着明城城墙之外起筑，而把明城直接包在了里边。为了便于大家参观，在角楼内还保留了残存的部分明城墙。由此证明，这多出的 302 步是增宽城墙和增加城门所致。

四、关于中心庙和盛京城思想文化内涵的一点探索

关于明清沈阳城的四至范围毋庸再言。本文拟就明清古城的两个问题加以探讨。一是有关建于明清之际的"中心庙问题"。出于风水或是战略的考虑，中国古代修建城池时，在城的正中心往往要建一个标志性建筑。按照风水学的说法，城内大街两头相对的城门不可以直接看到，要有建筑物加以遮挡。也有的观点认为是出于战争的需要而建，使敌人从一个城门看不到对面城门的情况。明清之际，多把钟鼓楼建在十字路口，辽宁的兴城（明宁远城）、北镇（明广宁城）、锦州（明广宁前屯卫城）等城址都是这种情况。《满洲实录》所绘《努尔哈赤攻打沈阳城图》，就画有中心楼，楼下对着城门设有四个券洞。其实这个记载是可信的。但为什么当年的中心楼演变成了后来的中心庙呢？这是因为明末清初沈阳中卫城遭到战争破坏，或者是努尔哈赤父子迁都沈阳后将其拆除。即使是没有毁于兵火，修建大正殿和盛京皇宫

时，高达三层的中心楼也不会被保留。但颇受道家思想影响的清初（后金）统治者还是保留了沈阳城的中心点。或许就是在这个时候中心楼变成了中心庙。现存的中心庙"占地不到半亩"，也并不位于明城十字大街的交叉点，而是位于交叉点的东北角。这说明现在的中心庙不是历史上完全意义的中心庙，或是原来中心庙的一部分，或干脆就是道光年以后所建。至于清初所保留的城正中心位置上的建筑究竟毁于何时，有待于今后的进一步研究。在此孤备一说，仅供参考。

二是关于盛京都城规划布局所蕴含的思想理念问题。《清代盛京城规划理念探析》①一文，就该问题进行了较为深入的研究。对于文中所持观点，本人基本表示赞同。但至少还有一点值得补充，就是清初统治者尤其是皇太极的天道观和民本思想对盛京城四塔四寺的修建产生了一定影响。

历史上帝王以天子自居，以受命于天的说教视为巩固其统治地位的理论根据。但有的帝王完全是出于政治的原因，自己并非真信，也有的帝王确有个人笃信的因素，皇太极就属于后者，他有着朴素的天道观，认为"天"是有意志的，主宰着人世间的一切事物。皇帝、君主则是天的儿子——"上天之子"，即"天子"。"天子"是受命到人世间代表上天来管理人间事务的。所谓"人君者，代天理物，上天之子也；人臣者，生杀予夺听命于君者也"②。纵观清太宗皇太极的一生，"拜天"是他不可或缺的事情，是作为一种制度严格遵守的。有学者对皇太极"拜天"做过如下描述："凡节庆、建国、新君即位，首先必须'拜天'，表示敬意。出征前，要祭告天知道，求其'护佑'；打了胜仗，凯旋归来要'谢天'，感谢天的庇护。国家遇有重大事件，如孔有德、耿仲明率众来归，获元朝传国玉玺，林丹汗之子额哲举国投顺等，类似这样一些喜庆事，也都通过祭告的形式，感谢天的恩赐。在处理国与国、民族与民族的关系上，同样举国'拜天'……所有这些频繁的、无处不'拜天'的活动，表明它远远超出民间的风俗习惯，而成为满族统治者的一种强大的思想武器。"③

---

① 姜念思《清代盛京城规划理念探析》，载《中国名城》2011 年第 3 期。

② 《清太宗实录》卷六十四第 24 页，台湾华文书局股份有限公司影印本。

③ 孙文良、李治亭《清太宗全传》第 365 页，吉林文史出版社 1985 年出版。

在君主与臣民的关系问题上，皇太极有着民先君后的思想。对此他曾做如下阐述："以上下相维之理言之，必为在下之人所托命，而后可为在上之人，如无在下之人，则统辖者谁？役使者谁也？"①这里皇太极从最高统治阶层的根本利益出发，认为必须先有被统治者，然后才能有统治者的存在；没有被统治者的存在，统治者的所谓统治就成了无本之木、无源之水。

根据四塔四寺的有机布局和敕建碑文所记，不难看出，皇太极敕建四塔四寺与他的天道观和民本思想有着不可分割的关系。现对照《盛京通志》所载《敕建护国寺塔记》，将《敕建护国法轮寺碑记》汉文的正文部分抄录如下：

敕建护国法轮寺碑记

夫幽谷无私，有至斯响，洪钟虚受，无叩不鸣，而况于法身圆对。规矩冥立，一音称物，宫商潜运。故如来利见迦维，托生王室，凭五衍之轼，拯溺逝川，开八正之门，大庇交丧，法力维持乎八极，慈威镇慑乎群魔。

大智静涵，灵源普挹，圣主道济苍生，化隆无外，念兹功德，允合瞻依。

特敕工部遴委喇嘛不庶朝儿吉、毕儿兔朗苏相度鸠工，于盛京四面各建庄严宝寺，每寺大佛一尊，左右佛二尊，菩萨八尊，天王四位，浮图一座。东为慧灯朗照，名曰永光寺；南为普安众庶，名曰广慈寺；西为虔祝圣寿，名曰延寿寺；北为流通正法，名曰法轮寺，各立穹碑，永垂来祀。铭曰：皇图肇启，宝城弘开。仰兹佛日，跻于春台。雨阳时叙，国无沴灾。三途靡惑，五福斯来。

大清崇德八年癸未仲春起，至顺治二年乙酉仲夏告竣。

四塔四寺的顺序是从东到南到西到北。"东为慧灯朗照，名曰永光寺"，所供大佛为地藏王佛，地藏"在密教其密号为悲愿金刚或称与愿金刚"②。东

---

① 《清太宗实录》卷六十五第 17 页，台湾华文书局股份有限公司影印本。

② 《佛学大辞典》第 536 页，文物出版社 1984 年出版。

塔永光寺的含义在于祈求地藏王这位受释迦如来咐嘱的"与愿金刚"灵光普照，保佑大清江山；"永光"的意义在于永远照耀，永远护佑。这里指的是"佛主""上天"，在清太宗皇太极看来，此处的"佛"与"天"是相通的。"南为普安众庶，名曰广慈寺"，所供大佛为千手千眼佛，亦称千手千眼观音，在佛教界里有"表度一切众生有无碍之大用也"[①]。南塔广慈寺的含义在于招安普天下的臣民，使其安居乐土，甘做统治者的"在下之民"。"广慈"的意义在于广发慈悲，赐福于臣民，这与皇太极的民先君后的思想是相通的，这里指的是"人""臣民"。"西为虔祝圣寿，名曰延寿寺"，所供大佛为阿弥陀佛，其"密号曰清净金刚，以译名谓之无量寿佛"[②]，其含义在于祈求这位能使人延年益寿的佛主，为圣上——天子清除病魔，使其病体早日康复，健康长寿。这里指的是"圣上""天子"。如此有了"上天""佛主"的永远护佑，有了安居乐业、甘心受其治理的广大臣民，再加上一个健康而圣明的"君主""天子"，就可以实现"流通正法""法轮常转""大清江山永不变色的护国目的了，就可以使统治者一心做他的'在上之人了'"。"北为流通正法，名曰法轮寺"，所供大佛为天地佛，又名欢喜佛。欢喜佛是密宗本尊佛，其含义在于天地合一，指的是整个大清国家。法轮"佛之说法，如车轮辗转不停，故名"，"轮具二义，一者转义，二者辗义，以四谛轮转度与他"。因此我们说四塔四寺中，北塔法轮寺是最主要的。祝天、祝人、祝君主的目的在于"法轮常转"，在于大清王朝万世不变。这也是清入关后数代皇帝东巡盛京时，都要到北塔法轮寺巡视、进香、题诗的原因所在；也是为什么四塔四寺中唯有北塔法轮寺香火最旺盛的原因所在。乾隆四十三年（1778），清高宗东巡盛京时，给北塔法轮寺的题诗中曾有"法轮演国语，永佑万宗都"的诗句，再次证明了四塔四寺的敕建目的在于"护国"的事实。

经过上述分析可以看出，四塔四寺的敕建是清太宗皇太极朴素的天道观和民本思想在宗教领域里的反映，是两者的有机结合。四塔四寺中的每座塔寺各有其不同的目的，同时又共同构成"护国"的总目标。四者缺一不可，相辅相成。这也反映出皇太极的当年之举是颇具匠心的。作为中国封建王朝

---

① 《佛学大辞典》第 185 页，文物出版社 1984 年出版。

② 《佛学大辞典》第 733 页，文物出版社 1984 年出版。

最后兴建的都城，盛京城是汉满蒙藏多民族文化融合的产物，受到了传统的王城理念、努尔哈赤的五行八卦、皇太极的天道观、密教的坛场思想等多种思想理念的影响。

—— 作者简介 ——

刘长江，1959 年生，九一八历史博物馆原副馆长，研究馆员，沈阳第十四届政协委员。曾任沈阳市文物管理办公室副主任，沈阳文物古迹研究中心主任等职务。长期从事地方历史、抗战史、文物博物馆研究工作。全国优秀社会科学普及专家，入选《中国当代文博专家志》，中华人民共和国价格评估专业人员，辽宁社会科学院特聘研究员。现任中国近现代史史料学学会副会长，九一八历史研究会研究员，沈阳市文化遗产保护研究会副会长。数次获得国家及省市各种奖项，发表相关文章 40 余篇，出版相关图书 10 余部；参与、主持国家、省市课题数项；举办学术讲座约百场；策划、主持九一八历史陈列馆、沈阳金融博物馆、锡伯族博物馆等 10 余座博物馆的建设。

以诗赋擦亮沈阳城市名片

张春风

文化之于城市，是根，是魂，是软实力，是核心竞争力。诗词歌赋是文化的一种重要呈现方式，诗歌在中国古代的各种文学体裁中出现最早，语言精练，饱含思想情感，深刻反映社会生活；赋讲究文采、韵律，兼具诗歌和散文性质。《庄子·天下》说："诗以道志"，诗歌能够表达人们的志向和愿望，诗和远方能够激发人们向上的动力和不懈的追求，诗意栖居成为人们的向往。诗词歌赋作为亮丽名片为城市带来影响力和吸引力的例子不胜枚举：唐崔颢的"黄鹤一去不复返，白云千载空悠悠"的情怀，是武汉极其重要的城市印记；宋苏轼的"欲把西湖比西子，淡妆浓抹总相宜"的佳句，对杭州这座城市的影响力广泛而深远……

在浩瀚历史长河中，沈阳城市钟灵毓秀，人杰地灵，多有历史烽烟迭起，多有名人辈出，多有盛京美景，更有"一朝发祥地，两代帝王城"积累的厚重文化底蕴。在沈阳城市发展过程中，赞咏沈阳的诗赋可谓蔚为大观。"於铄盛京，维沈之阳。大山广川，作观万方。虎踞龙盘，紫县浩穰。爰浚周池，爰筑长墉。法天则地，阳耀阴藏……"清乾隆帝为沈阳御制的《盛京赋》，是对清代沈阳真实画面的描绘，立体记述了盛京皇宫之壮美、山水之形胜、物产之丰富、祖先之骁勇。《盛京赋》获得法国启蒙思想家、文学家伏尔泰的称赞，盛京（沈阳）的名字早在200多年前就被法兰西人民知晓，在西方世界广泛传播，成为中西文化交流的佳话。

隋炀帝杨广的《纪辽东二首》，唐太宗李世民的《辽城望月》，清康熙的《渡巨流河》《福陵颂》《昭陵颂》，清雍正的《谒昭陵恭颂》，清乾隆的《盛京赋》《登凤凰楼》，清嘉庆的《盛京颂并序》《大政殿》《文庙》，清道光的《御崇政殿敬述》……多位帝王为盛京沈阳及其景物写诗作赋，使沈阳拥有独特的文化遗产资源。

沈阳市档案馆（沈阳市文史研究馆）承担着梳理沈阳文脉、呈现沈阳文象，为沈阳市经济社会发展提供文化助力的职责。近年来启动了打造"印象沈阳"品牌和编辑沈阳历史文化典籍丛书工程，先后出版了《印象沈阳》和《历代沈阳文选》《历代沈阳诗词汇选》等历史典籍。特别是完成了《赞咏沈阳诗赋经典百篇》沈阳市哲学社会科学规划重点项目，对与沈阳市有关的跨越千年诗赋资源进行系统梳理，博览历代诗赋、遴选经典篇目、精心校注赏析、精选优美配图而推出的展示沈阳文脉和文化底蕴的力作，旨在用诗词歌赋唤起人们温暖而深刻的情感，激发丰富而深刻的想象，擦亮城市名片，释放蓬勃的文化力和创造力。这是"印象沈阳"品牌打造工程的又一项成果，在厚重文化土壤中汲取精髓，提升沈阳城市品格，形成沈阳独特文化印象，在诗意中实现对城市文化的"精神培育、文脉呈现、品质提升、培根铸魂"，让这种文化特质激励沈阳人，并为外界感知，为沈阳全面振兴、全方位振兴提供文化推动力。

在推进《赞咏沈阳诗赋经典百篇》沈阳市哲学社会科学规划重点项目，对与沈阳市有关的跨越千年诗赋资源进行系统梳理过程中，我们发现历史上多位帝王为盛京沈阳及其景物写诗作赋，使沈阳拥有独特的文化遗产资源。通过遴选《赞咏沈阳诗赋经典百篇》，我们发现沈阳历史上曾经名家先贤咸集，其中：王寂、王之诰、函可、戴梓、陈梦雷、纳兰性德、戴亨、纳兰常安、缪公恩、姚元之、张祥和、多隆阿、魏燮均、宝珣、刘春烺、缪润绂等，他们或为学问巨擘，或为沈阳籍，或曾在沈阳驻足，或强烈关注辽沈历史文化。他们的诗赋，或现实或浪漫，却都一样对沈阳倾注了深深的情感。他们曾在盛京、奉天、沈阳成立冰天诗社、芝兰诗社、西冈诗社、藕乡诗社，办过萃升书院、莲宗书院，使沈阳成为文化人才培养基地和诗词歌赋创作基地，为沈阳留下了众多名篇佳作。

清初戴梓的《浑河晚渡》、清初著名文献学家陈梦雷的《留都十六景》、晚清翰林缪润绂的《盛京八景》、钱公来的《沈阳八景》等诗作，盛赞沈阳景观，极尽溢美。曾任盛京兵部侍郎、刑部侍郎的纳兰常安的《盛京瓜果赋》《盛京蔬菜赋》《盛京物产赋》，把康乾盛世时期沈阳的民康物阜，淋漓尽显。文化先贤们对"一宫两陵"及凤凰楼、文溯阁、文庙、长安寺、四平街（中街）、钟鼓楼，小河沿、万泉河和万柳塘，天柱山、辉山及向阳寺，辽河、浑河和蒲河，大御路、永安桥、白塔堡，沈阳四塔、三面船与石佛寺等等涉及沈阳及其区县（市）的人文、自然景观进行了大量诗意创作。

函可（1611—1660），作为清初被放逐东北的流人代表，被发配到沈阳后，在苦难的流放境遇中尽显出人性的高贵。面对冰天苦寒，遭遇一变再变，但其内心的高贵却未曾被销蚀。他抛弃物欲利益和功利得失，义无反顾地在生死存亡的边缘上吟诗作赋，用自己的一点温暖去化开别人心头的冰雪，用屈辱之身去点燃文明火种。在辽沈地区生活12年，先后撰写各种题材的诗歌1500余首，他的诗歌咏叹故国之情，慷慨悲凉。同时又以隽永的文字，集中反映了东北地区的风土人情、历史文化，由后人辑成《千山诗集》21卷。他组织了东北第一个文学社团"冰天诗社"，冰天诗社的诗作对东北文学起到了破荒作用，形成的文学作品具有极为感染人的艺术力量，堪称清初流人文学的杰作。为推动东北地区的文化事业和文明进步做出了卓越贡献。

我们必须认识到，城市发展最终是以文化的繁荣兴盛来实现的，文化的繁荣才是城市发展的最高目标，脱离人或脱离文化的发展是一种没有灵魂的发展。腹有诗书气自华，人如此，城市亦然。文化滋育着沈阳的生命力，催生着沈阳的凝聚力，激发着沈阳的创造力，培育着沈阳的竞争力。2018年6月10日，沈阳市宗教局、沈阳市文史研究馆于慈恩寺联合主办"纪念函可入沈370周年暨冰天诗社复社座谈会"，实现了成立300多年的冰天诗社重新回归到沈阳今天的文化建设中，实现了沈阳具有丰富文化底蕴和文化资源的文化品牌古为今用，对于建设文化高原，攀登文化高峰，对于辽沈地区的文化繁荣，都具有非常之意义。振兴新突破的加速度需要持久的文化力来推动，相信未来，文化会使沈阳变得越来越有魅力。相信充满诗意的城市会使沈阳成为更多人向往的远方。

本文原为为沈阳出版社《赞咏沈阳诗赋经典百篇》所写序言，略有修改。

辽宁地方著述版本辨正四则

刘　冰

一、苗君稷《焦冥集》

苗君稷（1620—?），字有邰，号焦冥，斋名知白，原籍北京昌平，诸生。清崇德三年（明崇祯十一年，1638），苗君稷被清军掠至盛京，太宗皇帝数欲官之，皆谢而不就；请为道士，居盛京三元观，俗称三官庙。流寓盛京几十年，康熙三十年（1691）尚在世。

苗氏有集曰《焦冥》，也作《知白斋集》，凡两卷，收录苗君稷诗作三百五十七题四百三十五首。卷一一百六十一题一百八十八首，卷二一百九十六题二百四十七首。诗大体以年为序，起自顺治十四年（1657），讫于康熙十八年（1679）。其诗新俊磊落，淡适温润，高远沉郁。[①]多年来，世人多以为苗君稷诗集有昌平、盛京两个版本。甚至有学者认为《中国古籍善本书目》收录的广东省立中山图书馆藏，康熙十九年（1680）知白斋刻本《焦冥集》，即为盛京刻本。[②]依据为知白斋刻本《焦冥集》有康熙十七年（1678）陈易序，康熙十八年（1679）姜希辙、孙繁祉序，康熙十九年（1680）高士奇、沈荃序，盛京、昌平两地之序齐全。且有诗作于孙繁祉康熙十八年（1679）十二月序之后，认为苗君稷康熙十九年（1680）四月回到盛京后再刊时所增入。殊不知古人著述，常在未定稿时即问序师长友朋，因

---

① 康熙十九年（1680）沈荃《焦冥集序》，清康熙十九年（1680）知白斋刻本。

② 刘刚、李德山《孤本〈焦冥集〉的版本、内容及文献价值》，载《古籍整理研究学刊》，2013 年第 6 期；姜念思《〈焦冥集〉前言》，《沈阳历史文化典籍丛书》第六辑，沈阳市政协文史馆编，沈阳出版社，2017 年 1 月。

此序之所署年月抑或早于刊刻时间，抑或晚于刊刻时间，皆属正常。甚至刊行之后再刷印时，又增入新序，亦多有之。如乾隆《盛京通志》载："府丞姜希辙序其（苗君稷）诗，梓行之。"① 此志为乾隆元年（1736）刻咸丰二年（1852）补修本，所记内容令人生疑。所谓"梓行之"未指明是昌平还是盛京之刻。按常理姜希辙虽为府丞，也不可能动用公库刊刻时人诗集。因此，上述情况皆不足以成为《焦冥集》刊于盛京之证据。又如在乾隆三十七年（1772）修《四库全书》时，上谕各省督抚学政，购访历代流传旧书及国朝儒林撰述。奉天府尹博卿额等覆上奏："奉天省俗朴风淳，坊肆所有书籍，不过五经四书、时艺试帖，并无名人宿望流传旧书等情。"② 乾隆时期盛京书肆状况如此，百年前康熙时期盛京恐无刻书坊肆。

《光绪昌平州志·列士传》记载苗君稷"顺治乙未（十二年，1655）冬，过旧里，暂憩莘下，出所著《知白斋诗集》，问序于詹事沈荃，沈序之；钱塘高士奇、邑人孙繁祉亦并有序，遂付梓以传"③。此段记载让后人误以为苗氏又有顺治昌平《知白斋集》之刻。《焦冥集》收录最早的诗为顺治十四年（1657）所作，其所谓顺治十二年（1655）刊刻完全不合逻辑。《焦冥集》康熙十九年（1680）沈荃序云："己未（康熙十八年，1679）冬，先生过旧里，暂憩莘下，因尽出所著诗，属余为序。"④ 同年高士奇序亦云："先生之乡人刻其《知白斋集》以问世，属余序之。"⑤ 沈氏、高氏序与《光绪昌平州志》记载内容相同，惟时间各异。康熙六年（1667），苗君稷于盛京"筑知白斋，谢人事，读书其中"⑥。顺治十二年（1655），尚未有"知白斋"，何来《知白斋集》之名？据此可知《光绪昌平州志》记载干支纪年有误，将"己未"误

---

① 吕耀曾等修、魏枢等纂《盛京通志》，清乾隆元年（1736）刻咸丰二年（1852）雷以诚补修本，卷四。

② 《奉天府尹博卿额等奏购访遗书情形并开呈书目折》，《纂修〈四库全书〉档案》，中国第一历史档案馆编，上海古籍出版社，1997 年 7 月第 1 版，第 30 页。

③ 吴履福修《光绪昌平州志》十八卷，清光绪十二年（1886）刻本，卷十四，第四十四页。

④ 康熙十九年（1680）沈荃《焦冥集序》，清康熙十九年（1680）知白斋刻本。

⑤ 康熙十九年（1680）高士奇《焦冥集序》，清康熙十九年（1680）知白斋刻本。

⑥ 康熙十七年（1678）陈易《焦冥集序》，清康熙十九年（1680）知白斋刻本。

作"乙未"，"己未"应为康熙十八年（1679）。《光绪昌平州志》记载刊刻之前问序于沈荃、高士奇、孙繁祉，使世人误以为昌平刻本仅有三人序，其实在诗稿上应已有陈易、姜希辙在盛京所作旧序，只是新序中未提及罢了。且苗君稷绝不可能一年两刻其集，重刻则是对前刻乡人的不尊重。综合上述诸端，可知康熙十八年（1679）冬，苗君稷携其诗稿《知白斋集》回昌平，康熙十九年（1680）由乡人梓行。因此，可以断定世上并无康熙十九年（1680）盛京刻本，广东省立中山图书馆所藏《焦冥集》应为昌平刻本，即志书记载和书序言及的《知白斋集》，二者为同版。一书二名，曰《焦冥集》者，为刻本卷端题名；曰《知白斋集》者，为诗集稿本题名。

二、刘廷玑《葛庄诗集》

刘廷玑（1653—1716），字玉衡，一字在园，号葛庄山人，奉天辽阳（今辽宁辽阳）人，隶汉军镶红旗。以恩荫入官，历内阁中书、浙江台州府通判、括州知府、处州知府、江西按察使、江南淮徐道、江西观察副使等职。

刘廷玑《葛庄诗集》版本较为复杂，世人不能明辨，极易张冠李戴，误选别本，今略为梳理，以正本溯源。其一《葛庄诗钞》十五卷，为刘廷玑门下士吴陈琰所编。刘廷玑旧有《在园诗集》《种天斋近集》《使草》《辰巳小集》《刈存草》《省斋草》诸集。康熙三十七年（1698），吴陈琰途经东瓯拜见刘廷玑，刘氏出其前后已刻、未刻诗，命为删订，总名曰《葛庄诗钞》。是集分年排次，起康熙十六年（1677），讫康熙四十六年（1707），收录刘廷玑古近体诗一千三百三十五首。卷一康熙十六年至十七年（1677—1678）一百二十七首，卷二康熙十八年至十九年（1679—1680）八十五首，卷三康熙二十年至二十一年（1681—1682）八十首，卷四康熙二十二年（1683）八十四首，卷五康熙二十三年（1684）七十六首，卷六康熙二十四年（1685）八十五首，卷七康熙二十五年（1686）八十六首，卷八康熙二十六年（1687）三十八首，卷九康熙二十七年至二十八年（1688—1689）五十四首，卷十康熙二十九年至三十二年（1690—1693）一百二十一首，卷十一康熙三十三年至三十五年（1694—1696）五十六首，卷十二康熙三十五年秋至三十七年冬（1696—1698）五十三首，卷十三康熙三十八年（1699）一百三十四首，卷十四康熙三十九年（1700）一百八十三首，卷十五康熙四十年（1701）七十三首。廷玑为诗“杼轴性灵，钩贯风雅，雍容和顺之中，不烦雕镂而秀句杰出，有光熊然，所谓我文从字顺者也”。卷端题“辽海刘廷玑玉衡一字在园著”，书名页题“葛庄诗钞，辽海刘在园著”。卷首有康熙四十年（1701）宋荦、高士奇序，康熙二十三年（1684）王士祯序，康熙三十七年（1698）吴陈琰序（附康熙三十八年吴氏《较订观察公葛庄诗成附题四首》），康熙三十一年（1692）张惣序，康熙三十七年（1698）、四十年（1701）刘廷玑自序二篇。各卷末镌“男均、垓、培仝校字”。此《诗钞》十五卷，为康熙四十年（1701）刘廷玑自刻本，由儿辈校刊。

其二《葛庄诗钞》二十卷。康熙四十六年（1707），刘廷玑在十五卷本《葛庄诗钞》的基础上增编增刻。沿袭旧本分年排次体例，增编五卷，收录刘廷玑康熙四十一年至四十六年（1702—1707）所作古近体诗四百四十七首。卷十六康熙四十一年至四十二年（1702—1703）一百七十三首，卷十七康熙四十三年（1704）七十六首，卷十八康熙四十四年（1705）六十二首，卷十九康熙四十五年（1706）四十三首，卷二十康熙四十六年（1707）九十三首，卷端题“辽海刘廷玑玉衡一字在园著”，书名页题“葛庄诗钞，辽海刘在园著”。卷首增入康熙二十五年（1686）林云铭序，康熙四十年（1701）魏坤序（附魏坤《读葛庄诗钞敬题四首，次吴宝崖韵》），康熙四十六年（1707）刘廷玑自序。卷末有未署年杨守知跋。卷十九末镌“孙永铎、永鉽、永镄、永锡校字”。此《诗钞》二十卷，为康熙四十年（1701）刘廷玑刻四十六年（1707）增刻本，由儿孙辈校刊。

其三《葛庄编年诗》三十六卷补遗一卷。康熙五十二年（1713），刘廷玑官江南淮徐道，又将旧时所编，以年排次的《葛庄诗钞》，增入年时，起康熙十六年（1677），止康熙五十一年（1712），计三十六编，以编为卷。后附补遗一卷。卷首有康熙二十三年（1684）王士祯序，康熙二十五年（1686）林云铭序，康熙三十一年（1692）张惣序，康熙三十七年（1698）吴陈琰序（附康熙三十八年吴氏《校订观察公葛庄诗成附题四首》），康熙四十年（1701）宋荦、高士奇序，康熙四十年（1701）魏坤序（附魏坤《读葛庄诗钞敬题四首，次吴宝崖韵》），康熙五十三年（1714）吴之振序，康熙五十一年（1712）杨大鹤序，康熙三十七年（1698）、四十年（1701）、四十六年（1707）、五十三年（1714）刘廷玑自序。《葛庄编年诗》为康熙五十二年（1713）刘廷玑自刻本。

其四《葛庄分类诗钞》十二卷补遗一卷。刘廷玑居官多年，勤政之余，"吟咏不辍，积稿盈箱，以年为序，刊以问世者，曰《在园初集》《种天斋稿》《使草》《刘存草》《葛庄诗钞》《河干集》"。康熙五十二年（1713）冬，刘廷玑"自志年表，记事略备，乃取曩之编年改为分类，从中删其拘腐，剪其枝蔓，举凡快意一时，未敢信为妥帖者，稍为汰抹，且复间易字句，仅存十之六七焉"，名之曰《葛庄分类诗钞》。康熙五十三年（1714）鸠梓于袁江官舍。《葛庄分类诗钞》凡十二卷，收录刘廷玑古近体诗一千六百六十三首。以诗体为类，其中卷一乐府诗五十五首，卷二五言古诗一百二十九首，卷三七言古诗五十五首，卷四五言律诗二百一十六首，卷五六言律诗二首，卷六至卷七七言律诗七百零八首，卷八五言排律十四首，卷九七言排律四首，卷十五言绝句八十四首，卷十一六言绝句十八首，卷十二七言绝句二百五十五首。《补遗》一卷收录古近体诗一百二十三首。卷首有康熙年间王士禛、高士奇、林云铭、张惣、宋荦、吴陈琰、魏坤、吴之振序，康熙五十三年（1714）刘廷玑自序。卷端题"通议大夫江南分巡淮徐道按察使司佥事前江西按察使司按察使辽海刘廷玑"。康熙五十三年（1714）刻《葛庄分类诗钞》，开刘廷玑自编诗集以诗体为序之先河。

其五《葛庄分体诗钞》十二卷补遗一卷。康熙五十二年（1713），刘廷玑"穷搜旧本，汇附新篇，手汰其十之三四，易编年为分体"，名之曰《葛庄分类诗钞》。刊印后，认为"分类"一词不妥，遂名之《葛庄分体诗钞》，将康熙五十三年（1714）鸠梓于袁江官舍之书版剜改书名，重新印行。此本为刘廷玑晚年诗集自定本。卷首有康熙年间王士禛、宋荦、高士奇、林云铭、吴之振、张惣、魏坤、吴陈琰序，康熙五十三年（1714）刘廷玑自序。卷端题"通议大夫江南分巡淮徐道按察使司佥事前江西按察使司按察使辽海刘廷玑"。《葛庄分体诗钞》，为康熙五十三年（1714）刘廷玑刻重修本。

其六《葛庄分体诗钞》十二卷补遗一卷。康熙五十七年（1718）、五十八年（1719），《葛庄分体诗钞》书版烬毁于火。康熙六十年（1721），刘廷玑之孙刘永锡"追维遗训，声与泪俱，乃质衣举债，谋付开雕"。刘永锡此刊系据旧本覆刻，以图复现《葛庄分体诗钞》旧观。覆刻为翻刻的一种，是以原刻本书页直接覆扣粘贴于书板之上，由刻工据此刊刻。因此，覆刻本之版式、字体、内容与原刻几无二致，世人难以辨别。卷首增康熙六十一年（1722）陈鹏年序及总目，总目后有康熙六十年（1721）刘永锡刻书识语，云及康熙六十年（1721）刘永锡覆刻《葛庄分体诗钞》事。

三、多隆阿《毛诗多识》

多隆阿（1794—1853），字雯溪，又字文希，舒穆录氏。祖居长白，康熙二十六年（1687）徙岫岩。多隆阿年十九补博士弟子员，道光五年（1825）拔贡，出为平阳书院院长。

多隆阿中年时，读《毛诗》汉唐注疏，参以师友讲论，偶得义理，则记录在纸，积之既多，恐有散佚，因录成卷帙，名曰《毛诗多识》。一为卷中所载皆鸟兽草木之名，释者不啻十之七八，所识多也；一曰多氏之所识也。草稿成，多氏即抄清成帙，寄同年周华甫先生请其订正，后先生殁，此稿遂失。咸丰元年（1851）春，多氏又据草稿，重加删润，益以数年闻见，参互考证，以成此编。其后《毛诗多识》版本有三：一为吴兴刘承幹刊本，然惜非完璧，止为六卷；一为辽阳张玉纶绣江之后裔排印本，较刊本稍逊，卷首署以绣江名，多误以为此书系绣江所作。民国《辽阳县志》卷十四载："张玉纶字君掌……著有《毛诗多识》，已刊。《毛诗古音乐正》《毛诗启蒙》《谈文存参》《梦月轩注庄子》《唐七律格评》《梦月轩诗文集》等，待梓。"民国《辽阳县志》亦将《毛诗多识》作者多隆阿误作张玉纶；一为辽阳袁金铠氏藏旧抄本，文词烦冗，讹夺最甚，有多氏再序，称"雯溪氏自识"，乃知张刻之误，为张氏后裔误署。卷首有多隆阿自序，咸丰元年（1851）多隆阿再序。

四、郑文焯《医故》

郑文焯（1856—1918），字俊臣，号小坡，又号叔问、秋樵，晚号鹤公、鹤翁、鹤道人、瘦碧，别署冷红词客、石芝崦主、大鹤山人等，奉天铁岭（今辽宁铁岭）人，隶汉军正白旗。托为郑康成裔，自称高密郑氏。光绪元年（1875）举人，曾官内阁中书，六年（1880）入江苏巡抚吴元炳幕。辛亥革命后以清遗老自居，往返苏沪间，行医卖书画以自给。博学多才，尤以词著称于世。

《医故》亦名《医诂》，郑文焯作于光绪十六年（1890）。当时西医对中国社会的影响在逐渐加深，传统中医日渐式微，与郑文焯亦师亦友的著名学者俞樾于光绪七年（1881）完成《废医论》，倡议废除中医。郑氏也有感于中医行业世风日下，作此书呼吁中医应逐本溯源，以正医道，尊经重典，中兴国医。《医故》分上下二篇，以篇为卷。郑氏《医故》自叙云及是书内容、体例："余故次叙经方之精要而近古者，辨其本末，断自唐代，附论为上篇；复取经籍传注所纪杂家言，疏通证明为下篇，以治经之义例，名之曰《医故》。"上篇包括原医、本草、素问、灵枢、难经、甲乙经、金匮玉函经、伤寒论、肘后方、脉经、千金方、外台秘要、总论，凡十三则；下篇包括药剂、炮炙、禁术、祝由、案摩、注药、针灸、汤熨、房中、纬书论五脏形气、汉隋唐宋明志医家部目、古逸经方、淮南万毕术、本草药品部目、杂记，凡十五则。《医故》刊行于光绪十七年（1891），仅此一刻。牌记题"书带草堂丛书之六"。东汉经学大师郑玄教授之处生长一草，名曰"书带草"，汉桓帝刘志因赐郑玄堂号书带堂，郑文焯诡托为郑玄之后，亦以书带草堂为号，并汇其著述刊为《书带草堂丛书》，《医故》列其六。牌记框外下题"平江胥门内养育巷梓文阁刻"。"平江胥门"为旧苏州城十门之一，刻书铺梓文阁位于胥门内养育巷。时郑文焯居苏州幕府，是书当为郑氏自出资刊刻。此书版后汇印于《大鹤山房全书》中，书名页改题"医诂"，且挖去牌记页，世人误为前后两次刊行，非也。卷首有光绪十七年（1891）俞樾叙，陈昌寿叙，光绪十六年（1890）郑文焯自叙。卷末有日本人小雨蒙叙。

──── **作者简介** ────

　　刘冰，男，汉族，1968年生。研究馆员。1992年入职辽宁省图书馆古籍部，师从古籍版本学家韩锡铎先生从事古籍整理研究工作。研究方向古籍版本、目录学。与书为伍，与古为役，深耕古籍三十余年。现为中国古籍保护协会古籍鉴定专业委员会委员、中国古籍保护协会古籍编目专业委员会委员、中国图书馆学会第十届理事会学术研究委员会古籍整理与文献保护专业组委员。

辽博碑志里的千古之谜

吴 限

一方磐石，经历一次次电光石火的击打，镌刻下穿越千年的文字。

碑志是指镌题文字的刻石，也称碑刻，是中国古代文化的重要载体，蕴含社会历史、书法、雕刻、人物传记、丧葬礼俗等信息。先秦时已出现刻石纪事，两汉时树碑立传的风气盛行，魏晋则开启了墓志之端，北魏以后，方形墓志渐成定制。辽宁省博物馆收藏的碑志文物上自汉代，下迄明清。一方碑志一段历史。透过这一块块石刻，一通通碑志，我们仿佛穿越时光的隧道，与千百年前的一个个人物有了一次零距离接触。

最早的碑刻记录下自杀的"宰相"

碑志是集多种文化元素于一体的艺术品，蕴含社会历史、书法、雕刻、人物传记、丧葬礼俗等信息，是学术研究的宝贵资料。

辽宁省博物馆藏碑志中最早的一通是距今已有1900多年历史的东汉元初四年（117）的《汉司空袁敞碑》。此碑是民国十二年（1923）在河南偃师出土，碑石出土的时候上下都已经残缺，民国十四年（1925）罗振玉购得，后寄赠奉天国立博物馆（今辽宁省博物馆）收藏至今。碑志经北京故宫博物院已故院长，金石专家马衡先生考证补足，内容基本复原。碑文翻译成白话，大致如下："先生名敞，字叔平，前任司徒袁安的第三子。某年月拜太子舍人；某年月升郎中；某年月任黄门侍郎；某年月拜侍中；某年月拜步兵校尉；某年月任将作大匠；某年月拜东郡太守；某年月拜太仆；某年月拜司空。元初四年四月初五去世，十八日下葬。"

这几乎是一份简化版的"干部履历表"。这块碑的主人叫袁敞，查阅《后汉书》，袁敞官至司空，行政级别约相当于一国之宰相。但《袁敞碑》文辞却非常另类和简略，即使悼词也不应该简略如此，推究原因，与袁敞的死因有关。袁敞是自杀身亡，那他又为何自杀呢？袁敞的自杀真相见于史书《后汉纪·孝安皇帝纪》："袁敞少有节操，及在朝廷，廉洁无私。坐子与尚书郎张俊交通，漏泄省中语，策罢。敞不阿权势，失邓氏旨，遂自杀。"

这段文字描述的是东汉元初四年（117）的时候，当时的尚书郎张俊欲举报同僚朱济、丁盛的不法行为，二人惧怕，于是设法寻求张俊的短处，得知他与袁敞之子袁盱交好，经常有私人往来信件，遂以泄露朝廷机密的罪名将张俊和袁敞之子袁盱下狱。汉代漏泄朝廷机密是大罪，要判死刑。袁敞也因此受到牵连，被罢免。袁敞官位虽高，为人却非常廉洁耿直，不善于交结权贵，更无法忍受这样的奇耻大辱，于是含冤自杀。

而张俊和袁敞之子袁盱在狱中上书申辩，感动了邓太后。就在二人即将被带上法场行刑之时，邓太后派人骑快马送来免死诏书，二人侥幸逃生。遗憾的是，此时袁敞已含冤自尽。朝廷觉得过意不去，按照《后汉书》的说法，"薄敞罪而隐其死，以三公礼葬之，复其官"。即朝廷撤销对袁敞"自杀"的处分，恢复司空待遇，享受该级别葬礼规格。于是皇帝下诏为他举行了隆重的葬礼。

这块碑上的碑文以篆书书写，共10行70余字，字的结体比较宽博曲折，表现出雍容端庄的气质，呈现了由秦篆向汉隶过渡的形态。

最凄惨的皇子

展厅里展有一批北魏、北齐、隋唐时期的墓志。这批墓志原归河北磁县劝学所所有，民国六年（1917）此地发生水害，该县教育经费支出困难，遂出卖了这批墓志。后由杨宇霆先生收购，经与奉天教育会协商，将这批墓志移归奉天国立博物馆收藏。

在这批墓志里有两方志石引起笔者注意——北齐皇子高百年与他的妃子

斛律氏的碑志。碑文书体雅致，给人以宽厚温和的感觉，字体结构匀称，排列整齐，有些笔画向右上方倾斜，表现出隶书向楷书的过渡形态。这寻常的碑志后面其实还埋藏着一段催人泪下的故事。

高百年是北齐太祖献武帝的孙子，孝昭皇帝的儿子，当时被立为太子，并娶斛律氏为妃。孝昭皇帝临终时遗嘱传弟不传子，把皇位传给了高百年的叔叔高湛，希望他能善待自己的皇子高百年。万万没有想到的是，此举反而给太子高百年招来了杀身之祸。

564 年的一天，已经当了皇帝的武成帝高湛观星相，认为有不祥之兆，疑心是年仅 9 岁的高百年日后夺权的征兆，再加上高百年长期练字总爱写一个只有皇帝才可以写的"敕"字，于是武成帝下了狠心，传高百年到凉风堂，想置他于死地。高百年早有预感，自知此行必死无疑，于是临走前将身上所带的一块玉佩取了下来，交给了他的妃子斛律氏。

当高百年到凉风堂时，武成帝命令左右侍卫用乱锤击打高百年，高百年边走边求饶，所过之处留下的都是斑斑血迹。最后年仅 9 岁的高百年被活活打死，尸体被丢弃在池塘边上，情景惨不忍睹。高百年的妃子斛律氏得到这个噩耗后，三天三夜不饮不食，手握玉佩含恨而死。

这批珍贵的墓志记载了许多《魏书》《北齐书》等史书中鲜见的人物和事件，填补了史料的不足，具有重要的史料价值。

为政治牺牲的公主

在展馆里记者注意到两块用满汉两种文字合刊的"志盖"和"志文"，"志盖"右刻汉字篆文"温庄长公主圹志"；"志文"为康熙皇帝亲撰："制曰：温庄长公主，太宗文皇帝之女，世祖章皇帝之姊，朕之姑也，生于天命十年八月初九日午时，卒于康熙二年二月二十六日未时，春秋三十有九。卜以本年十月二十一日，窆（音扁，biǎn）于庙儿沟。呜呼！"整块碑石上的文字用笔直率，严谨整然，堪称温润恬静、格调典雅的楷书佳品。

这是 1949 年在锦州义县城北庙儿沟公主陵出土的清代石刻珍品，无言地述说着陵寝的主人皇太极的二女儿温庄长公主马喀塔的悲剧人生。

　　清天聪十年（1636），古老的辽西故道上有一支浩浩荡荡的人马簇拥一架香车向义州（义县）挺进。香车内坐着年仅 12 岁的清朝固伦温庄长公主马喀塔。她的父亲大清国开国皇帝皇太极亲自率领诸王公贝勒、侍卫工匠、佣人厨师前往义州，把自己的二女儿下嫁给元太祖成吉思汗的子孙察哈尔林丹汗的儿子额哲。

　　这一年对皇太极来说是十分喜庆的年份，皇太极通过几次征战平定了长期与其为敌的蒙古察哈尔林丹汗部落。平定察哈尔之后，皇太极顺利地登上了大清皇帝的宝座。为了安抚察哈尔这个令他万分头痛的部族而不会引起后患，皇太极想出"满蒙联姻"的方法——就是令今后的察哈尔首领都成为皇家的至亲子弟。于是，年仅 12 岁的温庄长公主作为此项使命的具体执行者，嫁给了额哲，成为"满蒙联姻"的政治牺牲品。

　　公主与额哲成婚后，额哲对公主关怀备至，夫妻恩爱。为报答皇太极，他积极串联蒙古各部拥护皇太极，还经常和公主一起到盛京探亲，并奉上特产孝敬皇太极。

　　可惜好景不长，崇德六年（1641）正月，年仅 20 岁的额哲病逝。在他身后留下了十七岁的温庄公主。额哲死后，在守了四年寡之后，温庄公主又奉皇太极之命嫁给了额哲的弟弟阿布奈。公主再嫁后，婚姻并不幸福。康熙二年（1663）二月二十六日，固伦公主马喀塔在忧郁中去世，年仅 39 岁。

　　温庄长公主的一生是不幸的，两次下嫁都是清王朝政治上的需要，但清王朝通过"满蒙联姻"，牢牢地控制了蒙古族上层分子，维护了政局的稳定，这不能不说有温庄长公主的一份贡献，因此公主逝后，康熙帝以皇帝的名义诏建公主陵寝，并御制圹志，亲撰志文。

—— **作者简介** ——

吴限，作家、画家、高级记者。现为辽宁省散文学会副会长，沈阳市文史研究馆研究员，辽宁省美术家协会理事、中国画艺委会秘书长。在主流媒体刊物发表美术评论、历史发现、散文随笔、学术论文近千篇，出版文化散文专著《翰墨辽海》《发现沈阳》。新闻作品多次获国家、省级新闻一等奖，《翰墨辽海》获第四届辽宁散文丰收奖一等奖，论文《辽瓷在沈阳的发现与研究》获中央文史研究馆重点课题基金，国画《百年风雨花木欣荣》获辽宁省首届美术双年展优秀作品奖。作品多次入选省市书画展，2020年举办"素纨绘事——吴限扇画展"，2022年举办"妙契同尘——吴限国画小品展"。

行走在赵尔巽公馆

黄文兴

甲辰初夏，沈阳的雨水开始丰润起来，烟雨迷蒙的日子竟也诗意盎然，距慈恩寺东北侧一公里外的万泉公园，亦是草木葱茏、茂叶叠翠，一所古色古香的老房子点缀其中，更添几分古趣和雅致。沿着清末民初的那段历史我们漫步：观音阁畔，旧有半可亭，"名园买夏数荷钱，别墅谁营兜率天"，一时亦为盛京瞩目，作亭者谁？盛京将军次珊也；次珊者谁？东三省最后一任总督赵尔巽也。斗转星移，如今的赵尔巽公馆，依旧红柱青瓦，绿树婆娑，几棵山楂树在风中摇曳，悠然地回味着昨日的沧桑。院落上空的云朵，时而霞彩，时而多黛，时而闪电又起，合着由远而近的雷声，如同一幕幕大戏持续上演。

这几年，有缘在赵尔巽公馆设立了一个书法工作室，时常与朋友在这里挥毫泼墨、饮酒赋诗、听琴品茗。我喜欢这里与众不同的那缕文脉和时空隧道里那些遥远的故事，喜欢独自行走在老宅子里的那种感觉，喜欢坐在老宅子门前春沐雨丝、夏听蝉鸣、秋观云淡，冬赏雪白，喜欢那些美的景致和情调，当然，这更多是缘于内心的一种情感，缘于一个人，那就是这座老宅子最初的主人——赵尔巽。

我曾在无数个午后，在舒畅或忧郁时，在顺意或失落时，走进这座老宅子，走进赵尔巽的时空，翻阅他的履历，感知他的内心，共振他的精神，甚至与总督做心灵上的交流。或许他也会透过时空，感叹沧海桑田，阐述理想抱负，倾诉一腔情怀，盘点荣辱得失，总结经验教训。因为一个完美的履历，对他来说至关重要，这也是他尽忠尽职、呕心沥血、终生无悔的最高追求。

应该说，在清末时期，出现了不少风云人物，诸如曾国藩、左宗棠、李鸿章、张之洞……他们无疑是大清苍穹之下耀眼的光芒。在他们之后的赵尔巽，虽然声名没有他们显赫，影响力也无法与他们媲美，但赵尔巽在历史转折关头的从容和贡献，却不输于他的前辈们。

在赵尔巽八十四年的生命空间里，可谓见证了清朝太多的屈辱，穿越了清朝至暗时刻，鸦片战争、甲午战争、日俄战争，每一个事件都如同一根钢针扎进他的躯体，一个对清王朝忠心耿耿，以"我是清人，我吃清朝饭，我做清朝官，我修清朝史"自居的赵尔巽，最终也没有逃离他的那个时代，没有逃离历史的局限和斗转星移的无可奈何。

《清末新政人物评述系列——赵尔巽》一文中，有如下评价："赵尔巽作为一个传统的儒家和传统文化支持者，能不局限于时代，大胆地做出改变，响应清政府变革的号召，勇于改革。他在多地督抚的任内兴办了许多学校和推广了西式教育，同时还鼓励工商业，发展当地的财政环境。他还整顿吏治，建立初步的巡警制度……"

赵尔巽对东北的贡献尤为突出。他曾两次主政东北。第一次是 1905 年 4 月，日俄战争接近尾声之际，时任盛京将军的增祺回乡丁忧。当时东北局势日趋复杂，清王朝更是摇摇欲坠，奉天（沈阳旧称）饱经炮火，民不聊生，千疮百孔，就在这样的背景下，赵尔巽迎难而上，担负起盛京将军之职。虽然赵尔巽为汉军正蓝旗人，但以汉人镇守清王朝的龙兴之地东北，有清一代仅此一例。为此，赵尔巽洞察时局，精心准备了两个半月时间，不仅广纳人才，而且筹措资金 200 万两白银用于重建破败不堪的奉天，其中 100 万两是赵尔巽向清政府借的，另 100 万两则是他放下姿态、讨价还价向其他各省筹措的，靠的是他人格的魅力和影响，虽说这些款项对于奉天重建杯水车薪，但总能一解燃眉之急。1905 年 6 月 19 日，赵尔巽正式离京赴任，一边关切奉天局势，一边努力经营奉天，实行了多项改革整顿措施，对恢复被战争摧残的东北经济，稳定受战乱之痛的东北局势，做出了很大成绩。包括后来东三省第一任总督徐世昌任下所取得的成绩，与赵尔巽打下的坚实基础是分不开的。1911 年 4 月 22 日，清廷任命赵尔巽为东三省总督兼管三省将军事务钦差大臣，这是他担任四川总督、湖广总督等职位四年后，再次故地重游，主政东北。

我时常在骤雨初晴或凉风习习的午后，坐在赵尔巽公馆南厢房的廊檐下，泡一杯上好的庐山云雾茶，从赵尔巽编纂的《清史稿》里去寻找他的足迹以及他的精神，一直以来，我对赵尔巽有着极为特别的情感，这或许来源于其人格魅力。

"一门六进士，弟兄两总督"，赵尔巽乃至他的家族，可以说是中国近代史上的一个传奇。赵家自 1646 年起落籍山东泰安，赵尔巽的祖父赵达纶1823 年中进士，赵尔巽的父亲赵文颖 1845 年与弟弟赵文起同时考中进士。赵尔巽兄弟四人，他行二。大哥赵尔震与其同年中进士，官至工部主事，后因修西陵工程有功被授二品衔。其幼弟赵尔萃，1889 年中进士，历任直隶州知州、三品衔候补道。三弟赵尔丰虽只为道员出身，但后来官至四川总督。

赵尔巽一生，累官至山西巡抚、湖南巡抚、署户部尚书、盛京将军、湖广总督、四川总督兼成都将军、东三省总督、清史馆馆长等，一世宦海打拼，既有维护封建王朝的愚忠，也有廉政、重教之举。

赵尔巽由进士而选翰林院庶吉士，后来一步一步成长为镇守一方的封疆大吏。"立德、立功、立言"之"三不朽"，应该是其追求的方向。所谓"三不朽"，唐人孔颖达在《春秋左传正义》中对德、功、言三者分别做了界定："立德谓创制垂法，博施济众""立功谓拯厄除难，功济于时""立言谓言得其要，理足可传"。而赵尔巽无论从政还是修史，无论是在湖南推行新政，诸如废除书院、创办各级学堂、派遣留学生、裁撤绿营、编练新军，还是施政陪都，新政改革，战争善后，都紧紧围绕"立德、立功、立言"，而且持之以恒，卓有成效，从而极大地促进了当时当地政治经济的发展。

比如，赵尔巽光绪三十一年（1905）接任盛京将军到光绪三十三年（1907）正式卸任期间，为维护主权，稳定局势，消除积弊，缓解危机，在调整行政体制，整顿财政金融，发展垦务，推广实业，推行新式教育，稳定社会秩序，处理外交事务等方面改革整顿，不仅很大程度上满足了战争善后的需要，而且为东三省继起的改革开辟了良好的局面，并为东三省改制奠定了基础，其影响是深远的。

1914 年北洋政府委任他为清史馆总裁，主编了被称为"二十六史"之一的《清史稿》。不知是"三不朽"成就了赵尔巽，还是赵尔巽成就了"三不朽"。

我在赵尔巽公馆习字多年，写累了，就在那个静寂而又厚重的老宅子里漫步，时常会让我清晰地感受一帧帧时空影像，仿佛穿越了那个时代，穿越了历史长河，像极了书家的临摹，再现了赵尔巽"意志坚强、态度谦和、做事稳妥、有政治眼光""为人踏实、正直、谦和，为政廉洁"以及精于事务、锐意进取、心怀朝廷的一代重臣的全景图像。

忽然想起赵尔巽任清史馆馆长时，夏孙桐在其八十寿辰时赠送的《赵次珊馆长八十寿诗四十韵》，其中"精神焕龙马，岁寒挺松柏"这两句对赵尔巽的描述尤其恰当。斯人已去，然精神长存；次珊已去，然赵尔巽公馆故居依旧在岁月的年轮中矗立。1927 年，三位重要的清朝遗老相继去世，康有为，王国维，还有赵尔巽，他们都带着自己的遗憾离开了他们为之奋斗的这个世界。或许赵尔巽还记得：1915 年袁世凯在"称帝"之前，仿照汉高祖时"商山四皓"的典故封"嵩山四友"，并把他排在了第一位。但那些都已经不重要了，因为世上很多的事情"不识庐山真面目，只缘身在此山中"，赵尔巽也未尝不是如此。

在穿越时空的对话中，我看到了赵尔巽伟大的母亲，在赵尔巽的父亲死后，是他的母亲含辛茹苦把他们弟兄四人培养成人。我看到了赵尔巽晚年得子，自觉人生无憾号称"无补老人"的自信和心满意足。我看到了那 536 卷《清史稿》，"乃大辂椎轮之先导，并非视为成书也"的些许遗憾。我还看到了，时任北洋政府陆海军大元帅的张作霖，在赵尔巽丧礼期间，行至北京北兵马司胡同赵尔巽宅邸大门口时，一步一叩首，一路磕入灵堂的场景。

当然，也不能忽略赵尔巽在武昌起义前以"贵密、贵速、贵周、贵细"的策略，镇压辽南人民起义。武昌起义后的一个月时间，赵尔巽采取一系列措施，竭力阻挠革命势力的扩大，包括实施"剿抚并用"的手段，残杀张榕等革命党人，痛剿、遣散民军，等等。

位于沈阳市大东区万泉街 1 号的赵尔巽公馆旧址，虽几易其主，但当年风采依然，因为那青砖灰瓦的缝隙里，藏着一个个耐人寻味的故事，是风霜过后留下来的历史见证，行走在赵尔巽公馆，不时还能嗅到清末民初那淡淡的咸、淡淡的酸，还有淡淡的忧伤……

再次翻开《清史稿》："赵尔巽，大清汉军正蓝旗人，祖籍辽东襄阳铁岭……"

忽然间，一片树叶落在了眼前，依旧带着清朝的味道。

—— 作者简介 ——

黄文兴，军旅作家、书法家，中国散文学会理事、中国职工书法家协会会员、辽宁书法家协会会员、辽宁省作家协会会员、辽宁省散文学会会长、冰天诗社社员。出版诗集《剑琴诗稿》，散文集《真味人生》《挑灯看剑》等。获第四届辽宁散文丰收奖一等奖。

文物里的沈阳佛教地图

詹德华

菩萨的微笑

佛像，是中国古代雕塑的主要门类。古往今来，在华夏大地上，建造了多少的寺庙，无法统计，而寺庙中又塑造了多少的佛像，也犹如繁星一样无法计算。在各寺庙之中，都能看到各种各样佛像的造型。佛像，更是各大博物馆的重要收藏之一。

辽宁省博物馆收藏的佛像主要是石刻造像和鎏金铜像，石造像以北朝和隋唐为主，金铜造像从十六国直至清朝。这些造像总体上可分为汉、藏两种风格。根据佛像的神格，又分为释尊、诸佛、祖师、本尊、菩萨、佛母、罗汉和空行护法八类。

在现实中，我们看到的很多佛像，都是法相庄严、高高在上、让人敬畏。不管是在寺庙之中，还是在一些著名的石窟等地，佛都是可望而不可即的。不过，在博物馆，却可以近距离可以看到不同的佛像造型。

在辽博，有一尊菩萨像吸引了我。特别是菩萨的微笑，让人在尊敬之余，感受到了亲切。它既有作为佛家尊者的威严，但更多的是容易让人心生亲切之感的微笑。这就是北齐天保八年（557）铭三尊菩萨立像。

这三尊菩萨像由一块石头雕成，是北齐佛像的代表作。菩萨像高56.4厘米。观音头戴宝冠，面相丰满，略带微笑。衣纹自然下垂，裙角尖翘，二弟子恭立身旁，表情严肃。造像下部的博山炉、护法狮子以及护法天王是北齐造像中常见的组合形式。背光上，六个伎乐飞天自空中而降，双腿与身躯形成 U 字形。是北齐飞天的典型样式，两个龙王护卫着一座用莲花装饰的单层方形宝塔。整体上，人物造型准确，表情丰富，伎乐飞天给人在天空飞舞之感，造型流畅自如，是一件罕见的艺术珍品。

背部及台座一侧刻有铭款："大齐天保八年岁次乙亥四月二十三日，威例将军宋威自为既身少忝皇朝帝祚安宁家缘眷属诸害不侵所有转形恒闻□法割己身舍敬造观音一区以此功福因缘烦惚数消□耶弥灭法界合生同遇道润行合眹王见姓成佛祁州奉□保安寺。"

说实话，虽然这件菩萨像是当时一件罕见的艺术品，但是从整体上看，谈不上精美，和后来玉雕的佛像相比，还是略显粗糙。不过，菩萨的微笑，却是那样生动传神，微微翘起来的嘴角，微眯的眼睛，菩萨就这样看着这个世界和这个世界上的芸芸众生。

在佛教传播的过程中，造像随各地域的风格几经变迁，而中华文明和佛教的深度融合，在佛像雕刻上的体现尤为突出。中国的历代佛教造像中，最受欢迎的就属东魏、北齐（魏晋南北朝时期）的作品。

从雕刻艺术角度看，北齐佛像面部比较修长，圆脸平额，五官较集中，罗髻变得缓平，有的非常不明显，胸部较平，双肩较宽，造型较呆滞，缺少曲线美。菩萨造像一种非常繁丽，璎珞复杂多样，多数戴华丽宝冠。另一种则朴素庄严，面相沉静，更加注重造像的身体结构，立体感较差，衣纹浅，立像身躯扁平，侧面看腹部向前凸出，不强调衣纹的流动和韵律感，受古印度雕像影响深刻，开隋唐写真风格之先河。这一种造像，在辽博的北齐白石观音像表现得非常突出。

北齐时期的佛教造像，风格多变，有很多佛像都来自民间工匠的创作，他们将中原传统陵墓石人、兽的技法带进了佛教造像工艺之中。这个变化的影响是深远的，与北周一样淡化着佛教艺术的宗教气氛，在融入隋代雕塑技法之后，为盛唐的雕塑高峰奠定了基础。

不仅仅辽博的这三尊菩萨立像中的菩萨是微笑的，北齐的很多佛像作品中，佛和菩萨都带着若有若无的微笑，生动而真实。有时候，高高在上并不一定能赢得大众，不板着脸的菩萨，更接地气，也更容易让人信服。

这就是北齐佛造像的独特之处，东方佛教艺术的鲜明美学特征在于柔和与简约。同时，脸部的微笑变得更加含蓄。它虚幻而笼统，表达介于真实和不真实之间，就好比北齐佛像面部的微笑，初见给人感觉这微笑平易近人且沉静。它的不真实在于它明明面带微笑却深藏内涵，无法言说。

中国佛教自汉明帝迎佛教法师到白马寺以来，数百年来缓慢发展，在南北朝达到第一个高潮，伴随着这一波浪潮的，是我国的雕塑艺术在南北朝时期迎来第一次高峰。这个时期，人性觉醒、个性张扬，纵然是佛陀世界，也飘逸自得、神情泰然。

这种发展，与当时的社会现实有着很大的关联。

北齐是高欢、高洋父子创立的王朝。高欢本是汉族人，但是已经完全鲜卑化了。东魏高欢为丞相，其长子高澄密谋取代东魏未遂，被群臣所杀，高欢次子高洋终于在 550 年受禅称帝，史称北齐。

北齐历经文宣帝高洋、废帝高殷、孝昭帝高演、武成帝高湛、后主高纬、幼主高恒，共六帝 28 年，577 年被北周宇文邕所灭。

北齐持国二十八年，共六帝，除文宣帝高洋最初几年尚有功绩外，其余各帝都昏聩淫乱，统治黑暗，素有禽兽王朝之称。

其实，在整个南北朝，大都是北齐这样的政权，内部暴虐，互相之间还要杀伐征战。

文宣帝高洋嗜杀成性，竟然"酷喜释氏"，痴迷于营造石窟佛像。不仅高洋如此，南北朝时期，多数皇帝为了维护自己的统治，都大力提倡佛教。或许就是这样一个残暴无道的政权下，人们对于救赎的渴望才愈加强烈。此时期，佛典大量翻译，民间信众剧增。从而也带动了佛教艺术的大发展。

这期间，雕塑艺术完成了从模仿到全面本土化的演进历程。西魏和北周所存佛像不多，除去不论，就北魏、东魏、北齐三朝而言，北齐的造像尤为受人喜爱。

绘画风格上有"曹衣出水、吴带当风"一说。"曹衣出水"就是指北齐曹仲达开创的人物衣褶的画法，"曹家样"的衣服褶纹多用细笔紧束，似身披薄纱，宛如出水之感，所以得名。

绘画的技法也影响到了雕塑，所以北齐造像的衣褶也具有衣纹疏简、浅薄流畅的特点，顺着身躯结构起伏，犹如从水里捞出来的一样。

中国佛教美术所表现出的"法相"，除了外在的造型，更重要的是由外在造型而体现出内在所散发的气质，展现佛像禅定慈悯静寂的内在精神韵致。

不管怎样，佛像风格到了北齐发生了明显的变化，北齐造像的典型风格是：洗练、流畅，简约、传神。

从这些特点上看，白石三尊菩萨立像，我更愿意取"传神"二字。不管世间事如何不堪，如果看到这菩萨的微笑，都会让人觉得周围变得异常安静，内心顿时透亮许多。开口便笑，笑世间可笑之人，这是一种豁达的心态；拈花一笑，似有似无，这是一种睥睨万物，事事皆可放下的人生从容。

在巴黎卢浮宫，蒙娜丽莎的微笑，让全世界的人为之着迷。其实，若有若无的微笑，不仅仅西方才有，在这尊北齐的菩萨的脸上，这微笑，似乎更胜一筹。

经幢"大世面"

过去在沈阳，流行这样一句老话儿："来沈阳不见'大十面'，就等于没见'大世面'！"

"大十面"这么出名吗？沈阳的"大十面"，当年不是一般的出名，而是相当出名。在故宫外面，特意给这个"大十面"建了一个亭子，你说它重要不重要？"大十面"，是沈阳最古老的打卡地，来沈阳游览，都得看看"大十面"，这样才是见世面，看"大十面"，那是相当有面儿。

"大十面"到底是什么呢？"大十面"的学名叫石经幢，俗称"十面石"，其幢身八面，外加天盖，幢座各一面而得名，谐音"大世面"。

如今安放在沈阳故宫大政殿东侧的"大十面"，有着千年的历史，见证了沈阳这座古城的千年沧桑。在它面前匆匆而过或者驻足观赏的沈阳人，难以计数。它是绝对的"老沈阳"。

沈阳的"大十面"经幢，为八面石柱形，由天盖、幢身、幢座三部分组成，青石石质。幢帽高15厘米，直径86厘米。幢身高120厘米，直径75厘米。幢座高54厘米，直径100厘米。竖式，八面呈梯状，盖平顶八面为瓦垄状并有流水，座八面分别为八方力士。每面阴刻楷书竖式五六行不等，即唐代高僧不空翻译的《佛顶尊胜陀罗尼经咒》，共 577 字（现已模糊不清）。幢帽、身、座皆有残。

《奉天通志》、金梁《奉天古迹考》、园田一龟《奉天宫殿前石经幢考》、王明琦《沈阳石经幢考》、《辽宁碑志》、《沈阳碑志》等有著录。

经幢，是中国古代宗教石刻的一种。创于初唐，盛行于唐宋时期，以后转衰，但到明清时仍有雕造。幢是梵名"驮缚若"的译名，原是一种丝帛制成的伞盖状物，顶装如意宝珠，下有长杆，于佛前建之。据《佛顶尊胜陀罗尼经》，佛告天帝，若将该经书写在幢上，则幢影映在人身上即可不为罪垢染污。因此佛教信徒多建幢以作功德。初唐时期，开始用石刻模拟丝帛的幢，现存较早的纪年石幢，是陕西富平的永昌元年（689）八月立佛顶尊胜陀罗尼经幢。河北赵县的赵州陀罗尼经幢修建于北宋景祐五年（1038），由花岗岩石雕砌，造型酷似古塔，是目前国内现存最高大的古石经幢。

经幢一般可以分为幢座、幢身、幢顶 3 部分，都是分别雕刻，雕好后再累建成整体的。幢座多是覆莲状，下设须弥座。幢身呈柱状，多作八面体，上雕经文或佛像等，有的幢身又分为若干段，上面的柱径小于下面的柱径，中间用大于柱身的宝盖相隔。盖上一般刻着模拟丝织品的垂幔、飘带、花绳等图案。幢顶一般刻成仿木构建筑的攒尖顶，顶端托有宝珠。幢体上所刻佛经，主要是佛顶尊胜陀罗尼经，也有少数刻心经、楞严经等。刻经所用文字一般是汉字，个别的有用少数民族文字的，如河北保定就有刻西夏文的明代石幢。石幢的雕刻细致，造型优美，是珍贵的古代石雕艺术品。其制式由印度的幢形变化而来，自唐代永淳以后盛行各地。

沈阳的"大十面"，就是这样的一件经幢。经幢为寺庙中的构件，其作用相当于石碑。不过，关于这个"大十面"在何处放置，说法不一。据老沈阳人介绍，传说早年间，"大十面"矗立在如今的中心庙位置上，即沈阳方城的中心点、中心坐标。是沈阳城的定海神针。无论是经商的，还是五行八作、市民百姓，都要礼拜"大十面"。后来兴建了中心庙，才把"大十面"挪走。

"大十面"定位沈阳中心的说法，仅见于传说，并没有文字记载。有专家考证，"大十面"是在皇太极时期被人们发现于大内院墙之外，或许从那时起，就建了亭子进行保护。清朝大臣何汝霖于道光九年（1829）八月十八日至十月二十三日扈从至沈阳，按日随记所到之处之所见所闻，写下《沈阳纪程》一书，书中记载，在盛京皇宫太庙前有一亭，亭中有一个石幢，上面镌刻多是佛号，只是文字模糊，不辨年代。由此可以看出，至少在道光年间，这个"大十面"就已在故宫南侧置亭安放。

"胜数东华八角亭，奇观十面诳人听，摩挲细认峻嶒石，上写金刚一卷经。"这是清末沈阳著名诗人缪润绂在《沈阳百咏》里咏"大十面"的一首诗。《沈阳百咏》初刻于光绪四年（1878），此时距离何汝霖看到东华门右侧的这个风雨亭，已近60年时间，"大十面"仍旧在亭中安放。刊布于清同治十二年（1873）年的《陪都纪略》，与《沈阳百咏》成书时间几乎同步，其中《番经十面亭》里这样记载："石幢经咒海，番底镇陪州。误作十面看，万古永千秋。"可见当时这个经幢的亭子，尽人皆知。

新中国成立后，沈阳为保存文物，于1952年将经幢迁移到故宫东路院里。

这个造型奇特、雕刻精美细密的石经幢，究竟建于何时呢？曾经有专家考证，认为是唐朝遗物，金梁在《奉天古迹考》里，也认为此石经幢为唐朝石碑。不过，经过专家多年的考证，认为此石经幢与朝阳北塔辽代石经幢非常相似，因此，判断沈阳的这个"大十面"也制于辽。

从各个角度分析，这个石经幢建造于唐朝的可能性不大，唐朝时，沈阳城郭尚未修复，还处于荒芜阶段，应该没有能力建造宏伟的寺庙，更别说做这样一个石经幢了。最有可能的还是建造于辽代。综合分析，该石经幢应为辽代末期天祚帝时所制。辽乾统七年（1107），在北顺城路（今白塔小学）附近修建崇寿寺，并建筑沈阳著名的"崇寿寺白塔"。依年代推算，"大十面"可能是崇寿寺中遗物。此幢距今应有近1000年的历史。

塔里一金佛

说起沈阳的塔，有一座塔是沈阳人非常熟悉的，那就是城市西北塔湾的那座塔。和沈阳地区其他辽塔的命运不同，这座塔没有被拆除，也没有遭遇大炮袭击，被完整地保存下来。

如今，这座塔经过修缮，还静静地矗立在沈阳城西北角。这里也已经不再是前些年那样孤零零的一座塔，成为了一座规模不小的公园，在塔下，还建设了盛京碑林，俨然恢复了当年"塔湾夕照"的胜景。

"龙脉肇启运，蜿蜒三百里。隆业趋东西，截然势忽止。舍利生光辉，凌空塔孤起。塔铃语秋风，创建何代始。沙湾夕照间，行人一鞭指。"这首诗是清代翰林缪润绂所作。是对盛京八景"塔湾夕照"的注解。关于老沈阳的名胜，有"盛京八景""盛京十六景"等多种说法，但"塔湾夕照"，基本上都在其中。塔湾的这座塔，驰名已久。

除了缪润绂，曾出任两广总督、两江总督的清代大臣张百龄在赴沈出任奉天府丞时，在盛京城外的春色里，看到了一湾塔影，写下了《沈阳道中作》一诗，赞美舍利塔与塔湾一带美丽景色："一湾塔影水流春，寒食烟生树树新。好是雨余青到眼，十三山色欲留人。"

那么，这是一座什么塔呢？根据近代的考古发现，由这座塔的地宫出土的石函铭文内容，可知这座无垢净光舍利塔是经辽代沈州邑人李宏遂等发愿所建佛塔，建筑年代为辽重熙十三年（1044）。另外，根据相关石碑，可以知道，该塔于清崇德五年（1640）重修。为约33米高的八角密檐十三层砖塔，是沈阳最古老的建筑之一。

一般来讲，辽代的塔都是实心的，不过，塔湾的宝塔却是个例外，因为它的中间是空的。这个秘密，还是一只燕子给解开的呢。

1985年4月下旬，沈阳市政府对位于塔湾的"无垢净光舍利塔"进行全面维修。一天，施工人员们无意中发现，一群燕子从塔身的一个空洞中飞出。此前，人们一向认为辽塔为实心，怎会出现空洞？于是，当年7月11日至8月30日，考古人员对"无垢净光舍利塔"进行了考古勘查。

考古人员发现，塔身的洞口距地面高6.7米，洞高85厘米、宽70厘米、进深3米。考古人员腰间系上绳索，从脚手架上钻进十分狭窄的洞口，冒险探查佛塔内部情况。进入佛塔内部后有了惊人发现——塔内竟修建了一个通高17.89米、直径约2米的穹隆顶圆形"腹宫"。塔腹中设置了两层木板，将塔腹分成三部分。中间部分为塔内的"中宫"。彼时，木板均已腐烂，塔内的文物已统统沉落到塔底。

经过考古人员的清理，木案、木函、香、黄绫、香筒、烛台、铜鼎、木碗、白瓷蟠龙长颈瓶、黄釉注壶、黄釉罐、骨珠、水晶珠等大量文物纷纷出土。

出土的文物分为辽代和明末清初两个时期。其中以辽代地宫壁画、大型石函、错金鼎式铜香炉、万历年刻印地藏菩萨本愿经等最为珍贵。除了各种文物，塔里面还供藏了 1548 颗"舍利子"，因为这，我们才明白了"无垢净光舍利塔"的真正含义。

国宝"释迦牟尼鎏金铜佛"，便俯卧在众多文物之中。当考古人员轻轻地将这尊铜佛扶起并擦拭，一尊金光闪闪的佛像在历经几百年的时光后，再度展现了它的宝相庄严。

这尊鎏金铜佛为坐像，高 42.2 厘米，下宽 34 厘米，壁厚 1 厘米，重 20 公斤。佛像采用黄铜铸造，头上为螺旋发式，结跏跌坐，颜色泛蓝；面部丰满，眉似弯月，眼睑下垂，鼻直口方，长耳方唇；合手胸前，拇指向己，食指向天；两足相交，足心向上。除发髻与口唇外，"释迦牟尼鎏金铜佛"全身鎏金。该佛像铸工精细，造型生动，1985 年出土后不久，即被定为国家一级文物。虽经几百年，该佛像却依然金光璀璨、熠熠生辉。

这尊佛像，是明代佛造像珍品。

佛教传入中国，已经两千年。佛教在中国的发展，佛造像是一个重要的组成部分。历代流传下来的各类佛像，在材质上有很大不同。不仅有金铜佛、石雕石刻佛、木佛，还有泥塑佛、玉佛、瓷佛等，其中以金铜佛、石佛最受后人珍视。而古代铜及其合金神、佛造像是各种佛造像中的一朵奇葩。金铜佛的制作，到了明清两代，进入巅峰。

明代铸造金铜佛像风气十分盛行。明早期的佛像，身材比例适中，身躯饱满结实，线条简洁，形制较为朴素，近人而不俗。至永乐到宣德年间，装饰逐渐繁复华丽，世俗化的味道更加浓厚。明代佛像面相丰润，细眉长目，高鼻，薄唇，额头较宽，大耳下垂，表情庄重而不失柔和。身材比较匀称协调，衣着轻薄贴身，线条流动柔和，衣褶转折自若。

塔湾出土的这尊鎏金铜佛，充分地展现了明朝铜佛像的塑造艺术。无论是造型还是线条，都让人感觉到是大师级的工匠精心塑造而成。纹饰简明，形象生动，精美异常。

更难得的是，这尊鎏金铜佛，看上去端庄中又有着一点烟火气。无论从哪个角度看，佛像高高在上的威严感之外，总能让人有一种亲近之感。特别是低垂的眼睑，微微翘起的嘴角，让佛像的表情有一点点调皮，有一点点天真。这种微笑，与达·芬奇名画《蒙娜丽莎》的神秘微笑，有异曲同工之妙。却看天下多少事，拈指一笑空色间，这恐怕是这尊鎏金铜佛像最大的不同了。

这尊佛像，出土于塔湾塔的中宫，中宫还出土了明代错金银双耳三足炉，器底部篆书错金"子孙永保"四字。还有经卷《地藏菩萨本愿经》，是明代万历年间版本，为经折装，纸佳墨倩，印制精美。这些明代文物，应该是清初重修塔湾塔时放置。彼时，清朝初创，这尊佛和其他相关的文物，应该来自关内，这对于研究清初时清朝与明朝之间的政治、文化、宗教等，都有着重要的参考价值。

其实，在塔湾塔出土的文物中，除了这带着神秘微笑的鎏金佛像，更难得的，还是地宫正中置大型石函。在这个石函外表，满刻了5000多个楷书汉字，是沈阳地区出土石函铭文字数最多的。其内容涉及建塔缘由、时间、地点以及捐资人的职事、姓名等。在小小的石函上面，记录了一千年前，沈阳城西北的这个丰稔村的繁华，也记录了1500多个老沈阳人的名字。这一个个名字的背后，是多少已经湮没在历史尘烟中的往事。

这些往事，永远也不可能有人讲给我们听。

金佛来，皇寺兴

我是在一个大雨天见到皇寺供奉的这尊金佛的。

因为参与编写《实胜寺志》，有机会全面参观了这座被沈阳人称作"皇寺"的著名寺庙。在寺庙的香炉上，你能看到它的全名——莲花净土实胜寺。

那一天的雨出奇的大。古老的寺庙在滂沱的大雨下，已看不清样子。倾泻的雨水，让寺庙里很快积了水，如同小溪一样从山门往外流。在偏殿座谈的时候，听到外边的雨水落在房檐上，噼啪作响，时光仿佛能穿越到几百年前这里的景象。

我想，那应该是一个黄昏，缓缓西坠的太阳，将西边的天空染成了一片红彤彤的漫天霞光。在这斜晖的照耀下，一头骆驼驮着金光闪闪的佛像，缓缓向盛京城走来。

那是后金天聪八年（1634）十二月十五日，从冬日的斜阳中走来的白骆驼，走到盛京老城西郊，距离城阙五里的地方，突然在一棵老槐树下卧地不起。墨尔根喇嘛想尽了办法，白骆驼还是闭上了眼睛。

墨尔根喇嘛认定此处为金佛的生根之所，奏请皇太极，为金佛建寺。处于事业巅峰期的皇太极，对这位前来归附的喇嘛非常看重，或者说，看重的是这个喇嘛敬献的金佛。

金佛原身为宋宝祐四年（1256）蒙古忽必烈以千两黄金铸于凉州，次年赟献于国师八思巴喇嘛，后移至萨迦寺供奉，明末清初之际由察哈尔部林丹汗所崇祀，是当时蒙元帝国地位崇高的护法战神。

作为成吉思汗嫡系子孙的林丹汗，被皇太极大军追得一路西遁。就在林丹汗积极准备东山再起之时，不幸因为出痘病殁于大草滩。他的侍从喇嘛墨尔根得知消息后，觉得"天运"已转至后金皇太极，于是携玛哈噶喇金佛及金字大藏经前往沈阳投效天聪汗皇太极。

金佛的到来让皇太极喜出望外，更坚定了称帝的决心。因此，当墨尔根喇嘛提出为金佛建寺，皇太极欣然应允，从自己的领地里拨出了土地，作为建寺用地。天聪九年（1635）岁尾，玛哈噶喇佛堂建成。佛堂一栋三间，青砖布瓦，梁架彩绘，玛哈噶喇金佛供祀于佛龛之内。《满文老档》记载，次年新春伊始，已称帝改元的清太宗皇太极亲率和硕亲王、多罗郡王、汉军旗诸王、外藩蒙古勋贵以及朝鲜王子来至佛堂礼拜金佛，进献宝物，向金佛行九跪九叩大礼，回銮之时勉励寺僧要精心供佛，晨昏诵经。

这样的尊崇，让这个传承有序、带有很强神秘色彩的金佛，再度拥有了众多信徒。玛哈噶喇，也叫作宝帐怙主或大黑天，是藏传佛教殊胜的护法神祇，为三世诸佛的密意化身。

虽然皇太极给予金佛足够的尊崇，但这金佛似乎并不领情，且有些水土不服。崇德元年（1636）七月，佛堂扩建为皇寺，增建护法楼奉祀金佛。据传说，此前金佛一直供于大殿，每到夜幕甫降，金佛必腾至大殿的顶檐上，面向东方，望日而出。掌印喇嘛将这一神奇的景象，上奏了清太宗，太宗遂建护法楼专门用来崇祀金佛。

玛哈噶喇佛楼位于大殿西南，一座两层飞檐斗拱歇山式木架结构小楼，系当初专为供奉玛哈噶喇金佛而修建，并因此而得名。玛哈噶喇金佛供在楼上，下层有佛塔一座，里面葬有墨尔根都尔吉喇嘛遗骨。

虽然是单独建造的佛楼，但要想见到金佛真容，并不容易，因为攀登佛楼的楼梯狭窄，即使皇帝来了，也只能一点点地登上窄窄的木楼梯，才能来到二层的金佛面前，对金佛进行跪拜。

自从玛哈噶喇金佛来到沈阳，皇太极很快改元称帝，在沈阳建立了大清王朝。这位清朝的创立者坚定地认为，是金佛带来了国运，他的子孙们也对此非常认同。因此，从皇太极开始，对金佛尊崇有加。据记载，皇太极当政时，每年正月上旬都会到皇寺拜佛。清朝入关以后，皇寺作为陪都首刹，一直由户部下拨资财薪俸。圣祖康熙、高宗乾隆、仁宗嘉庆、宣宗道光曾数次銮驾东巡，都要到护法楼内礼佛拈香，缅怀太祖太宗的创业遗风，并留有御制诗文匾额。

更能显示清王室对于这座金佛的尊崇的，是将努尔哈赤和皇太极的甲胄及佩剑、宝刀等，与金佛一同供奉。每当东巡的皇帝来皇寺，都要在叩拜了金佛后，瞻仰先祖的甲胄，缅怀先辈创业之艰，也告诫自己勤勉政事，以振祖宗基业。

在大雨过后，一行人来到如今的护法楼的二楼，看到的这尊金佛，已不是当年白骆驼驮来的那尊传承了几百年的金佛。

那尊金佛，在1946年遗失，关于金佛遗失的故事，有很多传说，流传最广的，是时任国民党辽宁省政府主席徐箴准备前来拜佛，派人到皇寺察看玛哈噶喇金佛，两个特使提前前来"踩点儿"。就在这天夜里，金佛离奇失踪。次日，徐箴来到实胜寺，听说金佛丢失，轻描淡写地说道："看来金佛与我无缘啊！佛爷不在我也要拜。"说完，走上佛楼，冲着空佛龛磕了三个头，他转而对喇嘛们说："不要着急，不要害怕，老佛爷一定会回来的。"直到今天，金佛的下落成了一个谜。据说，1948 年沈阳解放前夕，徐箴带领家眷、嫡系逃到了上海。后来，他们乘太平号轮船遁逃台湾，结果太平号沉没，金佛很可能沉于海底。

20 世纪 90 年代，金佛曾被泥塑佛像取代。2016 年，在信众襄助下，按照历史原样重塑了玛哈噶喇金佛，在西藏大昭寺等寺院举行加持、开光、装藏等仪式后，被重新供奉在实胜寺之中。充满传奇色彩的金佛时隔 70 年，以这样的方式重镇沈阳城，也算是一段佳话。

在各种宝物的拱卫下，眼前的这尊佛像金光闪闪。据介绍，这尊金佛重六十四斤二两，高约 40 厘米，按照原来的千金佛的样子塑造。金佛两腿呈半蹲状，双臂交叉于前胸，脚踏邪魔。右手操一月牙斧，左手执一葛喇巴，胸前置一降魔杵，两眼怒目圆睁，令人望而生畏。

看着这"失而复得"的金佛，不禁让人感慨不已，就如同楼外的天空，大雨过后，终将是一片晴空。

诗与佛经

1648 年，清顺治五年。龙兴之地盛京城，已不如昔日繁华。大西门外的官路上，远远地走来一个人，风尘仆仆。他身材并不高大，因为长时间赶路，脚步也有点蹒跚，但上身一直挺拔。走得近了，众人才看清，原来，这是一个和尚。

和尚名字叫函可，俗名韩宗騄，字祖心，祖籍广东博罗。韩宗騄是明末礼部尚书韩日缵之长子，幼受熏陶，家学渊博。尚书公子，文采飞扬，声名一时无两。不过，这位公子，却看淡俗事，剃度出家，为罗浮山首台空隐和尚座前弟子，法名函可。

孰料，俗缘难了，大明王朝山河易色，去南京印刷藏经的函可，因战事困入城中二年，亲历南明王朝种种事迹，耳濡目染江南各地民众被烧杀掳掠的惨状和抗清殉难者乃至仁人志士的事迹，写下《再变记》。等到去广东的交通恢复，函可虽求得路条，却在出城之际，被从行囊中翻出了这本"反书"。清军"疑有徒党，拷掠至数百，万楚交下，夹木再折，绝而复苏者再。"虽受尽酷刑，但函可却丝毫无惧。遂被押解至北京，被判流放千里，逐至盛京，"奉旨焚修慈恩寺"。

慈恩寺，盛京古刹，传说建于唐朝，有记载的是在清天聪年间重修。清廷对函可从轻发落，以示大开"慈恩"。从南国软风行走到塞北的冰天雪地，函可也成为了清朝文字狱的第一人。

好在慈恩寺没有嫌弃这位佛门弟子，寺内的一位僧人，匀出半铺炕，来安顿这位来自南方的同道。但函可并不适应这种生活，"幸有千家在，何妨一钵孤？但令舒杖屦，到此亦良图。"每日里，填饱肚子，成为了第一要务。有时候，遇到大方的施主，施舍得多了，函可就饱餐一顿，甚至要吃得撑了，防止下一顿的饥寒。这样的生活，饿坏了他的胃，也摧残了他的身体。不过，这个孤傲的灵魂，却在盛京城内，乃至辽东大地上，留下了众多让人难忘的身影。

函可拜访名流，盛京城内流放的文人，都成为了他的好友，他还特别推崇写下《不二歌》的张春。作为一代诗僧，函可的诗文和品行使他获得了百姓极大的崇敬。每当他讲法时，总是听者如云，除慈恩寺，他还相继在普济寺、金塔寺等七座古刹作过道场。后来，他被奉为辽沈地区曹洞宗开山之祖。

顺治七年（1650），流人们为左懋泰贺寿，函可提出模仿江南才子结社的风气，自创诗社时，得到了积极响应，当时在场的僧 4 人，道 2 人，士 16 人，后来者 8 人等，共和诗 33 首。函可称诗社的名称为"冰天诗社"，这是东北历史上的第一家诗社。

从慈恩寺出发，函可的脚步越走越远，他来到海城金塔寺为住持，此间将其所写的诗进行整理编辑成《金塔铃》诗集，得以刊行。千朵莲花上，更是他最喜欢的地方，最后他在辽阳首山驻跸寺圆寂。其弟子在《金塔铃》基础上加以补充，得诗 1500 余首，编为《千山诗集》刊出，流布辽东、岭南等各地。虽后又遭清廷封禁，却幸运地流传下来，成为我们如今可以阅读的一部诗史。

函可禅师给慈恩寺留下了丰富的文化遗产，他的风骨和爱国热情也影响着慈恩寺。慈恩寺历代高僧，都以爱国爱教为己任。新中国成立后，慈恩寺方丈导尘和尚办起有 30 多位僧尼参加的"大新纺麻厂"，1951 年，导尘方丈出任抗美援朝东北总分会委员，给志愿军写慰问信、赠慰问品，组织沈阳市佛教徒捐款 425 万元（东北币）。充分展现了慈恩寺僧人的爱国情怀。

2018 年 6 月 10 日，在慈恩寺召开了纪念慈恩寺建寺 390 周年、函可入沈 370 周年暨冰天诗社复社座谈会，辽沈地区多位著名专家和学者悉数参加，盛况空前。当年农历八月十六，又于慈恩寺举办"露湋婵娟——冰天诗社首届赏月诗会"，会上得诗结集出版。诗僧函可所留文脉得以重续，冰天诗社这个东北第一个文人诗社星火再传。

因为冰天诗社的复社，也让慈恩寺珍藏的国宝万卷善本佛经重现。

专家们了解到，慈恩寺藏有明、清、民国等各时期佛教典籍，其中善本等级的古籍藏品一万余本。经过冰天诗社社长初国卿先生及古籍保护专家刘冰先生的推动，慈恩寺所藏明清《大藏经》重新出世。

2019 年 9 月 7 日，藏于深阁的沈阳慈恩寺国宝级古籍明版《大藏经》惊世亮相，参加了在北京举办的"中华传统文化典籍保护传承大展"。

这一卷散发着历史韵味、印刷精美的珍贵经书，保存完好，犹如初刻，引来观者如潮，一睹古经之美。

一年之后，文化和旅游部通报第六批国家珍贵古籍名录和全国古籍重点保护单位名单，慈恩寺藏三部古籍入选，分别是：御制满汉蒙古西番合璧大藏全咒；乾隆版大藏经七千一百六十七卷；永乐北藏六千三百六十一卷续藏四百十卷。

同时，沈阳慈恩寺入选全国古籍重点保护单位名单，成为全国古籍重点保护单位中唯一的汉传佛教寺院。

几百年的时光流走，留下的珍贵文物，是珍宝，更是一种责任。

慈恩寺明清两部藏经，能够穿越几百年的时光，如今仍清晰地呈现在世人面前，是中华文化之幸，也是传承的力量。

佛经，是佛陀智慧的结晶，珍贵的古版佛经，也是中华文化的结晶。慈恩寺的古籍佛经，不仅仅是佛教的瑰宝，也是沈阳的瑰宝，更是中华民族的传统文化瑰宝。

一万余卷的珍贵古藏经，更是历史文化的重要载体。制书材质、印刷字体、包装样式等，均可反映成书时代的经济、文化等多重背景，还有那典籍上已失传的文字、典故……

曲径幽处，千余年禅意，大德高僧弘法塞外。

禅堂花木，四百载风雨，剩人和尚结社冰天。

每天的晨钟暮鼓间，慈恩寺的藏经楼里，那散发着历史与文化光辉的古经，默然无声。但这珍贵的文化瑰宝，必将不断被人所知，经典流传，不断发光。

书写的力量　流人的津渡

韩　扑

一座城市的文化，究竟应该呈现出什么样的样貌才是足以打动人心、凝聚人气的呢？当然是丰富、兼容而且多元，就像一首歌里所唱的那样："缤纷色彩闪出的美丽，是因它没有分开每种色彩。"

我们去看风景画、雕塑和纪录片，除了欣赏其匠心、构造和信息点，还会去寻找其中的细节甚或意外之喜。比如不小心溅在画布上的墨点，由画家补成了昆虫；平凡纪实画面里远景悄然飘过的 UFO，竟在多年后由眼尖的 UP 主拆条时意外发现。

从清初开始，对于沈阳而言，流人文化是一种虽非历史主流但却弥足珍贵的文化，其可贵之处，即在于让辽东的文化界从此拥有了丰富的生态，流人及其亲友、徒众圈子的到来，为盛京乃至整个关外都增添了全新的复调的叙述方式，百变千幻的文学意向从此一发而不可收。词贵意多，伴随着他们的书写，这些润物无声的精神力量令世人从此开始正视一个生动而充满故事的都市，一个悲喜交织律动的生死场和若干实现文学生命价值的端口。

或者说，那些作品正是流人的津渡。

陈徐伉俪的盛京悲欢

文学是神奇的，文学又是残酷的，在那些诗篇的本事中，文学使人失去故乡和财富，只剩下眼前的风景；甚至，文学使人失去一切，只剩下表述的欲望。笔者写下这样一段话，所感慨者，乃是文学高于生活，往往可以将人置于生命的绝境，但这其实是一种手段，唯独保留的是创作者苦心孤诣、恰当又纯粹的心境，如见弃于繁华之外的李商隐那样，不用他人钦羡，却又动人心魄。

因为顺治入关，这座城市的权贵与精英刚刚离开不久，很多曾经热闹的府邸街巷，此刻落入花红夜深的沉寂，留都月色照见小庭幽径，也照在沈水堤岸，这与故园的月色有什么分别？

清初，有一对伉俪在沈写过很多诗。这二位就是世居浙江海宁、吴县的陈之遴、徐灿。

陈之遴（1605—1666）与徐灿（约1618—1698）夫妻情深，夫妻间常以诗词相和。陈之遴降清，徐灿反对，二人间时生龃龉——他们平时好像就一直在写诗，即使闹矛盾了，也是以写诗的形式吵架，似乎夫妻之乐无逾此者。

陈降清后官至礼部尚书，又买下苏州拙政园送给妻子，故徐灿有三卷《拙政园诗余》传世。后陈之遴因卷入陈名夏之案被反复遣戍到盛京等地，其间，陈之遴加入了剩人和尚函可等发起的冰天诗社。《浮云集》中，他慨叹此地苦寒，做梦都想回京面圣："霜生温室内，冰凝锦衾间。""玉京春色好，何日度榆关。""依稀趋贝阙，梦想见銮舆。"陈大人曾经的级别毕竟在那里，虽然被遣放，还是保留了一定的待遇，但他遥看山海关，想念关那边的春色，溢于言表。诗可以怨，又到冬天，陈大人心里不平，提笔感兴："南书涕尽山阳笛，北酒心寒塞上笳。不为浮名谁误我，异时春苑悔看花。"

不过久居于此，他发现这里另有壮美的一面，也认识了一些本地的朋友："狂飙日日卷黄沙，极望寒空万树斜。""四座割鲜争鹿尾，八珍陈馈亦麈肠。""野人今渐狎，杯酌屡逢迎。"看得出来，虽然进了"野人"的圈子，但陈大人很清楚地定位自己是客，他的心还在星辰大海、明堂玉阶。

在妻子徐灿眼中的沈城也不是久居之地："秋空杲日中天照，旅雁征人却共归。""料得鱼轩回首处，沙场犹有未归人。"故园春色也不知今夕如何，但这边犹是雪未尽时。"故园梅信久迟迟，忽向龙沙见一枝。素蕊岂争桃李色，异香偏负雪霜姿。瑶琴梦里犹堪奏，玉笛愁中不忍吹。知尔也应思庾岭，小庭清夜月斜时。"见到沈城的早梅，触动了女诗人的乡愁，遥想小庭信步，清夜月斜，泪干有血，心痛无声，但还是不鼓琴也不吹笛子了，何必折磨自己呢？只是在她的心里，到底惦记着江南了。

水自东流，人自西流。白老江州，苏老黄州。春兴妆楼，秋兴书楼。扬子江头，西子湖头。陈之遴终于感觉到，他有可能此生就要常伴这片陌生的土地了。

康熙五年（1666），陈之遴病死戌所，在其前后，陈、徐的两子容永、堪永也离世。徐灿身边只剩五子奋永，她从此不再吟诗填词，而是皈依佛法，绘制了近万幅观音大士的画像，当时善男信女争相"宝之"。康熙十年（1671），康熙帝东巡祭祖，徐灿跪迎道边。康熙见她，问道："岂有冤乎？"徐灿答："先臣惟知思过，岂敢言冤。伏惟皇上覆载之仁，俯赐先臣归骨。"康熙帝遂恩准徐灿扶陈之遴的棺柩回归故里祖茔。

顺治朝直臣李呈祥（1617—1687）也曾在盛京生活，《东村集》里，他的眼中似乎只有冬天："浪迹同飘梗，余生寄此椽。门开千里雪，爨起一窗烟。"（《茅屋》）这一窗烟色多年后也未褪去，但是李大人的心里多年后平复了些："自拨炉灰寻片火，布衾更不梦长安。""却笑狂夫狂未改，夜阑风雪理残书。"（《除日》）自得风雪之乐，活在冬日未至的回忆之中，不知这算不算得上是一种保持初心的快乐与旧式士人的境界。

陈梦雷的草堂视角

不过，江南当然是美好的，但别处也不见得就没有好的风景，在陈梦雷的笔下，沈城作为留都，开始有了"十六景"的繁华葱茏气象。

陈梦雷（1650—1741）是大文章家，他在"三藩之乱"中被朋友出卖，于康熙二十一年（1682）蒙冤流放盛京。初到北国，水土不服的陈梦雷病倒后被好心的和尚关照住进龙王庙，在这里遇到了奉天府尹高尔位，后者将他请到奉天府。原来，当时高尔位急需完成编纂《盛京通志》的任务，却不得其人，因而迟迟没有进展。高府尹全然不计陈梦雷是朝廷重犯，立即让其脱离奴籍，安排他主修通志和负责组织指导各地的修志工作。在高尔位及其继任者的关照下，陈梦雷编纂《盛京通志》，顺利修成。据《辽左见闻录》记载，陈梦雷为编撰《盛京通志》，除评考历史典籍外，还组织人力进行实地调查。"各州县官挟画工而行，分诣边外深山穷谷中，阅历殆遍，图其形而归，逾年志成。"除擢用陈梦雷，高尔位还曾捐资修缮开原古城庙宇崇寿寺和寺院中的崇寿寺塔，又捐款修缮了宁远城（今兴城古城）的文庙。

康熙二十六年（1687），陈梦雷已经流放在此五年。在沈城西郊建起"云思草堂"后，陈梦雷对盛京的山川胜景、人情风物产生了感情，写下"留都十六景"组诗：天柱衡云、开城霁雪、东园泛菊、龙石观莲、实胜斜晖、浑河晚渡、御园春望、黄山秋猎、沈水春游、永安秋水、大堤踏月、塔湾落雁、景祐晓钟、天坛松月、南塔柳荫、望云列障。其《天柱衡云》诗云："一柱天开秀，居然岳镇宗。如何有佳气，五色尽从龙。功德千秋盛，蒸尝万国恭。岐丰荒作后，葱郁至今浓。"《沈水春游》和《大堤踏月》都写夜中月下："不觉城南月，沉沉下远川。""更阑万户静，星晓一天清。"

十多年中，家中父母妻子先后亡故，但陈梦雷开馆授徒、讲经修礼，笔耕不辍，先后又编撰《周易浅述》《承德县志》《海城县志》《盖平县志》等。他编纂的《古今图书集成》后来也藏于文溯阁，其中一部还曾为张学良"定远斋"的藏品。

云思草堂中，他在雨后喝了一点儿酒，趁着凉风在园子里转了转："何处非吾分，幽居亦自然。结篱新雨后，抱瓮晚风天。细草随时绿，孤藤用意牵。兴闲吟啸罢，斜月半窗前。"

同样的月色，陈梦雷孤笑自得。

头上一片冰天

顺治七年（1650）的冬日，沈阳人应该记住。

在清代中叶以前，关内有很多获罪的人"减死免等"，以流人的身份遣戍东北，这些人来自五湖四海，各有各的故事，但来到此间，在同一片冰天之下，竟得缘相逢，抛却鳞羽之别，颇有种共患难中的惺惺相惜之情。

顺治七年（1650）十二月十七日，明末文坛大家、北里先生左懋泰在这北国迎来了五十五岁寿辰，其好友剩人和尚函可邀来盛京、铁岭、尚阳堡等地的流人文士，会聚在其挚友左懋泰身边为其祝寿。

左懋泰，号大来，明崇祯七年（1634）甲戌科进士，官至吏部郎中。因被仇家诬告，在函可流放的次年即顺治六年（1649）流放至盛京，充军铁岭，全家百余口随其来此。左懋泰当时在流人中享有很高的威信，诗文均享盛名。寿宴上，除了左懋泰和他的两个儿子左昂生、左昕生，还有函可、陈掖臣、李祔、魏琯、季开生、董国祥、丁澎、陈之遴、李呈祥、苗君稷等三十位文士和僧道。在诗与酒之间，大家嘘寒问暖，"始以节义文章相慕重，后皆引为法友"。

这时函可起身提了一个建议：在座众人，何不效仿古来才子结社，我们也搞一个诗社呢？

诗社的名字没有悬念，就是"冰天"。

在那之前，宁古塔流人吴兆骞曾组织了一个"七子之会"，不过冰天诗社的规模要比之大得多，参加者的文坛影响力也大得多。诗社说立就立，众人现场即兴和诗三十三首。左懋泰作《答诸公见赠》，诗云："神农虞夏忽芜荒，五十五年事杳茫。绛县春秋羞甲子，楚歌宋玉谱宫商。腐儒不死蠹空在，窜客添龄罪愈彰。松柏好存冬日色，任随沤沫注沧桑。"这位曾经的士人领袖诗中自称"腐儒""窜客"，充满沉郁苍凉之感。加上这首左本人答诗，本次诗会计得诗三十三首。

冰天诗社成立后，没过几天，十二月二十六日，是函可的四十岁生日，诗社众人又会聚盛京。这次由左懋泰主持了函可的生日宴和诗社的第二次集会，得诗三十三首。

寓居辽东的文人高士们，有了自己的创作出口，他们的感遇，从此和着北风冰雪，回荡在空旷寂寥的山河故城之间。其中，有很多记录了当时盛京内外的日常生活。两次诗会加上函可的"招诸公入社诗"及诸人答诗二十首，共八十六首诗，后来都收录到函可的《千山诗集》卷二十。"冰天诗社"名册上的这些人，用他们的悲苦表述换来了我们的这部分城市记忆。

而这些流人后来的故事，有悲有喜，一言难尽。

顺治十一年（1654），左懋泰被赦为民，但不允许返回故里。两年后，左懋泰病逝于沈阳。函可《哭左吏部大来八首》中写道："共洒十年前代泪，独留数卷后人思。"他家族的后人，至今在铁岭、沈阳生活。

冰天诗社还有一位戴遵先，为名士戴国士之三子，所以世称戴三公子。

易代之际，他曾劝父亲不要降清，国士不听，于是遵先落发为僧。后来国士获罪流放盛京，他还俗随父到流放地，代其劳役，侍奉左右。诗社二次集会上，他的诗句里"心史未能藏古井，新诗直欲问高旻""海畔行吟时说法，人天八万共沾巾"，词锋微露麟角，写的是函可，其实是在场那一群人的共情写照。

被称为"海内三陈"中的陈曾寿，作过一首《菩萨蛮》，颇可象征这些大时代里小人物的宿命："浮天渺渺江流去，江流送我归何处。寒日隐虞渊，虞渊若个边。船儿难倒转，魂接冰天远。相见海枯时，乔松难等期。"江流已是昨日之事，行走之间，心魂所寄，又是冰天，头上的那片冰天最放不下的人，是郝浴。

郝浴，字雪海，顺治六年（1649）进士。他本是新朝诤臣，因奏报吴三桂有野心遭报复弹劾，于顺治十一年（1654）流徙沈阳。郝浴与函可交情极深，据郝浴《金湖庵剩师像记》所记，函可与他曾长谈达旦，"握浴欢甚，忘形发悟"。

顺治十六年（1659）十一月二十七日，函可圆寂。当时，其友李呈祥、郝浴等守候在侧。郝浴《奉天辽阳州千山剩禅师塔碑铭》中记载：顺治十四年（1657），他冒严寒到沈阳访问函可，当时正在海城金塔寺的函可特赶回来与之相会。长夜孤灯，二人谈禅宗曹洞、临济二宗奥妙，如"皓月江翻，霜峰电扫"。函可去世两年后，郝浴为其在千山璎珞峰西麓双峰寺筹建了舍利塔。"三藩之乱"爆发后郝浴得以平反、复官，在《金湖庵剩师像记》中，他又想起函可，"塔在辽，像在博，兹家而觉国，博博老怀，不洒洒鹤泪，锡飞之梅岭乎！"

"叹息人间劫尽灰，惠州天上亦荒莱。只拼如此家声在，无可奈何笑口开。是处总堪埋骨地，从今不上望乡台。漫言出世除烦恼，悟到无生觉转哀。"

冥冥之中，很久以前，剩人和尚函可似早已预见到了给郝浴这番话的回应。

文人一代一代来了又走，走了复来，文学世界里的沈阳不仅四季循环，风霜雨雪，而且自有其生态系统。我们的城市管理者与市民应该了解这个生态，帮助这个生态完善，包容乃至关怀这些书写者的故事与生命。

—— **作者简介** ——

韩扑，原名韩强，满族，无党派人士。现任《沈阳晚报》编委兼采访中心主任、策划部主任，《廉政视野》总编辑，中国散文学会会员、辽宁省散文学会副会长、辽宁省作家协会会员、沈阳市文史研究馆研究员。出版散文类专著《左手翻史书》《沈水散叶》《沈水文韵》《非议名著》《黄金家族》《智业》《局内局外》《城市英雄》《咖啡小巷》等。出版长篇小说《沈水金兰》。单篇作品散见于《南方周末》《辽宁日报》《鸭绿江》等报刊。曾获中国新闻奖副刊类一等奖、消息类三等奖及辽宁省优秀新闻工作者、沈阳市十佳名编辑、辽宁新闻奖一等奖等荣誉称号或奖项。

仇英《清明上河图》里的儿童乐事

赵春阳

牧　牛

清明时节雨纷纷，路上行人欲断魂。

借问酒家何处有，牧童遥指杏花村。

杜牧一首《清明》，将清明与牧童两个意象紧紧连在了一起。仇英《清明上河图》开篇画一牧童，有点题之意。

其实，农家平时很少让孩子骑牛。从保护孩子的角度来说，牛毕竟是动物，有野性，牛的背部也不平坦，小孩骑在牛背上容易掉下来摔伤。从保护牛的角度来说，在古代，牛是春耕时的主要劳动力，农家对牛十分爱惜，恨不得把牛当成家庭成员，小孩再轻，也有几十斤重，对牛是不小的负担。

诗人写牧童，画家画牧童，是想营造一种时和岁丰、太平祥和的气氛。孩子不必忙于生计，牛儿不必苦于劳作，相映成趣，悠然自得。明代《三才绘图》这样形容牧笛图：

> 牧笛，牧牛者所吹。早暮招来群牧，犹牧马者鸣笳也。尝于村野间闻之，则知时和岁丰，寓于声也。每见模为图画，咏为歌诗，实古今太平之风物也。

在很多文艺作品中，牧童还是气氛转换器，可以把气氛从紧张转向舒缓。《三国演义》第三十五回，刘备被蔡瑁追杀，马跃檀溪，逃过一劫，偶遇一牧童：

> 正行之间，见一牧童跨于牛背上，口吹短笛而来。玄德叹曰："吾不如也！"遂立马观之。

这个牧童将刘备带入水镜山庄，在水镜山庄刘备见到了司马徽，司马徽向刘备推荐了诸葛亮。

《水浒传》第一回，洪太尉上龙虎山请张天师祈禳，先后遇到猛虎与大蛇，脱险之后，也偶遇一牧童：

> 正欲移步，只听得松树背后隐隐地笛声吹响，渐渐近来。太尉定睛看时，但见那一个道童，倒骑着一头黄牛，横吹着一管铁笛，转出山凹来。

后文交代，这个牧童正是洪太尉苦苦寻找的张天师。

在这两段情节中，主角遇到牧童前，都遭遇了凶险，遇到牧童后，都引出了一段奇遇，牧童改变了故事的氛围。

仇英开篇画一个牧童，可能也想把观者从忙碌的现实生活中带入优雅的艺术世界。刘备见到悠然自得的牧童感叹"吾不如也"，我们这些忙碌的现代人何尝不是呢？

与仇英不同，张择端版《清明上河图》开篇是五只驮木炭的毛驴，并没有牧童。仇英这里并没有借鉴张择端吗？问题没这么简单。

明代书画家李日华在《味水轩日记》中记载，万历三十七年（1609）七月七日，他曾见到张择端的《清明上河图》真迹：

> 客持宋张择端文友《清明上河图》见示，有徽宗御书"清明上河图"五字，清劲骨立，如褚法。印盖小玺。绢素沉古，颇多断裂。前段先作沙柳远山，缥缈多致。一牧童骑牛弄笛，近村茅屋竹篱，渐入街市。

水则舳舻帆樯，陆则车骑人物，列肆竞技：老少妍丑，百态毕出矣。

按照李日华的说法，张择端《清明上河图》开篇应有一牧童，但故宫博物院现藏的张择端《清明上河图》开篇并没有牧童。这个矛盾无非有三种解释：

第一种解释：李日华所见的张择端《清明上河图》是赝品。

第二种解释：现存的张择端《清明上河图》是赝品。

第三种解释：张择端《清明上河图》开篇本有一牧童的，但在流传过程中，这部分佚失了。

哪种解释才是真相呢？很遗憾，以现存的资料，我们无法判断，这个问题只能交给后人啦！

斗 草

山坡之上，有五个放牧的孩子，其中三个在打闹，另两个在干什么？把镜头拉近一些，可以看到他俩一只手拿着草叶在比，另一只手兜着衣摆，衣摆内似乎还有什么东西。他们俩玩的这个游戏叫斗草。

斗草分为文斗和武斗。武斗，也叫拔根儿、拔皮狗，是一种角力游戏，比试植物草茎的韧性，男孩更加喜欢。游戏时，两人各自拿出一根杨树叶柄，相互交结，抓住叶柄两端往自己怀里拔，拔断对方叶柄则获胜。清代画家金廷标的《群婴斗草图》中就有两个白白胖胖的男孩在拔根儿。

为了获胜，男孩子们想出了各种奇葩的办法。由于叶根干燥后会变脆，容易被拔断，为保持湿度，男孩会把叶根放在鞋里。这样做虽然可以提高胜率，但味道实在不怎么样。

文斗是一种收集游戏，女孩更加喜欢。游戏前，大家分头到花丛中采集不同种类的花草，种类越多越好。游戏时，大家轮流拿出花草，并说出名字，拿不出同类花草的人就输了。仇英《清明上河图》中，斗草的两个男孩采取的就是文斗。在仇英的《汉宫春晓图》中，我们也可以看到这种玩法。

为了获胜，女孩玩时会把采集到的稀有花草藏在衣摆或袖子里，不让同伴发现。唐代诗人王建《宫词》曰："水中芹叶土中花，拾得还将避众家。总待别人般数尽，袖中拈出郁金芽。"诗中的女孩采集到了郁金芽，为了躲避同伴，将其藏在袖子里，等别人都出完花草后才拿出来。仇英《清明上河图》中，斗草的两个男孩把采集到的花草藏在了衣摆里。

《红楼梦》第六十二回，也写到了一次斗草：

> 这一个说"我有观音柳。"那一个说"我有罗汉松。"那一个又说"我有君子竹。"这一个又说"我有美人蕉。"这个又说"我有星星翠"；那个又说"我有月月红。"这个又说"我有《牡丹亭》上的牡丹花"；那个又说"我有《琵琶记》里的枇杷果。"豆官便说："我有姐妹花。"众人没了。香菱便说："我有夫妻蕙。"

这种斗法是文斗的升级版，一位玩家拿出一种花草，另一位玩家要拿出名字与之对仗的花草。这种斗法难度很高，可能只出现在文学作品中。

斗草最初是端午节的习俗。古时，农历五月被称为"毒月""恶月"，炎热潮湿，蚊虫肆虐，疾病频发。因此，进入五月，百姓们会到野外采集各种草药，利用草药的气味驱散蚊虫。现在，端午节还有挂菖蒲的习俗，挂菖蒲就是为了驱散蚊虫。大人们采草药的同时，也会把草药知识传授给孩子，孩子们与花草接触多了，渐渐地就发展出了斗草的游戏。南北朝《荆楚岁时记》载："五月五日，谓之浴兰节，荆楚人并踏百草，又有斗百草之戏。"唐代《岁华纪丽》载："端午，结庐蓄药，斗百草。"

宋代开始，斗草不再拘泥于端午节。清明节，人们出去踏青，也会斗草作戏。柳永《木兰花慢·拆桐花烂熳》曰："拆桐花烂熳，乍疏雨，洗清明。……盈盈，斗草踏青。人艳冶，递逢迎。"晏殊《破阵子·春景》曰："燕子来时新社，梨花落后清明。……疑怪昨宵春梦好，元是今朝斗草赢。"仇英画《清明上河图》，自然也少不得斗草。

放风筝

空地之上，有几个放羊的小孩，忙里偷闲，正在放风筝。

相传，战国时，墨子历时三年制成可飞的木鸟，鲁班加以改进，用重量更轻的竹子制成竹鸟。隋唐时期，造纸业发达，民间以纸代竹制成纸鸟，称为"纸鸢"。五代时，李邺又在纸鸢之上安装竹笛，风入竹笛，声如筝鸣，因此又得名"风筝"。

清明正是放风筝的好时节。宋人周密《武林旧事》曰：

> 清明时节，人们到郊外放风鸢，日暮方归。

《西游记》第七十六回，在青狮精肚中，孙悟空变出绳子绑在青狮精心肝上，自己从青狮精鼻孔逃出，跳到空中将绳子一扯，青狮精害疼跟着一挣。众小妖远远看见，没心没肺地说：

> "大王，莫惹他！让他去罢！这猴儿不按时景，清明还未到，他却那里放风筝也！"

《红楼梦》第二十二回，元宵夜贾府制灯谜，贾探春写了一首诗谜：

> 阶下儿童仰面时，清明妆点最堪宜。
> 游丝一断浑无力，莫向东风怨别离。

这首诗既是谜语，也是谶语，谜底是风筝，贾探春的归宿正如那断线风筝，远嫁海外，一生不得与亲人相见。

为什么清明节放风筝"最堪宜"呢？放风筝是一种体育活动，清明节前，天气寒冷，衣着厚重，不易运动。清明节后天气虽暖，但又生诸多不便。第一，清明节后树木生长，容易挂住风筝；第二，清明节后雨水增多，容易打湿风筝；第三，清明节后麦苗渐出，放风筝时容易践踏农田。因此，二月末三月初是放风筝的最佳时节。

风筝北方叫"鸢"，南方叫"鹞"，在南方的一些地区，会在清明节这天最后放一次风筝，称作"放断鹞"。《常昭合志》曰："儿童放纸鸢，以清明日止，曰放断鹞。""鹞"谐音"药""妖"，因此，清明节放风筝又多了"除病祛邪"的仪式感。在清明节，百姓会把疾病、霉运写在风筝上，将风筝放上天后，故意剪断风筝线绳，让疾病、霉运随风远去。

《红楼梦》第七十回，大观园群芳放断鹞，林黛玉不忍剪断精美的风筝，李纨开导她：

> "放风筝图的是这一乐，所以又说放晦气，你更该多放些，把你这病根儿都带了去就好了。"

回到仇英《清明上河图》中，这里三个小孩在放什么风筝呢？我们把镜头拉近，还是看不太清，但从外形看，似乎是个凤凰风筝。凤凰风筝在江苏特别是苏州一带非常流行，明人张大复《梅花草堂笔谈》载：

> 风筝一名纸鸢，吴中小儿好弄之。……梁伯龙戏以彩缯作凤凰，吹入云端，有异鸟百十拱之，观者大骇。

《红楼梦》第七十回，甚至出现了两个凤凰风筝相撞的场景：

> 探春正要剪自己的凤凰，见天上也有一个凤凰，因道："这也不知是谁家的？"众人皆笑说："且别剪你的，看他倒像要来绞的样儿。"说着，只见那凤凰渐逼近来，遂与这凤凰绞在一处。

穿衣服有撞衫，放风筝竟然还会撞风筝。这也说明，凤凰风筝在江南地区比较流行。

细心的您一定发现了，《红楼梦》中多次写到了风筝。曹雪芹为什么对风筝似乎情有独钟呢？这是因为曹雪芹本身就是一个扎风筝的高手。

除了《红楼梦》，曹雪芹还写过一本关于手工艺的科普书，叫《废艺斋集稿》。《废艺斋集稿》共八册，其中第二册叫《南鹞北鸢考工志》，南鹞与北鸢皆指风筝。《南鹞北鸢考工志》详细地介绍了四十三种风筝的扎、糊、绘、放的技法和工艺，并配有彩图和歌诀。曹雪芹为什么要写这么一本书呢？在《南鹞北鸢考工志》自序中，曹雪芹给出了答案："汇集成篇，以为今之有废疾而无告者，谋其有以自养之道也。"其大意是说，写这本书，目的是让残障人士可以自食其力。这正符合《废艺斋集稿》的书名。

——— **作者简介** ———

赵春阳，辽宁沈阳人，1982 年出生，中国民主促进会会员，开封市清明上河图研究会研究员，大学教师。主讲大学美育，研究方向为中华优秀传统文化与传统艺术，著有《完美武将：赵云》《三国武将排名（增订本）》等。

西有敦煌　东有朝阳

——敦煌与朝阳历史文化的诗意联结

张　男

2024 年 9 月上旬，笔者跟随朝阳市政协考察团赶赴敦煌，一行人先后于敦煌研究院、敦煌书局、敦煌市博物馆进行实地考察。对文创研发、文旅产业融合发展等领域展开交流。

"西有敦煌，东有朝阳"，最早由北京大学历史系教授罗新提出（此文发表在《今日辽宁》2017 年第 4 期），两处散落在边塞诗东西两极的地标，在绵延的时间经纬中浸润了深厚的文化元素，也于广袤的历史星河间留下了熠熠闪光的印记。

2024 年 4 月，朝阳市与敦煌市签订了文化旅游战略合作框架协议，在文旅开发交流中达成务实合作。此次考察学习，将进一步助推敦煌和朝阳两市文旅产业的互通互融与提质升级。

敦煌与朝阳的历史渊源

敦煌与朝阳都是文化深厚的历史名城。城，是汇聚文明的生存智慧与文化创造。青砖灰瓦，承载了厚重的历史印记，凝聚着独特的风俗习惯与文化气韵；土壁石垣，更成为沉默的时间见证，向后人诉说着往昔的辉煌和沧桑。

敦煌始设于西汉。元狩二年（前 121），雄才大略的汉武帝刘彻派骠骑将军霍去病率大军出陇右击败匈奴，将整个河西走廊纳入中原王朝版图。汉元鼎六年（前 111），将酒泉、武威二郡分别析置敦煌、张掖两郡。又从令居（今甘肃永登县）经敦煌直至盐泽（今罗布泊）修筑了长城和烽燧，并设置了阳关、玉门关，保证了丝绸之路的畅通。北魏初，废敦煌郡，置敦煌镇，辖酒泉军、晋昌戍、乐涫戍。北魏孝明帝时，罢镇置瓜州于敦煌，旋改义州。北魏正光五年（524），复改设瓜州，领敦煌、寿昌、酒泉、玉门、常乐、会稽等七郡。敦煌在唐代为西域丝绸之路的重镇，莫高窟在此时开始大规模修建，历经宋元明清的朝代更迭，敦煌依旧为西北军事和商业的重要据点。众多人才出现在敦煌的历史之中，敦煌人张芝，东汉书法家，被尊为"草书之祖"。东汉著名文学家侯瑾和被《曹全碑》所赞颂的良吏曹全亦是敦煌人。跳丸日月，物换星移，一场场春风秋雨拂去岁月尘埃，敦煌在西域依旧葆有她绝世的姿容。

"月出柳城东，微云掩复通。苍茫萦白晕，萧瑟带长风。羌兵烧上郡，胡骑猎云中。将军拥节起，战士夜鸣弓。"这是南北朝诗人徐陵写的边塞诗《关山月》。诗中的柳城就在今天的朝阳市区南大凌河畔。

朝阳市和敦煌一样历史悠久。战国时属右北平郡和辽西郡，秦汉置柳城（今朝阳市）县。《汉书·地理志》记载："柳城，马首山在西南，参柳水北入海。西部都尉治。"都尉是掌管军事的官职，职务级别和俸禄与郡守相同。也即是说，西汉时期的柳城，是汉王朝的军事重镇。1979 年考古工作者在朝阳县十二台乡袁台子（今朝阳市柳城街道袁台子村）发现了一个古城遗址，出土有数枚"柳城"字样的陶片及印有"柳城"字样的板瓦等大量文物，证实这里就是秦汉时期的柳城，属辽西郡。朝阳名人辈出，譬如在文化繁荣的唐代，不仅出了李光弼、王思礼等大唐名将，而且还出了多位诗人。目前所知，《全唐诗》收录了唐代 5 位东北诗人的诗作，其中 4 人是朝阳籍。唐代朝阳籍诗人徐知仁与唐玄宗和诗，与张九龄、贺知章等酬唱。徐知仁的孙子徐放与宰相兼诗人武元衡是挚友，与"诗豪"刘禹锡有深交，与文坛领袖韩愈交好，韩愈在碑记中记录徐放。朝阳籍诗人韩思复与孟浩然是好朋友，唐玄宗亲自为他题写墓碑。韩思复的儿子韩朝宗，孟浩然赠他以诗，"诗仙"李白找他谋职，"诗佛"王维给他写墓志铭。光阴荏苒，暮去朝来，千年前的烽烟在辽西边塞上空弥散，朝阳作为草原丝绸之路东端的枢纽，见证了中原与东北亚、中亚、西亚文化的融合与碰撞，也记录了龙城（魏晋南北朝时期）和营州（唐代时期）的富庶与繁华。

敦煌太守与营州都督

"敦煌太守才且贤，郡中无事高枕眠。太守到来山出泉，黄砂碛里人种田。敦煌耆旧鬓皓然，愿留太守更五年。"这是唐朝著名诗人岑参《敦煌太守后庭歌》中的诗句。此诗颂扬了敦煌太守的政绩，反映了诗人为当地人民安居乐业而欣慰的感情。

诗中"太守到来山出泉"句，是借用张守珪开垦敦煌故事来歌颂太守的政绩。据《新唐书·张守珪传》载，开元十五年（727），吐蕃军队进攻瓜州。张守珪被任命为瓜州刺史、墨离军使。张守珪修筑州城，率军击退吐蕃侵扰。张守珪以战功加银青光禄大夫，任瓜州都督府都督。当时瓜州土地多为沙漠戈壁，十分贫瘠，而水渠又被敌人毁坏。此地缺少林木，渠堰难以修复。张守珪暗中向上天祷告，一夜间大水突然而至，数千棵大树也从山涧顺流而下。乡民取来树木，修好了水渠塘堰，又像以往一样安心耕作。瓜州人感恩张守珪，以传奇的形式刻石碑记述了这件事。

开元二十一年（733），张守珪转任幽州长史兼御史中丞、营州都督、河北节度副大使，又加河北采访处置使。二十三年（735），加拜辅国大将军、右羽林大将军。二十七年（739），被贬任括州刺史，到任不久因病而卒。赠凉州都督。张守珪是陕州河北人。身躯魁梧，善于骑射，生性慷慨，有节义。《旧唐书》称赞他"立功边城，为世虎臣。"

唐朝的营州都督府，设在今天的朝阳。张守珪曾是坐镇朝阳，统辖辽西、控制东北的最高军政长官。除了张守珪，大唐诗人高适的祖父高侃、大唐名将薛仁贵的儿子薛楚玉也曾任营州都督。而薛仁贵曾官拜瓜州长史（敦煌曾称瓜州）。

营州是唐王朝在东北地区设立的唯一内地型府州，也是唐王朝在东北边疆的军政重镇。营州都督府所辖、寄治州（县）多达十七个。

唐玄宗《命柳城复置营州诏》云："我国家顷有营州，兹为虏障，此北

戎不敢窥觊，东藩由其辑睦者久矣……其营州都督府，宜依旧于柳城（今朝阳市）置。"（《全唐文》）

大唐名相张九龄《驳工部尚书宋庆礼谥议》曰："况营州者，镇彼戎夷，扼喉断臂，逆则制其死命，顺则为其主人，是称乐都，其来尚矣。"

唐代的营州柳城，确实是开放包容、经济发达的"乐都"。唐代营州各族之间包括与西域的贸易往来十分频繁。《资治通鉴》记载，兼任平卢（治今朝阳市）、范阳、河东三节度使的安禄山"分遣商胡诣诸道贩鬻，岁输珍货数百万"。柳城复置营州后，"数年间，营州仓廪颇实，居人渐殷"。

自汉武帝开通丝绸之路后，作为西陲重镇的敦煌，成为沟通中原和西域的交通枢纽、丝绸之路沿线的商业中心，以及各种民族与文化交会之地。朝阳从十六国时期前燕筑都城龙城，至隋唐，一直是古丝绸之路东段的枢纽城市。

"今人不见古时月，今月曾经照古人"，长空之月，曾经将皓洁银光倾泻在敦煌和朝阳大地，敦煌太守与营州都督，或许也和今人一样，在某个灯火阑珊的夜晚，共赏夜空中的那轮明月。

莫高窟与北魏朝阳人

在鸣沙山东麓的断崖上，莫高窟寂静伫立。每一个洞窟，都讲述了一段悠远回旋的往事，每尊雕像与壮丽的壁画，都凝聚着令人沉迷的艺术审美。天南地北的游客在莫高窟汇聚，感受着千年莫高的浑厚与恢宏，但这些游客也许不知道，敦煌与北魏时期的朝阳人韩秀有重要关联。

韩秀是北魏昌黎（今辽宁朝阳市）人，字白虎，历任尚书郎，赐爵为遂昌子，拜广武将军。文成帝拓跋濬称赞韩秀聪慧机敏、清晰明辨，才干足以担任皇帝的喉舌，于是任命他负责传递皇帝口谕，同时掌管机密事务。皇上行幸及游猎，他都随时奉侍左右。献文帝拓跋弘即位后，韩秀转任给事中，参与征南大将军慕容白曜的军事。太和初，迁内侍长。后来被任命为平东将军、青州刺史。

韩秀的祖父韩宰，为前燕皇帝慕容儁的谒者仆射。父亲韩景，皇始初年投奔魏，官拜宣威将军，骑都尉。韩秀的儿子韩务，曾任郢州刺史，拜冠军将军、太中大夫，晋升左将军。

因为韩秀的一篇议政散文《敦煌移就凉州议》，千年后我们与韩秀相识。

北魏延兴四年（474），尚书上奏提出敦煌镇地处西北边远，是贼寇侵犯的要道，经常受到敌军骚扰，顾虑到此镇也许不安全，建议移至凉州（今甘肃省武威市）。孝文帝元宏命群臣商议，大家都赞同，唯独韩秀反对。

韩秀说："这是缩减国土的行为，而不是扩展疆域的方法，依臣愚见，敦煌镇的设立，由来已久，虽然毗邻强寇，但当地军民训练有素，按常规戍守，足以自保。如果迁镇到姑臧（今甘肃省武威市凉州区），只怕当地人起了异心，或者留恋故地，不愿迁徙，背离了我国而配合外寇的入侵，成为国家大患。何况敦煌距离凉州一千多里，舍近求远，遥远的边防就会有疏漏。一旦废弃了敦煌城，就启发了那些夷人之心，给了夷狄之间彼此沟通、互相来往的条件。他们在关外将无法无天，不断骚扰，烽火警报将不会停息，戍边兵役的征召就会接连不断，从此国家将更为困难。"

韩秀有理有据，力辩群儒，皇上听从了韩秀的建议。从而保住了敦煌，也保住了莫高窟。

敦煌莫高窟始建于前秦建元二年（366）。从十六国时期至元代，莫高窟的开凿前后延续约1000年。特别是北朝时期，北魏、东魏、西魏、北齐和北周统治者崇信佛教，石窟建造得到王公贵族们的支持，发展迅速。莫高窟现有洞窟735个，保存壁画4.5万多平方米，彩塑2400余尊，唐宋木构窟檐5座。莫高窟是中国古代璀璨的艺术宝库，是辉映世界的艺术奇观。1987年，莫高窟作为文化遗产被列入《世界遗产名录》。

试想，如果没有韩秀的《敦煌移就凉州议》，敦煌镇迁凉州，沦为荒凉之地的莫高窟会是怎样的命运？

始建莫高窟的前秦建元二年（366），此时龙城（今朝阳市）城东凤凰山上的龙翔佛寺早已晨钟暮鼓、梵音缭绕。现存的朝阳市凤凰山景区的瘗（yì）窟，俗称摩崖佛龛，也已经开凿。

在朝阳市慕容街北端耸立的北塔，是北魏文明太皇太后冯氏为其祖父北燕王冯弘祈寿冥福和弘扬佛法而修建的"思燕佛图"。思燕佛图建于北魏孝文帝太和九年（485）至十四年（490）间，此时，正是敦煌莫高窟建造发展时期。钟鼓悠扬，同时回荡在华夏东西两端的夜空，也回荡在浩瀚的历史长河。

边塞诗东西两极的文化地标

描绘边塞风光、风土人情，反映戍边将士军旅生活的诗歌作品，被称为"边塞诗"。边塞诗源自先秦，盛唐时期达到顶峰。唐代诗人几乎都写过边塞诗。唐诗中的边塞诗，不仅数量多，而且内容丰富，艺术娴熟，名家辈出，名作纷呈。尤其是以高适、王昌龄、岑参、王之涣、王翰、崔颢等为代表的诗人，形成了"边塞诗派"。

"四大边塞诗人"高适、王昌龄、岑参、王之涣都曾作诗关注西部的敦煌、东北的营州。

敦煌是古代西部边陲要地，朝阳是东北边塞重镇，因此成为边塞诗人吟诵的对象，形成边塞诗东西"两极"。阳关、玉门关、龙城、营州等成为边塞诗的一种典型意象。

开元十九年（731）秋，高适从宋州（今河南商丘）出发，一路北行，路过魏州（今河北大名县）、巨鹿（今河北巨鹿县）、真定（河北正定县），前往蓟北（今北京近郊），又出卢龙塞，至营州柳城（今朝阳市），作《营州歌》："营州少年厌原野，狐裘蒙茸猎城下。虏酒千盅不醉人，胡儿十岁能骑马。"《营州歌》之营州，即今天的辽宁省朝阳市。《营州歌》诗意是：营州少年习惯于原野的狩猎生活，身着毛茸茸的狐皮袍子在柳城附近打猎。辽西营州居住的契丹、奚族、胡人等民众擅长饮酒，营州特产的淡酒饮下千杯也不醉。他们的孩子从小就善于骑射，富有勇敢尚武精神。

高适《和王七玉门关听吹笛》诗云："胡人吹笛戍楼间，楼上萧条海月闲。借问落梅凡几曲，从风一夜满关山。"诗中"王七"指诗人王之涣。

玉门关，故址在今甘肃省敦煌市西北小方盘城，始置于汉武帝时期，为汉时通往西域各地的门户。玉门关现存城垣完整。玉门关与阳关汉代皆为都尉治所，为重要的屯兵之地。中原与西域交通均取道此两关。

王昌龄吟咏玉门关："青海长云暗雪山，孤城遥望玉门关。黄沙百战穿金甲，不破楼兰终不还。"（《从军行七首·其四》）青海湖上乌云密布，连绵雪山一片暗淡。边塞古城，玉门雄关，远隔千里，遥遥相望。守边将士，身经百战，铠甲磨穿，壮志不灭，不打败进犯之敌，誓不返回家乡。全诗意境雄浑，充满了保家卫国的豪情壮志。

王昌龄《春怨》诗云："音书杜绝白狼西，桃李无颜黄鸟啼。寒雁春深归去尽，出门肠断草萋萋。""白狼"，古县名，治白狼城，属汉代右北平郡十六县之一，遗址位于今朝阳市喀左县平房子镇黄道营子村。这首诗的大意是，丈夫因出征到遥远的白狼城西以后，就音信断绝了。家里年轻漂亮的妻子因日夜思念丈夫，面容变得憔悴。黄鸟也为她的愁苦境遇而悲伤鸣啼。春深草长，大雁都已飞回北方，不能捎回丈夫的书信。出门眺望，眼前荒野青草离离，远天空空，怎能不让人酸楚悲伤，肝肠寸断。

唐代边塞诗人岑参曾两次从军边塞。唐玄宗天宝八载（749）冬，岑参第一次西域行前往安西都护府所在地龟兹（今新疆库车），走的是丝绸之路中道，从东向西经过阳关。天宝十载（751）春，岑参从安西都护府返回到河西武威，从西向东再次经过阳关地区，并且写下《寄宇文判官》诗："西行殊未已，东望何时还。终日风与雪，连天沙复山。二年领公事，两度过阳关。相忆不可见，别来头已斑。"宇文判官和岑参都是安西四镇节度使高仙芝的僚属，两个人是同事兼朋友。岑参第二次经过阳关时，大概宇文判官尚在安西都护府或去了更远的地方公干，所以他寄诗给好友。

阳关，位于甘肃省敦煌市西南 70 千米的古董滩。西汉时设置，与玉门关同为当时对西域的门户，丝绸之路南路必经的关隘。现存一座汉代烽燧遗址，耸立在其北面的墩墩山上。

岑参《奉送李太保兼御史大夫充渭北节度使》诗云："诏出未央宫，登坛近总戎。上公周太保，副相汉司空。弓抱关西月，旗翻渭北风。弟兄皆许国，天地荷成功。"《全唐诗》在此诗题下注："即太尉光弼弟。"唐代名将营州柳城县（今辽宁省朝阳）人李光弼的弟弟李光进赴西部任职，诗人岑参作此诗相送。

王之涣《凉州词》："黄河远上白云间，一片孤城万仞山。羌笛何须怨杨柳，春风不度玉门关。"远远望去，黄河像是从白云间倾泻奔流。在万仞高山之中，能够看到玉门关孤独地耸立。将士们不必哀怨柳树从不在此地发芽，因为春风吹不到玉门关外。王之涣作的这首描述戍边士兵的边塞诗，诗韵苍凉慷慨，悲而不失其壮，即便萦绕着戍卒征战千里、难以还乡的怨情，却没有丝毫消颓之意，展现出盛唐诗人广阔旷达的胸襟。

诸多描述边塞风光的诗句，展现了古时边关的悲壮寂寥，也抚慰了古今无数思念的梦。

西有敦煌，东有朝阳。千年之后，敦煌和朝阳依旧在雄鸡版图的东西两地，保留着曾有的厚重历史积淀，而留给后人的不仅有独属于两者的诗意联结，还有那两座被时间洗礼的文化之城，等待游客背起行囊，去一览其瑰丽多姿的面容。

─── **作者简介** ───

张男，女，毕业于辽宁师范大学，文学硕士，中共朝阳市委党校副教授。辽宁省作家协会散文创作委员会委员，辽宁省散文学会理事，朝阳市作家协会副主席兼秘书长。曾在《鸭绿江》《作品》《散文百家》《雨花》《北方文学》《辽宁日报》《渤海大学学报》等报刊发表作品。曾获得第三届吴伯萧散文（评论）奖等。

沈阳慈恩寺获得"全国重点古籍保护单位"称号

（代后记）

沈阳慈恩寺是佛教"东北四大丛林"之首，其声名的获得不仅在于它有着悠久的历史和古老的建筑，以及冰天诗社和大德高僧，更在于有着无与伦比的藏经。编辑出版《冰天诗社丛镌》，其动议缘于沈阳慈恩寺"国家古籍重点保护单位"揭牌仪式之后。那天参加揭牌仪的国家古籍保护中心和省市相关领导与专家深感慈恩寺做为国家古籍重点保护单位和冰天诗社所在地，应当进一步深入学术与文化方面的研究，以此突出名刹之文化品牌。此动议受到大家重视和推动，由此有了《冰天诗社丛镌》的出版。

沈阳慈恩寺是佛教"东北四大丛林"之首，其声名的获得不仅在于它有着悠久的历史和古老建筑，以及冰天诗社和大德高僧，更有着无与伦比的藏经。

慈恩寺现藏明清各种佛教典籍两千多种，这批典籍原藏由皇家供养的沈阳万寿寺，后转为慈恩寺典藏。"文革"期间，这批典籍移入辽宁省图书馆，得以完整保存，"文革"后发还慈恩寺。2018 年，为进一步总结与弘扬慈恩寺的历史文化，在恢复"冰天诗社"期间，盖忠大和尚特请著名学者作家，冰天诗社社长初国卿，辽宁省图书馆特藏部主任、著名古籍整理专家刘冰先生对这批典籍进行鉴定，编辑书目，最终认定《永乐北藏》《乾隆版大藏经》《御制满汉蒙古西番合璧大藏全咒》三部价值最高，可申报《国家古籍珍贵名录》。之后，"辽宁省古籍保护中心"就慈恩寺藏经向国家相关部门申报

《珍贵古籍名录》和“全国古籍重点保护单位”。

2018 年 9 月，“国家古籍保护中心”特派专家组到慈恩寺考察鉴定。2020 年 11 月，国家文化和旅游部正式公布《第六批国家珍贵古籍名录》和《第六批全国古籍重点保护单位名单》。慈恩寺所藏的《永乐北藏》等三部典籍入选《国家珍贵古籍名录》，同时慈恩寺也成为“全国古籍重点保护单位”。慈恩寺作为“全国古籍重点保护单位”，是辽宁省的第九家，是全国宗教场所的第四家，在慈恩寺之前，宗教场所只有拉萨布达拉宫、嵩山少林寺、拉卜楞寺。由此说，慈恩寺入选“全国古籍重点保护单位”，不仅是宗教界，也是辽宁文化建设和古籍保护中的一件颇有意义的事。

据央广网报道，2023 年 10 月 17 日，沈阳慈恩寺全国古籍重点保护单位揭牌仪式暨慈恩寺藏经与文化传承研讨会在沈阳举行。国家古籍保护中心、辽宁省文旅厅、辽宁省图书馆、沈阳市委统战部等部门相关领导出席揭牌仪式。沈阳市佛教协会会长、慈恩寺方丈释盖忠致辞。沈阳文史馆馆员、著名学者初国卿介绍了沈阳慈恩寺藏明清藏经的详细情况。来自省内外的专家学者在研讨会上表示，珍贵典籍在慈恩寺得到了充分保护，是对文化经典的保护与弘扬。慈恩寺藏经是佛教文化与中华优秀传统文化相结合的重要载体，对传承中华优秀传统文化有着重要意义。这些珍贵典籍不仅是佛教瑰宝，也是沈阳的瑰宝，更是中华民族传统文化瑰宝。展示出沈阳深厚的文化底蕴，是宣传沈阳的重要载体，将成为沈阳一张新的文化名片。

沈阳慈恩寺方面表示，慈恩寺始终注重中华优秀传统文化传承，将珍惜本次难得的荣誉，加强对这批珍贵典籍的研究，让珍贵的国宝能够继续散发光芒。

如今，《冰天诗社丛镌》的出版，更为慈恩寺厚重的文化积淀增添了一抹亮色。时值此书付印之时，慈恩寺又于所藏两千余种佛教典籍中发现明代明智法师刺血所书《大方广佛华严经》一函十卷，为海内孤本。盛京慈恩，佛典重地，其缥缃名刹，古时即与西安大慈恩寺相呼应，金榜之后，雁塔题名，诗吟杏花，蔚成时尚，一如唐人郑谷所咏：“道是春风及第花。”函可有知，跏趺慈恩，益自“礼佛欢如旧”。故此，编者献诗如下：

万泉河畔却炎暑，坐想冰天诗社家。

奉旨焚修函可泪，写经剌血砚池霞。

大藏国典列芸阁，名刹禅林冠海涯。

展卷缥缃金榜后，来吟雁塔杏园花。

乙巳春分初候于盛京